Sharon Gosling

DER ALTE
APFELGARTEN

Roman

Aus dem Englischen
von Sibylle Schmidt

DUMONT

Von Sharon Gosling sind bei DuMont außerdem erschienen:
Fishergirl's Luck
Lighthouse Bookshop
Forgotten Garden

Das bei der Produktion dieses Buches entstandene CO_2 wurde
durch die Finanzierung von Klimaschutzprojekten kompensiert:
climate-id.com/17531-2110-1001/de

3. Auflage 2025
DuMont Buchverlag, Köln
Alle Rechte vorbehalten.
Die Nutzung dieses Werks für Text- und Data-Mining im Sinne
von § 44b UrhG behalten wir uns explizit vor.
© Sharon Gosling, 2023
Die englische Originalausgabe erschien 2024 unter dem Titel
›The Secret Orchard‹ bei Simon & Schuster UK Ltd, London.
© 2025 für die deutsche Ausgabe:
DuMont Buchverlag GmbH & Co. KG,
Amsterdamer Straße 192, 50735 Köln,
info@dumont-buchverlag.de
Übersetzung: Sibylle Schmidt
Umschlaggestaltung: Lübbeke Naumann Thoben, Köln
Umschlagabbildung: © Mona Eing & Michael Meissner
Umschlagabbildung innen: Äpfel: © Evgeniy Zotov / iStockphoto;
Bienen: © Valeriya Pichugina / iStockphoto
Satz: Angelika Kudella, Köln
Gesetzt aus der Meridien
Druck und Verarbeitung: CPI books GmbH, Leck
Gedruckt auf säurefreiem und chlorfrei gebleichtem Papier
Printed in Germany
ISBN 978-3-8321-6720-2

www.dumont-buchverlag.de

Für Madge und Barry Shaw, die mir einen Bramley-Apfelbaum geschenkt haben, der uns alle überdauern wird, und für George und Angela Ritchie für ihre unermüdliche Unterstützung.
Gute Nachbarn sind eine Wohltat.

Herbst

1839

Sie tobte innerlich vor Wut, als sie den Weg an den Klippen entlangstürmte. Vom aufgewühlten Meer fegte ein heftiger Wind herüber, aber er war nicht Ursache der Tränen, die noch eine Stunde nach dem jüngsten Streit in Ophelias Augen brannten.

»Das ist Irrsinn«, hatte Milton schroff gesagt. »Was verliere ich auch nur ein Wort darüber? Diese Idee ist so irrsinnig wie du selbst. Das höre ich mir nicht länger an. Selbstverständlich kommt das nicht infrage. Du bist meine Frau, um Himmels willen. Du solltest zumindest so tun, als bedeute dir das etwas.«

Für gewöhnlich gelang es Ophelia Greville, das barsche Benehmen ihres Gatten auszublenden. Das hatte sie bereits im ersten unerquicklichen Jahr ihrer Ehe gelernt. Doch das war eine Grausamkeit zu viel. Milton wusste genau, wie sehr ihr dieser Plan am Herzen lag, dennoch weigerte er sich rundweg, die Idee auch nur in Erwägung zu ziehen. Es ging ihm lediglich darum, Macht auszuüben. Liebe hatte in ihrer Ehe noch nie eine Rolle gespielt, einzig Geld und die Notwendigkeit eines Erben.

Ophelia wischte sich heiße Tränen aus dem Gesicht. Was war sie doch für eine unbedarfte Närrin gewesen! Sie hätte sich damals widersetzen und für sich kämpfen sollen. Stattdessen hatte sie sich mit einem Versprechen abspeisen lassen, das nicht mehr wert war als die Zusage ihres Vaters. Ein Prozent seiner Ländereien! Was für ein erbärmliches Almosen das war, erkannte sie erst jetzt. Sogar darüber hatte Milton noch mit ihr gestritten. Sie hatte ihren Anteil verkaufen wollen – an Milton selbst, weil sie das Geld für die Reise brauchte, von der sie seit ihrer Kindheit träumte. Eine Reise nach Afrika, um die Savanne zu sehen, die wundersamen wilden Tiere, die dort umherstreiften. Aber Lord Greville hatte ihr ins Gesicht gelacht. Warum sollte er für etwas bezahlen, was ihm bereits gehörte? Und selbst wenn sie eigenes Geld besäße – wie könnte sie glauben, dass er ihr diese Reise erlauben würde? Darauf hatte Ophelia eingewandt, sie wolle ja nicht allein reisen, er solle sie begleiten. Aber auch dieser Vorschlag wurde mit verächtlichem Gelächter abgetan.

Alles war im Grunde reinste Betrügerei – die Ehe eine Falle, das Eigentum ein Trugbild. So gesehen besaß Ophelia weder Land noch Geld und hatte von ihrem Vater rein gar nichts geerbt.

Sie schluchzte auf und blieb keuchend am Rande der Steilküste stehen, die Hände in die Hüften gestützt. Erst jetzt fiel ihr auf, dass sie nicht mehr wusste, wo sie war. Nach Miltons abfälligen Worten war Ophelia blindlings drauflosgelaufen, aus den erstickenden Räumen geflohen, in denen ihr beengtes Leben stattfand. Aber verirren konnte sie sich hier eigentlich nicht. Sie musste nur die gleiche Strecke am Meer entlang ins Dorf und zu dem Anwesen zurückgehen, das sich über den Häusern erhob.

Ophelia sah sich neugierig um. Sie stand mitten in hohem Gras und entdeckte, halb verborgen hinter wuchernden Ginsterbüschen, einen Pfad, der sich den Hang hinabschlängelte. Etwas verlockte sie dazu, diesen mysteriösen Weg zu erkunden, und sie schlug sich durch das Gebüsch, um zu ihm vorzudringen. Zweige verfingen sich in ihren Röcken, sie befreite sich von ihnen, doch nach wenigen Schritten merkte Ophelia, dass sie sich gefährlich nah am Klippenrand befand. Ein falscher Schritt, und sie würde hinunterstürzen auf die spitzen Felsen, die aus den tosenden Wellen aufragten. Dieser Gedanke lenkte sie ab, und prompt geriet sie im nächsten Moment ins Stolpern. Ophelia stieß einen schrillen Schrei aus, weil sie sich nirgendwo festhalten konnte, und kniff fest die Augen zu, während sie sich von ihrem kurzen Leben verabschiedete.

Plötzlich wurde sie von kraftvollen Händen gepackt und vom Abgrund weggezogen. Als sie die Augen öffnete, sah sie einen jungen Mann vor sich, der wetterfeste Kleidung und eine Tweedkappe trug und Ophelia mit freundlichen braunen Augen betrachtete.

»Alles in Ordnung, Ma'am?«, fragte er. »Sie wären um ein Haar da heruntergepurzelt.«

Ophelia wollte antworten, lachte jedoch stattdessen und presste zitternd eine Hand auf den Mund. Ihr Herz schlug einen Trommelwirbel.

»Kommen Sie«, sagte ihr Lebensretter und schob sie sachte am Ellbogen vorwärts, »Sie müssen sich nach dem Schrecken erst einmal ausruhen.«

Ophelia achtete sorgsam darauf, nicht nach unten aufs Meer zu schauen, während der Mann sie auf eine ebene Fläche geleitete. Dort ließ er sie los. Ophelia sah sich benommen um. Sie war umgeben von niedrigen knorrigen Bäumen.

»Was ist das hier?«, fragte sie.

»Ein alter Apfelgarten«, antwortete der Mann.

»Ein Apfelgarten? An der Steilküste?«

Der Mann lachte über ihre Verwunderung, aber nicht verächtlich, wie Milton es stets tat. Warmherzigkeit lag in den haselnussbraunen Augen. Ophelias Herz pochte nicht mehr so heftig, zog sich aber jetzt mit einem Schmerz zusammen, den sie nicht verstand.

»Aye, ist merkwürdig, das gebe ich zu.« Er sah sie einen Moment lang sinnend an. »Sie sind Lady Greville vom Anwesen, nicht wahr? Verzeihen Sie, dass ich Sie nicht gleich erkannt habe, Ma'am.«

»Sie müssen mich nicht Ma'am nennen. Ich heiße Ophelia«, sagte sie, während sich das merkwürdige Gefühl weiter in ihr ausbreitete.

Er lächelte. »Angenehm. Ich bin George Crowdie. Warten Sie hier einen Augenblick. Ich habe etwas für Sie, das Ihnen guttun wird.«

Bevor Ophelia etwas erwidern konnte, verschwand der junge Mann im Zwielicht. Sie blieb an Ort und Stelle stehen, lauschte dem Rauschen der Wellen und dem Säuseln des Winds in den Ästen der eigenartigen kleinen Bäume. Es kam ihr vor, als sei sie in einer anderen Welt gelandet. Kurz darauf kehrte George Crowdie zurück, in den Händen eine braune Glasflasche, die er ihr hinhielt.

»Ich habe kein Gefäß für Sie«, sagte er entschuldigend, »aber Sie können aus der Flasche trinken.«

Ophelia hatte Whisky erwartet, doch der Geschmack des Getränks war viel süßer. »Oh!«, rief sie entzückt aus. »Ist das Apfelsaft?«

Ein munteres Funkeln lag in George Crowdies Augen. »Aye,

aber nicht nur das. Wir geben Erdbeersaft und ein wenig Honig von den Bienenstöcken hinzu.«

Ophelia war diesem Getränk auf Anhieb verfallen. Noch nie hatte sie etwas Köstlicheres geschmeckt, und bevor sie sichs versah, hatte sie die halbe Flasche geleert. Als Ophelia sich die Lippen mit dem Handrücken wischte, fühlte sie sich gestärkt. Sie wollte ihm die Flasche zurückgeben, doch George Crowdie lächelte versonnen.

»Behalten Sie sie«, sagte er. »Dieses Getränk ist gut für die Seele, wissen Sie.«

Ophelia blickte auf die Flasche. Damit konnte sie nicht nach Hause zurückkehren. Sie war so lange weg gewesen, und das auch noch allein. Gewiss würde sie von Milton zur Rede gestellt werden, und wenn sie diese Flasche bei sich trug … Ophelia ließ den Blick über die eigentümlichen Bäume schweifen, die in dieser verborgenen Senke wuchsen und gediehen.

»Das kann ich nicht«, erwiderte sie. »Aber ich danke Ihnen für Ihre Freundlichkeit, George Crowdie.«

Sie gab ihm die Flasche zurück und wandte sich zum Gehen, widerstrebend, obwohl es jetzt rasch dunkel wurde. Nun musste sie besonders auf den Weg unter ihren Füßen achten. Doch nach zwei Schritten drehte Ophelia sich abrupt um.

»Halten Sie diesen Ort geheim, George«, sagte sie leidenschaftlich. »Wüsste mein Ehemann davon, würde er den Apfelgarten sofort besitzen wollen. Bewahren Sie Stillschweigen darüber.«

Ein Schatten fiel über George Crowdies Gesicht, und er zuckte leicht mit den Schultern. »Das ist sein Land, Ma'am. Die Bäume gehören ihm. Der Cider, den wir herstellen, landet in seinen Kellern.«

»Nicht für immer«, erwiderte Ophelia. »Dafür werde ich sorgen.« Der Blick der nussbraunen Augen ruhte auf ihr, und eine Spur Neugier war darin zu erkennen. Ophelia gab keine Erklärung ab. Ein Prozent. Ein Almosen, gewiss, aber es gehörte ihr, und es würde ausreichen. Vielleicht würde sie das Anwesen niemals für eine große Reise verlassen können, sondern für immer hierbleiben. Wie der Apfelgarten. Wie die Familie Crowdie. Und wie dieser junge Mann mit den freundlichen braunen Augen.

»Noch etwas«, fügte Ophelia hinzu. »Ich denke, Sie sollten an diesen tückischen Klippen einen Zaun bauen. Das Anwesen wird die Kosten übernehmen. Dann bin ich nicht mehr in Gefahr, wenn ich zu Besuch komme.« Sie warf ihm einen Blick zu. »Darf ich? Ab und zu?«

»Aye, Ophelia«, antwortete George. »Jederzeit. Wann immer es Ihnen beliebt.«

»Morgen?«

»Ja.« Er lächelte wieder, und sie wünschte sich, dieses Lächeln immer sehen zu können. »Sehr gern morgen.«

1

Jetzt

In der goldenen Abendsonne trat Nina aus der Küchentür des Farmhauses in den Hof hinaus und blickte zu der alt-ehrwürdigen Crowdie-Eiche auf. Ihre Äste bewegten sich im warmen Sommerwind, und Nina erinnerte sich daran, wie sie schon als Kind fasziniert die flirrenden Blätter beobachtet hatte. Einmal hatte sie zu ihrem Vater gesagt, der Baum spreche mit ihr. Wenn sie aufmerksam genug sei, könne sie verstehen, was er ihr mit jeder noch so winzigen Bewegung in seiner Blättersprache sagen wolle. Seit jenem Tag war es für sie beide zu einer lieben Gewohnheit geworden, gemeinsam die hohe alte Eiche zu betrachten und Geschichten über die seltsamen Gestalten zu erzählen, die sie in ihrem Geäst zu sehen glaubten. Die kuriosen Märchen, die Bern Crowdie sich für seine Tochter einfallen ließ, hatten sie beide immer zum Lachen gebracht. Und so hatten sie oft hier gestanden, zwei Spinner, die sich über einen Baum kringelig lachten, bis Bern sich um die Kühe kümmern oder mit den Hunden auf die Weide gehen musste, um die Schafe zusammenzutreiben. Doch obwohl es auf der Farm alle Hände voll zu tun gab, hatte Bern immer Zeit für sie gehabt, daran erinnerte Nina sich genau. Das war die wichtigste Botschaft, die ihr Vater ihr mitgegeben hatte: dass er sich Zeit nahm, seine Tochter zum Lachen zu bringen, auch wenn die Arbeit noch so sehr drängte.

Als Nina Schritte hinter sich hörte, drehte sie sich um. Ihre Mutter steuerte auf sie zu. Auch mit zweiundsechzig besaß Sophia Crowdie noch die umwerfende Schönheit, die Bern auf den ersten Blick in Bann gezogen hatte (so die Familienlegende) und die beide Töchter geerbt hatten. Sophia war in Edinburgh geboren und aufgewachsen, als Tochter einer irischen Mutter und eines italienischen Vaters, und verfügte über eine natürliche Eleganz. Nina liebte beide Elternteile von Herzen, hatte sich aber bereits in ihrer Jugend gefragt, wieso die beiden sich eingeredet hatten, ihre Ehe könne von Dauer sein. Zwei Lebensentwürfe prallten aufeinander. Sophia sehnte sich nach der Stadt und ihren Annehmlichkeiten, die sich Bern nur äußerst selten genehmigen konnte. Dennoch waren die beiden zwanzig Jahre zusammengeblieben, viel länger, als manche Leute vermutet hätten, und jedenfalls lange genug, um zwei Kinder und eine liebevolle Freundschaft zu erschaffen, die auch noch erhalten blieb, als die Töchter erwachsen waren. Bern Crowdie war nie ein Mann gewesen, der Groll hegte. Er hatte seit jeher verstanden, dass Sophia das lebhafte Treiben einer Großstadt vermisste und lange davon träumte, dem unbeständigen schottischen Wetter zu entkommen und die Sonne zu suchen. Für Sophia wiederum hatte es keinerlei Zweifel gegeben, dass diese Farm an der schottischen Küste der Ort war, an dem Bern sich zu Hause fühlte. Und so hatten sie sich letztlich als Freunde zu sehr geliebt, um sich als Ehepartner unglücklich zu machen. Vom besonnenen Verhalten ihrer Eltern hatte Nina sich hinreißen lassen zu glauben, dass alle Erwachsenen sich in Herzensangelegenheiten derartig verhielten. Erst viel später war sie mit einer vollkommen anderen Realität konfrontiert worden.

»Alles okay?«, fragte Sophia, als sie zu ihrer Tochter trat und ihr den Arm um die Schultern legte.

»Ja«, sagte Nina, obwohl sie einen Kloß im Hals hatte und Tränen in ihren Augen brannten. Sie umarmte ihre Mutter. »Ich habe nur gerade an Dad gedacht.«

Sophia strich ihr über den Arm, dann blickten die zwei Frauen Seite an Seite auf den Innenhof der Farm, die Bern Crowdies Leben gewesen war. »Weißt du noch«, sagte Sophia mit rauer Stimme, »wie wir einmal an Weihnachten morgens aufgewacht sind und er hier im Hof eine ganze Schneefamilie gebaut hatte?«

Nina lachte. »Na klar! Wir alle hatten eine Figur bekommen.«

Sophia schüttelte den Kopf bei dieser Erinnerung. »Er hatte sogar einen Hund gemacht. Wie hieß der noch gleich, den wir damals hatten?«

»Turtle«, antwortete Nina schmunzelnd. »Wir hatten ihn Turtle genannt.«

»Bern war wirklich ein Original«, sagte Sophia mit so liebevoller Stimme, dass Nina unter Tränen lächelte. »Er muss stundenlang draußen gewesen sein. Seine Hände waren blau vor Kälte, weil er nie Handschuhe tragen wollte. Ich habe ihn damals gefragt, weshalb er nicht gewartet hat, bis ihr beide auf seid, dann hättet ihr das zusammen machen können. Bern antwortete, er hätte mit einem angefangen und dann niemanden auslassen wollen, deshalb hätte er weitergemacht. Später mussten wir alle beim Melken helfen, weil er zu spät dran war! Die armen Kühe.«

Nina kicherte bei der Erinnerung, wie ihre Mutter sich an diesem schneereichen Weihnachtsmorgen damit abgeplagt hatte, die Ayrshire-Kühe zusammenzutreiben. Sie hatte nie Begabung für Farmarbeit an den Tag gelegt, genau wie Ninas Schwester Bette. Obwohl Sophia, sinnierte Nina, sich im Gegensatz zu Bette zumindest bemüht hatte.

»Er hat euch Mädchen so sehr geliebt«, murmelte Sophia. »Hat immer gesagt, dass er gar nicht begreifen könne, womit er so viel Glück verdient habe. Danke, dass du in den letzten Jahren für ihn da warst. Ohne dich hätte er die Farm nicht halten können.«

»Weißt du, ich war diejenige, die großes Glück hatte«, sagte Nina leise. »Dass ich nach Hause kommen konnte, hat mich und Barnaby gerettet. Und das ist nicht übertrieben ausgedrückt.«

»Unseren Superhelden Seepocke«, ergänzte Sophia schmunzelnd, und Nina lachte, seufzte aber gleich darauf beim Gedanken an ihren Sohn.

»Genau, Superheld Seepocke«, sagte sie. »Ist er ohne großes Theater ins Bett gegangen? Ich schaue gleich nach ihm.«

Ihre Mutter drückte sie liebevoll und ging in die Küche zurück, gefolgt von Nina. »Ja, er ist oben, mit Spider-Man oder so was. Ich habe ihm gesagt, er darf lesen, bis du zum Gutenachtsagen kommst. Vielleicht gelingt es dir ja, ihn zu überreden, diese Maske abzunehmen. Ich habe es nicht geschafft.«

Nina stöhnte, während beide Frauen begannen, das Geschirr vom Abendessen abzuräumen. »Ich bekomme ihn nicht mehr aus diesem Kostüm raus, Mum. Er hat es seit Dads Tod an, und ich mache mir Sorgen, dass er es womöglich auch zur Beerdigung tragen will. Am Samstagmorgen bin ich sicherlich nicht imstande, darüber zu streiten.«

»Ach, soll er doch anziehen, worauf er Lust hat.« Ihre Mutter ließ heißes Wasser in das betagte Spülbecken laufen und begann mit dem Abwasch. »Dein Vater hätte bestimmt nichts dagegen. Im Gegenteil – wahrscheinlich hätte er den Jungen noch darin bestärkt. Er ist doch erst sechs! Niemand wird sich daran stören. Und falls doch, ist es deren Problem, nicht deines. Solange es Barnaby guttut ...«

Nina begann, den ersten Teller abzutrocknen, und legte den Kopf an die Schulter ihrer Mutter. »Ich kann immer noch nicht begreifen, dass Dad nicht mehr da ist. Ein Teil von mir hat wohl geglaubt, er würde für immer bei uns bleiben.«

Sophia drückte ihrer Tochter einen Kuss auf den Kopf und setzte den Abwasch fort. Beide Frauen verfielen für ein paar Minuten in Schweigen. Im Farmhaus war eine Leere entstanden, die es nie zuvor gegeben hatte und die nicht mehr gefüllt werden konnte. Offenbar hatten beide ähnliche Gedanken, denn Sophia sagte unvermittelt: »Wann kommt wohl deine Schwester?«

Nina verzog das Gesicht, während sie sich abwandte, um das trockene Geschirr in den Schrank zu stellen. »Meinst du, sie bemüht sich überhaupt hierher?«

Ihre Mutter schnalzte mit der Zunge. »Selbstverständlich wird Bette dabei sein. Sie kommt wahrscheinlich morgen. Hat sicher bei der Arbeit viel zu tun.«

»Das ist doch ständig so«, wandte Nina ein, obwohl sie selbst merkte, wie trotzig ihre Stimme klang. Das passierte unweigerlich, sobald sie über ihre ältere Schwester sprach. Manchmal kam es Nina vor, als gerate sie beim Gedanken an Bette in einen Zeittunnel, der auf direktem Wege zu den Streitereien von früher führte.

»Ehrlich gesagt, Mum«, sagte Nina mit einem Seufzer, »hätte ich nicht mal was dagegen, wenn sie nicht dabei wäre. Sie will doch sowieso nicht hier sein, oder? Zu Dads Lebzeiten hat sie sich auch nicht um ihn geschert.«

Sophia trocknete sich die Hände ab und wandte sich ihrer Tochter zu, einen besorgten Ausdruck in den Augen. »Sag so was bitte nicht. Deine Schwester hat euren Vater genauso geliebt wie du.«

Nina blies die Wangen auf. »Wie kannst du das behaupten? Bette hat Dad doch nur noch gesehen, wenn sie beruflich in Aberdeen war und ihn dort zum Essen getroffen hat. Aber seit Barnaby und ich hier leben, war sie erst ein einziges Mal hier! *Einmal* in fünf Jahren! Heißt also, meine Schwester hat ihren Neffen bisher genau zwei Mal erlebt. Das eine Mal hier und das zweite Mal, als wir drei in London waren. Wo sie von uns verlangt hat, dass wir zu ihr fahren. Mit einem Einjährigen!«

»Nina, bitte«, erwiderte Sophia. »Ihr seid eben sehr unterschiedlich und gestaltet euer Leben ganz anders. Du lebst hier, Bette in einer Großstadt.«

»Also, ich finde, es gibt nur eine Art, seiner Familie zu zeigen, dass sie einem wichtig ist«, sagte Nina. »Und zwar, indem man für sie da ist. Was Bette nie war. So ein Verhalten ist doch total selbstsüchtig, oder?«

Einen Moment lang sah es aus, als wollte ihre Mutter etwas erwidern, doch sie blieb stumm. Nina schämte sich sofort. Sie hatte Bette und Sophia nicht in einen Topf werfen wollen, so ähnlich die beiden sich auch waren. Doch bevor Nina etwas hinzufügen konnte, trat ihre Mutter zum Herd. »Sollen wir diese Reste aufheben?«

»Cam kommt sicher gleich vorbei«, antwortete Nina mit einem Blick auf die Wanduhr. »Er freut sich bestimmt darüber, wenn er zu Hause noch nicht gegessen hat.«

»Wer ist Cam?«

»Ich hatte dir von ihm erzählt, weißt du nicht mehr? Unser Nachbar? Er hat vor ein paar Jahren die Bronagh-Farm gekauft. Cam hilft uns aus, seit ich hier bin. Und nach Dads Tod hat er zusätzlich das Abendmelken übernommen, damit ich Barnaby nach dem Abendessen nicht allein lassen muss.«

»Ach ja? Wie nett von ihm«, sagte Sophia. »Aber hat Cam nicht mit seiner eigenen Farm schon genug zu tun?«

»Doch, und genau das habe ich auch gesagt, als er mir das angeboten hat«, antwortete Nina. »Aber er hat darauf bestanden. Ehrlich gesagt, wüsste ich gar nicht, wie ich ohne ihn zurechtkommen sollte. Ich muss demnächst jemanden einstellen, habe es aber noch nicht geschafft, mich damit zu beschäftigen. Cam ist ein Geschenk des Himmels.«

Als Nina fünf Jahre zuvor auf die Crowdie-Farm zurückgekehrt war, hatte sie es nicht leicht gehabt. Sie war eine alleinerziehende Mutter mit einer schmerzhaften Vorgeschichte, hatte sich erst wieder an die Arbeiten in der Landwirtschaft gewöhnen und gleichzeitig um ihren Vater kümmern müssen, der weitaus stärker gealtert war, als sie das aus der Entfernung eingeschätzt hatte. Mit großer Geduld hatte Cam sich Nina und auch Barnaby gewidmet, ihr alles erklärt, wenn Bern keine Kraft mehr dafür hatte.

Nina spürte den Blick ihrer Mutter und schaute auf. »Was?«

»Dieser Cam«, sagte Sophia. »Wie alt ist der? Und ist er single?«

»Ah!« Nina hob die Hand. »Stopp! Nein. Auf gar keinen Fall. Das kannst du gleich vergessen.«

»Was denn?«, fragte Sophia mit einer Unschuldsmiene, die Nina ihr keine Sekunde abnahm.

»Cam und ich sind Freunde, mehr nicht«, erklärte Nina. »*Gute* Freunde. Komm bloß nicht auf irgendwelche Ideen. Ich habe schon genug an der Backe, ohne dass du dich einmischst.«

»Keine Ahnung, was du meinst«, erwiderte Sophia augenzwinkernd.

»Mum! Auf Verkupplungsversuche kann ich bestens verzichten, schönen Dank auch. Du bist in ein paar Tagen wieder weg, aber Cam und ich leben hier.«

Sophia nahm sich eine Traube von der Obstschale auf

dem Tisch und kaute nachdenklich. »Ganz genau. Und mir ist nicht entgangen, dass du allen Fragen nach ihm ausgewichen bist. Was Bände spricht.«

»Wirklich, lass das, Mum«, wiederholte Nina warnend. »Ich gehe jetzt nach oben und sage Barnaby Gute Nacht. Und dieses Thema ist ein für alle Mal beendet, ist das klar?«

»Das ist das Problem mit euch jungen Leuten heutzutage«, bemerkte Sophia mit theatralischem Seufzen, während Nina hinausging. »Ihr seid alle so *ernsthaft*. Warum *amüsiert* ihr euch nicht ein bisschen?«

»Weil wir uns das nicht leisten können!«, rief Nina aus dem Flur.

2

Als Nina das Schlafzimmer ihres sechsjährigen Sohnes betrat, fand sie ihn aufrecht sitzend im Bett vor, auf den Knien ein Comic, den er im Licht der Nachttischlampe las. Limpet lag wie üblich neben dem Jungen. Der schwarz-weiße Collie war als Welpe auf die Farm gekommen, Bern hatte das getreue Tier vor einem harten Leben als Hofhund bewahrt. Obwohl Limpet gehorsam war, wäre aus ihm nie ein Arbeitstier geworden, denn er hatte furchtbare Angst vor Schafen. Als Haustier jedoch erwies er sich als unverzichtbarer Begleiter des Jungen. Die beiden waren zusammen aufgewachsen und unzertrennlich. Nina hatte es längst aufgegeben, beiden mitzuteilen, dass der Hund auf dem Boden schlafen sollte. Barnaby hatte sie nämlich jedes Mal angeschaut, als hätte sie gesagt, Limpet müsse draußen übernachten, wo er von Bären, Wölfen … oder vielleicht auch Schafen gefressen werden konnte. Außerdem war sie froh, dass Limpet ihrem Sohn auf Schritt und Tritt folgte und sein Leben riskiert hätte, um ihn zu retten. Deshalb war Nina großzügig bereit, dem Hund sämtliche kleineren Vergehen zu verzeihen.

Obwohl Barnaby schon im Bett war, trug er eine schwarze Wollmaske, die seinen Kopf und bis auf die Augen sein gesamtes Gesicht bedeckte. Erleichtert stellte Nina fest, dass es ihrer Mutter gelungen war, ihn zu überreden, den Rest seines Kostüms auszuziehen. Sonst hätte er jetzt statt eines frischen Schlafanzugs sein übliches schwarzes Outfit getragen, das aus Pulli, Hose und Umhang bestand. Auf dem Pyjama waren zwar auch Superhelden aus den Marvel-Comics abgebildet, aber er war immerhin besser zum Schlafen geeignet als das Kostüm, das der Junge die gesamte letzte Woche getragen hatte.

»Hey, du«, sagte Nina leise. Sie setzte sich auf den Bettrand und küsste ihren Sohn auf den Kopf, wobei sie spürte, dass die Maske schon leicht feucht vor Schweiß war. »Das Ding ist zu warm, Schatz. Damit kannst du nicht gut schlafen.«

Sie machte Anstalten, ihm die Maske auszuziehen, aber Barnaby hielt sie unterm Kinn so energisch fest, dass Nina vorerst aufgab. Er liebte das Kostüm innig, seit Nina es ihm in einem Secondhandshop gekauft hatte, aber nach Berns Tod hatte es noch mehr an Bedeutung gewonnen. Barnaby (der neuerdings hartnäckig darauf bestand, Superheld Seepocke genannt zu werden, aus Gründen, die er anscheinend entweder zu simpel oder zu kompliziert fand, um sie einer gewöhnlichen Sterblichen wie seiner Mutter zu offenbaren) weigerte sich schlichtweg, irgendetwas anderes anzuziehen. Sophia hatte vorgeschlagen, nach einem identischen Kostüm Ausschau zu halten, damit eines gewaschen werden konnte. Nina gab sich aber der Hoffnung hin, dass diese Phase bald vorüber sein würde. Man musste keine Kinderpsychologin sein, um sich zu erklären, wie es zu dieser Gewohnheit gekommen war und welchem Zweck sie diente. Auf die Diskussion am Montag, wenn die Ferien zu Ende waren und Barnaby seine Schuluniform anziehen musste, freute Nina sich allerdings gar nicht.

»Was liest du?«, fragte sie mit Blick auf das bunt bebilderte Heft.

»*Spider-Man*. Bin grade fertig geworden. Er hat gegen Hobgoblin gekämpft.«

»Und hat Spider-Man gewonnen?«

»Klar. Er gewinnt immer. Am Ende auf jeden Fall. Auch wenn er vorher erst was verlieren muss.«

Nina umarmte ihren Sohn und nahm ihm den Comic aus der Hand. »Wie alle Superhelden.«

»*Mum!*«

»Es ist Schlafenszeit, Liebling.«

»Ich will aber das nächste Heft lesen.«

»Morgen. Spider-Man wartet auf dich, wenn du aufwachst, okay?«

Barnaby stieß einen dramatischen Seufzer aus. »Na gut.«

»Und ziehst du vielleicht die Maske aus?«, wagte Nina einen erneuten Vorstoß. »Das wäre wirklich besser. Sogar Spidey zieht seine aus, wenn er nach Hause geht, oder nicht?«

»Aber nur, weil Tante May nicht weiß, dass er Spider-Man ist«, erklärte ihr Sohn in dem betont geduldigen Tonfall, den Kinder bei begriffsstutzigen Erwachsenen anwenden. »Hier weiß doch jeder, dass ich Superheld Seepocke bin.«

Es bedurfte weiterer fünf Minuten Überredungskünste, aber nachdem die Haube ausgezogen war, schlief Barnaby auf der Stelle ein. Nina strich ihm das dunkle Haar aus der Stirn. Seine Lider zuckten leicht, und sie hoffte, dass er von angenehmen Abenteuern träumte.

Als Nina nach unten kam, hörte sie Stimmen und fand ihren Nachbarn Cameron Hayes und ihre Mutter am Küchentisch vor. Cam verspeiste gerade den Rest Lasagne, den Sophia aufgewärmt hatte, mit einem Appetit, der darauf hinwies, dass er keine Zeit zum Mittagessen gehabt hatte. Er blickte lächelnd auf, und seine blauen Augen leuchteten freudig, als Nina hereinkam.

»Hi«, sagte er. »Ist unser kleiner Superheld im Reich der Träume?«

»Jawoll.« Nina steckte die Haube in die bereits vollgestopfte Waschmaschine und schaltete das Gerät ein. Dann ließ sie sich am Tisch nieder und stellte erfreut fest, dass Sophia ihr schon ein Glas Wein eingegossen hatte.

»Na, vielleicht kannst du dich jetzt ein bisschen entspannen«, sagte Cam. »Das Melken ist erledigt, und ich habe frische Salzlecken auf dem oberen Feld aufgestellt, das kannst du also von deiner Liste streichen.«

»Ach, verflixt, das wollte ich gestern schon gemacht haben.« Nina strich sich über die Stirn. »Ich bin abgelenkt worden, weil der Catering-Service wegen der Lieferung für die Trauerfeier angerufen hat. Danke, Cam. Du bist ein wahrer Lebensretter.«

»Was für einen tollen Nachbarn du hast«, bemerkte Sophia und beugte sich vor, um Cams Hand zu tätscheln. »Danke, dass Sie sich so um meine Tochter kümmern. Sie hat großes Glück, dass ihr jemand zur Hand geht, und noch dazu ein so attraktiver Mann.«

»*Mum*«, sagte Nina strafend, während Cam ihre Mutter charmant angrinste.

»Was denn?« Sophia sah ihre Tochter mit großen Augen an. »Du willst doch wohl nicht behaupten, das sei dir nicht aufgefallen?«

Nina schüttelte den Kopf, als Cam ihr nun das gleiche Grinsen zuteilwerden ließ und dabei die Augenbrauen hochzog.

»Du bist der reinste Albtraum«, sagte Nina in den Raum hinein.

»Was, ich?«, erwiderte Cam mit gespielter Betroffenheit. »Gerade war ich doch noch ein Lebensretter!«

»Ich bin gemeint«, bemerkte Sophia trocken.

»Nein, ihr beide«, widersprach Nina. »Ihr seid beide gleich schlimm. Cam weiß genau, wie gut er aussieht. Und nicht nur er, sondern auch seine *unzähligen* Verehrerinnen.«

»Autsch«, sagte Cam und grinste noch breiter. »Das war hart, aber nicht unverdient.«

»Ich gehe jetzt schlafen«, verkündete Sophia, erhob sich und verteilte den Rest des Weins auf die Gläser der beiden. »Ich habe morgen jede Menge zu tun. Aber ihr beide könnt ruhig noch weiterquasseln, ihr stört mich nicht.«

»Unfassbar«, sagte Nina, nachdem Sophia die Küchentür hinter sich geschlossen hatte. »Entschuldige. Achte einfach nicht auf sie. Ich glaube, es gibt keinen Mann in meiner Nähe, den sie nicht schon mal mit mir verkuppeln wollte.«

Cam lachte. »Ich finde sie hinreißend. Und etwa so subtil wie ein Stoppschild.«

»Stimmt«, pflichtete Nina ihm schmunzelnd bei. »Was zumindest den Vorteil hat, dass ich es immer schon kommen sehe.«

Ein kurzes Schweigen trat ein, während Cam seine Mahlzeit beendete. Nina betrachtete ihn verstohlen über den Rand ihres Glases hinweg. Trotz der fröhlichen Stimmung, die er verbreitet hatte, sah er müde aus, und sie empfand sofort Schuldgefühle. Eigentlich hatte er keinerlei Verpflichtungen ihr gegenüber, und doch unterstützte er sie weit mehr, als sie es von einem Nachbarn erwarten konnte.

Nina musste sich eingestehen, dass ihre Mutter recht hatte: Cam war ein sehr attraktiver Mann. Mitte dreißig, groß und breitschultrig, mit blondem Haar und blauen Augen. Sein Gesicht war sonnengebräunt von der Arbeit auf der Farm, die er jetzt sein Eigen nannte. Und Ninas gutmütige Stichelei war berechtigt gewesen – Cam mangelte es nie an Gespielinnen, und keine von ihnen schien besonders lange zu bleiben. Abgesehen von leichtem, charmantem Flirten, wie er es auch gerade in Anwesenheit von Sophia getan hatte, machte er Nina gegenüber jedoch nie Vorstöße, wofür sie dankbar war. Sie vermutete, dass Bern

Cam wahrscheinlich von der gescheiterten Beziehung mit Barnabys Vater erzählt hatte. Oder aber ihr Nachbar vermutete etwas Derartiges, weil Nina vorsätzlich Abstand hielt. Vielleicht hatte er aber auch die Narbe an ihrer linken Wange bemerkt, die meist unter ihrem Haar verborgen war, und seine Rückschlüsse gezogen.

In diesem Moment schaute Cam auf und bemerkte ihren Blick. »Was ist?«

Nina schüttelte den Kopf. »Nichts. Entschuldige, ich war in Gedanken versunken.«

Er sah mitfühlend aus, und prompt fühlte sie sich wieder schuldig. Cam hatte immerhin heute zu seiner eigenen Arbeit noch die Hälfte ihrer Aufgaben übernommen. Wenn jemand ein Recht darauf hatte, geistesabwesend zu sein, dann wohl er.

»Wie gehts dir?«, fragte er leise.

»Ach, gut so weit.« Nina stellte das Weinglas auf den alten Holztisch und drehte es zwischen den Fingern. »Die Trauerfeier ist organisiert, die Liedblätter können morgen beim Drucker abgeholt werden, und ich bin mir recht sicher, dass ich alle informiert habe, die dabei sein möchten.«

Cam ergriff ihre Hand. »Das meinte ich nicht«, sagte er sanft. »Wie geht es *dir*, Nina?«

Ihre Kehle wurde eng, und Nina musste mehrmals schlucken und tief Luft holen, bevor sie antworten konnte. »Ich … Er fehlt mir. Ich kann einfach nicht glauben, dass er nicht mehr da ist.«

Cam nickte, und sie saßen eine Zeit lang schweigend da, bis Nina ihre Hand wegzog und einen Blick auf die Wanduhr warf. »Mum hat vorhin nach meiner Schwester gefragt. Ich habe noch nichts von ihr gehört, seit ich ihr den Bestattungstermin mitgeteilt habe.«

»Sie wird rechtzeitig da sein«, sagte Cam und trank einen Schluck Wein. »Ganz bestimmt.«

Nina schnaubte. »Das ist echt ein Problem von dir, Cam. Dass du immer in jedem Menschen das Beste sehen willst.«

»Nicht in jedem«, widersprach er ernst, und es kam Nina vor, als hätte er den Blick dabei auf ihre Wange gerichtet.

3

Bette runzelte die Stirn, als ein weiterer Vesper Martini vor ihr auftauchte. Zumindest hielt sie den Cocktail für einen Vesper Martini, auch wenn sie es nicht genau erkennen konnte. Die Beleuchtung war gedimmt worden, die Musik wurde lauter. Ein Kaleidoskop von farbigen Lichtern funkelte auf den zahllosen Flaschen hinter der Bar. Wie viel Uhr war es?

»Ich habe den Drink nicht bestellt!«, rief Bette dem jungen Barkeeper zu, der aber nur mit den Schultern zuckte und auf etwas hinter ihr zeigte.

Bette drehte sich um und entdeckte Mae, die sich gerade ihren zweiten Drink vom Tresen nahm.

»Mae!«, schrie Bette und beugte sich vor, damit ihre Freundin sie hören konnte. »Ich habe dir doch gesagt, dass ich losmuss!«

»Ausgeschlossen!«, schrie Mae zurück. »Jetzt noch nicht. Ich habe dir gerade einen Cocktail bestellt.«

»Und ich hatte gesagt, dass ich nur auf einen mitkomme!«

Mae pustete Luft aus und wedelte wegwerfend mit der

Hand, um den Protest im Keim zu ersticken. Bette wurde klar, dass es ein Fehler gewesen war, überhaupt zuzusagen. Was hatte sie sich dabei gedacht? Sie war noch nicht einmal gern ausgegangen, als sie jünger gewesen war. Und heute Abend hätte sie wirklich lieber zu Hause ihre Notizen ein weiteres Mal durchschauen sollen. Außerdem musste sie packen.

»Nur noch dieser eine«, rief Mae über den Lärm hinweg. »Du warst doch eine Ewigkeit nicht mehr feiern. Komm schon, bleib! Da ist jemand, der dich kennenlernen möchte. Und ein bisschen Zerstreuung könntest du gerade gut gebrauchen, meinst du nicht?«

»Du weißt aber, was ich morgen vor mir habe?«, widersprach Bette. »Ich muss nach Hause, mich vorbereiten und zur Ruhe kommen.«

Mae legte ihr die Hand auf den Arm. »Du hast monatelang geschuftet, um den Locatelli-Fall zum Abschluss zu bringen.« Ihre Stimme konnte sich bei dem Geräuschpegel hier ebenso gut durchsetzen wie im Gerichtssaal. »Das solltest du feiern. Wir wissen beide, dass du das morgen, am Wochenende oder nächste Woche nicht tun kannst. Und danach bist du zu erhaben, um noch mit uns auszugehen.« Sie zog bedeutsam die Augenbrauen hoch, eine Geste, die auf Bettes Beförderung anspielte, von der man offiziell noch ebenso wenig wissen durfte wie von der Kanzleifusion. »Gönn dir was. Jeder Mensch braucht Pausen, Bette. Entspann dich und tanz wenigstens einmal heute Abend!«

Bette warf einen Blick auf die überfüllte Tanzfläche. *Wer*

sind diese Leute, die abends feiern und am nächsten Morgen früh bei der Arbeit antreten können?, fragte sie sich. *Haben die keine Familien, keine Kinder, die sie ins Bett bringen müssen?* Vermutlich übernahmen das die jeweiligen Partner. Bei Mae passte jedenfalls der fürsorgliche Ehemann auf das zweijährige Kind auf. Und die anderen ... Die Männer waren sicher eher von der Sorte wie dieser eine, Greg, mit dem Mae sie zusammenbringen wollte. Bette sah ihn von ihrem Platz an der Bar aus. Ging für Ende dreißig durch, war aber sicher erste Hälfte vierzig. Dunkles Haar, das ihm in die Augen fiel, gestreiftes hellblaues Hemd. Strahlte die Überzeugung aus, dass die Welt ihm zu Füßen lag, und arbeitete mit Sicherheit im Finanzwesen, wo er vermutlich mit der Zukunft anderer Menschen spekulierte. Er wirkte, als habe er *Vier Hochzeiten und ein Todesfall* so beeindruckend gefunden, dass er seither als eine Art jungenhafter Doppelgänger von Hugh Grant unterwegs war. Aber vielleicht sahen die Typen in dieser Branche alle so aus wie am Fließband produziert.

Bette dachte an die Notizblätter auf ihrem Bett, mit denen sie sich für morgen noch beschäftigen musste. Wieso, um Himmels willen, saß sie also in diesem Club? *Weil du nicht allein sein wolltest,* raunte eine Stimme tief in ihrem Inneren. Was schauderhaft bedürftig klang, und Greg war das beste Beispiel dafür, dass Bette dieser Stimme kein Gehör schenken durfte. Was sie normalerweise auch nicht tat, meist ließ sich das blöde Raunen mit Arbeit ausblenden. Aber jetzt gerade ...

»Nein«, sagte sie zu Mae. »Kommt überhaupt nicht infrage.«

»Ach, komm schon«, erwiderte ihre Freundin. »Der ist doch süß, oder etwa nicht?«

»Ja, klar«, pflichtete Bette ihr bei, »und ich verwette mein baldiges erhöhtes Gehalt, dass der Mann verheiratet ist und mindestens ein Kind hat.«

Mae starrte auf die Tanzfläche. »Glaubst du das wirklich?«

»Und ob.« Bette wandte sich ab, bevor Greg ihren Blick als Einladung deuten konnte. »Und so was mache ich nicht, Mae. Nie. Das weißt du auch genau. Nicht mal, wenn sie angeblich in einer offenen Beziehung leben.«

Als Bette nach dem Cocktailglas griff, bermekte sie aus den Augenwinkeln, dass ihr Handydisplay aufleuchtete. Sie wollte nicht draufschauen, weil Nina vielleicht geschrieben hatte. Der Termin am Vormittag würde schon anstrengend genug sein, aber Bette wollte gar nicht daran denken, was ihr danach bevorstand. Sie spürte einen Stich im Herzen, als sie an ihren Vater dachte, an ihre Familie, an den Ort, der eigentlich ihre Heimat war, den sie aber vor etlichen Jahren verlassen und seither nur selten aufgesucht hatte. Bette trank zu hastig einen großen Schluck und bekam die Zitronenzeste zwischen die Zähne. Morgen früh würde sie garantiert mit Kopfschmerzen aufwachen. Wieso, um alles in der Welt, war sie nicht nach der Arbeit schnurstracks nach Hause gegangen?

»Hallo.«

Bette sah Mae an und verdrehte die Augen, bevor sie sich umwandte. Dabei warf sie einen raschen Blick auf die linke Hand von Greg und fragte sich, weshalb notorische

Fremdgänger sich nie darum bemühten, keinen verdächtigen weißen Streifen am Ringfinger zu haben. Aber vielleicht war es ihnen auch gleichgültig, und sie gingen davon aus, dass es den Frauen in Bars ebenso egal sein würde. *Womöglich bin ich einfach naiv,* dachte Bette. *Letztlich verdiene ich mein Geld mit genau solchen Typen.*

Sie zog eine Visitenkarte aus ihrer Tasche und reichte sie Greg. Seine Augen leuchteten auf, und ein begehrliches Grinsen erschien auf seinem Gesicht.

»Gib die deiner Frau«, rief Bette und stand auf, bevor er etwas erwidern konnte. »Sag ihr, sie soll mich anrufen, wenn sie sich scheiden lassen will. Mae – wir sehen uns morgen. Komm gut nach Hause. Ich muss jetzt los.«

Bette leerte ihr Glas, warf ihrer Freundin Luftküsschen zu und wandte sich ab, ohne den Mann zu beachten, der die Visitenkarte immer noch vor sich hielt, als sei er zur Salzsäule erstarrt.

Draußen schaute Bette auf ihr Handy. Die Nachricht leuchtete grell im Dunkeln.

Enttäusch Mum nicht, stand da nur.

Am frühen Nachmittag des nächsten Tages erlaubte sich Bette einen kurzen Blick aus dem Fenster und atmete erleichtert auf, als sich die Anwesenden im Sitzungsraum erhoben. Draußen strahlte die Sonne am Himmel über London. Vom fünfundzwanzigsten Stockwerk des modernen Bürohochhauses aus Glas und Stahl konnte man die Themse sehen, auf der jede Menge Touristenboote unterwegs waren. Bette genoss diese Aussicht – und würde sie noch mehr genießen, wenn sie bald ihr neues Büro fünf Etagen höher beziehen würde. Beim Gedanken daran lächelte sie kurz, wurde dann jedoch sofort von Trauer erfasst. Ihr Vater war tot. Bern Crowdie war tot, und nach dem Ende dieses Termins hier gab es nichts mehr, womit sie diese Wahrheit verdrängen konnte.

Bette blinzelte mehrmals, und als sie aufschaute, sah sie, dass ihr Mandant, ein erfolgreicher Geschäftsmann namens Arnold Locatelli, sie prüfend betrachtete. Seine künftige Ex-Frau verließ gerade mit ihrem eigenen Anwalt den Raum und beendete damit die fünfzehnjährige Ehe.

»Angenehmes Arbeiten mit Ihnen, Ms Crowdie«, sagte Locatelli, als hätte sie lediglich eine seiner zahlreichen feindlichen Übernahmen abgewickelt und nicht eine lange Ehe aufgelöst. »Sie haben meine Kontaktdaten. Falls Sie irgendwann keine Lust mehr auf Ihre Kanzlei haben, melden Sie sich. Ich hätte da vielleicht was für Sie. Leute wie Sie kann ich immer gebrauchen.«

Bette versuchte, sich ihre Überraschung nicht anmerken zu lassen. »Danke. Gut zu wissen.«

Er nickte und ging hinaus auf den Gang. Sie folgte Locatelli und verabschiedete ihn am Fahrstuhl. Als ihr Mandant verschwunden war, entdeckte Bette Mae am anderen Ende des Flurs und winkte ihr. Sie erwiderte das Winken, offenbar trotz des vorherigen Abends putzmunter.

»Oliver!«, rief Bette energisch, als sie das Büro neben dem ihren betrat, worauf der junge Mann am Schreibtisch erschrocken hochfuhr. »Haben Sie sich um meinen Flug gekümmert?«

»Ja, Ms Crowdie. Der letzte Flug von Heathrow nach Aberdeen geht um einundzwanzig Uhr.«

»Dann buchen Sie den bitte für mich«, verlangte Bette. »Der Locatelli-Fall ist abgeschlossen. Am Montag bin ich nicht im Büro, aber ab Dienstagvormittag wieder. Wenn Sie den Flug gebucht haben, können Sie nach Hause gehen.«

Oliver sah ziemlich verblüfft aus. Seit er ihr Assistent war, hatten sie so gut wie nie früher Schluss gemacht. Bette war nicht für frühe Feierabende bekannt. »Wirklich? Danke schön, Ms Crowdie«, sagte Oliver.

»Genießen Sie's«, erwiderte Bette. »Wenn ich zurückkomme, wird es hier hektisch. Die Ankündigung geht demnächst raus.«

Die Fusion der beiden renommierten Kanzleien war ein noch längerer Prozess gewesen als die Locatelli-Scheidung, stand jetzt aber kurz vor dem Abschluss. In ein bis zwei Wochen würde Bette erreicht haben, worauf sie ihr Leben lang hingearbeitet hatte – Vollpartnerin in einer erfolgreichen Anwaltskanzlei zu sein –, und das bereits vier Jahre vor ihrem vierzigsten Geburtstag. So etwas gelang nur mit Zielstrebigkeit und harter Arbeit.

Bette ging zu ihrem eigenen Schreibtisch und studierte die Liste von Anrufen, die Oliver während des Termins mit den Locatellis entgegengenommen hatte. Nichts Dringendes war dabei, bis auf …

14.51, Anruf von Sophia Crowdie. Ihre Mutter würde gerne wissen, wann Sie in Barton Mill ankommen, und richtet Ihnen aus, dass Sie zu Hause ist.

Da war dieser Ausdruck wieder. *Zu Hause.* Bette wusste, dass ihre Mutter bereits in Schottland auf der Farm war, und fragte sich, wie es sich wohl für sie anfühlte, an den Ort zurückzukehren, an dem sie ihre Kinder großgezogen hatte. Im Gegensatz zu Bette war Sophia allerdings seit der Trennung von Bern häufiger dort zu Besuch gewesen. Die Beerdigung war zwar schon morgen, aber Bette hätte vor dem Abschluss des Locatelli-Falls keinesfalls verreisen können. Das hätte einen miserablen Eindruck gemacht, vor allem angesichts der nahenden Fusion und ihrer Beförderung. Außerdem war es Bette durchaus recht, so wenig Zeit wie möglich auf der Farm zu verbringen. Auf dem Weg zum Flughafen würde sie ihre Mutter zurückrufen, beschloss Bette.

»Die Buchungsbestätigung für den Flug sollte jede Minute bei Ihnen eintreffen«, rief Oliver von seinem Schreibtisch.

»Danke!«

Bette warf einen Blick auf ihr Spiegelbild im Fenster hinter ihrem Schreibtisch. Ihr kurzer Bob begann sich an den Enden leicht zu kräuseln, die aufsässigen chaotischen Locken, die sie mit so viel Mühe zu bändigen versuchte, leisteten wieder einmal Widerstand. Aber ihr Make-up saß tadellos, der dezente Lidschatten unter ihren gepflegten Brauen brachte die dunklen Augen perfekt zur Geltung. Bette sah genau so aus, wie sie aussehen wollte – beherrscht und effizient.

Ihr Handy vibrierte in ihrer Hand, als die Bestätigung für ihren Flug auf dem Display erschien. Beim Anblick des

Flugziels beschleunigte sich Bettes Puls. Es gab wahrhaftig keinen Ort, an dem sie jetzt weniger gern sein wollte als auf der Crowdie-Farm über der Lunan Bay bei Arbroath, Schottland.

4

Frühmorgens wachte Bette von einem Albtraum auf, den sie jahrelang nicht mehr gehabt hatte. Von düsteren Ängsten verfolgt, hatte sie sich hin- und hergewälzt, bis sie endlich erwachte, schweißgebadet und in zerwühltem Bettzeug. Es dauerte einige Momente, bis sie merkte, dass sie sich in einem Hotelzimmer am Flughafen von Aberdeen befand, wo sie am Abend zuvor gelandet war. Keuchend starrte Bette an die Decke, wütend über die verstörende Leere, die jedes Mal nach diesem Traum einsetzte. Sie hasste dieses schreckliche Gefühl von Hilflosigkeit.

Als sie ihr Handy checkte, fiel ihr Blick als Erstes auf die Trauerrede für ihren Vater, über der sie abends eingeschlafen war. Nina hatte sie schon vor Tagen geschickt, mitsamt der Frage, ob Bette noch etwas hinzufügen wolle. Doch es war ihr zu schmerzhaft gewesen, sie zu lesen, zumal sie an dem Tag für Locatelli in Bestform hatte sein müssen. Beides zugleich schaffte sie einfach nicht. Bette hatte geantwortet, sie habe keine Zeit, aber Nina habe bestimmt alles toll gemacht. Auf die Nachricht wurde nicht reagiert. Das war ihr letzter Austausch gewesen, abgesehen von der knappen Aufforderung, Sophia nicht zu enttäuschen. Garantiert war Nina stinksauer, aber auch damit konnte Bette sich gerade nicht abgeben. Schon gar nicht heute.

Sie stand auf, duschte und zog ihr bestes schwarzes Kostüm an, dazu eine weiße Seidenbluse. Dabei dachte Bette wieder an den Albtraum. Es war nicht weiter verwunderlich, dass er sie gerade jetzt heimsuchte. Er tauchte immer bei akutem Stress auf, und an den Ort zurückkehren zu müssen, an dem sie aufgewachsen war, stand für Bette ganz oben auf der Stressliste. Tatsächlich hatte sie den Traum zuletzt gehabt, als sie vor einigen Jahren der Crowdie-Farm einen Besuch abgestattet hatte. Damals war Nina noch nicht dorthin zurückgekehrt, um als pflichtbewusste Tochter die Art von Leben zu führen, der Bette unter allen Umständen entgehen wollte.

Um kurz nach acht befand sie sich in ihrem kleinen Mietwagen schon auf der A90 Richtung Süden, in der Hand einen starken Kaffee, auf der Nase die Sonnenbrille, ihren müden Augen zuliebe. Bette hatte kurz mit dem Gedanken gespielt, gar nicht zuerst zur Farm zu fahren, sondern direkt zur Beerdigung. Doch dann hatte sie beschlossen, dass es wohl keine gute Idee war, wenn das Wiedersehen mit ihrer Schwester – das so oder so verlaufen konnte – vor Menschen stattfand, die Bette kaum kannte oder an die sie sich nicht mehr erinnern konnte. Bern Crowdie war zeit seines langen Lebens ein beliebter Mann gewesen, und gewiss würden zu seiner Bestattung viele Freunde erscheinen.

Außerdem wollte Bette vorher ihre Mutter sehen. Sie

hatten sich zuletzt an Ostern getroffen, als Bette über ein Wochenende in Neapel gewesen war, wo Sophia mit ihrem neuen Partner lebte. Der Mann wirkte ziemlich jung, bestimmt würde die Beziehung nicht lange halten. Aber für was galt das schon, und solange ihre Mutter glücklich war …

Die Crowdie-Farm lag vor Blicken verborgen oberhalb einer kleinen Ortschaft namens Barton Mill an der Strecke nach Dundee. In Stonehaven musste man auf die Küstenstraße A92 abbiegen und war dann noch etwa eine Stunde unterwegs.

Die Sonne machte dem schottischen Spätsommer alle Ehre und strahlte hell über den kleinen Ortschaften und grünen Feldern entlang der Strecke. Immer wieder sah Bette Stände, an denen man Erdbeeren kaufen konnte, für deren Anbau diese Region bekannt war. Hinter Stonehaven kam die pittoreske Silhouette von Dunnottar Castle auf der felsigen Landzunge über der Nordsee in Sicht, wo diese Burganlage seit dem Mittelalter thronte.

Bette strich sich eine Haarsträhne hinters Ohr. Sie näherte sich jetzt der Kleinstadt Montrose, wo sie zur Schule gegangen war, und überquerte die Flussmündung des South Esk. Als sie zu der Abzweigung kam, wo sie auf die Straße zur Crowdie-Farm abbiegen musste, wappnete sich Bette innerlich für die Begegnung mit der Vergangenheit. Diese Gegend kannte sie wie ihre Westentasche. Die schmale Straße, an der die Crowdie-Farm und die Bronagh-Farm lagen, war früher bei jedem Wetter ihr Heimweg von der Schule gewesen, nachdem der Bus sie abgesetzt hatte. Häufig hatte sie Nina im Schlepptau gehabt, obwohl Bette es gehasst hatte, ständig auf die kleine Schwester aufpassen zu müssen. Aber das war Bette als der Älteren nun einmal aufgetragen worden. In ihren späteren Jugendjahren war sie hier unterwegs gewesen, wenn sie von Freunden nach dem Ausgehen abgesetzt worden war. Und als sie ihren Führerschein gemacht hatte, war sie selbst diese Strecke gefahren.

Doch nein, sie würde jetzt auf keinen Fall an diese Zeit zurückdenken. Und schon gar nicht an die Person, die damals neben ihr gesessen hatte, obwohl ihr sein junges Gesicht deutlich vor Augen stand, vor allem nach dem nächtlichen Albtraum.

Bette fuhr weiter, vorbei an dem Feld zu ihrer Rechten, das vor dem Farmhaus endete. Es war ein großes Gebäude mit zwei Stockwerken und einem Dachboden, der sich über die gesamte Fläche erstreckte. Als Kind hatte Bette sich mit Vorliebe dort oben aufgehalten und durch die Fenster gespäht, wenn Stürme über dem Meer tobten. Hinter dem Haus befand sich ein betonierter Platz, den sie allmorgendlich überquert hatte, wenn sie die Hühner und Ziegen füttern ging. Das war damals ihre Aufgabe gewesen. Um diesen Platz waren die anderen Gebäude der Farm angeordnet: eine offene Scheune für den Traktor und andere Geräte sowie Melkschuppen und Milchkammer. Dahinter befanden sich die Erdbeerfelder und weitere Wiesen bis zur Steilküste. Bette fragte sich, wie weit die Erosion der Felsen wohl in zwei Jahrzehnten fortgeschritten war. Früher war ihr und Nina immer eingeschärft worden, niemals in die Nähe der Klippen zu gehen.

Die Farm kam in Sicht, und Bette fuhr langsamer. Auf der hellbraunen Schotterfläche vor dem Haus pflegten Besucher zu parken, und auch die vor dem schottischen Wind durch eine Holzveranda geschützte Haustür wurde nur von Gästen benutzt. Familienmitglieder und Freunde dagegen fuhren auf dem Asphaltweg weiter bis in den Hof und betraten das Farmhaus durch die Hintertür, die direkt in die Küche führte. Unwillkürlich fragte sich Bette, wozu sie nun zählte. Offiziell natürlich zur Familie, aber sie konnte nicht einschätzen, wie man sie empfangen würde. Nach kurzem Zögern entschloss sie sich aber, auf dem Hof neben dem alten Land Rover ihres Vaters und einem ebenso betagten zweitürigen roten Fiat zu parken, der vermutlich Nina gehörte.

Als Bette ausstieg, ging sie davon aus, dass man ihre Ankunft bemerkt hatte. Aber niemand erschien in der Hintertür, die durch einen unordentlichen Haufen Schuhe einen Spalt offen stand. Nichts schien sich zu rühren, obwohl die geräumige Wohnküche früher immer der Ort gewesen war, an dem sich alle aufhielten. Während Bette sich dem Haus näherte, nahm sie jedoch Geräusche wahr – quäkende Stimmen, Musik und Soundeffekte. Wahrscheinlich schaute sich ihr Neffe Barnaby, dem sie bislang nur zweimal begegnet war, einen Cartoon im Fernsehen an. Bette überlegte, wie alt der Junge inzwischen sein mochte. Bis sie endlich Oliver aufgetragen hatte, Barnabys Geburtstag zu vermerken, hatte sie ihn ständig vergessen, sicher sehr zum Ärger ihrer Schwester.

Bette trat über die Schuhe hinweg und schob die Tür

weiter auf. Tatsächlich hielt sich niemand in der großen Küche auf, bei deren Anblick sich etwas in Bettes Magen zusammenzog. Der Raum sah fast genauso aus, wie zu der Zeit, als sie hier vor zwanzig Jahren gelebt hatte. Lediglich das alte Fernsehgerät, das auf einem Rolltisch gestanden hatte, war durch einen an der Wand fixierten Flachbildschirm ersetzt worden. Der jetzt auch die Quelle des Lärms darstellte, während grellbunte Bilder über den Monitor flackerten.

Der Fernseher schien auf den ersten Blick das einzig Neue im Raum zu sein. Die durchgesessene braune Ledergarnitur mit Sofa und zwei Sesseln hatte es damals schon gegeben, ebenso die von ihrer Großmutter Jean gehäkelte Wolldecke auf einer Armlehne. Die hellen Kiefernholzdielen waren ebenfalls unverändert, lediglich der niedrige Couchtisch mochte eine Neuanschaffung sein. Auf selbigem lagen ein angeknabberter Toast mit Marmelade (ohne Teller) und einige Legosteine. Die ganze Szenerie wirkte, als habe ein Kind überstürzt die Flucht ergriffen.

»Rrraaaaaarrrrrrgggggghhhhh!«

Der wüste Kampfschrei, begleitet von erbostem Gebell, ließ Bette trotz des dröhnenden Fernsehers herumfahren. Eine kleine Gestalt, gekleidet in einen schwarzen Jogginganzug mitsamt Cape und Maske, kam durch den Korridor gerast, ein Lichtschwert drohend erhoben und gefolgt von einem kleinen Collie.

»Einbrecher!«, schrie die Gestalt, sprang mit einem Satz auf das Sofa und fuchtelte so wild mit dem Lichtschwert, dass es beinahe Bettes Nase traf. Der Hund stand seinem

Besitzer zur Seite und hopste wild bellend neben ihm auf und ab. »Hinaus mit dir!«

»Barnaby?« Bette wich zurück und hob die Hände.

»So heiße ich nicht!«, kreischte der Junge und schwang weiter drohend das Spielzeug. »Du hast hier nichts zu suchen! Einbrecher!«

»Hör auf damit!« Um sich zu schützen, packte Bette das Plastikschwert und riss es ihrem Neffen aus der Hand – denn um ihn musste es sich zweifellos handeln. »Barnaby, ich heiße Bette. Ich bin deine Tante. Die Schwester deiner Mum. Beruhige dich, um Himmels willen!«

Beim Verlust seiner Waffe fing der Junge durchdringend an zu schreien. »Hilfe! Hilfe! Mum! *Mummy!*«

»Barnaby …«

Bette streckte die Hand aus, aber der Hund knurrte und sprang wild bellend auf sie zu.

Als die Hintertür so heftig aufgestoßen wurde, dass sie an die Wand knallte, fuhr Bette herum und sah eine junge Frau mit olivfarbener Haut, wilder schwarzer Lockenmähne und feurigen dunklen Augen auf sie zustürmen. Einen verwirrten Moment lang glaubte Bette, es wäre ihre Mutter, plötzlich wieder jung geworden. Aber Sophia erschien jetzt auch in der Tür.

»Nina!«, rief Bette aus, noch immer das Lichtschwert umklammernd. »Mum!«

Der kleine Superheld wurde in die Arme seiner Mutter gerissen, die Bette jetzt über seinen Kopf hinweg mit dem gleichen wütenden, trotzigen Blick bedachte, den sie schon als Fünfjährige gehabt hatte.

»Im Ernst jetzt?«, fauchte Nina. »Du schaffst es gerade mal, kurz vor der Beerdigung unseres Vaters aufzutauchen, und das Erste, was du machst, ist ein Kind zu verängstigen?«

»Was, ich?«, erwiderte Bette empört. »Als ich ankam, wurde ich sofort von diesem kleinen Raufbold angefallen!«

»Na klar«, konterte Nina abfällig und warf einen Blick auf das Plastikspielzeug. »Du warst auch echt in Lebensgefahr. Gut gemacht.«

»Mädels«, sagte Sophia Crowdie, die jetzt den Fernseher ausschaltete. In der plötzlichen Stille hörte Bette Barnaby am Hals seiner Mutter wimmern. Der Collie saß vor Ninas Füßen und blickte besorgt zu dem weinenden Kind hoch. »Jetzt atmen wir mal alle tief durch, okay?«

»Das kann *sie* machen«, entgegnete Nina und wies mit dem Kinn auf Bette, bevor sie mit Barnaby in den Armen hinausmarschierte, dicht gefolgt von dem Collie. »Ich habe zu tun.«

5

»Alles gut«, sagte Nina beruhigend, während sie Barnaby über den Hof trug. Es war erst kurz nach neun, aber in der Sonne wurde es schon heiß. »Das ist deine Tante Bette, Mummys Schwester. Als du sie zum letzten Mal gesehen hast, warst du noch klein.«

»Sie hat mein Lichtschwert geklaut«, murmelte der Junge an Ninas Schulter. Cams silberner Pick-up fuhr gerade auf den Hof.

»Du bekommst es zurück«, versicherte Nina ihrem Sohn und strich ihm über den Kopf. »Bestimmt hast du Tante Bette genauso erschreckt wie sie dich.«

»Alles okay?«, fragte Cam stirnrunzelnd, als er ausstieg.

»Ja, bis auf die Tatsache, dass meine Schwester eingetroffen ist und sie und Barney ...«

»Superheld Seepocke!«

»... sie und Superheld Seepocke sich gegenseitig einen gehörigen Schrecken eingejagt haben.«

»Kann ich irgendetwas tun?«, fragte Cam und wuschelte dem Jungen durchs Haar, als Nina ihn absetzte. Cam war schon für die Bestattung gekleidet, trug einen dunkelgrauen Anzug, den Nina noch nie an ihm gesehen hatte. Die obersten Knöpfe des Hemds standen offen, aber in der Tasche steckte eine schwarze Krawatte. Nina blickte an sich herunter. Sie trug Jeans und ein gestreiftes T-Shirt, beides schmutzig, und hatte schwarze Fingernägel.

»Mum und ich haben gerade die Erdbeeren für Merson's gepflückt«, antwortete Nina. »Jen wird jede Minute eintreffen, um sie für den Laden abzuholen. Sie stehen im Folientunnel, schon in Körbchen, aber die müssen noch in Kisten gepackt werden.«

»Mache ich«, sagte Cam und sah Barnaby an. »Hey, Superheld. Sieht aus, als hätten wir einen Notfall. Kann ich mich darauf verlassen, dass Superheld Seepocke am Start ist?«

Der Junge nickte eifrig. »Ich weiß genau, was zu tun ist«, verkündete er. »Folge mir!«

Erleichtert, dass das Bette-Drama vergessen schien, sah Nina ihrem Sohn nach, während er mit Limpet zum Folientunnel hinter der Scheune steuerte. Der Tag würde schon emotional genug werden, ohne weitere Zwischenfälle. Nina fühlte sich jetzt bereits so erschöpft wie normalerweise erst am Abend. Sie hatte nicht gut geschlafen.

»Erledige du deine Sachen«, sagte Cam, bevor er Barnaby folgte, der hinter der Scheune verschwunden war. »Ich beschäftige ihn.«

»Danke, Cam.«

Ihr Nachbar winkte ihr fröhlich zu, als er losmarschierte, und Nina fragte sich wie so oft, was sie ohne ihn nur tun würde.

Als sie in die Küche zurückkehrte, hatte Sophia den Wasserkocher eingeschaltet und war dabei, Tee zuzubereiten. Bette stand dicht neben ihr, was Nina überraschte. Sie hielt ihre Schwester für eine Person, die überall und immer auf Abstand blieb, einer Insel in einem Fluss gleich. Bette Crowdie schien niemanden an sich heranzulassen, körperlich wie emotional. Vielleicht hatte sie Freunde in London, aber ihre Familie erfuhr davon nichts.

Bette schaute auf. »Tut mir leid«, sagte sie, was Nina noch mehr wunderte. Mit einer Entschuldigung – die überdies aufrichtig wirkte – hatte sie nicht gerechnet. »Ich wollte Barnaby nicht erschrecken. Er wusste ja nicht, wer ich bin.«

»Was nicht weiter erstaunlich ist, nicht wahr?«

»Nina«, sagte ihre Mutter warnend, während sie die Teekanne füllte. »Bitte keinen Streit. Nicht heute.«

Nina zuckte mit den Schultern. »Okay. Du kannst ja später mit Barnaby reden, Bette, am besten ohne zu schreien. Und entschuldige dich dafür, dass du sein Lichtschwert gestohlen hast. Das hilft vielleicht.«

Ärger blitzte in Bettes Augen auf. »Ich habe es nicht gestohlen! Er hat es mir fast ins Auge gerammt. Und dieser Hund …«

»Mädels!«, sagte Sophia mit erhobener Stimme, bevor Nina etwas erwidern konnte. »Nina, möchtest du Tee?«

»Nein, ich habe noch zu viel zu tun. Ich muss duschen und mich umziehen, dann zur Kirche fahren, dort die Gottesdienstblätter abgeben, damit man sie an die Trauergäste verteilen kann, und auf dem Rückweg beim Caterer vorbeischauen, wo ich die restlichen Angelegenheiten für den Leichenschmaus kläre.«

»Kann ich irgendwie behilflich sein?«, fragte Bette.

Nina starrte sie an. »Kannst du irgendwie behilflich sein vor einer Bestattung, an deren Organisation du dich keine Sekunde beteiligt hast? Nein, Bette, kannst du nicht. Leg die Füße hoch und trink eine schöne Tasse Tee, um dich von den Strapazen deiner Reise in die Pampa zu erholen. Ich weiß, dass das bereits Anstrengung genug und der reinste Horror für dich ist.«

Mit diesen Worten marschierte sie hinaus und hinterließ ein betroffenes Schweigen.

Die Bestattung verlief organisatorisch reibungslos. Viele Freunde von Bern waren gekommen, die später bei der Trauerfeier über Erinnerungen an ihn sprachen und Geschichten aus der gemeinsamen Schulzeit vor über sechzig Jahren erzählten. *Er wird hier fehlen,* hörte man, und *Bern Crowdie war ein ganz besonderer Mensch.* Nina weinte und lachte und hielt Barnaby im Arm, der das gesamte Geschehen ziemlich verwirrend zu finden schien. Bette wirkte die ganze Zeit über gefasst, und Nina fragte sich, ob sie so beherrscht sein konnte, weil sie als Anwältin geübt darin war, oder ob sie vielleicht gar keine Gefühle hatte. Wahrscheinlich konnte sie es kaum erwarten, wieder abzureisen. Würde sie abends aufbrechen oder womöglich schon nachmittags? Nach der Feier direkt zum Flughafen fahren? Jedenfalls würde sie bestimmt keine Minute länger als notwendig bleiben wollen. Das war zwar einerseits traurig, für Nina aber auch eine Erleichterung. Das Leben hier war einfacher ohne Bette, sie verstanden sich ohnehin nicht gut. Das mochte an dem großen Altersunterschied liegen. Bette war zehn Jahre lang ein Einzelkind gewesen, bis Nina erschien, die von ihrer älteren Schwester offenbar lediglich als lästige Plage empfunden wurde. Das ließ sich im Nachhinein nicht mehr ändern. Nina wünschte sich nur, sie hätte das als Kind schon verstanden, dann wären ihr viel Sehnsucht und Enttäuschung erspart geblieben.

Die Trauergäste brachen nach und nach auf. Als die letzten gegangen waren, stellte sich jedoch heraus, dass Sophia andere Pläne für die Dauer von Bettes Aufenthalt hatte.

»Du bleibst doch bis Montag noch bei uns, oder?«, fragte sie Bette. »Ich bin auch so lange hier, und es gibt viel zu erzählen.«

»Mum!«, sagte Nina etwas schärfer als beabsichtigt.

Ihre Mutter sah sie fest an. »Was? Hast du vergessen, dass am Montag das Testament eröffnet wird? Bette sollte dabei sein.«

Nina sah ihre Schwester an. »Willst du das denn?«

»Um *Wollen* geht es an diesem Wochenende nicht«, antwortete Bette mit betonter Geduld, die Nina noch mehr auf die Palme brachte. »Mum hat mich letzte Woche angerufen und darum gebeten, dass ich mit zu dem Notartermin komme. Aber letztlich ist das nur eine Formsache, oder? Wir wissen doch, dass Dad die Farm komplett dir vererben wollte und ich einen Anteil von den jährlichen Einnahmen bekomme.«

Nina schnaubte. »Welche Einnahmen?«

Bette runzelte die Stirn und schien etwas sagen zu wollen, blieb aber stumm.

»Es gibt einen Grund, warum ich dich gebeten habe, dabei zu sein«, sagte Sophia jetzt, während sie begann, das Geschirr abzuräumen. »Euer Vater hat mich vor einigen Monaten angerufen, um mir mitzuteilen, dass er sein Testament geändert hat. In welcher Weise hat er nicht erklärt. Er meinte nur, er habe im letzten Jahr viel darüber nachgedacht.«

Das kam für beide Schwestern so unerwartet, dass sogar Bette bestürzt aussah. »Ich hatte ihm doch gesagt, er müsse das nicht machen«, murmelte sie.

»Und wann willst du ihm das gesagt haben?«, fragte Nina. »Da du ihn ja so häufig angerufen hast, um dich nach seinem Befinden zu erkundigen?«

»Nina«, mahnte Sophia.

»Was? Stimmt das etwa nicht?«

»Wir haben gemailt«, sagte Bette.

Nina glaubte, sich verhört zu haben. »Wie bitte?«

»Wir haben uns E-Mails geschrieben«, wiederholte ihre Schwester. »So sind wir in Verbindung geblieben. Manchmal wollte er mir Dinge mitteilen. Über die Farm.«

Diese Information war ein Schock für Nina. Ihr Vater hatte nie ein Wort darüber verloren. Sie hatte die ganze Zeit vermutet, dass Bern genauso wenig Kontakt zu Bette hatte wie sie selbst.

»Er war auch mein Vater, Nina«, sagte Bette, der jetzt eine gewisse Gereiztheit anzumerken war. »Vielleicht hat er beschlossen, dass er mir doch irgendwelche Dinge zum Andenken an ihn hinterlassen wollte.«

»Was für Dinge denn?«

Bette runzelte erneut die Stirn. »Keine Ahnung. Eines von Omas Gemälden aus dem Wohnzimmer vielleicht? Oder ein Buch?«

»Nein, ich meinte, welche Dinge er dir mitteilen wollte. In diesen E-Mails.«

Bette wandte den Blick ab. »Nur Kleinigkeiten. Neues von der Farm, wie es ihm ging, Fernsehsendungen, die ihm gefallen haben. Alltägliches. Ich gehe mal raus, frische Luft schnappen.«

Schweigend sahen die anderen beiden Frauen ihr nach. »Wusstest du das?«, fragte Nina, sobald ihre Schwester verschwunden war.

»Nein«, gab ihre Mutter zu. »Es wundert mich aber nicht.«

»Im Ernst? Mich schon. Ich dachte immer, Bette will weder mit der Farm noch mit uns was zu tun haben.«

»Das stimmt doch nicht«, erwiderte ihre Mutter. »Du siehst das zu sehr in Schwarz-Weiß, Nina. Bette wollte immer ein anderes Leben, Farmarbeit liegt ihr eben nicht. Und außerdem …« Sie verstummte.

»Außerdem was?«

Sophia seufzte. »Nichts. Sie ist nach London gezogen und führt dort das erfolgreiche Leben, das sie sich gewünscht hat.«

Nina vermutete, dass ihre Mutter noch etwas anderes hatte sagen wollen, hakte aber nicht nach. Nach weiteren erschütternden Enthüllungen stand Nina an diesem Tag nicht der Sinn. Außerdem fühlte sie sich von Sophia nicht richtig verstanden, weil sie Bette ähnlicher war.

»Aber wir haben kein Bett mehr frei«, wandte Nina stattdessen ein. »Du schläfst im Gästezimmer. Barnaby in Bettes altem Zimmer, und ich werde ihn auf keinen Fall rauswerfen. Sie könnte also höchstens in Dads Zimmer übernachten, und ich kann mir gut denken, was sie dazu sagen wird.«

Sophia tätschelte ihr den Arm. »Auf dem Dachboden steht noch das Klappbett. Sie kann doch da oben schlafen.«

Nina lachte lauthals. »Das soll ein Witz sein, oder? Bette? Auf dem Dachboden?«

Ihre Mutter lächelte. »Sie war früher sehr gern dort oben. Hat sich da vor der Welt verkrochen.«

»Bette wird ausrasten, wenn sie das hört«, entgegnete Nina im Brustton der Überzeugung. »Und garantiert ein anständiges Hotelzimmer verlangen. Mit Edelschokotäfelchen auf dem Kissen, Regendusche und solchem Quatsch. Wir können ihr nur einen billigen Schokoriegel und einen tropfenden Duschkopf bieten.«

Sophia schüttelte den Kopf. »Du kennst deine Schwester nicht so gut, wie du glaubst, Liebes. Wenn sie auf der Farm übernachtet, wird sie von sich aus auf dem Dachboden schlafen wollen, glaub mir.« Sie legte Nina die Hände auf die Schultern und ließ ihre Stirn an der ihren ruhen. »Das ist genau, was ihr beide mal braucht – ein bisschen Zeit füreinander unter einem Dach. Um euch wieder anzunähern, jetzt als erwachsene Frauen.«

»Da bin ich mir nicht so sicher. Ich halte es für wahrscheinlicher, dass wir versuchen werden, uns gegenseitig umzubringen.«

6

Am nächsten Morgen erwachte Bette auf dem quietschenden Klappbett, das eindeutig reif für den Müll gewesen wäre. Umgeben von Staub und Spinnweben blickte sie hinauf in das Giebeldach und versuchte sich zu erinnern, wodurch sie aus ihrem erstaunlich tiefen Schlaf erwacht war. Von draußen hörte sie Stimmen, anschließend das Brummen eines Quad, das vom Hof fuhr, das Klappen der Küchentür und schwere Schritte von Gummistiefeln auf Beton. Das Licht, das durch die kleinen Dachfenster fiel, war dämmrig, die Sonne noch nicht aufgegangen. Bette warf einen Blick auf ihre Armbanduhr. Vier Uhr morgens. Obwohl sie vor der Arbeit regelmäßig ins Fitnessstudio ging, wollte sie um diese Zeit noch nicht aufstehen. Aber sie war jetzt hellwach und horchte auf weitere Geräusche von unten, doch es blieb still.

Dass sie auf dem Dachboden schlafen konnte, war ein Lichtblick dieses Aufenthalts. Trotz des unbequemen Betts und der wenig komfortablen Umgebung fühlte Bette sich erstaunlich wohl hier oben und hatte so gut geschlafen wie schon lange nicht mehr. Offenbar wirkte dieser Teil des Hauses entspannend auf sie. In ihrer Kindheit war er ihr heiß geliebter Rückzugsort gewesen. Zwischen Kisten voller ausrangierter Dinge hatte sie nachgedacht, gespielt und sich ihren Träumen hingegeben. Als sie sich jetzt umsah, fiel ihr auf, dass der Raum nicht mehr so zugerümpelt wirkte wie früher. Jemand hatte offenbar irgendwann kräftig aufgeräumt.

Zwei Nächte, sagte sie sich. *Für zwei Nächte geht das, und die Tage musst du irgendwie durchstehen.* Beim Gedanken an die Testamentseröffnung wurde ihr mulmig. Bette wusste genau, warum Bern sein Testament geändert hatte und was er ihr hinterlassen wollte, obwohl sie ihm gesagt hatte, das sei nicht nötig. Aber wenn sie ganz ehrlich mit sich war, freute sie sich fast ein bisschen auf Ninas Gesicht, sobald sie erfuhr, was ihre Schwester bewirkt hatte. Weil Bette dann ausnahmsweise nicht zur Schurkin abgestempelt werden konnte. Und das wäre zur Abwechslung wirklich erfreulich.

Die Sonne ging weiter auf, und das wärmende Licht fiel nun durch die Fenster. Bette konnte die Staubteilchen durch die Luft tanzen sehen und genoss die friedliche Stimmung, eingekuschelt unter der Daunendecke, die Nina abends wortlos aus dem Wäscheschrank genommen hatte. Bette überlegte, ob sie aufstehen und Yoga machen sollte, weil sie keine Kleidung zum Joggen dabeihatte, wurde aber wieder schläfrig. Während sie eindöste, stellte sich eine Erinnerung ein … Sie sah sich selbst, wie sie als Mädchen etwas Geheimnisvolles in einer Kiste auf dem Dachboden entdeckte und es behutsam herausnahm. Ein altes Buch, vertraut, aber in Vergessenheit geraten. Bevor Bette in tieferen Schlaf sank, nahm sie sich vor, ihr Gedächtnis später noch nach dem mysteriösen Gegenstand zu durchforsten.

Doch als sie später aufwachte, war die Erinnerung verflogen. Diesmal weckte sie dröhnende Musik, die von unten kam, und etwas, das nach schrägem Gesang klang. Inzwischen hatte sich der Dachboden erwärmt, und Bette stellte mit einem Blick auf ihre Uhr fest, dass es mittlerweile kurz nach acht war.

Als sie nach unten kam, wurde der Lärm regelrecht ohrenbetäubend. Der Radau klang wie eine Mischung aus Presslufthämmern und einem wüsten Karaoke-Duell und kam aus der Küche. Wo Bette ihre Schwester und Barnaby (in vollständiger Superheldenaufmachung) beim Headbangen zu den Sisters of Mercy vorfand, was besonders für Nina ziemlich gewagt war, da sie gerade am Herd Bacon und Spiegeleier briet.

»Guten Morgen, Liebes!« Bette zuckte erschrocken zusammen, als schwungvoll eine Hand auf ihrer Schulter landete. Sophia war hinter ihr in die Küche getreten, ungerührt ob des Krawalls. »Lust auf Frühstück?«

Ihre Stimme war laut genug, um in einer ruhigeren Passage die Sisters zu übertönen, worauf Mutter und Sohn herumfuhren und Nina schnell das Radio ausschaltete. In der abrupt eingetretenen Stille war nur noch das Zischen des Fetts in der Bratpfanne zu hören.

»Morgen«, sagte Bette.

»Ich habe ganz vergessen, dass du auch da bist«, bemerkte ihr Neffe. »Oma hat gesagt, du hast auf dem Dachboden geschlafen, stimmt das?«

»Als Kind hat deine Tante gern da oben übernachtet«, antwortete Sophia an Bettes Stelle und nahm Teller aus dem Schrank. »Beim ersten Mal war sie etwa so alt wie du jetzt. Ich habe einen furchtbaren Schock gekriegt, als morgens ihr Bett leer war.«

Barnaby starrte Bette mit großen Augen an. »Hast du dich nicht vor den Spinnen gefürchtet?«

Bette schmunzelte. »Ich mag Spinnen«, gestand sie. »Weil sie Fliegen fressen, und die kann ich nicht ausstehen.«

»Meine Schwester, ein heimlicher Goth«, murmelte Nina am Herd und warf Bette einen Blick zu. »Es ist noch genug Bacon für ein Sandwich übrig, falls du eines möchtest.«

»Ah, jetzt noch nicht«, warf Sophia ein. »Bette muss erst ihre Pflichten erledigen.«

Bette sah ihre Mutter mit hochgezogenen Augenbrauen an. »Was für Pflichten?«

»Die Hühner müssen gefüttert werden«, antwortete Sophia. »Das war früher schon deine Aufgabe.«

Diese Vorstellung behagte Bette gar nicht. »Aber das habe ich seit Jahren nicht mehr gemacht. Ich wüsste nicht mal, wo ich das Futter finde.«

»Kein Problem«, erwiderte Sophia unnachgiebig. »Barnaby kennt sich mit allem aus, nicht?«

»Superheld Seepocke«, korrigierte der Junge, dessen vorwurfsvoller Gesichtsausdruck hinter der Maske verborgen blieb.

»Superheld Seepocke weiß genau, wo alles ist und was gemacht werden muss«, beeilte sich Sophia, ihren Fehler auszugleichen, »und zeigt dir bestimmt alles. Oder?«

Der Junge schaute zwischen den drei Frauen hin und her.

»Okay«, äußerte er mit leicht zweifelndem Unterton. »Dann mal los.«

Er ging zur Tür und schlüpfte in seine Gummistiefel. Bette sah ihre Mutter fragend an.

»Ja, auf gehts«, sagte sie. »Ich meine das ernst. Und beeil dich. Wenn Cam demnächst aufkreuzt, kriegt er nämlich sonst deinen Bacon.«

Als Bette zögernd stehen blieb, zog Sophia die Augenbrauen hoch und verschränkte die Arme vor der Brust.

»Okay, okay, ich gehe ja schon«, murmelte Bette.

Als sie in den Hof hinaustrat, wurde sie bereits von dem Hund und Barnaby erwartet, der ihr einen der Eimer reichte, die er in Händen hielt.

»Zuerst müssen wir die Körner holen«, erklärte er.

»Alles klar. Werden die immer noch in der Scheune gelagert?«

»Ja, neben dem Traktor.« Barnaby klang überrascht. »Woher weißt du das?«

»Na, ich habe doch früher hier gelebt. In deinem Alter und in meiner Jugend. Wie deine Oma gesagt hat: Es war immer meine Aufgabe, die Hühner und Ziegen zu füttern.«

»Ziegen haben wir keine mehr«, berichtete der Junge, als sie die schummrige Scheune betraten. »Die sind immer ausgebrochen und haben die ganzen Erdbeeren aufgefressen.«

Bette nickte, als sie sich daran erinnerte, wie oft sie damals die Ziegen einfangen musste. »Die sind wirklich fürchterlich gefräßig.«

»Eine hat mal einen meiner guten Schuhe aufgefressen«, erzählte Barnaby. »Mum hat sich total aufgeregt. Sie musste mir eine Erklärung schreiben, warum ich zu meiner Schuluniform Sneakers getragen hab, bis wir eine Woche später neue Lederschuhe kaufen konnten.«

In der Scheune, in die kaum Sonnenlicht drang, war es kühl. Es roch nach Heu, und überall standen Ölkanister, Holzpaletten, Futterwannen, defekte Geräte und anderes Gerümpel herum, das man provisorisch hier deponiert und dann nicht weggeräumt hatte. Bette entging nicht, wie wenig sich seit damals verändert hatte, und wieder regten sich Erinnerungen in ihr. Der John-Deere-Traktor war der einzige, den es jemals auf der Farm gegeben hatte, weil nie genug Geld für einen neuen da gewesen war. Er wirkte immer noch robust, war aber längst nicht mehr zeitgemäß. Bette konnte sich gut daran erinnern, wie sie in Barnabys Alter auf dem Beifahrersitz gehockt hatte und durchgeschüttelt worden war. Das war unbequem gewesen, was aber überhaupt keine Rolle gespielt hatte. Denn sie platzte damals fast vor Stolz, wenn sie dabei sein durfte, wenn Bern ausfuhr, um rasch vor einem Sommergewitter das Heu einzubringen. Bette blinzelte, als sie plötzlich ein schmerzhaftes Ziehen in der Brust spürte.

»Tante Bette! Komm hierher!«

Barnaby versuchte, die Futtertonne zu öffnen, und Bette nahm ihm den schweren Deckel ab und lehnte ihn an die Wand. Beide tauchten ihre Eimer in die Körner, dann hob Bette die gefüllten Eimer heraus und stellte sie auf den Boden.

»Machst du das jeden Morgen?«, fragte sie. »Das ist ja viel Arbeit für dich ganz allein.«

Der Junge blieb einen Moment stumm, während Bette die Tonne wieder verschloss. Schließlich sagte er: »Ich hab das mit Grandpa zusammen gemacht.«

»Tut mir leid«, sagte Bette. »Mir fehlt er auch sehr.«

Barnaby schniefte. »Ja ...«

»Haben die Hennen Namen?«, erkundigte Bette sich rasch, um das Thema zu wechseln. Sie hatte keine Ahnung, was sie tun sollte, wenn der Junge zu weinen anfing. »Ich habe sie damals nach meinen Lieblingspopstars genannt.«

»Nach wem?«, fragte Barnaby, während sie auf den Hühnerstall zusteuerten.

Bette verzog das Gesicht. Sie nahm nicht an, dass ihrem Neffen die Spice Girls ein Begriff waren. »Ich glaube, die kennst du nicht. Welche Namen hast du ihnen gegeben?«

»Es sind Zahlen, keine Namen.«

»Zahlen?«

»Ja, wie beim Doktor in *Doctor Who*. Aber es funktioniert nicht mehr richtig, weil ich ein identisches Huhn wie Zehn bräuchte, und das geht erst, wenn ich eine Hühnerklonmaschine finden würde, und das wäre trotzdem nicht praktisch, glaube ich.«

Bette hatte keine Ahnung, wovon der Junge redete. Da

aber eine Erklärung vermutlich noch verworrener ausgefallen wäre, zog sie es vor, ihm beizupflichten.

Der Hühnerstall auf der Wiese vor dem Folientunnel sah verändert aus, aber da Bette viele Jahre kaum hier gewesen war, erstaunte sie das nicht. Sobald Barnaby das Tor zu dem Gatter öffnete, das den Stall umgab, kamen die Hennen aufgeregt gackernd angeflitzt. Der Junge schaute zu Bette auf.

»Du darfst sie zuerst füttern«, sagte er großzügig. »Dann werden sie deine Freunde.«

Bette legte keinerlei Wert auf Hühnerfreunde, wollte das Angebot ihres Neffen aber nicht ausschlagen. Sie streute eine Handvoll Körner aus, und die Vögel stürzten sich darauf, futterten eifrig und scharrten mit den Krallen. Und Bette spürte etwas erstaunt, dass ein Lächeln auf ihr Gesicht getreten war.

»Sie mögen dich«, sagte Barnaby vergnügt.

Bette sah, dass er den Eimer abgestellt hatte und ein altes iPhone aus der Hosentasche zog. Er hielt es hoch. Auf dem Bildschirm war die Hühnerschar zu sehen.

»Grandpa hat mir das geschenkt, damit ich jeden Tag ein Foto machen kann«, erklärte der Junge. »Das ist ein Projekt. So können wir beobachten, wie sie wachsen.«

Bette lächelte. »Tolle Idee. Welches ist Zehn?« Ihr Neffe deutete auf eine braune Henne mit weißer Gefiederzeichnung. »O ja, sehr schön«, sagte sie. »Und dieses Huhn kann man bestimmt nicht klonen, würde ich sagen.«

Barnaby warf den Vögeln Futter hin. Nach kurzem Schweigen sagte er: »Tut mir leid, dass ich dich mit dem Lichtschwert attackiert habe, Tante Bette.«

»Und mir tut es leid, dass ich dich erschreckt habe. Das wollte ich nicht.«

»Ja«, seufzte Barnaby. »So was passiert manchmal. Wollen wir Frieden schließen?«

»Unbedingt. Übernimmst du noch andere Aufgaben auf der Farm?«, fragte Bette. »Ich habe manchmal auch beim Melken mitgeholfen. Aber da war ich wahrscheinlich ein bisschen älter als du jetzt.«

»Ich helfe Mummy beim Erdbeerpflücken«, antwortete der Junge. »Und am Wochenende füttere ich abends die Pferde und den Esel. Manchmal helfe ich auch beim Ausmisten. Aber das stinkt immer furchtbar.«

»Ihr habt Pferde hier?«, fragte Bette überrascht. »Deine Mum ist als Kind geritten. Aber immer nur bei einer Freundin, wir hatten keine eigenen Pferde.«

»Nee, die gehören Cam. Er hat gesagt, wir können sie reiten, wenn wir Lust darauf haben. Aber Mum meint, dann müsste ich mit anpacken und mich um alles andere kümmern. Ich mache das gern. Und ein Superheld braucht ja manchmal auch ein Ross, da ist es gut, wenn die Pferde mich schon kennen.«

Bette lächelte. »Barna…«

»Superheld Seepocke.«

Sie hielt einen Moment inne und begann dann aufs Neue. »Richtig. Superheld Seepocke … kann ich dich etwas fragen?«

Ihr Neffe streute noch eine Handvoll Futter aus, bevor er den Eimer abstellte und sich auf die Leiter vom Hühnerstall hockte. »Klar.«

»Woher kommt dein Name? Warum nennst du dich Superheld Seepocke?«

Ein längeres Schweigen entstand, und Bette war nicht sicher, ob der Junge überhaupt antworten würde. Doch dann zuckte er mit den Schultern und spreizte die Hände.

»Eigentlich heiße ich natürlich Barnaby. Mummy nennt mich auch Barney. Aber ich wollte einen Superheldennamen. Weißt du, was eine Seepocke ist, Tante Bette?«

»Ja, ein kleiner Krebs in einer Art Muschel, oder? Der in Salzwasser lebt und sich an Felsen oder Boote heftet?«

Der Junge nickte so ernsthaft wie ein alter Weiser. »Ganz genau. Seepocken haften so fest, dass sie durch nichts bewegt werden können. Nicht mal durch Stürme oder wenn jemand mit einem Stock herumstochert oder irgendwer sie fressen will. Sie halten sich fest und bleiben da. Immer an Ort und Stelle.«

»Okay …«, antwortete Bette, die nicht verstand, worauf er hinauswollte.

»Ich heiße Superheld Seepocke, weil ich immer da bin«, fügte der Junge hinzu. »Superhelden kann keiner kaputt machen und Seepocken auch nicht. Niemand kann sie bewegen oder ihnen was antun. Und so bin ich auch. Ich bin Superheld Seepocke und bleibe immer hier, egal, was passiert. Limpet genauso. Der ist nach Napfschnecken benannt, die saugen sich an Felsen fest. Wir bleiben immer hier, gehen nie weg. Nicht wie Menschen.«

»Das finde ich toll, Superheld Seepocke«, sagte Bette.

Wegen der Maske konnte sie es nicht richtig erkennen, hatte aber den Eindruck, dass der Junge fröhlich lächelte.

Das war seinen Augen anzusehen. Bette erwiderte das Lächeln und dachte bei sich, dass sie wirklich wenig über diesen Teil ihrer Familie wusste.

7

»Wie wäre es denn, wenn ich heute Abendessen mache?«, fragte Bette, nachdem Barnaby und sie im Hühnerstall die Eier eingesammelt und sich dann mit dem deftigen Frühstück gestärkt hatten.

»Das ist eine sehr schöne Idee, Liebes«, sagte Sophia.

Nina dagegen runzelte die Stirn. »Du kannst kochen?«

»Natürlich kann ich kochen.«

»Ich hätte gedacht, bei deinem stressigen Leben und deinem furchtbar wichtigen Job wärst du zu beschäftigt für so was.«

»Nina«, sagte ihre Mutter beschwichtigend.

»Ist okay, Mum«, warf Bette ein. »Nina, ich weiß, dass du ganz viel um die Ohren hattest mit der Organisation der Beerdigung und der Arbeit auf der Farm. Ich kann auch verstehen, dass du wütend auf mich bist, weil ich dich nicht unterstützt habe. Aber heute könntest du dich mal entspannen und mir das Kochen überlassen. Es sei denn, du willst das nicht. Das wäre natürlich auch okay. Aber ich biete es an, und du kannst entscheiden.«

Nina seufzte. »Ja, gut, okay.«

»Kann ich hier irgendwo am Sonntag Lebensmittel einkaufen?«, fragte Bette, ohne auf den gereizten Tonfall ihrer Schwester zu reagieren.

»Warte mal.« Sophia stand auf und ging zu dem Kalender neben der Küchentür, auf dem für diesen Monat die Lunan Bay mit ihrem grasgesäumten Sandstrand und den hiesigen Dreizehenmöwen unter blauem Himmel abgebildet war. «Ich hatte hier gesehen, dass es einen Bauernmarkt unten im Dorf gibt. Willst du da mal schauen?«

»Ein Bauernmarkt in Barton Mill?«, sagte Bette erstaunt. »Ich hätte nicht gedacht, dass es dafür genügend Nachfrage gibt.«

»Es hat sich einiges geändert seit deinem letzten Besuch«, warf Nina ein. »So ist das eben, wenn man sich keine Mühe gibt, mal vorbeizuschauen.«

»Nina«, seufzte Sophia.

»Macht nichts, Mum«, sagte Bette. »Lass sie bockig sein und schmollen. Dann ist alles wie früher.«

Falls Nina noch etwas erwiderte, merkte Bette es nicht, weil sie zu sehr mit ihren eigenen Gedanken beschäftigt war. Wie würde es sich anfühlen, in ihrer gewohnten Umgebung von früher unterwegs zu sein? Wem würde sie begegnen? Natürlich dachte sie vor allem an eine Person – dieselbe Person, die all ihre Erinnerungen an ihr Zuhause und ihre Jugend überschattete. Bette zwang sich, ihre Bedenken abzuschütteln. Die Wahrscheinlichkeit, ihm über den Weg zu laufen, war verschwindend gering. *Aber genau das ist mein Problem,* dachte sie. *Alles an diesem Ort ist mit ihm verbunden, sogar heute noch.*

Bette merkte plötzlich, dass ihre Mutter sie nachdenklich betrachtete und dabei aussah, als könnte sie Bettes Gedanken erraten.

»Möchtest du, dass ich mitkomme?«, fragte Sophia, als Bette ihr Geschirr zur Spüle brachte.

»Nein, das ist nicht nötig, danke.« Bette stand nicht der Sinn danach, weiter beobachtet zu werden. »Gib mir einfach eine Einkaufstasche, dann ziehe ich los.«

Das Küstenörtchen Barton Mill schmiegte sich an eine Bucht am Fuße der zerklüfteten Klippen an der Lunan Bay. Wegen der heftigen Stürme hatte man die Häuser mit der Giebelseite zum Meer hin gebaut. Nur das Gebäude des Hafenmeisters am einen Ende des Kais und der Pub Silver Darling am anderen Ende waren den Wogen der Nordsee in voller Breite ausgesetzt. Von der Hauptstraße, die zum Meer hinunterführte, gingen schmale Sackgassen ab, in denen an die fünfzig kleinere Häuser angesiedelt waren. Auf einem großen, zurückgesetzten Grundstück ragte das Herrenhaus der Adelsfamilie Greville auf, der früher der größte Teil aller Ländereien in Barton Mill gehört hatte. Fußwege schlängelten sich zwischen den Häusern und Gärten hangabwärts bis zur Promenade entlang des kleinen Jachthafens. Bette sah, dass inzwischen auf den Klippen moderne Bauten entstanden waren, vermutlich Ferienunterkünfte. In ihrer Jugend hatte es dort noch Farmbetriebe gegeben.

Nachdem Bette einen Parkplatz gefunden hatte, spazierte sie los und wunderte sich, wie lebhaft die Ortschaft inzwischen wirkte. Früher war Barton Mill ein verschlafenes

Dörfchen gewesen, das wenig mehr zu bieten hatte als die nicht allzu lange Seepromenade. Doch heute waren die Gassen voller Menschen, und überall wiesen Schilder zur Marina und zum Markt. Als Bette aus dem Gewirr der Gassen auftauchte und sich dem Meer näherte, blieb sie einen Moment lang verblüfft stehen.

Die Straße zwischen Promenade und Ortschaft war vorübergehend für Autos gesperrt worden, denn dort erstreckte sich der Markt, der aus etlichen Ständen unter weißen Zeltplanen bestand. Als sie weiterging und das Angebot betrachtete, stellte sie fest, dass es ein hochwertiges regionales Sortiment an Fisch, Fleischwaren, Käse, Gemüse und Blumen gab. Entlang der Straße waren in den alten Häusern kleine Geschäfte eingezogen. Früher hatte es hier nur ein winziges Postamt gegeben, und manchmal hatte ein Eiswagen im Dorf gehalten. Mittlerweile hatte ein Café eröffnet, vor dem man im Freien sitzen konnte, und Bette sah einen hübschen Laden namens »Nordseeschätze«. Barton Mill hatte sich so sehr verändert, dass Bette ihr einstiges Heimatdorf kaum wiederkannte. Die frische Atmosphäre trug ein Gutteil dazu bei, dass die unterschwellige Angst, die ihr zu schaffen machte, ein wenig nachließ.

Doch als sie weiterschlenderte, kam sie unweigerlich zum Silver Darling, dem Pub an der Kaimauer, bei dessen Anblick sie schlagartig in die Vergangenheit zurückversetzt wurde. In dem dreistöckigen grauen Steingebäude hatte sie mit achtzehn zum ersten Mal Alkohol getrunken, mit ihrem Vater, der das als Ritual zelebrierte, und in Anwesenheit etlicher Stammgäste, die beim ersten Schluck applaudierten. Auch vor dem Silver Darling standen Tische und Stühle, unweit der Kaimauer, von der an einer Stelle eine Treppe zum Anleger für die Segelboote hinunterführte. Bette dachte zurück an die langen Sommerabende, an denen sie auf dieser Mauer gesessen hatte und die Beine baumeln ließ. Und sie erinnerte sich nur allzu genau, dass es einen Stein gab, in den zwei Namen eingeritzt waren, dicht nebeneinander. Bette holte tief Luft und näherte sich der Stelle, um den Bann zu brechen.

Kurz darauf wandte sie sich ab und kehrte auf den Markt zurück. Doch es kam ihr vor, als verharrte ein Teil von ihr auf dieser Mauer – ganz als habe sie sich niemals wegbewegt, als sei sie letztlich immer dortgeblieben.

8

»Oh mein Gott, bist du es wirklich? *Beth?*«

Zunächst bezog Bette die Stimme nicht auf sich, weil sie an einem Marktstand angestrengt überlegte, was sie denn nun zum Abendessen kochen wollte. Erst als sie ihren ganzen Namen hörte und jemand sie am Arm berührte, drehte sie sich um.

»Beth Crowdie?«

Die blonde Frau mit Bobhaarschnitt, die vor ihr stand, war einen guten Kopf kleiner, was Bette aufgrund ihrer Körpergröße nicht selten erlebte. Blaue Augen leuchteten in dem runden freundlichen Gesicht, und bei dem strahlenden Lächeln zeigten sich ein paar Fältchen um den Mund. Ihr Outfit, bestehend aus einem cremeweißen Leinenanzug und blau-weiß gestreiften Top, wirkte für einen Ausflug zum Bauernmarkt erstaunlich elegant.

»Du bist es wahrhaftig! Habe ich's mir doch gedacht!«, rief die Frau aus. »Du liebe Zeit, wie lange ist es her – achtzehn Jahre? *Wie gehts dir?*«

Plötzlich stellten sich bei Bette Erinnerungen an einen Sommertag ein … an *viele* sonnige Sommertage, unbeschwertes Lachen, Mitsingen zu Songs aus dem Radio, Tuscheln und Kichern über Klatsch und Tratsch und – *Allie.*

»Du siehst genauso aus wie damals!«, bemerkte Allie Bright, während sie Bette von Kopf bis Fuß musterte. »Ich hätte dich überall erkannt, trotz der kurzen Haare. Aber wie groß du bist, hatte ich vergessen, ehrlich gesagt. Wie ist die Lage bei dir? Ich habe von Bern gehört – mein herzliches Beileid. Ich konnte nicht zur Beerdigung kommen, habe aber Blumen geschickt. Er war so ein außergewöhnlicher Mann, dein Dad. Bei euch war ich früher immer am liebsten.«

»Allie! Entschuldige bitte, ich habe dich nicht gleich erkannt.« Einen Moment lang war Bette regelrecht überwältigt. Allie. Ihre beste Freundin aus der Schulzeit. Jahrelang hatten sie täglich zusammengesteckt, waren unzertrennlich gewesen, hatten keine Geheimnisse voreinander gehabt. Doch dann hatte Bette mit dem Studium begonnen. War davongelaufen und hatte alles zurückgelassen, auch ihre beste Freundin.

»Das macht nichts«, erwiderte Allie lächelnd. »Ist doch auch eine Ewigkeit her, fast ein ganzes Leben.« Sie schaute zur anderen Marktseite hinüber. »Hör mal, ich muss weiter, mir gehört der Laden dort drüben, Nordseeschätze. Schau doch nachher mal rein, wenn du deine Einkäufe erledigt hast. Ich würde mich freuen, mehr von dir zu hören, Beth. Habe es sehr bedauert, dass wir den Kontakt verloren haben.«

»Ja«, sagte Bette. »Das wäre nett, mache ich.«

Allie nickte und warf ihr noch ein herzliches Lächeln zu,

bevor sie sich durchs Getümmel drängte. Bette fragte sich unwillkürlich, weshalb sie spontan zugesagt hatte. Sie hätte auch wahrheitsgemäß behaupten können, keine Zeit zu haben, weil sie zu Hause erwartet wurde. Aber irgendein Impuls hatte sie dazu veranlasst, dieses Angebot einer Person, die sie seit fast zwei Jahrzehnten nicht mehr gesehen hatte, nicht abzulehnen.

»Hallo? Entschuldigen Sie mal?«

Bette drehte sich um und stellte fest, dass der Metzger sie ärgerlich ansah.

»Also, wenn Sie nichts kaufen wollen …«, sagte der Mann ungehalten und wies auf das Gedränge am Stand. Bette stellte fest, dass sich hinter ihr eine Schlange gebildet hatte.

»Entschuldigung«, sagte sie, genervt von ihrer Zerstreutheit. »Eine Rinderkeule, bitte.«

Danach kaufte sie Gemüse als Beilage und Äpfel für den Crumble, den sie zum Dessert zubereiten wollte. Sie nahm an, dass Mehl, Butter und Zucker zu Hause vorhanden waren. Schließlich ging sie zu Allies Laden hinüber, betrachtete das gepflegte weiße Schild mit blauer Schrift und überlegte, ob sie nicht doch lieber direkt zurück zur Farm fahren sollte.

Aber just in diesem Moment erschien Allie in der Tür und verkündete strahlend: »Komm rein, komm rein. Ich habe schon Teewasser aufgesetzt. Shortbread gibt es auch.«

Diese Fröhlichkeit war immer typisch für Allie gewesen, erinnerte sich Bette, während sie der Freundin in ihr Geschäft folgte. Der kleine Raum war angefüllt mit Schmuck, Keramik, Postkarten und stilvollen Kleinigkeiten. Während

Bette sich umsah, ging Allie voraus zu einer Nische weiter hinten. Dort hingen an Ständern jede Menge Kleidungsstücke in den Farben von Meer und Küste – allerlei Blauschattierungen, Türkis, helle Brauntöne wie von Sand und Felsen.

»Komm, machen wir's uns gemütlich.« Allie deutete auf die Sitzecke mit Sofa und Tischchen, auf dem große Henkeltassen, ein Teller mit Shortbread und eine Teekanne standen. »Wenn Kundschaft kommt, muss ich allerdings bedienen.«

»Du hast wunderschöne Sachen hier«, bemerkte Bette, während sie sich niederließ.

»Danke.« Allie lächelte. »Ich verkaufe nur Kunsthandwerk von Ortsansässigen. Und, na ja, Keramik von einer Töpferin aus Gardenstown, muss ich zugeben, weil sie mir so gut gefällt. Aber nichts von weiter außerhalb. Wir haben viel Talent hier in der Gegend, findest du nicht auch?«

Bette überlegte, was das *wir* wohl zu bedeuten hatte. Zählte sie nach all den Jahren noch als Einheimische?

»Also«, sagte Allie und reichte Bette eine der handgetöpferten Tassen. Die Glasur erinnerte sie an das hellgrüne Meerwasser, das sich in kleinen Felsteichen am Strand sammelte. »Erzähl mir *alles*, Beth Crowdie. Was hast du erlebt, seit wir uns zum letzten Mal gesehen haben?«

Bette umfasste die Tasse mit beiden Händen. »Na ja«, antwortete sie etwas zögernd, »als Erstes sollte ich vielleicht mal sagen, dass ich mich nicht mehr ›Beth‹ nenne. Sondern überall nur noch Bette.«

»Ah! Das war aber, nachdem wir aufgehört haben zu

schreiben, oder? Warum hast du deinen Namen geändert, wenn ich das fragen darf?«

Bette fiel wieder ein, dass sie in den ersten Monaten ihres Studiums tatsächlich noch per E-Mail in Kontakt gewesen waren. Aber dann war es eben zu jenem Vorfall gekommen, und Bette hatte nichts mehr mit ihrer Heimat zu tun haben wollen und sich Hals über Kopf in Arbeit gestürzt. In ihren ersten Ferien war sie nicht nach Hause gefahren, sondern hatte in einer Kanzlei in Oxford ein Praktikum gemacht. Und mit Beginn des neuen Semesters war der Kontakt zu Allie komplett eingeschlafen und nie wieder zum Leben erweckt worden.

»Ich finde, ›Bette‹ klingt tougher«, antwortete sie. »Und mir war von Anfang an klar, dass ich in meinem Beruf alles nutzen muss, was mir Vorteile verschaffen kann.«

Allie hielt ihr den Teller mit Shortbread hin. »Okay, ich werde versuchen, es nicht zu vergessen. Ich fand ja immer, dass du die perfekte ›Beth‹ warst – groß, gertenschlank, wunderschön und selbstbewusst. Was du natürlich immer noch bist«, fügte sie lächelnd hinzu.

Bette versuchte, ihre Verlegenheit angesichts dieser Komplimente zu überspielen, indem sie nach dem Gebäck griff. »Ehrlich gesagt, weiß ich gar nicht mehr, wie es sich angefühlt hat, Beth zu sein.«

»Das erklärt jedenfalls, warum ich dich nie in den sozialen Medien gefunden habe«, sagte Allie. »Ich habe dich ab und zu gesucht, meistens wenn mir wieder eine unserer Jugendeskapaden einfiel. Aber du warst nirgendwo aufzuspüren.«

»Die sozialen Medien sind ohnehin nicht mein Ding«, erklärte Bette. »Mir gefällt die Vorstellung nicht, dass jeder x-beliebige Mensch einen finden kann.«

Ein kurzes Schweigen entstand. Bette war sicher, dass Allie genau wusste, von welcher Person aus der Vergangenheit ihre Freundin nicht aufgespürt werden wollte.

»Kann ich verstehen«, sagte Allie schließlich. »Obwohl es schon eine gute Methode ist, um Kontakte nicht abreißen zu lassen.« Sie schwieg einen Moment und fuhr dann fort: »Ich selbst bin auch erst seit ein paar Jahren wieder in Barton Mill. Vorher kam ich nur noch wegen meiner Eltern her. Nach dem Studium bin ich in den Norden gezogen – also, *so richtig* in den Norden. Meine beiden Kinder sind in Kirkwall geboren.«

»Wie bitte, du hast auf den *Orkneyinseln* gelebt?« Bette war so verblüfft, dass ihre Befangenheit verflog. »Wie kam es denn dazu?«

Allie lachte. »Ich habe an der Uni meinen Mann kennengelernt. Er ist Tierarzt, kommt aus Kirkwall und wollte wieder dort leben. Und was kann man sich als Archäologin schon Besseres wünschen, als in der Nähe des Rings von Brogdar zu wohnen?«

»Moment mal.« Bette runzelte verwirrt die Stirn. »Du bist … Archäologin?«

»Ja.« Allie nickte. »Oder zumindest war ich es früher.«

»Aber du wolltest doch Kunst studieren, oder nicht?«, fragte Bette, die sich im Gespräch mit ihrer Freundin immer wohler fühlte. »Ich erinnere mich noch an deine tollen Gemälde …«

Allie ließ den Blick durch den Laden schweifen, während ihr Lächeln ein wenig matter wurde. »Ja, ich male immer noch. Die Inseln waren perfekt dafür, das kannst du mir glauben. Die Karten hier sind von mir.« Sie wies mit dem Kopf zur Ladentheke, wo in einem Drehständer Aquarellkarten von Landschaften und Meeresansichten angeboten wurden. »Aber … nun, sagen wir mal, mein erster Versuch zu studieren lief nicht so gut. Ich habe nach dem vierten Semester abgebrochen und danach erst mal wieder eine Zeit lang bei meinen Eltern gewohnt. Irgendwann verfiel ich auf die Archäologie, die mich immer schon interessiert hatte. Weißt du noch, wie oft wir an der Lunan Bay nach Fossilien gesucht haben?«

Bette lachte. »Und ob! Du hattest den absoluten Adlerblick. Ich weiß noch, wie deine arme Mum verzweifelt versucht hat, Platz für deine ganzen Fundstücke zu finden.«

»Meine Schätze!« Allie kicherte. »Das waren alles Schätze! Meine Eltern haben mich jedenfalls darin bestärkt, das zu machen. Sie waren erleichtert, glaube ich, dass ich überhaupt wieder für irgendetwas Interesse zeigte.« Sie zuckte mit den Schultern. »Und das war auch wirklich die bisher beste Entscheidung meines Lebens. Der Rest ist, wie man so sagt, Geschichte. Wortwörtlich!«

Der muntere Tonfall und das fröhliche Lächeln waren zurückgekehrt, aber Allie musste wohl etwas Belastendes erlebt haben, das ihre geplante Berufslaufbahn und ihr Leben verändert hatte. Und Bette hatte nichts davon gewusst. Sie war damals nicht anwesend, nicht einmal im Geiste, obwohl Allie ihre beste Freundin gewesen war.

»Tut mir leid«, sagte Bette aufrichtig, »dass ich mich nicht bemüht habe, in Kontakt zu bleiben.«

»Ich werde nicht lügen und behaupten, dass ich dich nicht vermisst hätte«, erwiderte Allie. »Aber ich konnte dich verstehen, Bette. Du hattest genug zu verarbeiten, und außerdem … das Leben geht nun mal seine eigenen Wege. Wir wussten schließlich alle, dass du nicht hierbleiben würdest. Mir ging es ja ähnlich. Ich habe auf der Insel gelebt, mit Kindern und jeder Menge Arbeit.«

Bette lächelte. »Zwei Kinder hast du?«

»Ja, zwei Jungs. Obwohl … Jungs sind sie nicht mehr. Stell dir vor, sie wollen beide Meeresbiologie studieren. Wahrscheinlich weil sie als Kinder so viel Zeit am Strand verbracht haben. Bei Tom rechne ich damit, dass er irgendwann irgendwo auf der Welt forschen wird. Oder zumindest auf den Orkneys. Und sein Bruder folgt ihm in vielem. Das hofft jedenfalls ihr Vater, soweit ich weiß.«

»Ach so, dann seid ihr nicht mehr –«

»Zusammen? Nein, wir haben uns getrennt. Na ja, und für die Ausbildung der Jungs wollte ich wieder aufs Festland ziehen, das Geld wurde knapp, meine Eltern brauchten mich und …« Allie seufzte. »Egal, das willst du gar nicht alles wissen.«

»Doch«, widersprach Bette und spürte dabei, dass sie das wirklich so meinte. Sie konnte sich nicht einmal mehr daran erinnern, wann sie zuletzt eine ausführliche Unterhaltung mit einer Freundin gehabt hatte. Der Small Talk mit Mae in den hastigen Mittagspausen zählte nicht. Es tat gut, ihrer alten Freundin zuzuhören. Obwohl sie sich so lange nicht gesehen hatten und sich in ihrer beider Leben so viel ereignet hatte, kam es Bette vor, als sei ihr letztes Treffen erst gestern gewesen. Sie hatte ihre Freundin vermisst, ohne es zu merken. »Ich bin nur noch bis morgen Abend hier, und ich will vorher auch *alles* hören.«

Allie warf einen Blick auf Bettes leere Tasse. »Soll ich uns dann noch eine Kanne Tee machen? Denn ganz ehrlich, Bette – mir gehts genauso.«

9

»Nicht mal *ich* hätte geglaubt, dass sie *derartig* rücksichtslos und egoistisch ist«, tobte Nina.

»Nina«, sagte ihre Mutter beschwichtigend. »Ich bin sicher, dass es eine Erklärung gibt.«

»Ja, bestimmt – nämlich dass meine Schwester in ihrem ganzen Leben nie an irgendjemanden außer an sich selbst gedacht hat.«

Es war nach sieben Uhr abends, und Bette war noch immer nicht aufgetaucht, um das versprochene Essen zu kochen, obwohl sie um die Mittagszeit zum Einkaufen gefahren war. Sophia hatte versucht, sie telefonisch zu erreichen, aber in Barton Mill hatte man kein Netz. Entweder war Bette noch dort, oder sie hatte ihr Handy ausgeschaltet. Sophia äußerte sich besorgt, aber Nina war einfach nur wütend. Barnaby hatte sie etwas zu essen gemacht, damit er nicht aus seinem gewohnten Rhythmus kam. Aber Sophia hatte vorgeschlagen, dass Nina und sie noch warten sollten.

»Ich muss jetzt hoch und Barnaby Gute Nacht sagen«, verkündete Nina. »Und danach muss ich mich um die Kühe kümmern. Cam geht heute Abend aus, und ich habe ihm gesagt, dass ich übernehme. Wenn sie noch erscheint, esst ohne mich. Ich mache mir dann später eine Suppe warm.«

»Nina …«, begann Sophia.

Draußen war das Brummen eines Motors zu hören, und Scheinwerferlicht fiel durchs Fenster, als ein Auto auf den Hof fuhr.

»Ah, siehst du, da ist sie ja!«, rief Sophia aus.

»Egal, ich gehe«, verkündete Nina, während sie Richtung Flur steuerte. »Wenn ich sie jetzt sehe, sage ich irgendwas, das ich später bereue. Oder, schlimmer noch – das ich *nicht* bereue.«

»*Nina!*«

Bette erschien mit Taschen beladen in der Hintertür. Nina fuhr herum und blickte finster auf ihre Schwester, die lebhaft und vergnügt aussah.

»Hey!«, sagte Bette munter, offenbar ohne Ninas Ärger zu bemerken. »Ich mache rasch das Essen. Es gibt Rinderschmorbraten mitsamt allen Schikanen.«

»Rinderschmorbraten?«, wiederholte Nina perplex. »Und wie hast du dir das vorgestellt? Dass wir alle um neun Uhr zu Abend essen, oder was?«

»So lange wirds nicht dauern«, erwiderte Bette und stellte die Taschen auf den Küchentisch. »Vor allem nicht, wenn alle mithelfen. Wo steckt denn Superheld Seepocke? Er kann mir helfen, das Gemüse vorzubereiten.«

»Wo er steckt?«, sagte Nina aufgebracht. »Es ist halb acht! Was bedeutet, dass mein sechsjähriger Sohn vor anderthalb Stunden sein Abendessen verspeist hat und sich jetzt bettfertig macht, weil morgen früh das neue Schuljahr anfängt!«

Bette, die begonnen hatte, die Taschen auszupacken, schaute abrupt auf. »So spät ist es doch noch nicht, oder?«

Nina schüttelte den Kopf. »Weißt du, als du angeboten hast, heute Abend zu kochen, habe ich einen Moment lang wirklich geglaubt, du wolltest dich wie ein fürsorgliches Mitglied der Familie benehmen. Mal wieder reingefallen.«

Als Bette zur Wanduhr aufschaute, zuckte sie zusammen. »O Gott, das tut mir leid. Ich habe nicht auf die Zeit geachtet. Weil ich einer alten Freundin begegnet bin, Allie. Allie Bright, erinnerst du dich an sie? Wir haben uns seit Jahren nicht gesehen und kamen ins Reden und …«

»Und da hast du ganz vergessen, dass du deiner Familie etwas versprochen hattest und wir hier alle sitzen und warten«, fiel Nina ihr ins Wort. »Ja, verstehe. Kann ja leicht passieren, nicht wahr? Dir jedenfalls.«

»Nina, bitte«, schaltete Sophia sich ein. »Entspannen wir uns jetzt alle, ja?«

»Tut mir wirklich leid«, sagte Bette, »aber …«

»Nein, in diesem Satz hat es kein Aber zu geben«, versetzte Nina. »Das ist einfach nur mal wieder typisch für eine Person, die *nie* an andere denken kann.«

Und damit stürmte sie aus der Küche, stapfte die Treppe hinauf und ging ihrer Schwester für den Rest des Abends aus dem Weg.

»Ganz ehrlich«, sagte Nina zu Cam, als sie früh am Montagmorgen, während Barnaby noch schlief, im Folientunnel Erdbeeren pflückten, »am liebsten wäre es mir, Bette würde gar nicht zum Anwalt mitkommen. Wir brauchen sie da nicht, und ich habe jetzt schon wieder genug von ihr.«

»Ach, komm, sag so was nicht«, erwiderte Cam, während er behutsam eine Erdbeere in ein Körbchen legte. »Es ist natürlich dein gutes Recht, wegen gestern Abend wütend auf sie zu sein, aber sie ist trotzdem deine Schwester.«

»Meinst du wirklich? Vom Namen und den Genen her, ja. Aber Familie bedeutet mehr als das, oder nicht? Sie wollte nie zu uns gehören.«

Als Cam stumm blieb, seufzte Nina.

»Entschuldige«, sagte sie. »Du musst dir nicht anhören, wie ich über mein Leben jammere. *Wieder mal.* Wie war dein Date gestern? Wie hieß sie gleich? Sally?«

Cam schaute auf und lächelte. »Ja, Sally. War schön. Wir waren im Darling, auf ein Bier und Fish and Chips.«

Nina schüttelte wortlos den Kopf.

»Was? Das war ihre Idee!«

»Ich habe gar nichts gesagt.«

»War auch nicht nötig. Kann deine Gedanken lesen«, sagte Cam grinsend.

Nina schnaubte. »Ja, na klar. Ganz bestimmt.«

»Komm schon, was ist denn bitte gegen Bier und Fish and Chips in einem Pub einzuwenden?«

»Nichts. Gar nichts, für zwei Fünfzigjährige, die seit Jahrzehnten verheiratet sind.«

Cam zog eine Augenbraue hoch. »Sag mal, ist das nicht Altersdiskriminierung?«

»Ich meine doch nur, dass du dir ein bisschen mehr Mühe geben könntest, wenn du eine Frau beeindrucken willst.«

Cam zuckte mit den Schultern, während er weiterpflückte. »Schien Sally aber Spaß zu machen.«

Nina spürte ein merkwürdiges Gefühl in der Brust, als sie unwillkürlich überlegte, ob Sally wohl bei Cam übernachtet hatte. In aller Regel war das so bei seinen Dates. Sie zwang sich, den Gedanken zu verdrängen. Was ging sie das an? Rein gar nichts.

»Ich kann mir ja beim nächsten Mal was Edleres ausdenken«, fügte Cam hinzu, während er sich ein leeres Körbchen nahm.

Das merkwürdige Gefühl ließ sich beim besten Willen nicht vertreiben. Eine zweite Verabredung war eher untypisch für Cam. »Trefft ihr euch noch mal?«, fragte Nina. Sie konnte sich nicht bremsen.

»Kann schon sein. War nett mit ihr. Aber vielleicht sollte ich mir mal deine Vorschläge anhören, wo du hingehen würdest. Leg los. Wie würde dein perfektes erstes Date aussehen?«

Nina räusperte sich. »Ach, hör nicht auf mein Gequatsche. Ich hatte noch nie ein richtiges erstes Date, woher soll ich das also wissen?«

Cam schaute auf. »Barnabys Dad hat sich wohl nicht so ins Zeug gelegt?«

Nina schnaubte. »Was denkst du?«

Aus den Augenwinkeln sah sie, wie Cam stumm nickte und mit der Arbeit fortfuhr.

Nach einer Weile sagte Nina: »Ich glaube, es würde gar keine so große Rolle spielen, was genau man unternimmt. Aber mir wäre wichtig, dass der Mann sich etwas überlegt hat, dass er sich Mühe gegeben hat. Damit ich das Gefühl bekomme, dass ihm das Date mit mir auch etwas bedeutet …« Sie brach ab, weil ihr auffiel, dass sie wirklich keine Erfahrung auf diesem Gebiet hatte. »Entschuldige, dass ich dir reingeredet habe. Geht mich wirklich nichts an. Sally hatte sicher einen schönen Abend mit dir, und der nächste wird bestimmt noch besser.«

Nina hatte das letzte Körbchen gefüllt und stellte es in die große Kiste, die jetzt voll war.

»Soll ich die zum Laden bringen?«, fragte Cam.

»Danke, nicht nötig. Ich liefere sie später selbst, nachdem ich Barnaby zur Schule gebracht habe.«

»Wie ist denn der Zeitplan heute?«, erkundigte sich Cam.

Nina warf einen Blick auf ihre Uhr. »Wir müssen um eins bei dem Anwalt sein. Da soll wohl alles geklärt werden, was die Dokumente betrifft. Danach holen wir Barnaby von der Schule ab und bringen Mum zum Flughafen, ihr Flug geht um fünf. Bette wird um die gleiche Zeit fliegen, denke ich. Zum Abendmelken sollte ich rechtzeitig zurück sein, das musst du also nicht übernehmen. Ich muss mich wieder an meine Abläufe gewöhnen, weißt du. In ein paar Stunden trage ich die alleinige Verantwortung für den Hof.«

»Du kannst aber immer auf mich zählen, Nina, das weißt du«, betonte Cam.

»Danke.« Sie atmete tief ein. Die Vorstellung, den Hof allein zu bewirtschaften, war ebenso aufregend wie beängstigend. »Was habe ich doch für ein Glück, so einen tollen Nachbarn zu haben.«

Cam lächelte sie an, und die etwas unbehagliche Stimmung zwischen ihnen verflog. Mittlerweile war die Sonne aufgegangen, und als sie einander im strahlenden Morgenlicht gegenüberstanden, ertappte sich Nina bei dem Gedanken, dass ihr Nachbar ein wirklich erfreulicher Anblick war.

»Ich habe aber auch Glück«, sagte er. »Weil ich jetzt weiß, dass du auf Dauer hierbleiben wirst.«

Etwas durchzuckte Nina, sie fühlte sich wie elektrisiert, verbot sich dieses Gefühl aber auf der Stelle. *Nein. Ganz blöde Idee. Was stimmt nicht mit dir heute Morgen?*

In der einen Sekunde schaute Cam ihr so tief in die Augen, als könnte er tatsächlich ihre Gedanken lesen, in der nächsten aber trat wieder sein typisches Grinsen auf sein Gesicht.

»Weil nämlich gute Nachbarn so kostbar sind wie Goldstaub«, fügte er hinzu.

Nina lächelte, um sich wieder auf sicheren Boden zu begeben. »Das sehe ich auch so. Jetzt muss ich aber echt los, damit Barnaby nicht zu spät kommt. Das Letzte, was ich gebrauchen kann, ist, vor den anderen Eltern als unfähige Mutter dazustehen.«

»Ach, Nina, wohl kaum«, bemerkte Cam. »Soll ich später

mal vorbeischauen? Gilt ja als höflich, neue Hauseigentümer zu begrüßen, oder?«

»Klar.« Nina lachte. »Nach acht vielleicht? Bette und Mum sind dann weg, Barnaby im Bett, und wir sind ganz für uns.« Was sie da gesagt hatte, fiel ihr erst auf, als es zu spät war. »Nicht dass du deshalb vorbeikommen sollst«, fügte sie hastig hinzu. »Aber dann ist es schön ruhig. Obwohl ... ich meine ... es muss natürlich auch nicht ruhig sein ... nur nach einem so anstrengenden Tag ...«

»Klingt gut«, sagte Cam. Sein Lächeln sah ziemlich amüsiert aus. »Bis später dann.«

Nachdem er gegangen war, schloss Nina einen Moment lang die Augen. Warum plapperte sie immer so peinlich drauflos, wenn sie besonders cool wirken wollte? Und warum wollte sie überhaupt Eindruck schinden? Cam war ein guter Freund, mehr nicht. Alles andere wäre eine idiotische Idee, und Nina fand, von denen hatte sie schon genug produziert in ihrem Leben. Und mit ihrem Nachbarn anzubandeln wäre wohl endgültig der Gipfel.

»Hör auf mit diesem Quatsch«, murmelte sie vor sich hin. »Und komm zur Vernunft.«

10

Der Anwalt der Crowdies, Roland Palmer, kümmerte sich seit Jahrzehnten um alle rechtlichen Angelegenheiten der Familie. Seine Kanzlei befand sich in Dundee, und als die drei Frauen hereinkamen, kondolierte er ihnen und servierte Kaffee, bevor sie sich ihm gegenüber an dem großen Mahagonischreibtisch niederließen. Die Schwestern, die seit dem Vorabend kein Wort gewechselt hatten, flankierten ihre Mutter. Sophia war mit Bette gefahren, Nina mit dem Land Rover. Nach dem Einparken hatte sie im Vorbeigehen auf dem Rücksitz von Bettes Mietwagen das Gepäck ihrer Schwester entdeckt und hoffte inständig, dass sie nach Erledigung der Formalitäten sofort abreisen würde.

Palmer, ein Mann um die sechzig mit grauem Anzug und schmalem, distinguiertem Gesicht, runzelte leicht die Stirn und legte die Fingerspitzen aneinander, bevor er begann: »Nun, ich bin froh, dass heute beide Töchter von Bern anwesend sind. Darf ich hoffen, dass Ihr Vater bereits mit Ihnen über die jüngste Veränderung in seinem Testament gesprochen hat?«

Nina spürte plötzlich ein flaues Gefühl im Magen. Der Inhalt des Testaments war ihnen beiden bekannt – sie würde die Landwirtschaft fortführen, Bette würde einen Anteil der monatlichen Einnahmen bekommen, und sollte der Hof verkauft werden, würde der Erlös zu gleichen Teilen an beide Schwestern gehen.

»Er selbst hat nicht mit uns gesprochen«, antwortete Nina. »Aber unsere Mutter hat uns gesagt, dass er Bette noch irgendetwas zusätzlich hinterlassen wollte. Vielleicht etwas von emotionalem Wert aus dem Haus?«

»Nein, das nicht.« Palmer atmete langsam aus, und Nina spürte, wie sich ihre Anspannung verstärkte. Der Anwalt öffnete eine Dokumentenbox, beschriftet mit dem Familiennamen, und entnahm ihr zwei weiße Umschläge. »Bern hat mir das vor einem halben Jahr diktiert. Das Schreiben ist an Sie beide adressiert. Sie beide erhalten je eine Kopie. Wenn Sie möchten, kann ich vorlesen.«

Nina starrte auf diese letzte Botschaft ihres Vaters, die ein Mann in Händen hielt, dem sie noch nie zuvor begegnet war. Sie spürte, wie Sophia ihr beruhigend den Arm drückte, brachte aber kein Wort hervor.

»Ich möchte gern selbst lesen«, sagte Bette ruhig.

Palmer reichte ihr einen der Umschläge. Sie öffnete ihn sofort und entnahm ihm ein einziges Blatt Papier. Nina nickte dem Anwalt zu, und nachdem sie ihren Brief geöffnet hatte, holte sie tief Luft und begann zu lesen.

Meine lieben, großartigen Töchter,

*mir ist bewusst, dass diese neue Version meines Testaments
ein Schock für euch sein wird. Liebe Bette, ich weiß, dass du
nie etwas mit der Farm zu tun haben wolltest, und verstehe,
dass sie für dich mit schwierigen Erinnerungen verbunden
ist. Liebe Nina, sei dir gewiss, dass ich in jeder Hinsicht abso-
lutes Vertrauen in dich habe, und das bleibt auch so trotz
meiner Entscheidung. Doch ich kann die Tatsache, dass es um
die Farm nicht gut bestellt ist, nicht mehr länger ignorieren
oder vor euch geheim halten. Bette, du wirst das besser verstehen als Nina, da ich auf deinen Wunsch hin geschwiegen
habe über die Unterstützung, die du mir vor einigen Jahren
hast zukommen lassen. Ohne sie wäre die Farm noch schlimmer verschuldet, als sie es jetzt ist. Mein Gewissen verbietet
es mir, Nina mit diesen Umständen allein zu lassen, und ich
kenne niemanden, dem ich das Erarbeiten einer Lösung mehr
zutrauen würde als dir, Bette.*

*Mir ist ebenfalls bewusst, dass ihr beide sicher die erste Ver-
sion des Testaments bevorzugt hättet und lieber so verfahren
würdet wie zuvor geplant. Aber beschäftigt euch bitte beide
zunächst mit meiner Argumentation, die simpel ist und die
ich für solide halte.*

*Nina, du wirst die Farm nicht allein bewirtschaften können,
aber es ist kein Geld da, um Angestellte zu bezahlen. Bette,
du kennst dich nicht mit Landwirtschaft aus, aber ich bin
sicher, dass du dich dafür einsetzen wirst, das Anwesen zu
erhalten. Die Umstände sind allerdings verheerend, und
ich bin froh, dass ihr zumindest nicht von den erwirtschafte-
ten Einnahmen leben müsst. Ich habe es nicht übers Herz*

gebracht, mit euch darüber zu sprechen, was mir sehr leid-
tut. Stolz, Dummheit, Schuldgefühle – eine Mischung aus
all dem hat mich vermutlich dazu veranlasst, diese Last für
mich zu behalten. Bitte verzeiht mir. Sollte sich herausstellen,
dass die Farm nicht mehr zu retten ist, bin ich sicher, dass
du, Bette, sie zum bestmöglichen Preis verkaufen wirst. Aber
ich hoffe sehr, dass ihr beide zumindest den Versuch unterneh-
men werdet, die Crowdie-Farm in Familienhand zu bewahren,
wenn auch nur für Barnaby.
In Liebe und Hoffnung auf eure Vergebung
euer Vater

Nina starrte fassungslos auf das Papier, während sie zu begreifen versuchte, was sie gerade gelesen hatte. Bette brach
schließlich das Schweigen. Ihre Stimme klang nicht mehr
so ruhig wie zuvor, sondern leicht schrill.

»Er … hat jeder von uns eine Hälfte des Hofs vererbt,
oder?«

»Ja«, bestätigte Palmer. »Sie besitzen jetzt beide den gleichen Anteil.«

»Ah ja«, murmelte Bette.

In Ninas Kopf herrschte ein einziges Wirrwarr, während
sie die bestürzenden Informationen zu verarbeiten versuchte. Sie hatte wohl gewusst, dass der Hof nicht gerade in Geld
schwamm, hatte aber angenommen, das sei normal für ein
kleineres landwirtschaftliches Unternehmen in schwierigen Zeiten. Zwar hatten sie seit einiger Zeit keine neuen
Geräte mehr angeschafft, und manchmal hatte sie Bern regelrecht anflehen müssen, kleinere Reparaturen ausführen

zu lassen. Wenn es dringend nötig gewesen war, hatte er das dann auch getan. Doch wie hatte ihr Vater diese Ausgaben bezahlt, wenn die Kasse leer war?

Wir haben gemailt. Manchmal wollte er mir Dinge mitteilen. Über die Farm.

»Du wusstest das«, sagte Nina und beugte sich vor, um ihrer Schwester ins Gesicht zu schauen. »Du wusstest das und hast es mir nicht gesagt.«

»Nein, ich wusste es nicht.«

»Aber *irgendwas* wusstest du.« Nina packte die Wut. »Das hat Dad ja hier in dem Brief sogar geschrieben. Euer netter kleiner E-Mail-Plausch. Und keiner von euch beiden ist auf die Idee gekommen, dass ich ein Recht darauf habe, informiert zu werden? Ich, die Person, die *die ganze Arbeit macht*?«

»Nina«, warf Sophia beschwichtigend ein, »ich verstehe deinen Zorn, das kommt sehr überraschend, aber …«

»Hier wird jetzt nichts mehr unter den Teppich gekehrt!«, fauchte Nina. »Ich will Erklärungen!«

»Ich auch«, sagte Bette. »In diese Entscheidung hat Dad mich nicht eingeweiht.«

Nina hob den Brief hoch und las vor: »›… *die Unterstützung, die du mir vor einigen Jahren hast zukommen lassen. Ohne sie wäre die Farm noch schlimmer verschuldet, als sie es jetzt ist.*‹ Hör auf, mich anzulügen, Bette!«

»Tue ich nicht.« Bette klang entschieden und so gereizt, als sei Ninas Reaktion auf diese Enthüllung unangemessen. »Vor drei Jahren hat Dad mir eröffnet, das Dach der Scheune müsse dringend neu gemacht werden, aber die Bank lasse ihn mit der Entscheidung über einen Kredit hängen. Die Handwerker mussten schnell gebucht werden, weil der Winter vor der Tür stand und die Wettervorhersagen für den Jahresanfang gar nicht gut aussahen. Deshalb bat er mich darum, ihm die nötige Summe zu leihen. Ich habe gesagt, ich würde ihm das Geld schenken, weil Leihen innerhalb einer Familie oft zu nichts Gutem führt. Das war ihm nicht recht, er wollte, dass Mr Palmer«, sie wies mit dem Kopf auf den Anwalt, »eine Rückzahlungsvereinbarung aufsetzt. Aber ich habe die Summe noch am selben Tag überwiesen und Dad gesagt, die Farm sei der einzige Vermögenswert unserer Familie, und es sei selbstverständlich, dass ich aushelfe. Ich habe ihm auch gesagt, wenn ihm das so unangenehm sei, könne er ja in seinem Testament festlegen, dass dieser Betrag mir aus dem Erbe ausbezahlt werden könnte. Ich habe aber betont, dass es nicht nötig sei.« Bette hielt einen Moment inne und fügte hinzu: »Und das war alles, Nina, ich schwörs dir. Ich dachte mir, Dad hätte das Problem mit der Bank, weil vielleicht mal ein Jahr nicht so gut lief, aber grundsätzlich sei alles in Ordnung. So hat er es mir jedenfalls dargestellt. Danach hat er mich nie wieder um Geld gebeten.«

Ein Schweigen entstand, während Nina die Situation zu verarbeiten versuchte. Das Scheunendach war schon teilweise eingefallen gewesen, als sie Bern gesagt hatte, es müsse unter allen Umständen neu gedeckt werden. Das war die dringendste Reparatur gewesen, aber bei Weitem nicht die einzige. Ihr lief es kalt den Rücken hinunter. Wenn die Bank ihrem Vater keinen Kredit einräumen wollte, musste er ein Limit erreicht haben. Was hatte das zu bedeuten? Hatten sie Schulden geerbt? War der Hof womöglich mit einer Hypothek belastet, von der sie nichts wussten? Dass die Crowdie-Farm in Familienhand und schuldenfrei war, hatte Nina immer als ihre letzte Sicherheit betrachtet, noch bevor sie mit Barnaby zurückgekehrt war, um dort zu leben. Die Farm war ihr Zuhause, das ihnen niemand nehmen konnte. Zumindest sie würde immer für sie da sein.

»Wie schlimm ist die Lage?«, fragte Nina schließlich den Anwalt, um Fassung bemüht. »Wie hoch sind die Schulden?«

Palmer zögerte mit der Antwort und sah dabei aus wie ein Arzt, der eine schreckliche Nachricht überbringen muss.

»Das gegenwärtige Ausmaß ist mir nicht bekannt«, antwortete er. »Ich kann Ihnen jedoch sagen, dass Ihr Vater vor zehn Jahren eine Hypothek von 350 000 Pfund aufgenommen hat. Mit der er seit drei Jahren in Zahlungsrückstand war.«

11

Als sie die Kanzlei verließen, war Bette ebenso verstört wie ihre Schwester. Die drei Frauen standen auf dem Parkplatz, während um sie herum das typische rege Treiben eines Montagmorgens in Dundee herrschte. Alle drei wussten nicht, was sie nun tun sollten.

»Also, Mädels«, sagte Sophia schließlich, »das haben wir alle nicht erwartet, auch ich nicht. Versucht trotzdem, euren Vater nicht zu sehr zu verurteilen. Er hat bestimmt alles getan, was er konnte, um die Farm in so gutem Zustand wie möglich für euch zu hinterlassen. Vielleicht ist die Situation auch gar nicht so gravierend, wie sie momentan zu sein scheint.«

Bette strich sich über die Stirn. »Vielleicht. Aber ganz ehrlich, Mum, so hört es sich nicht an. Eine Hypothek von 350 000 Pfund, von der seit Jahren nichts mehr abbezahlt wurde? Es erstaunt mich eher, dass die Farm nicht schon längst gepfändet wurde.«

»Ich kann einfach immer noch nicht fassen, dass ihr beide das vor mir geheim gehalten habt«, sagte Nina mit mühsam beherrschter Wut. »Wie konntet ihr mich so belügen?«

Bette holte tief Luft, bevor sie möglichst geduldig antwortete: »Ich habe dir doch gesagt, dass ich nicht mehr wusste als du.«

»Aber das ist nicht wahr!« Nina schwenkte den Brief, den sie noch immer in der Hand hielt. »Du hast Dad angewiesen, mir nichts zu sagen von deiner Geldspritze. Wenn ich ins Boot geholt worden wäre, hätte ich gewusst, dass etwas nicht stimmt. Und hätte Dad dazu veranlasst, mir alles zu offenbaren.«

Bette bezweifelte, dass das gelungen wäre, fand es aber sinnlos zu widersprechen. Stattdessen sagte sie: »Ich habe ihn darum gebeten, dir nichts von der Unterstützung zu sagen, weil es dich ganz einfach nichts anging. Das war eine Sache zwischen ihm und mir. Und wenn du davon gewusst hättest, dann hättest du mich nur irgendwie dafür verurteilt, wie ständig.«

»Aber das tue ich doch gar nicht …«

»Doch, Nina, das tust du«, entgegnete Bette. »Du hättest mir garantiert vorgeworfen, ich würde mir einen Vorteil verschaffen wollen oder mit meinem Geld angeben, damit du dich herabgesetzt fühlst … oder irgendetwas in der Art. Aber es hatte eben wirklich absolut nichts mit dir zu tun. Ich habe Dad und der Farm geholfen, weil ich es mir erlauben konnte. Das war alles. Und weil ich davon ausging, dass ansonsten alles in Ordnung war, bestand auch keine Notwendigkeit, dir Bescheid zu geben.«

»Wie viel hast du ihm gegeben?« Nina ließ den Blick über den Parkplatz schweifen, über den der Wind hinwegfegte.

»50 000.«

Nina gab ein verächtliches Geräusch von sich. »Und so viel Geld hattest du einfach so herumliegen?«

Bette spürte, dass sie mit ihrer Geduld am Ende war. Seit jeher war es Nina gelungen, sie viel schneller als andere in Rage zu versetzen. »Nein, hatte ich nicht. Es waren meine Ersparnisse. Zu diesem Zeitpunkt tatsächlich auch alle, die ich hatte.«

Ihre Schwester warf ihr einen Blick zu. »Aber inzwischen ist das doch bestimmt wieder anders«, sagte sie mit gehässigem Unterton. »Als Scheidungsanwältin scheffelst du sicherlich Geld ohne Ende.«

»Wirklich, Nina«, schaltete sich ihre Mutter ein, die bislang versucht hatte, sich aus dem Konflikt herauszuhalten, »das ist nicht fair.«

»Was ist denn bitte schön fair an dieser Situation?«, fauchte Nina. »Nichts! *Rein gar nichts!*«

Bette holte tief Luft. »Streit bringt uns keinen Schritt weiter«, sagte sie entschlossen. »Wir müssen als Erstes genau wissen, wo wir wirklich stehen. Uns also sofort über die Finanzlage informieren.«

Nach einem Blick auf ihre Uhr verkündete Nina: »Also, ich muss jetzt erst Barnaby von der Schule abholen und dann Mum nach Aberdeen bringen, sonst verpasst sie ihren Flug. Dann muss ich Abendessen für Barnaby machen, die Hausaufgaben beaufsichtigen, ihn ins Bett bringen, die Tiere füttern, die Tröge säubern, die Futterbestellung aufgeben, für die ich heute früh keine Zeit hatte, mir die Erdbeerbestellungen für morgen angucken …«

»Okay, okay, verstehe«, unterbrach Bette die Tirade ungeduldig.

»Wirklich? Weil ich nämlich jetzt jemanden brauche, der mich *ent*lastet, statt mich zusätzlich zu *be*lasten.«

»Gut, dann übernehme ich die ganze Finanzsache«, erklärte Bette. »Kannst du mir die nötigen Passwörter schicken?«

»Online, meinst du?« Nina zuckte mit den Schultern. »Ich bin mir nicht mal sicher, ob ich das Passwort fürs Konto finde …«

Bette runzelte die Stirn. »Und was ist mit den anderen Sachen? Abrechnungen von Zulieferern und dergleichen?«

»Keine Ahnung. Das Büro habe ich mir noch nicht angeschaut. Ich war recht beschäftigt, falls dir das entgangen ist. Um den ganzen Papierkram hat Dad sich gekümmert. Er hat immer gesagt, damit müsste ich mich nicht auch noch belasten.«

Die Schwestern versanken erneut in Schweigen. Bette vermutete, dass sie beide das Gleiche dachten. Bern hatte wohl vor allem verhindern wollen, dass *Nina* die Wahrheit über die Misere der Farm herausfand. Bette wurde ganz anders, und Nina presste die Fingerspitzen an die Lippen.

Dann sagte sie: »Ich weiß wirklich nicht, wo er alles Wichtige aufbewahrt hat. Ich habe das Büro überhaupt nur selten betreten. Dad hat sich um die Post gekümmert, die Rechnungen bezahlt …« Nina war anzumerken, dass ihr die Situation erst jetzt in vollem Ausmaß bewusst wurde. *»O Gott.«*

Bette schloss die Augen. Sie wünschte sich nichts sehnlicher, als auf der Stelle nach London abzureisen. Dieser Albtraum war genau der Grund, weshalb sie niemals etwas mit den Risiken eines landwirtschaftlichen Betriebs hatte zu tun haben wollen, sondern sich einen soliden Beruf zugelegt hatte. Aber wenn sie sich jetzt nicht engagierte, war vermutlich gar nichts mehr zu retten. Die Summe, die sie damals investiert hatte, würde sie wohl ohnehin nie wiedersehen. Aber damals war es ihr als richtige Entscheidung erschienen, mit der sie auch ein Stück weit ihr schlechtes Gewissen hatte beruhigen können, weil sie all die Jahre nie für ihre Familie da gewesen war. Hätte sie Berns Anfrage abgelehnt, wäre das wirklich egoistisch und damit Wasser auf Ninas Mühlen gewesen. Und hätte sie Bern die Summe nur geliehen, hätte sie noch zum Schuldenberg der Farm beigetragen, der jetzt zum Vorschein kam.

»Okay, ich muss einige Anrufe machen«, erklärte Bette entschieden. »Ich werde meinen Flug stornieren und im Büro Bescheid geben, dass ich noch ein bis zwei Tage länger weg sein werde als geplant. In der Zeit werde ich versuchen, uns alle Informationen zu beschaffen, die wir brauchen, um die Lage zu überblicken. Es gibt keinerlei Grund, in Panik zu verfallen, bevor wir nicht das Ausmaß des Problems kennen. Vielleicht hat Mum ja recht, und es ist gar nicht so schlimm, wie wir glauben. Okay?«

»Okay«, antwortete Nina.

»Gut.« Sophia holte tief Luft und strich sich durchs Haar. »Wenigstens lasse ich jetzt keine von euch allein, wenn ich abreise, da ihr das gemeinsam anpackt.«

»Kannst du nicht auch noch länger bleiben?«, fragte Nina,

und Bette sah ihr genau an, was in ihrem Kopf vorging. Solange ihre Mutter hier war, gab es wenigstens eine Streitschlichterin.

Sophia, die das auch zu spüren schien, lächelte. »Tut mir leid, meine Lieben. Ihr könnt mich jederzeit anrufen. In einer echten Notlage komme ich natürlich her, aber ich habe mein eigenes Leben und eigene Verpflichtungen. Das müsst ihr jetzt zu zweit klären. Ich weiß, dass ihr es schafft. Meine wunderbaren Töchter, wieder vereint. Ihr kriegt das hin. Alles wird gut.«

Während Nina ihre Mutter umarmte, beschäftigte sich Bette mit ihrem Handy. Sie war ganz und gar nicht dieser Ansicht, wollte aber keinen weiteren Zwist heraufbeschwören. Sie entfernte sich ein paar Schritte und rief das Sekretariat von Spencer Coulthard an. Er war Gründungspartner der Kanzlei, hatte Bette als Praktikantin aufgenommen und war seither ihr Mentor und Fürsprecher. Zwar hatte er das nie ausgesprochen, aber Bette war sicher, dass sie ihre Beförderung zur Partnerin bei der bevorstehenden Fusion auch ihm zu verdanken hatte.

»Bette«, meldete er sich. »Wie ist alles bei dir? Wie geht es der Familie? Habt ihr die Bestattung gut überstanden?«

»Hi, Spencer. Ja, danke. Aber hör mal … Es gibt hier einiges, was ich klären muss. Deshalb muss ich mir noch ein paar Tage freinehmen. Es sollten nicht mehr als zwei werden, bis Freitag bin ich auf jeden Fall wieder da. Ich wollte dir nur mitteilen, dass ich noch etwas länger weg bin.«

Ein Schweigen entstand am anderen Ende. Als Spencer wieder sprach, hörte Bette trotz des pfeifenden Winds Anspannung in der Stimme des Anwalts. »Bist du immer noch in Schottland?«

Bette runzelte die Stirn. »Ja. Gibt es irgendwelche Probleme?«

»Nein. Ich hatte nur morgen fest mit dir gerechnet. Bei allem, was sich hier gerade verändert, ist das nicht gerade ein günstiger Zeitpunkt für Abwesenheit, denke ich.«

»Tut mir leid«, erwiderte Bette, die diesen Einwand ziemlich verwirrend fand. Spencer wusste genau, wie hart sie arbeitete. Sie war bislang keinen einzigen Tag krank gewesen und hatte nicht einmal ihren gesamten Urlaub in Anspruch genommen. »Aber es ist leider nicht anders möglich. Eine Familienangelegenheit, um die ich mich dringend kümmern muss.«

»Natürlich, natürlich, verstehe«, sagte Spencer. »Erledige, was du erledigen musst, Bette, und wir sehen uns nach deiner Rückkehr. Alles Gute.«

Nach diesem Gespräch, das Bette etwas beunruhigte, rief sie Oliver an, um zu erklären, was in ihrer Abwesenheit zu tun war. Währenddessen beobachtete sie Sophia und Nina, die sich unterhielten, und wünschte sich auch, dass ihre Mutter noch bleiben würde. Die Vorstellung, mit Nina und Barnaby allein auf der Farm zu sein, fand Bette äußerst unangenehm. In diesen Wänden hausten Geister, und sie fürchtete, dass sie zum Vorschein kommen würden, wenn es dort zu still wurde.

»Ich fahre direkt zur Farm«, teilte sie Nina mit, nachdem die Unterredung mit Oliver beendet war. »Je schneller ich loslegen kann, desto besser.«

»Alles klar.« Nina holte ihren Schlüsselbund heraus, löste den Schlüssel für die Hintertür ab und reichte ihn ihrer Schwester. »Wir müssen uns auch beeilen«, sagte sie knapp. »Ich möchte nicht, dass Barnaby an seinem ersten Schultag allein am Tor steht. Und du darfst auch deinen Flug nicht verpassen, Mum.«

Sophia zog Bette an sich und umarmte sie fest. »Ruf mich an, ja?«

»Mache ich«, versprach Bette.

Sie stieg in ihren Mietwagen, während Nina den Land Rover aus der Parklücke rangierte. Bette warf einen Blick auf ihre Reisetasche auf dem Rücksitz, seufzte frustriert und startete den Motor, um erneut zur Crowdie-Farm zurückzukehren.

12

Während der Rückfahrt versuchte Bette angestrengt zu begreifen, was sie an diesem Vormittag erfahren hatte. Dass Bern ihr die Testamentsänderung verschwiegen hatte, wunderte sie nicht. Ihr Vater hatte genau gewusst, dass sie nicht an die Farm gebunden sein wollte. Aber Bette hatte angenommen, dass er ihre Haltung akzeptierte, vor allem da seine andere Tochter sich für ein Leben im landwirtschaftlichen Familienbetrieb entschieden hatte.

Nina und sie waren seit jeher so unterschiedlich wie Tag und Nacht gewesen. Das hatte sich noch verstärkt, seit sie erwachsen waren, und kam besonders deutlich zum Ausdruck darin, wie sie in der Vergangenheit mit Liebeskummer umgegangen waren. Nina flüchtete zurück nach Hause und wollte dort bleiben. Bette hatte genau das Gegenteil getan. Warum sie weggegangen war, wusste ihre Schwester wohl bis heute nicht. Nina war neun gewesen, Bette neunzehn, als für sie die Welt zerbrach. Wegen des Altersunterschieds waren die beiden einander nie emotional nah gewesen. Und später hatte sich die Distanz noch vergrößert.

Um das Ereignis zu verkraften, das ihre Welt zum Einsturz brachte, hatte Bette damals intuitiv entschieden, nie mehr auf die Farm zurückzukehren. Dann hatte sie dieser Entscheidung praktische Vorteile abgewonnen, indem sie fleißig studierte und sich Ziele setzte. Anfänglich hatte ihr Ehrgeiz vor allem die Funktion gehabt, sie emotional zu stärken und ihr gebrochenes Herz zu heilen. Nach einer Weile war ihr Beruf jedoch zu ihrem Lebensinhalt geworden, und sie hatte sich ihren Traum erfüllt. Bette liebte den Umgang mit Gesetzen und das Rechtswesen. Die Ordnung, die damit herzustellen war, stand in deutlichem Gegensatz zu dem permanenten Tohuwabohu in der Landwirtschaft.

Schließlich hatte sie das Scheidungsrecht für sich entdeckt und damit endgültig ihren Weg gefunden. Die Liebe, von der alle redeten, hielt sie für eine Farce. Während ihres Studiums hatte sie gelegentlich Dates gehabt, aber hauptsächlich, um nicht als sonderbar zu gelten. Doch keine dieser Begegnungen hatte sie für einen längeren Zeitraum (häufig nicht einmal für einen kurzen) zu fesseln vermocht. Letzten Endes war Bette zu der deprimierenden Einsicht gelangt, dass sie damals – so jung sie auch gewesen war – ihr Herz an den für sie einzig richtigen Mann verloren hatte, was dann leider katastrophal geendet hatte. Vielleicht eben doch die große Liebe, wenn es so etwas in dieser alles andere als heilen Welt tatsächlich geben konnte.

Bette erachtete sich selbst nicht als besonders poetisch, fand es aber im kosmischen Sinn stimmig, dass sie ihren Lebensunterhalt damit verdiente, Menschen nach dem Scheitern ihrer Ehe möglichst günstige Konditionen zu verschaffen. Die Liebe war ein Irrweg, Ehen erwiesen sich in aller Regel als Fehlentscheidung, und wenn ihr einstiger Verlobter, dieser Dreckskerl, sie nicht betrogen hätte, wäre sie selbst vermutlich in so einem Ehedesaster gelandet. Sie gab sich gern der Vorstellung hin, dass dann eine Person, die in ihrem Beruf so effizient und exzellent war wie sie selbst, zur Verfügung gestanden hätte, um sie nach dem unvermeidlichen Scheitern aus ihrer Misere zu befreien.

Die beste Rache sollte zwar laut einer Redensart ein glückliches Leben sein, aber Bette war der Ansicht, dass es dennoch nicht schaden konnte, mit der Haltung »Was dir gehört, gehört jetzt mir, du untreues Miststück« zu scheiden. Indem sie das anderen ermöglichte, hatte Bette sich ihre eigene Form von Glück geschaffen. Sie hatte Barton Mill, ihre Familie, ihr Zuhause und die mit alldem verbundenen Erinnerungen hinter sich gelassen und so weit entfernt ein anderes Leben begonnen, dass sie nicht von ihnen heimgesucht werden konnte. Aber jetzt musste sie wieder hier sein und das auch noch aus verheerenden Gründen.

Sie parkte hinter dem Haus und stellte den Motor aus, blieb aber noch im Auto sitzen, die Hände am Lenkrad, und schaute zu dem alten Haus hoch.

»Ach, Dad«, murmelte sie mit Blick auf den abblätternden Fensterrahmen ihres einstigen Zimmers, »warum hast du mir von all dem nichts gesagt?«

Die Antwort lag auf der Hand, war aber deshalb nicht verständlicher. Um Unterstützung für das Scheunendach hatte ihr Vater gebeten, weil er keine andere Wahl gehabt hatte. Sie brauchten eine funktionstüchtige Scheune. Die Bank rückte kein Geld mehr heraus, weshalb er sich damals nur noch an seine Tochter hatte wenden können. Doch offenbar konnte auch ein kluger, ehrenwerter Mann wie Bern Crowdie Opfer seines eigenen Stolzes werden. Ein weiteres Mal hatte er einen solchen Vorstoß nicht gewagt, sehr zuungunsten seiner Familie, wie sich jetzt zeigte.

Bette stieg aus und ging ins Haus. Das »Büro«, ein kleiner Raum am Fuß der Treppe zum Obergeschoss, hatte sie nur selten betreten. Für die Kinder war es ohnehin verbotene Zone gewesen, aber es hatte sie auch nie interessiert. Bette machte sich in der Küche eine große Tasse Tee, um sich zu wappnen für das, was sie womöglich im Büro vorfinden würde.

Mit der Tasse in der Hand ging sie durch den schummrigen Flur, der das Haus in zwei Hälften teilte und von der Küche zum selten genutzten Vordereingang des Hauses verlief. Linker Hand führte eine Sprossentür zum Wohnzimmer, dahinter lag ein kleiner Raum mit einer eigenen Außentür, die noch seltener benutzt wurde. Die Wände des Flurs waren seit jeher mit zahllosen gerahmten Fotografien bedeckt, denen Bette nie besondere Beachtung geschenkt hatte. Generationen von Crowdies waren darauf zu sehen, unbekannte Vorfahren in formellen Posen, doch Bette entdeckte auch Bilder aus ihrer eigenen Kindheit, mit Nina und mit ihren Eltern. Selbst Bilder von gemeinsamen Treffen nach ihrem Auszug hatten es an die Wand geschafft. Mit der Zeit mussten immer weitere Fotos hinzugekommen sein, als hätte das Haus sie zwischen all den Blüten und Ranken auf der verblichenen Blümchentapete selbst hervorgebracht.

Die Sammlung endete über dem Telefontisch neben dem Haupteingang, wo es etwas heller war, denn durch das rautenförmige Fenster in der Eichentür fiel Sonnenlicht herein. Bette bemerkte ein Bild, das wohl noch nicht lange hier hing. Die Qualität war nicht sonderlich gut, ein Handyfoto vielleicht, aufgenommen draußen auf dem Hof an einem Sommertag wie diesem. Barnaby stand vor seiner Mutter, die ihn von hinten umarmte und den Kopf an die Schulter von Bern gelegt hatte. Er war auf seinen Gehstock gestützt, sein anderer Arm ruhte auf der Schulter seiner Tochter. Alle drei lachten, als habe jemand gerade einen Scherz gemacht. Dieses Bild war eindeutig nicht gestellt, sondern ein Schnappschuss. Im Hintergrund sah man das Durcheinander vor der Scheune, es war etwas unscharf, weil sich wahrscheinlich alle bewegt hatten, und durch das grelle Sonnenlicht zu hell. Doch das Bild strahlte auf irgendeine Art die besondere Energie dieses Moments aus und musste von jemandem aufgenommen worden sein, der genau diesen Augenblick hatte festhalten wollen. Cam vielleicht, der neue Nachbar? Bette beugte sich vor, um es genauer zu betrachten, und empfand dabei einen jähen Anflug von Wehmut. Ihr Vater sah glücklich aus auf diesem Bild, und sie fand es beruhigend, dass er zumindest am Ende nicht einsam gewesen war, trotz seiner Sorgen um die Farm.

Bette wandte sich ab und betrat das Büro auf der anderen Seite des Flurs. Die Luft roch muffig, auf dem großen Holzschreibtisch stand ein alter Laptop, noch aufgeklappt.

Erneut durchzuckte Bette ein Schmerz, als sie sich vorstellte, wie ihr Vater hier an sie geschrieben und ihre E-Mails gelesen hatte.

Sie ließ sich auf seinem Stuhl nieder und sah sich um. In der Ecke stand ein Aktenschrank aus Stahl, die Regale an den Wänden waren mit Büchern vollgestopft. Überall auf dem Schreibtisch türmten sich unordentliche Papierstapel. In den Schubladen entdeckte Bette einen Wust aus Rechnungen, Bestellungen und anderen Zetteln. Sie würde das alles sortieren und abheften müssen, um sich einen Überblick zu verschaffen. Während sie mit der monumentalen Aufgabe begann, hielt sie sorgfältig Ausschau nach etwaigen Passwörtern, die es ihr langfristig ermöglichen würden, dieses Chaos aus sicherer Distanz zu bewältigen.

13

Dass Cam abends vorbeischauen wollte, hatte Nina im Trubel des Tages vollkommen vergessen. Als es um fünf nach acht an der Hintertür klopfte, machte sie sich gerade Bohnen auf Toast, weil sie keine Geduld für etwas Aufwendigeres aufbringen konnte und ohnehin keinen großen Appetit hatte.

»Hey«, sagte Cam, während er mit einer Flasche Champagner in der Hand hereinkam. »Herzlichen Glückwunsch!«

Nina starrte ihren Nachbarn verständnislos an, bis es ihr dämmerte. »Ah«, sagte sie. »Ja. Der ist etwas verfrüht, wie sich herausgestellt hat.«

Cam kam näher, einen besorgten Ausdruck auf dem Gesicht. »Oje, wieso?«

Nach einem Blick auf ihr dürftiges Abendessen schob Nina den Teller beiseite und nahm stattdessen zwei Whiskygläser aus einem Regal. Sektflöten gab es in diesem Haushalt nicht. Champagner zu trinken war zwar angesichts der Umstände ziemlich verfehlt, aber außer etlichen Single Malts von Bern, die sie nicht anrühren wollte, gab es gerade keinen Alkohol im Haus.

»Lange Geschichte«, antwortete sie, »aber ich kann dich mit einer Kurzversion unterhalten, wenn du Wert drauf legst.«

Cam runzelte die Stirn und öffnete die Flasche. »Klingt äußerst ominös.«

»Du hast ja keine Ahnung.« Nina blickte auf das sprudelnde Getränk in ihrem Glas und überlegte, ob sie ein weiteres bereitstellen sollte. Seit sie mit Barnaby nach Hause gekommen war, hatte sie Bette nicht zu Gesicht bekommen, nur mehrmals undeutlich ihre Stimme gehört, als sie im Büro telefonierte. »Meine Schwester ist noch hier. Hat sich herausgestellt, dass wir beide jetzt die Farm besitzen, zu gleichen Teilen. Aber wahrscheinlicher ist, dass wir bald alles verlieren.«

»Aaah«, sagte Cam und stellte die Flasche ab. »Dann möchte ich doch die lange Version.«

Er hörte aufmerksam zu, während sie die aufreibenden Ereignisse des Tages schilderte, und Nina merkte, wie sie sich nach und nach beruhigte. Es tat gut, mit jemandem zu sprechen, und Cam war ein hervorragender Zuhörer.

»Es ist alles ein entsetzliches Chaos«, endete sie. »Ich fühle mich so … Nicht betrogen, das ist das falsche Wort. Auch nicht im Stich gelassen, weil ich weiß, dass Dad das niemals absichtlich getan hätte. Aber ich bin verletzt. Aus mehreren Gründen. Weil er mich nicht eingeweiht hat. Weil er sich Bette anvertraut hat, aber nicht mir.«

»Ich kann deine Reaktion gut verstehen«, sagte Cam. »Aber nach dem, was du mir erzählt hast, hat dein Vater sich Bette doch gar nicht anvertraut. Für sie kam die Änderung des Testaments genauso überraschend wie für dich, oder nicht?«

Nina trank einen Schluck. Ihr erster Impuls war zu widersprechen, aber sie wusste, dass das nicht fair gewesen wäre. Bette hatte Bern immerhin 50 000 Pfund geschenkt. Ohne diese Unterstützung wäre die Farm jetzt in noch viel schlechterem Zustand gewesen. Es ärgerte Nina, dass sie selbst über keinerlei Rücklagen verfügte, ihre Schwester dagegen locker eine solche Summe herausrücken konnte. *Und wem hast du das zuzuschreiben? Nur dir selbst,* ging Nina mit sich selbst ins Gericht. *Du hast ohne Abitur die Schule abgebrochen.* Bette hatte sich mit Lernen immer leichtgetan, aber Nina hatte die Schule als Zeitverschwendung betrachtet und viel schlechtere Noten geschrieben. Für ihre Abschlussjahre hätte sie Unterstützung gebraucht, doch ihre kluge ältere Schwester war längst ausgezogen und kam nur noch selten nach Hause. Dann ging Nina selbst weg, und ihr Leben geriet außer Kontrolle, bis sie schließlich auf die Farm zurückkehrte. *Hast dich mit einem gewalttätigen Idioten eingelassen, anstatt eine Ausbildung zu machen. Hast ein Kind bekommen, ohne dir vorher zu überlegen, wie du es versorgen kannst.* Rational war ihr bewusst, dass das nicht Bettes Schuld war, aber sie hegte dennoch einen Groll gegen ihre ältere Schwester, den sie noch nie hatte ablegen können. Wenn Bette für sie da gewesen wäre, wie das bei älteren Geschwistern üblich war ... Wenn Nina sich an sie hätte wenden können, um sie um Rat zu bitten, in Krisen Zuspruch zu finden ... Dann wäre ihr eigener Lebensweg vielleicht anders verlaufen.

»Ja«, sagte Nina deshalb nur. »Du hast sicher recht.«

»Und jetzt ist Bette im Büro und versucht, dort Ordnung zu schaffen, sagst du? Aber wollte sie nicht heute Abend zurückfliegen?«

»Sie hat sich ein paar Tage freigenommen. Will hier möglichst viel vorbereiten, damit sie den Rest von London aus erledigen kann.«

Cam nickte. »Hier geht also alles weiter wie gehabt?«

»Ja. Immerhin das.«

»Hast du die Wettervorhersage gesehen?«, fragte Cam. »Von Norden naht ein Sturm, ›Ida‹ nennen sie ihn. Soll wohl Mittwochabend hier ankommen. Ist schon eine Weile auf dem Radar, hat jetzt aber die Richtung geändert und steuert auf uns zu.«

»Das darf doch nicht wahr sein«, stöhnte Nina. »Ich habe noch nicht mal mit dem Heupressen angefangen.«

»Ich weiß, deshalb sage ich es dir ja. Schaffst du das denn?«

»Geht nicht anders«, antwortete sie. »Wir brauchen das Heu für den Winter. Wie es scheint, haben wir kein Geld, um zusätzlich viel Futter einzukaufen.«

»Ich könnte herumfragen, ob jemand mithelfen kann«, bot Cam an.

»Jemanden bezahlen kann ich erst recht nicht«, erwiderte Nina. »Ich muss es eben irgendwie allein hinkriegen.«

»Ich bin schon ziemlich weit und muss morgen nur noch das obere Feld schaffen. Um die Mittagszeit sollte ich fertig sein, dann komme ich rüber und helfe dir.«

»Das musst du aber nicht, Cam. Es ist meine Farm – na ja, und jetzt auch die von Bette.«

»Ich weiß, dass ich es nicht tun muss«, sagte er, »aber ich möchte dir gern helfen. Und deine Schwester hat bestimmt genug um die Ohren.«

In diesem Moment kam Bette herein. Sie sah müde aus und hielt ihr Handy noch in der Hand, als habe sie kurz zuvor telefoniert.

»Tut mir leid, ich wollte nicht stören«, sagte sie überrascht, als sie Cam bemerkte.

»Tust du nicht.« Er lächelte und wies auf die Flasche. »Damit sollte eigentlich gefeiert werden, aber wir haben beschlossen, sie trotzdem zu öffnen. Möchtest du ein Glas?«

»Nein danke«, antwortete Bette mit erschöpftem Lächeln. »Nina … tut mir leid, aber wir müssten dringend noch einiges besprechen.«

»Bin sofort weg«, erklärte Cam. »Muss sowieso morgen extrem früh raus.«

»Entschuldige bitte. Wir sehen uns morgen, ja?«, sagte Nina.

»Klar. Ich komme rüber, sobald ich fertig bin.»

Nina geleitete ihn zur Tür und winkte noch kurz, kehrte dann zu ihrer Schwester zurück.

»Wirklich, tut mir leid«, sagte Bette, »ich wusste nicht, dass ihr beide …«

»Nicht, was du denkst.«

»Alles klar.«

Die beiden standen sich wortlos gegenüber wie Fremde, bis Nina auf den Champagner deutete und sagte: »Komm, trink ein Glas. Der wird sonst schal. Ich kann nicht den Rest der Flasche allein leeren, sonst habe ich morgen einen schrecklichen Kater.«

Bette lächelte erneut matt und nickte. »Einverstanden.« Als sie den kalten Toast auf dem Tisch bemerkte, fügte sie hinzu: »Du hast wohl auch keinen Appetit?«

»Nach diesem Tag … eher nicht.«

»Versteh ich«, sagte Bette mit einem tiefen Seufzer. »Geht mir auch so.«

»Also«, Nina füllte ein Glas und reichte es ihrer Schwester, »was müssen wir besprechen? Außer dem Naheliegenden natürlich …«

Bette ging zum Sofa und ließ sich darauf sinken. »Ich habe mit zwei Leuten geredet, bei denen ich was guthatte«, berichtete sie. »Einer Immobilienanwältin und einem Buchhalter. Beide sagten, sie könnten mir keinen konkreten Rat geben, solange die Finanzlage und die Schuldenhöhe nicht geklärt seien. Aber sie rieten dazu, sobald wie möglich ein unabhängiges Gutachten über das Anwesen anfertigen zu lassen.«

Nina, die gerade ihr Glas zum Mund führte, erstarrte in der Bewegung. »Also von … einer Immobilienfirma? Als wollten wir die Farm verkaufen?«

»Ja, genau das«, antwortete Bette müde.

»Das ist keine gute Idee. Hier spricht sich alles rasend schnell herum. Wenn jemand erfährt, dass wir den Verkaufswert ermitteln lassen, weiß das innerhalb eines Tages das ganze Dorf.«

»Was spielt das für eine Rolle?«, fragte Bette.

»Ich möchte nicht, dass es so aussieht, als seien wir in Schwierigkeiten. Du weißt doch, wie die Leute hier sind.« Nina hielt inne. »Oder vielleicht weißt du es auch nicht mehr. Auf jeden Fall darf niemand den Eindruck gewinnen, wir wollten verkaufen, wenn es gar nicht so ist. Vor allem unsere Kunden nicht. Wenn uns die Einkünfte vom Verkauf der Erdbeeren und der Milch wegbrechen, haben wir gar nichts mehr.«

»Aber wieso sollte das so sein?«

»Weil niemand mit unsicheren Lieferanten arbeiten möchte. Und es ist nicht so, dass es nicht reichlich Ersatz für uns gäbe. Ich habe hart gearbeitet, um mir all das aufzubauen, und darf es jetzt unter keinen Umständen verlieren.«

Bette rieb sich die Stirn. »Wir haben keine Wahl. Falls die Bank die Abbezahlung der Schulden verlangt, müssen wir genau im Bilde sein. Nehmen die ihre eigene Schätzung vor, wird sie deutlich schlechter ausfallen. Dann verlieren wir womöglich die Farm und haben immer noch Schulden. Und falls wir irgendwie aus diesem Schlamassel rauskommen wollen, müssen wir auch wissen, wofür wir umschulden.«

»Umschulden? Du meinst, wir sollen einen Kredit aufnehmen?«, fragte Nina. »Aber daran ist Dad doch schon gescheitert, warum sollte uns dann jemand Geld geben? Wir kommen ja so kaum über die Runden, wie soll ich monatlich Raten bezahlen? Vor allem in der Höhe, die bestimmt nötig sein wird?«

Bette betrachtete ihre Hände. »Irgendeine Lösung müssen wir finden. Dafür ist es notwendig, sämtliche Optionen zu erwägen, auch solche, die uns nicht gefallen. Eine Wertermittlung ist ein sinnvoller Anfang. Dabei entdecken wir vielleicht Umstände, die wir bisher übersehen haben und die bedacht werden müssen.«

»Außerdem hast du damit einen Ansatzpunkt zum Verkauf, oder nicht?«, erwiderte Nina. »Du hast doch bestimmt schon überlegt, wie du dich ungeschoren aus dem Staub machen kannst. Ich weiß, dass du die Farm, ohne mit der Wimper zu zucken, verkaufen würdest, aber sie ist mein Zuhause und *Barnabys* Zuhause, und …«

»Ich möchte das wirklich nicht tun, glaub mir«, fiel Bette ihr ins Wort. »Aber wenn wir die Farm halten wollen, müssen wir in alle Richtungen denken. Der erste Schritt ist unweigerlich ein Gutachten. Du hast mich gebeten, mich um diese Dinge zu kümmern. Was ich jetzt tue. Und dieser Schritt ist unabdingbar.«

»Okay«, murmelte Nina.

»Gut. Dann telefoniere ich morgen mal herum, um jemanden zu finden, der das so schnell wie möglich übernehmen kann.«

»Aber beauftrage niemanden aus Montrose oder Arbroath, das ist zu nah dran«, sagte Nina. »Hol dir jemanden aus Dundee.«

»Mache ich.« Bette war anzumerken, dass sie das überflüssig fand. »Kannst du dann die Führung übers Gelände und durchs Haus übernehmen? Du kennst dich viel besser mit allem aus.«

»Nein, nicht in den nächsten Tagen. Ich muss mich um das Heu kümmern, ein Sturm ist im Anmarsch.«

»Na gut.« Bette seufzte. »Sag mal, gibt es eine Karte vom gesamten Grundstück? Inklusive eingezeichneter Grenzen? So was müsste Dad doch besessen haben.«

Nina deutete auf die Wand neben dem Fenster zum Hof. »Meinst du so eine?«

Einen Moment starrte Bette perplex auf die detaillierte Karte im Bilderrahmen, dann lachte sie. »Ich hatte total vergessen, dass die hier hängt.«

Nina nickte. »Ja, seit ich mich erinnern kann. Es ist lange her, dass ich sie mir angeschaut habe. Als ich klein war, hat Dad mir damit die Namen unserer Felder beigebracht. An den Grenzen wird sich wohl nichts verändert haben, oder?«

Bette stand auf, trat zu der Karte und betrachtete eingehend das Gewirr aus dünnen Linien und Namen auf Feldern. »Nur wenn er Land verkauft oder verpachtet hat, ohne uns Bescheid zu geben.«

Nina schauderte bei dem Gedanken. »Oh, bitte nicht.«

»Ich werde sie einscannen«, erklärte Bette, während sie die Karte von der Wand abnahm. »Robert Palmer hat sicher eine im Archiv, aber es kann auch nützlich für uns sein, eine zur Hand zu haben, die so alt ist. Und ich werde mir die Unterlagen im Grundbuchamt zeigen lassen, um sicherzugehen, dass nichts verändert wurde.«

»Ja, okay.« Nina strich sich übers Gesicht. »Ich sollte ins Bett gehen. Morgen wird ein harter Tag.«

»Tu das«, sagte Bette. »Ich gehe noch mal ins Büro und sortiere weiter. Ich versuche, leise zu sein, wenn ich nachher hochkomme.«

»Möchtest du Bettwäsche fürs Gästezimmer?«, fragte Nina.

»Nein danke«, antwortete Bette geistesabwesend, ins Studium der Karte vertieft. »Ich habe alles, was ich brauche, auf dem Dachboden.«

Nina betrachtete ihre Schwester noch einen Moment forschend und versuchte zu erahnen, was wohl in ihrem Kopf vorging. Doch warum sollte sie das jetzt erraten können, nachdem es ihr sechsundzwanzig Jahre lang nicht gelungen war?

14

Am nächsten Tag rief Bette eine Maklerfirma in Dundee an und vereinbarte einen Termin für Mittwochmorgen. Den Rest des Tages versuchte sie verzweifelt, Ordnung in das Chaos im Büro zu bringen und bei der Bank Zugang zu Berns Konto zu erlangen. Alles dauerte zu lange und war schockierend analog. Die meisten Rechnungen von Zulieferern schien es nur auf Papier zu geben, und seit mindestens einem halben Jahr, vielleicht auch einem ganzen, war nichts mehr abgeheftet worden. Es war unverzichtbar, einen Überblick über die jährlichen Ausgaben zu bekommen, was aber ohne einen Blick auf die Kontoauszüge nicht möglich war. Ausgerechnet die schienen lediglich digital vorhanden zu sein. Bette wollte vermeiden, einzelne Firmen anrufen zu müssen, aber wenn die Bank bis Mittwoch nicht bereit war zu kooperieren, würde es unvermeidlich sein.

Unterdessen regte Bette sich darüber auf, dass sie diese Situation nicht vorhergesehen und dafür gesorgt hatte, von ihrem Vater notwendige Unterlagen zu erhalten. Sie hatte oft genug erlebt, mit welchen Problemen Kollegen von ihr zu ringen hatten, wenn Mandanten für Immobilienverkäufe nicht mit den entsprechenden Dokumenten ausgestattet waren. Stattdessen hatte sie sich eingebildet, erst in ferner Zukunft damit zu tun zu haben – oder vielleicht gar nicht. Aber sie hätte längst überprüfen müssen, was Bern bereits geregelt hatte.

Nina würde nicht mehr darüber wissen. Außerdem war sie den gesamten Dienstag mit dem Einbringen des Heus beschäftigt. Von draußen war unentwegt das Rattern des alten Traktors zu vernehmen, mit dem sie derartig schnell über die unebenen Felder holperte, dass Bette fürchtete, er werde auseinanderbrechen. Ihr fiel wieder ein, wie mühsam und endlos diese Tage waren. Und dass es immer hieß, man solle das Heu einbringen, wenn die Sonne schien, was für diesen Tag nun wirklich galt: Von früh bis spät strahlte sie am wolkenlosen Himmel, sodass das angekündigte schwere Unwetter kaum vorstellbar war.

Um zehn Uhr abends schleppte Nina sich in die Küche, so erschöpft, dass sie kaum noch sprechen konnte. Bette hatte für sich früher am Abend Pasta bolognese gekocht, absichtlich mit Penne statt Spaghetti, um sie später leichter aufwärmen zu können.

»Danke«, murmelte Nina, als Bette ihr eine Portion servierte und dazu ein Glas von dem Rotwein einschenkte, den sie tagsüber erstanden hatte.

»Gerne.«

Zu mehr Worten war Nina nicht mehr fähig, und daraus bestand die gesamte Unterhaltung der Schwestern an diesem Tag. Bette nahm sich auch ein Glas Wein und setzte sich an den Tisch. Das gemeinsame Schweigen empfand sie als entspannend, und sie verlor sich in Erinnerungen an die Heutage in ihrer Jugend. Damals hatte man Helfer gehabt, und am Ende des Tages hatten alle mit der Familie an diesem Tisch gesessen und waren über die riesige Menge Pasta hergefallen, die Sophia zubereitet hatte.

Als Bette früh am Mittwochmorgen aufstand, hörte sie draußen bereits den Traktor. Ihre Schwester schien schon seit dem Morgengrauen auf den Feldern zu sein. Barnaby hatte bei einem Schulfreund übernachtet, wo er zwei weitere Tage bleiben würde, damit Nina sich ausschließlich der Heuernte widmen konnte. Bette duschte und zog sich an. Dann stand sie eine Weile mit ihrer Kaffeetasse in der Küchentür und blinzelte in die Sonne, die schon erstaunlich heiß war.

Pünktlich um neun Uhr traf die Immobilienmaklerin in einem schwarzen BMW-Coupé ein, was Bette einigermaßen klischeehaft fand.

»Sehen wir uns zunächst das Haus an?«, fragte Martha Carr, nachdem sie Bette begrüßt und das Kaffeeangebot abgelehnt hatte.

Die Maklerin war eine kleine, zierliche Frau mit strengem Kurzhaarschnitt, leicht grau meliert. Sie hatte eine energische Ausstrahlung, die Bette bei einer Londoner Kollegin zu schätzen gewusst hätte, aber angesichts ihres heruntergekommenen Elternhauses vage bedrohlich fand. Sie spürte plötzlich einen gewissen Widerwillen, die Farm dem kritischen Blick dieser Frau auszusetzen, aber es war nun einmal unvermeidlich.

Während sie als Erstes das Wohnzimmer besichtigten, wurde ihr sehr bewusst, dass bei diesem Rundgang wohl mit jeder Menge Erinnerungen zu rechnen war. Deshalb hatte sie es bisher vermieden, sich in den anderen Räumen aufzuhalten.

Das Wohnzimmer war ein behaglicher Raum mit niedriger Holzdecke und zwei kleinen Fenstern, durch die nur wenig Licht hereindrang. Vor dem offenen Kamin standen Sessel, ein Sofa und ein niedriger Couchtisch. Eine Wand war vollständig von einem mit Büchern vollgestopften Regal bedeckt, an der anderen stand eine lange Kommode, auf der allerhand herumlag. Darüber hingen zahlreiche Aquarelle, ausdrucksstarke Bilder regionaler Landschaften, allesamt gemalt von Jean Crowdie, ihrer Großmutter. Sie war mit ihrem Mann Murray in eine Wohnung in Montrose gezogen, nachdem beide die Farm aus Altersgründen an Bern übergeben hatten, hatten ihr aber damals täglich einen Besuch abgestattet. Bette sah ihre Großmutter noch vor sich, wie sie mit ihrer Staffelei draußen malte, vor allem im Sommer. Dieses Bild hatte sich Bette intensiv eingeprägt.

»Das war ein Hobby meiner Großmutter«, erklärte sie, weil Martha Carr die Aquarelle eingehend betrachtete.

»Die sind sehr eindrucksvoll«, bemerkte sie. »Sie war offenbar eine gute Malerin.«

Bette musste ihr recht geben. Dabei fiel ihr auf, dass sie eine Ewigkeit nicht an ihre Großmutter gedacht hatte.

Eine weitere Tür führte zum Esszimmer nebenan, das jedoch früher nur genutzt wurde, wenn Gäste zu Besuch kamen, was selten der Fall gewesen war. Gegessen wurde normalerweise in der Küche. Als Bette jetzt diese Tür öffnete, sah sie, dass der Raum inzwischen als Barnabys Spielzimmer diente. Der große Esstisch war an die Wand geschoben und ein Kindertischchen aufgestellt worden, das mit Buntstiften übersät war. Auf dem fadenscheinigen Teppich lagen Spielsachen und weitere Stifte.

Die Maklerin machte sich Notizen auf ihrem iPad, während sie die Räume im Obergeschoss besichtigten. Bette war bemüht, alle Fragen zu beantworten, musste jedoch bemerken, dass sie sich kaum noch auskannte im Haus. Sie fühlte sich fast wie ein Voyeur, der in die Intimsphäre anderer Menschen eindringt. Als sie zum Zimmer ihres Vaters kamen, dem einstigen Elternschlafzimmer, hätte sie am liebsten draußen gewartet, doch das war natürlich nicht möglich.

Als sie wieder nach unten gingen, hörte Bette draußen das unermüdliche Tuckern und Brummen des Traktors auf den Feldern.

Nachdem Carr die restlichen Räume im Erdgeschoss gesehen hatte, verkündete sie: »Dann sollten wir jetzt mal die Grenzen abschreiten.«

Die Sonne stand inzwischen höher am Himmel, während die beiden Frauen an der Grenze zu dem Grundstück entlanggingen, das nun Cam Hayes gehörte. Sie war lediglich durch einen maroden Zaun markiert, der an einigen Stellen eingefallen war.

»Das muss für den Verkauf auf jeden Fall vorher ausgebessert werden«, erklärte Carr und machte sich weitere Notizen. Während sie zu den Wiesen entlang der Steilküste steuerten, fragte sie: »Wissen Sie, wie schnell die Erosion voranschreitet?«

»Nein, leider nicht«, musste Bette zugeben, »aber auf dieser Karte kann man erkennen, in welchem Zustand die Klippen in meiner Kindheit waren.« Auf ihrem eigenen iPad zeigte sie der Maklerin den Scan, den sie von der Flurkarte gemacht hatte. »Vor langer Zeit muss es ein Ereignis gegeben haben, nach dem ein Teil des Geländes unzugänglich wurde. Vermutlich ein brachiales Unwetter oder so etwas.«

Carr betrachtete die Karte. »Könnte es der große Sturm von 1953 gewesen sein? Der hat damals hier an der Küste viel zerstört.«

»Wäre möglich, aber ich habe immer gedacht, es sei schon viel früher passiert, sonst hätten meine Großeltern davon erzählt. Allerdings habe ich nie nachgefragt, muss ich gestehen. Als meine Schwester und ich klein waren, durften wir uns nie in der Nähe der Steilküste aufhalten. Den Weidezaun, der dort am Rand verläuft, gibt es heute noch.«

»Lassen Sie uns diesen Teil erst einmal besichtigen«, sagte die Maklerin. »Die Erosionsrate recherchiere ich später.«

Bette ging voraus bis zu dem Weidegatter am Ende des Feldwegs, das die Grenze zwischen ihrem Grundstück und dem der Bronagh-Farm markierte. Sie musste etwas mit dem Schloss ringen, weil sie mit dem Mechanismus nicht mehr vertraut war, doch schließlich gelang es ihr, das Tor aufzuschieben. In der Ferne war das Meer zu erkennen, glitzernd in der Sommersonne. Die Luft roch frisch und salzig, und man konnte das Donnern der Wogen an den Felsen hören – ein Geräusch, das Bette früher immer sehr geliebt hatte.

Nachdem die beiden Frauen die Wiese überquert und den Zaun an den Klippen erreicht hatten, blieben sie stehen und sondierten das Gelände. Hinter dem Zaun gab es noch einen Streifen Gras, der aber bald in Geröll überging, bevor das Land an den Klippen abbrach. Sie blieben auf der Wiese vor dem Zaun und folgten ihm, aber binnen Kurzem war er so stark von Ginsterbüschen, Haselnusssträuchern und Schlehen überwachsen, dass man weder ihn noch die Klippen erkennen konnte. Die Maklerin versuchte, sich an der Karte zu orientieren, um so dicht wie möglich an den Grundstücksgrenzen zu bleiben.

»Mir scheint, hinter all dem Gestrüpp gibt es noch zugängliches Gelände. Doch der Zaun versperrt den Weg«, bemerkte sie und versuchte, durch das Dickicht zu spähen. »Wissen Sie, warum?«

»Nein, aber ich vermute, wegen der Erosion«, antwortete Bette. »Es hat, wie gesagt, irgendein katastrophales Ereignis gegeben. Einen anderen Grund wüsste ich nicht.«

Carr blieb stehen, rief Google Earth auf und gab die Adresse der Crowdie-Farm ein. Dann zoomte die Maklerin immer näher heran, bis Bette, die neben ihr stand und auch aufs Display schaute, die Wiese wiedererkannte. Durch die hohe Auflösung wurde das Bild unscharf, aber der Zaun und die gesamte Umgebung waren erkennbar.

»Hier sind wir jetzt, oder?«, fragte Carr. »Das sieht hinter dem Zaun nicht aus, als seien die Klippen weggebrochen. Ist das da nicht ein Pfad?«

Bette betrachtete stirnrunzelnd das Bild. »Das kann eigentlich nicht sein. Da unten ist nichts. Zumindest haben wir das immer zu hören bekommen.«

Die Maklerin blickte auf. »Wir sollten mal schauen, ob wir uns das genauer ansehen können, ja?«

Sie schritten weiter nah am Rand der Wiese durch das hohe Gras, bis sie am Ende eines Abhangs zwischen dichten Ginstersträuchern den Zaun wiederentdeckten. Dahinter war tatsächlich, überwuchert mit Wiesen-Kerbel, leuchtend blauen Glockenblumen und niedrigen Büschen, ein Pfad zu erkennen.

»Das ist der Weg von dem Satellitenbild, oder nicht?«, fragte Carr. »Wohin führt der?«

»Ich habe keine Ahnung«, gestand Bette verblüfft. Sie hatte keinerlei Erinnerung an diesen Weg. Möglicherweise hatte sie ihn sogar noch nie zuvor gesehen.

»Na dann.« Carr verstaute das iPad in ihrer Handtasche und steuerte auf den Zaun zu. »Ich bin dafür, das herauszufinden.«

15

Nicht nur ihre Hände waren klatschnass, Nina triefte förmlich vor Schweiß. T-Shirt und Unterwäsche klebten ihr am Körper wie nasse Lappen. Warum nur war noch niemand auf die Idee gekommen, einen BH zu erfinden, der Schweiß aufsaugte und ihn gleichzeitig absorbierte? Nicht einmal dieser Sport-BH war dazu imstande. Ideal wären Gelpads zum Herausnehmen, die man im Kühlschrank oder Gefrierschrank kühlen konnte, bevor man sie wieder einsetzte. *Kühle Dessous für heiße Frauen!* Das wäre doch *die* Geschäftsidee, beschloss Nina. Sie dachte kurz über einen Berufswechsel nach, um mit dieser fantastischen Erfindung allen Frauen etwas Gutes zu tun. Doch dann fiel ihr wieder ein, dass sie beim letzten Versuch, eine Nähmaschine zu benutzen, das Gerät vor Frustration fast aus dem Fenster gefeuert hätte. Als ihr Handy vibrierte und sie den Motor ausschalten musste, verschwand der Gedanke so schnell, wie er gekommen war.

»Bette?« Mit einer Hand hielt sich Nina die Haare aus dem Gesicht, während sie mit der anderen das Handy ans Ohr drückte. Ihr Haargummi war gerissen, was ständig passierte. Sie musste sich endlich angewöhnen, eine ganze Tüte davon bei sich zu haben. »Was ist los?«

Nina konnte ihre Schwester kaum verstehen, weil diese offenbar irgendwo in donnerndem Wind stand und ihre Worte außerdem keinerlei Sinn ergaben.

»Bitte was? Was ist mit den Klippen?« Nina strich sich übers Gesicht, doch der Schweiß rann weiter. »Hör mal, ich komm zu dir, ja? Wo genau bist du?« Die Antwort auf diese Frage war wenig hilfreich. »Was für ein Plateau? Ich weiß nicht, was du meinst. Schick mir deinen Standort, okay? Ich bin so schnell wie möglich da.«

Nina startete den Traktor wieder, lud die letzten Heuballen an dem bereits begonnenen Haufen ab und ratterte dann zur Farm zurück. Sie parkte im Hof, holte sich eine kalte Cola aus dem Kühlschrank und machte sich auf den Weg, um ihre Schwester aufzuspüren. Dem blauen Punkt nach schien sie an den Klippen oder sogar dahinter zu sein, stellte Nina stirnrunzelnd fest. Was ja wohl schlecht sein konnte, denn wenn sie abgestürzt wäre, hätte sie nicht mehr telefonieren können.

Nina marschierte an Scheune, Hühnergehege und dem Erdbeertunnel vorbei zu dem Feldweg für den Traktor, kletterte über das Weidegatter, um es nicht mühsam öffnen zu müssen, und stapfte weiter bis zu den Wiesen nahe der Steilküste. Sie erwartete, dort irgendwo ihre Schwester und die Maklerin zu sehen, konnte sie aber nirgendwo entdecken. Der blaue Punkt markierte eine Stelle am Abhang. Waren sie irgendwo in dem Gestrüpp entlang des Zauns stecken geblieben? Was um alles in der Welt war da los?

Sie näherte sich dem überwucherten Zaun. Die Regel, die man ihnen als Kinder eingeschärft hatte – niemals in die Nähe der Klippen zu kommen –, galt natürlich auch für Barnaby. Er durfte nie weiter als bis zum Feldweg gehen, nicht einmal bis zu diesem Zaun. Als Bette auch dort nirgendwo zu sehen war, blieb Nina verwirrt stehen.

»Bette?«, schrie sie beunruhigt. »Wo bist du?«

»Hier unten, Nina!«

Bette klang so gedämpft, als halte sie sich in einem Erdloch auf. Einen verrückten Moment lang überlegte Nina, ob ihre Schwester vielleicht in ein Feenreich geraten war. Solche Märchen hatte sie als Kind von den Bronaghs zu hören bekommen, den ehemaligen Nachbarn ihrer Eltern. Doch dann wurde Nina klar, dass Bette irgendwo in dem Dickicht am Klippenrand stecken musste. Hatte sie den Verstand verloren? Ein falscher Schritt, und man stürzte dort unweigerlich in die Tiefe.

»Um Himmels willen, Bette, was *machst du hier*?«, fragte Nina, als ihre Schwester plötzlich hinter einem gewaltigen Ginsterbusch hervorspähte, der den Zaun vereinnahmt hatte.

»Wusstest du davon, dass der hier ist?«, fragte Bette, statt ihr zu antworten. Ihre Wangen waren gerötet vom Wind, und sie keuchte leicht.

»Wovon redest du? Was soll ich gewusst …?« Nina brach ab, als Bette die Zweige des Ginsters beiseitebog und ein überwucherter Pfad sichtbar wurde. »Ist das ein Weg?«

»Komm, du musst dir was ansehen«, sagte Bette. »Aber sei vorsichtig, pass auf, wo du hintrittst.«

Nina kletterte über den Zaun und folgte ihrer Schwester, die auf dem Pfad Sträucher und Zweige festhielt, damit sie Nina nicht ins Gesicht schlugen. Nach einigen Metern endete das Dickicht, und der Pfad fiel so abrupt ab, dass Nina ins Stolpern geriet. Unwillkürlich griff sie nach dem Zaun, der am Klippenrand zum Vorschein gekommen war, um sich festzuhalten. Es war kein Weidezaun wie oben an der Wiese, er war schmiedeeisern und schien aus einer anderen Zeit zu stammen.

»Alles okay?«, fragte Bette. »Keine Sorge, ist nicht mehr weit. Ab hier wird der Weg etwas besser.«

»Ja, alles gut«, sagte Nina und holte tief Luft. »Wie kommt denn dieser Zaun hierher?«

Bette zuckte mit den Schultern. »Ich könnte mir denken, dass einmal jemand weniger Glück gehabt hat als du jetzt. Stell dir mal vor, er wäre nicht hier.«

Nina sah sich um. Tatsächlich würde man ohne den Zaun in die Tiefe stürzen, wenn man nicht aufpasste. Direkt dahinter brach die Klippe ab, unten lauerten wilde Wogen und zerklüftete Felsen.

Bette ging weiter, und Nina folgte ihr, setzte dabei vorsichtig einen Fuß vor den anderen. Nach einigen Metern wurde der Pfad, der weiter hangabwärts führte, breiter und mündete schließlich in ein längliches Gelände dicht am Rand der Klippen. Es sah fast aus, als sei eine Hälfte der Wiese nach unten gesunken und habe sich hier niedergelassen, zwischen dem Meer und dem Land der Crowdies. Bette blieb an einem massigen Felsblock stehen, der am Ende des Wegs aufragte wie ein Wächter. Nina hielt hinter ihr an.

»Was um alles in der Welt ist das?«, fragte sie.

»Keine Ahnung«, antwortete ihre Schwester. »Ich wusste nichts von diesem Ort und war noch nie hier unten. Du etwa auch nicht?«

»Nein!«

»Na, irgendwer muss aber davon gewusst haben«, sagte Bette und deutete auf den Zaun. »Schau mal, der geht am Klippenrand weiter bis zum Ende von diesem ... Ich weiß gar nicht, wie ich das nennen soll. Wäldchen?«

Nina folgte ihrem Blick. Auf dem Stück Land, das vielleicht zweitausend Quadratmeter umfasste, wuchsen zahllose niedrige Bäume. Die knorrigen Baumgestalten schienen uralt zu sein, waren krumm und gebeugt vom unablässigen Wind, der vom Meer herüberpeitschte. Einige wirkten abgestorben, Rinde und kahle Äste waren mit Flechten gesprenkelt, andere trugen seltsam geformte Früchte. Die Bäume standen inmitten von verwildertem hohem Gras, das bis zu den untersten Zweigen reichte und zur verwunschenen Stimmung des Ortes beitrug. Hatte Nina zuvor nicht gedacht, Bette sei in ein Feenreich geraten? Ihre Vorstellung war gar nicht so abwegig gewesen. Dieses mysteriöse Land schien nicht zu dem Anwesen zu gehören, auf dem Nina aufgewachsen war, und doch musste es so sein. Der Pfad führte von der Crowdie-Farm hierher. Seit fünf Jahren sorgte Nina für alles, was dort wuchs und lebte, aber dieses Fleckchen zwischen den Klippen war ihr verborgen geblieben. Was offenbar nicht nur für sie galt, denn die Bäume sahen so aus, als seien sie seit langer Zeit sich selbst überlassen gewesen.

»Was für ein sonderbarer Ort!«, rief die Maklerin, die vom anderen Ende des Geländes auf sie zukam. »Ich wäre sehr interessiert an weiteren Informationen darüber. Der Eisenzaun scheint mir aus dem neunzehnten Jahrhundert zu stammen, aber in die Felswand dort hinten wurden Bienenalkoven und eine geschützte Sitzbank gehauen, die wesentlich älter sein müssen.«

»Bienenalkoven?«, wiederholte Bette. »Was ist das?«

»Nischen, die man angelegt hat, um darin Bienenstöcke zu überwintern«, antwortete Carr, die jetzt vor ihnen stehen blieb. »Wie lange gibt es diesen Apfelgarten schon?«

»Apfelgarten?«, wiederholte Bette.

»Ja, an einigen Bäumen hängen noch Äpfel. Die Sorte kann ich nicht zuordnen, aber so ein Obsthain könnte potenziell interessant sein für Käufer, vor allem an einem so außergewöhnlichen Ort. Vorausgesetzt natürlich, das Gelände gehört noch zur Crowdie-Farm. Ist das so?«

»Ich denke schon«, antwortete Nina und wies nach hinten. »Dieser Pfad führt ja zu unseren Wiesen. Und das Gelände hier grenzt direkt an.«

»Das stimmt«, bestätigte die Maklerin, »aber ich bin mir dennoch nicht sicher, ob die Grenze so eindeutig ist.« Sie zeigte ihnen beiden das Satellitenbild auf dem iPad, wo sie gemäß dem Scan der alten Flurkarte die einstige Grenze zwischen der Crowdie-Farm und dem Grundstück von Cam eingezeichnet hatte. »Sehen Sie, hier? In welcher Beziehung stehen Sie zu Ihrem Nachbarn? Ob er wohl von dem Apfelgarten weiß?«

»Ich kenne Cam ziemlich gut«, antwortete Nina. »Er hat

das Anwesen vor ein paar Jahren gekauft, und wir sind befreundet. Aber ich denke nicht, dass er etwas davon weiß. Er hat nie darüber gesprochen und sich mittlerweile selbst eine Streuobstwiese angelegt. Was er wohl nicht getan hätte, wenn er von diesem Ort etwas gewusst hätte.«

»Wir müssen die ursprünglichen Urkunden und Grenzen überprüfen, um das abzusichern«, erklärte Carr. »Aus Erfahrung weiß ich, dass derlei oft knifflig sein kann. Es wäre sinnvoll, Ihren Nachbarn zu bitten, sich seine Grenzlinien ebenfalls genau anzusehen, damit man sich da einig ist. So, und nun würde ich gerne noch den Rest des Grundstücks sehen.«

Bette machte sich mit der Maklerin auf den Rückweg, aber Nina verweilte einen Moment und blickte auf den mysteriösen Apfelhain. Sie wäre gern noch länger geblieben, um das Gelände zu erkunden, von dessen Existenz sie bislang nichts geahnt hatte. Doch über dem Meer trieben dunkle Wolken heran, das angekündigte Unwetter nahte, und sie musste schnell die restlichen Heuballen einfahren. Es würde ein Wettrennen gegen die Zeit werden, selbst wenn Cam ihr zu Hilfe kam, wie er versprochen hatte.

16

Während Bette die Besichtigung mit der Maklerin fortführte, war sie in Gedanken bei diesem mysteriösen Garten mit den uralten Bäumen. Martha Carr versprach, sich so bald wie möglich mit dem Gutachten zu melden. Bis allerdings die Besitzverhältnisse für das Gelände an der Steilküste nicht geklärt waren, gab sie zu bedenken, würde die Einschätzung unvollständig sein.

Bette sah dem schwarzen BMW nach, als er in einer Staubwolke davonfuhr. Dann ging sie ins Haus zurück, um Nina erneut anzurufen, die wieder mit dem Traktor unterwegs war.

»Wird Cam dir nachher helfen?«, fragte Bette.

»Er wollte nach dem Lunch rüberkommen.« Nina klang atemlos, und Bette konnte sich nur allzu gut vorstellen, dass die Kabine des Traktors um die Mittagszeit wahrscheinlich die reinste Sauna war. »Soll ich ihm erzählen von dem … Ich weiß gar nicht, wie wollen wir es nennen? Apfelgarten?«

»Ja, tu das«, antwortete Bette. »Wir müssen die Grenzfrage so schnell wie möglich klären. Ich frage inzwischen den Anwalt, ob unsere Karte hier aktuell ist oder ob es noch neuere gibt.«

Am anderen Ende herrschte Schweigen, und Bette fragte sich, ob sie gerade beide das Gleiche dachten. »Vielleicht weiß Mum etwas darüber?«, äußerte Nina dann. »Ich kann mir nicht vorstellen, dass sie und Dad von diesem Ort nichts geahnt haben.«

»Ja, daran habe ich auch schon gedacht. Ich schreibe ihr, und dann können wir vielleicht zu dritt zoomen, was meinst du?«

»Heute auf keinen Fall. Ich brauche länger als geplant, und der Wind nimmt schon zu. Das Unwetter wird nicht erst abends hier sein.«

Bette überlegte kurz, ob sie vorschlagen sollte, mit Sophia allein zu sprechen, entschied sich aber dagegen. »Und morgen?«

Wieder ein kurzes Schweigen. Dann sagte Nina: »Ich dachte, du wolltest morgen zurückfliegen?«

»Hatte ich auch vor, aber ich habe noch nichts von der Bank gehört, bin mit den Papieren im Büro nicht weit genug, und jetzt kommt auch noch der Apfelgarten dazu …« Bette schüttelte den Kopf. »Ich werde im Büro Bescheid sagen müssen, dass ich erst Montag wieder da sein kann. Das wird schon gehen.«

»Okay.« Nina fügte hinzu: »Du solltest aber nicht auf dem Dachboden schlafen während des Unwetters. Wer weiß, ob das Dach dicht ist.«

»O Gott, sag das bitte nicht. An ein neues Dach wollen wir jetzt nicht denken müssen, ja?«

»Deshalb solltest du erst recht nicht da oben schlafen«, erwiderte Nina in trockenem Tonfall. »Was wir nicht wissen, kann uns auch keine Sorgen machen, oder?«

Bette lachte. »Okay, einverstanden. Ich denke zwar, dass genau diese Art von Denken uns die aktuelle Lage eingebrockt hat, aber ... klingt trotzdem vernünftig.«

»Glaub mir«, erwiderte ihre Schwester, »hier lebt es sich besser, wenn man nicht so genau hinschaut. Ich muss jetzt weitermachen.«

Bette ging ins Büro und rief ein weiteres Mal bei der Bank an, wo man ihr jedoch nur mitteilte, ihr Anliegen sei »in Arbeit«. Danach meldete sie sich bei Oliver, um ihn zu informieren, dass sie erst Montag wieder im Büro sein würde.

»Okay«, sagte ihr Assistent zögernd, »ich kann natürlich alles so weit erledigen.«

Bette runzelte die Stirn. »Stimmt etwas nicht?«

»Ich bin mir nicht sicher. Gesagt hat zwar niemand was, aber ...« Er machte eine kurze Pause. »Ich habe einfach das Gefühl, dass hier irgendetwas im Argen ist.«

»Was ist Ihnen denn aufgefallen?«

Er seufzte hörbar. »Ich kann es nicht mal genau bestimmen. Vielleicht bilde ich es mir auch nur ein. Aber irgendetwas fühlt sich ... falsch an. Geraunte Gespräche, komische Seitenblicke. So etwas, wissen Sie?«

Bette wusste in der Tat, was er meinte. Das hörte sich nicht gut an. Intrigen waren das, was ihr am meisten missfiel an der Arbeit in einem großen Unternehmen. Das überdies im Begriff war, noch größer zu werden. »Es hat sicherlich mit der Fusion zu tun«, sagte sie.

Darauf trat ein längeres Schweigen ein, das sie nicht deuten konnte.

»Wahrscheinlich«, sagte Oliver dann. »Sicher nichts, worüber Sie sich Sorgen machen müssten. Wir sehen uns dann Montag, ja?«

Nachdem sie sich verabschiedet hatten, blieb Bette mit einem beklommenen Gefühl zurück, das sich noch verstärkte, als sie an ihr kurzes Gespräch mit Spencer Coulthard vor zwei Tagen zurückdachte. Auch danach hatte sie ein Unbehagen gespürt. Konnte es sein, dass mit der Fusion etwas schieflief? Sie überlegte, ob sie ihn anrufen und direkt fragen sollte. Aber das alles konnte doch wohl bis Montag warten. Sie durfte keine Zeit mit Mutmaßungen verlieren, sondern musste sich darauf konzentrieren, Ordnung in die Angelegenheiten der Farm zu bringen. Wenn sie wieder in London war, konnte sie sich ohne Ablenkung den anstehenden Themen widmen. Doch zunächst musste das Dringendste hier erledigt werden.

Sie wollte gerade Roland Palmer wegen der Flurkarte anrufen, als eine Nachricht von Allie eintraf.

Weiß nicht mehr, wann du abreist, und wollte noch Tschüs sagen. Lass uns in Kontakt bleiben, ja? Nicht wieder so lange warten! Liebe Grüße, Allie ♥

Bette lächelte und schrieb zurück: *Bleibe noch länger, bis Sonntag. Und unbedingt in Kontakt bleiben!*

Die Antwort kam prompt. *Ah. Hoffentlich alles okay?*

Ich arbeite dran. Nur gerade was Erstaunliches auf dem Grundstück entdeckt.

Plötzlich fiel Bette etwas ein: Allie hatte früher viel Zeit

auf der Crowdie-Farm verbracht. Rasch schickte sie eine
weitere Nachricht.

Weißt du zufällig etwas über einen Obsthain an der Steilküste?

Bette sah, dass Allie offenbar tippte, doch dann rief sie
plötzlich an.

»Hey, ich dachte, es ist einfacher, wenn ich mich schnell
melde«, sagte sie. »Was ist los? Und was meinst du mit dem
Obsthain? Ich wusste gar nicht, dass es einen gibt auf der
Farm.«

»Anscheinend wusste niemand etwas davon«, antwortete Bette. »Das ist ein verstecktes Gelände direkt am Klippenrand. Es wurde offensichtlich früher genutzt, denn es
gibt einen Eisenzaun an dem Pfad dorthin. Und so etwas
wie Bienenalkoven und eine in einen Fels gehauene Sitzbank.« Danach war so lange nichts zu hören, dass Bette
fragte: »Allie? Bist du noch dran?«

»Entschuldige«, sagte ihre Freundin. »Ich habe gerade
nachgedacht.«

»Weißt du was darüber?«, fragte Bette gespannt.

»Nein.« Allie hörte sich so gedehnt an, als sei sie noch in
Gedanken versunken. »Nein, ich glaube wirklich nicht. Einen Moment lang hatte ich so ein Gefühl, aber jetzt ist es
verflogen. Ich kann mir nicht vorstellen, dass ich so einen
Ort vergessen hätte. Wir durften uns ja sowieso nicht an
den Klippen aufhalten, nicht wahr?«

»Nein«, bestätigte Bette. »Dieser Eisenzaun verläuft übrigens entlang des gesamten Pfads. Es hieß ja auch immer,
weiter unten seien die Klippen der Erosion zum Opfer gefallen. Aber das ist offenbar gar nicht so.«

»Klingt faszinierend.«

»Ja, ich könnte mir vorstellen, dass dich so was interessiert. Ich will da gleich noch mal hin und Fotos machen. Soll ich dir welche schicken?«

»Ich könnte selbst mitkommen«, bot Allie an. »Da hätte ich große Lust drauf, und der Laden ist mittwochnachmittags geschlossen, Zeit hätte ich also.«

Während Bette auf ihre Freundin wartete, bereitete sie Sandwiches als Mittagsimbiss zu. Nachdem sie sich selbst welche genehmigt hatte, legte sie die restlichen, in Klarsichtfolie verpackt, für Nina in den Kühlschrank und schrieb ihr eine Nachricht.

Kurz darauf antwortete Nina *Danke!* mit einem Kussgesicht dahinter, was Bette überraschte. Das war eine absolute Premiere bei ihrer Schwester.

Eine Staubwolke auf dem Hof kündigte Allie an. Sie parkte neben dem Mietwagen, und als sie ausstieg, wirkte sie erhitzt und aufgeregt, eher wie das junge Mädchen von früher als wie eine Mutter von zwei heranwachsenden Söhnen.

»Es ist mir wieder eingefallen«, verkündete sie atemlos statt einer Begrüßung. »Warum deine Beschreibung von dem Hain eine Erinnerung ausgelöst hat. Weißt du noch, wie wir als Kinder auf dem Dachboden in einer Kiste dieses alte Buch gefunden haben?«

Bette sah sie ratlos an. »Altes Buch?«

»Du musst dich doch daran erinnern!«, fuhr Allie fort, während sie Bette in die Küche folgte. »Es ging darin um eine junge Frau, die so einen schrecklichen, viel älteren Mann geheiratet hatte. Der sie nur zur Frau haben wollte, damit sie ihm einen Sohn als Erben gebar, weil seine vorherigen Frauen keine Kinder bekommen hatten. Aber sie liebte den Mann nicht und hat sich dann in einen Bediensteten verliebt, der auf dem Anwesen für diesen Apfelgarten zuständig war. Wir beide waren damals fasziniert von der Geschichte und haben sie uns gegenseitig vorgelesen, als ich in diesem einen Sommer ständig bei euch übernachtet habe.«

»Bist du ganz sicher, dass du das nicht mit *Lady Chatterley's Lover* verwechselst?«, erwiderte Bette. »Das haben wir später irgendwann gelesen, oder?«

»Weiß ich, aber dieses Buch war ganz anders. Es hatte zwar die Form eines Romans, war aber wie ein Tagebuch angelegt, mit Daten und allem. Hast du das echt vergessen?«

Bette schaute nachdenklich durch die offene Küchentür auf den sonnenbeschienenen Hof. Irgendwo regte sich etwas in ihr, aber sie bekam es nicht zu fassen.

»Bin mir nicht sicher«, murmelte sie.

»Könnte das Buch noch auf dem Dachboden sein?«, fragte Allie. »Als wir es damals gefunden haben, muss es schon jahrelang in dieser Kiste gelegen haben.«

»Glaube ich eher nicht.« Bette dachte daran, wie sie in ihrer ersten Nacht auf dem Dachboden den Eindruck gehabt hatte, dass in ihrem einstigen Versteck aufgeräumt worden war, dass Dinge fehlten. »Da oben ist es jetzt ziemlich leer. Ich kann nachschauen, aber später. Wir sollten erst mal die Fotos von diesem Hain machen, bevor das Gewitter kommt. Da unten möchte ich dann nicht feststecken.«

Es war noch immer heiß, als sie den Pfad an den Klippen erreichten, aber der Wind nahm schon zu und trieb die düsteren Wolken über dem Meer schneller voran. Während Allie durch das hohe Gras stapfte und fasziniert das Gelände in Augenschein nahm, fotografierte Bette mit ihrem Handy.

»Schau mal hier«, sagte Allie. Sie hatte sich gebückt und Gräser beiseitegeschoben, um den schmiedeeisernen Zaun zu betrachten. »Da ist ein Monogramm eingearbeitet, hast du das gesehen? Ein O und ein C, glaube ich.«

Bette machte ein Foto und zog es dann groß, um das Detail genauer zu erkennen. »Wer mag das gewesen sein?«

»Na, das müsste doch einer deiner Ahnen sein, oder nicht?«, sagte Allie. »Urgroßeltern vielleicht?«

Bette zuckte mit den Schultern. »Keine Ahnung. Eine weitere Frage für meine Mutter.«

»Wo sind denn diese Bienenalkoven?«, erkundigte sich Allie. »Der Zaun ist zwar nicht so alt wie die Menschheit, aber dieser Hain hier …«

Bette sah sie von der Seite an. »Was?«

Ihre Freundin ließ den Blick über die knorrigen Bäume schweifen. »Ich finde, dieser Garten fühlt sich uralt an, findest du nicht? Als gäbe es ihn schon sehr lange …«

»Ah, kommt jetzt die Archäologin zum Vorschein?«, sagte Bette grinsend.

Allie lächelte. »Kann schon sein. Deshalb interessiert mich auch dieser Felsen.«

»Ja, mich auch. Ich bin selbst noch gar nicht dazu gekommen, mir den anzusehen.«

Während sie am Zaun an der Steilküste entlanggingen,

anstatt sich durch das hohe Gras zwischen den Bäumen zu kämpfen, meinte Bette, einen ersten Regentropfen auf der Wange zu spüren. Schließlich standen sie vor einer gewaltigen Felsformation, auf der sich eine von Cams Wiesen befinden musste. Der Rand war mit hohen Büschen bepflanzt, die den Blick nach unten auf den Apfelgarten verhinderten. Bette fragte sich unwillkürlich, ob das vorsätzlich geschehen war. Hatte die Person, die den Garten angelegt hatte, ihn geheim halten wollen?

»Da sind die Bienenalkoven«, sagte Allie und zeigte auf fünf Nischen im Fels, die etwa einen halben Meter tief und oben spitz zulaufend waren.

»Erstaunlich«, sagte Bette. »Sieht aus, als seien sie von Hand geschaffen worden, oder?«

Allie nickte. »Ja. Das muss harte Arbeit gewesen sein.«

Sie schritten die Reihe der Alkoven ab, die bis auf Äste und Blätter, die sich darin angesammelt hatten, leer waren. Am Ende jedoch gab es eine doppelt so große Nische, die mit aufeinandergeschichteten Steinen vollständig angefüllt war.

»Diese Nische scheint aber nicht für Bienenkörbe benutzt worden zu sein«, bemerkte Bette. »Was meinst du, was das ist? Sieht aus, als sei die Öffnung absichtlich unzugänglich gemacht worden.«

Allie berührte einen der großen Steine. »Ein Lagerraum vielleicht? Damit man für die Arbeit im Hain nicht immer Werkzeug mitschleppen musste?«

Die Frauen versanken in nachdenkliches Schweigen, und Bette vermutete, dass sie beide an die Geschichte von der jungen Ehegattin dachten, die sich in den Hüter eines Obsthains verliebt hatte.

»Auf so etwas bin ich eigentlich nicht spezialisiert«, sagte Allie, »aber ich würde gern eine Recherche starten und schauen, was ich herausfinde. Was meinst du?«

»Klar, das wäre wunderbar«, antwortete Bette. Jetzt frischte der Wind auf, und es gab keinen Zweifel mehr, dass er den Regen herantrug. »Vielen Dank, Allie. Für Nina und mich könnte jede Information über diesen Ort wertvoll sein.«

17

Nina konnte Cam nur kurz von der Entdeckung des geheimnisvollen Hains erzählen, da die Zeit drängte, und versprach ihm einen baldigen ausführlicheren Bericht. Obwohl beide im Eiltempo schufteten, wurden sie erst gegen Abend mit der Heuernte fertig, und der heftige Regen setzte schon ein, als Nina gerade den Traktor in die Scheune fuhr.

Das Unwetter tobte bis in die Nacht hinein, der Sturm peitschte ums Haus, Regen schlug an die Fenster. Obwohl Nina jenseits von erschöpft war, lag sie lange wach und lauschte dem Getöse draußen. Erst als es endlich nachließ und nur noch das beruhigende Plätschern des Regens zu hören war, sank Nina in den wohlverdienten Schlaf. Doch bereits früh am Morgen wurde sie von einem Piepton ihres Handys geweckt, das den Eingang einer Nachricht ankündigte. Sie stammte von Cam.

So verrückt. Wieso wussten wir nichts von diesem Ort?

Nina lächelte und schrieb: *Bist du gerade dort?*

Ja. Ist hoffentlich okay für dich?

Klar, antwortete sie. *Warte auf mich, ich bringe Kaffee.*

Sie stand auf, zog sich rasch an und ging nach unten. Bette hatte Ninas Rat befolgt und war ins Gästezimmer gezogen. Sie schien noch zu schlafen, und Nina bemühte sich, möglichst leise zu sein, während sie in der Küche starken Kaffee zubereitete und in zwei Thermobecher füllte. Draußen war der Himmel grau, und es nieselte. Die Hühner schlummerten auch noch, während Nina über den Hof ging und den zahlreichen Pfützen auswich. Sie zog den Kopf ein und wünschte sich, an eine Jacke gedacht zu haben, wollte aber nicht umkehren.

Ihr Nachbar lehnte an dem Weidezaun, hinter dem der verborgene Pfad begann. Cam sah noch immer erledigt aus vom Vortag, und seine Haare standen in alle Richtungen. An ihre eigene widerspenstige Mähne wollte Nina lieber gar nicht denken. Sie reichte Cam einen Kaffeebecher, den er erfreut in Empfang nahm.

»Danke.«

»Du warst schon unten am Hain?«

»Ja.« Er warf einen Blick auf den Pfad. »Hätte wohl auf dich warten sollen.«

Nina machte eine wegwerfende Handbewegung. »Ach, alles gut. Ich bin froh, dass du dir selbst einen Eindruck verschaffen konntest. Ist einfach zu verrückt, um es zu erklären, wenn man es nicht mit eigenen Augen gesehen hat. Komm, gehen wir. Ich möchte mir selbst auch alles noch mal in Ruhe anschauen, dazu war gestern keine Zeit.«

Sie kletterte über den Zaun und ging voraus. Heute war der Pfad schlammig und rutschig, man verlor leicht den Halt. Nina konzentrierte sich auf ihre Füße, bis sie zu dem

Felsblock kam, der den Eingang markierte. Dort blieb sie stehen und wartete auf Cam.

Der Nieselregen hatte mittlerweile aufgehört. Goldene Sonnenstrahlen brachen durch die dicke, stahlgraue Wolkendecke und tauchten den verwunschenen Ort in ein fast außerirdisches Licht. Als Nina auf die alten Baumwesen blickte, die durch die ständigen Winde vom Meer krumm und schief geworden waren, hatte sie wie schon am Vortag das Gefühl, in einer anderen Welt gelandet zu sein.

»Ihr wusstet beide nichts von diesem Ort?«, fragte Cam, der zu ihr trat. Er sprach so leise und ehrfürchtig, als sei er in einer Kirche, was Nina gut nachvollziehen konnte. Es herrschte vollkommene Stille, kein Wind war zu hören, kein Rascheln von Tieren im Unterholz, kein Kreischen von Möwen. »Meinst du, dein Vater kannte ihn?«

Darüber hatte Nina selbst nachgedacht, während sie in der Nacht wach gelegen und dem Sturm gelauscht hatte. »Eigentlich muss es so gewesen sein. Aber ich frage mich, warum er uns nichts davon gesagt hat.«

»Und deine Mum? Ist die vielleicht im Bilde?«

»Das werden wir später erfahren, wir zoomen nachher mit ihr.« Nina trank einen Schluck Kaffee und ächzte, weil ihr bei der Bewegung der Rücken wehtat.

»Alles okay?«, fragte Cam besorgt.

Sie grinste schief. »Ich werde alt, glaube ich. Die Heuernte war enorm anstrengend. Es ist mir ein Rätsel, wie jemand so tun kann, als sei Landwirtschaft idyllisch.«

Cam lächelte. »Tut mir leid, dass ich dir nicht mehr helfen konnte.«

»Na, hör mal, ohne dich wäre ich doch komplett verloren gewesen. Da wäre ich vermutlich jetzt noch nicht fertig. Und du hast schließlich deine eigene Farm. Ich bin dankbar, wenn du mir hilfst, möchte aber nicht, dass du dir zu viel aufbürdest, Cam. Ich will unter keinen Umständen eine Last sein.«

»Du? Eine Last?« Lachfältchen erschienen an seinen Augen, als er vergnügt grinste. »Niemals.«

Nina trank einen Schluck Kaffee und ließ den Blick erneut über das Gelände schweifen. »Die Maklerin hat gesagt, sie hätte Äpfel an den Bäumen gesehen. Du auch?«

»Ja, habe ich tatsächlich. Komm mit.« Cam ging voraus, Nina folgte ihm vorsichtig, um sich nicht in Wurzeln, Ranken und langen Gräsern zu verfangen. Die Luft duftete nach dem Regen herrlich frisch und würzig.

»Hier.« Cam blieb vor einem Baum stehen, der kaum größer als er selbst war.

An den mit Flechten bedeckten Zweigen hingen noch reichlich Blätter, zwischen denen Nina Früchte erkennen konnte. Einige waren, vermutlich durch den Sturm, zu Boden gefallen, und sie hob einen der Äpfel auf und betrachtete ihn stirnrunzelnd.

»Ist das überhaupt ein Apfel?«, sagte sie. »Er ist so ungewöhnlich gelb, so was habe ich noch nie gesehen. Und die Form ist auch eigenartig.«

»Stimmt«, pflichtete Cam ihr bei. »Ich bin zwar wahrlich kein Experte, im ersten Moment dachte ich, es sei eine Quitte, aber doch, es muss ein Apfel sein.«

Er war erstaunlich groß, füllte Ninas ganze Hand und

war ungewöhnlich geformt, zum Stiel hin breiter als am anderen Ende. Der Apfel konnte noch nicht lange am Boden gelegen haben, denn er hatte keinerlei faule Stellen, wenn sich auch Insekten an ihm gütlich getan hatten. Im dichten Gras war er natürlich auch weich gefallen. Nina lehnte ihren Kaffeebecher an den Baumstamm, holte ihr Mehrzweckmesser aus der Tasche ihrer Jeans und übergab Cam den Apfel, damit sie das Messer aufklappen konnte.

»Ich wüsste gern, wie er schmeckt«, erklärte sie, während sie ihrem Nachbarn die Frucht wieder abnahm und an einer unversehrten Stelle aufschnitt.

Cam beobachtete Nina gespannt, während sie ausgiebig kaute. »Und?«

»Hm … Herb. Ich kann mir nicht vorstellen, dass der zum Essen gedacht ist. Obwohl … eine süße Note hat er schon. Es ist jedenfalls eindeutig ein Apfel.« Sie schnitt einen weiteren Schnitz ab und reichte ihn Cam.

Er biss hinein. »So was habe ich auch noch nie gegessen. Der schmeckt fast … salzig?«

»Wächst ja auch nah am Meer«, gab Nina zu bedenken. Sie ließ den Blick erneut durch den Garten schweifen, schaute dann auf den Apfel in ihrer Hand. »Ich nehme den hier mit, damit Bette ihn auch kosten kann.« Sie legte ihn auf ihren Becher und klappte ihr Messer wieder zu. »Warten wir mal ab, was Mum uns nachher erzählt, dann schauen wir weiter.«

Während Nina ihren Kaffee austrank, bemerkte Cam: »Ich kenne da einen Typ, der ist in meiner Dart-Mannschaft und kennt sich hervorragend mit Obstbäumen aus, vor allem mit Apfelbäumen. Das ist sein Beruf, er berät Leute mit Obstgärten und hat für die Grevilles gearbeitet – weißt du, die Familie mit dem riesigen Anwesen, der fast ganz Barton Mill gehört?«

Nina lachte. »Hier zu leben und noch nie etwas von den Grevilles gehört zu haben ist schlechterdings unmöglich.«

Cam nickte. »Ich habe mit ihm verabredet, dass er sich meine Setzlinge ansieht, damit er mich beraten kann. Ich muss ja noch einiges lernen. Soll ich ihn bitten, sich auch mal die Bäume hier anzuschauen? Wenn es jemanden gibt, der dir sagen kann, was für eine Sorte das ist, dann er.«

Nina überlegte kurz. »Ja, klar, warum nicht? Die Maklerin hat auch gesagt, sie möchte mehr über das Gelände erfahren. Und Bette sowieso. Es ist einfach so …«, sie sah sich um, »so *seltsam*.«

Cam lachte leise. »Ja, hier herrscht eine eigenartige Stimmung. Aber nicht unheimlich, finde ich.«

»Nein«, pflichtete Nina ihm bei. Dieser Ort strahlte einen großen Frieden aus. »Wahrscheinlich weil der Hain durch die Felsen so geschützt ist, obwohl er direkt an der Steilküste liegt, oder? Dieser Teil«, Nina zeigte auf die ungewöhnliche Felsformation, über der Cams Wiese verlief, »könnte übrigens zu deinem Grundstück gehören, je nachdem, wie die Grenzen verlaufen. Lass uns mal da hingehen.«

Fasziniert betrachteten beide die Bienenalkoven, die irgendwann von Menschen geschaffen worden und noch immer erhalten waren. Die Steinbank sah einladend aus, wenn sich auch durch den Regen kleine Pfützen darauf gebildet hatten. Nina verlor sich in Gedanken darüber, wer dort wohl gesessen haben mochte und wann. Wer hatte sie aus dem Fels gehauen und für wen?

»Lass mich wissen, was du von deiner Mum erfahren hast, ja?«, sagte Cam, als sie sich später am Weidegatter trennten, um sich ihrem Arbeitstag zu widmen. »Und ich rufe Ryan an und frage, wann er Zeit hat vorbeizukommen.«

»Ryan?«

»Das ist der Apfelexperte.«

»Ja, tu das – danke. Ich schreibe dir später. Jetzt muss ich schnell zu meinen Kühen.«

18

»Ach so, ja, der alte Apfelgarten«, sagte Sophia, deren Stimme durch die Zoom-Verbindung blechern klang.

»Ihr wusstet davon, Dad und du?«, fragte Bette fassungslos. Nina und sie saßen spätnachmittags am Küchentisch und sprachen mit ihrer Mutter, die auf dem Bildschirm von Bettes iPad zu sehen war. «Wieso um alles in der Welt hat uns nie jemand was davon gesagt?«

»Haben wir nicht?«, erwiderte Sophia. »Das ist ja wirklich nicht in Ordnung.«

»Wir hätten auf keinen Fall vergessen, wenn wir etwas über einen geheimen Apfelgarten an der Steilküste erfahren hätten«, warf Nina ein.

»Offen gestanden, hatte ich den vollkommen vergessen. Er wurde schon nicht mehr genutzt, als ich euren Vater kennenlernte, glaube ich. Irgendwann hat er mir den Garten mal gezeigt, aber das war das einzige Mal, dass ich dort unten war. Ich fand es irgendwie gruselig, weiß ich noch.«

»Mum«, sagte Bette. »Kannst du uns irgendetwas darüber erzählen?«

Sophia schien zu überlegen. »Nicht viel. Er wurde, wie

gesagt, nicht mehr genutzt. Es hieß allerdings, dort sei einmal ein Kind abgestürzt.«

»Was?«, sagte Nina erschrocken. »Eines von Dads Geschwistern?«

»Nein, nein, das lag lange zurück«, antwortete ihre Mutter. »Es muss irgendwann im neunzehnten Jahrhundert gewesen sein ... oder sogar noch früher. Aber danach wollte die Familie den Garten nicht mehr nutzen, und er geriet in Vergessenheit.«

»Neunzehntes Jahrhundert?« Bette dachte umgehend an den schmiedeeisernen Zaun, der tatsächlich so wirkte, als könnte er aus der Viktorianischen oder sogar aus der Georgianischen Zeit stammen. »Das würde bedeuten, dass die Bäume ausgesprochen alt sein müssen, oder? Einige von ihnen tragen jetzt noch Früchte. Ist das möglich, nach so langer Zeit?«

Sophia zuckte mit den Schultern. »Das weiß ich leider auch nicht, Liebling.«

»Aber das wird uns vielleicht Cams Freund sagen können, dieser Experte für Obstbäume«, sagte Nina. »Er hat sich vorhin gemeldet und wird morgen früh vorbeikommen.«

»Ach ja?«, sagte Bette überrascht. »Das ging ja schnell.«

»Er hat sowieso Termine hier in der Gegend und kombiniert das. Der soll sich angeblich richtig gut auskennen.«

»Es wäre ein Anfang, wenn er und Allie uns zumindest Anhaltspunkte für weitere Recherchen liefern könnten«, sinnierte Bette. »Ach, da fällt mir ein: Früher standen doch viel mehr Kisten auf dem Dachboden, oder nicht? Allie hat nämlich ein Buch erwähnt, das wir dort gefunden und als Kinder gelesen haben. Und es hatte offenbar mit dem Apfelgarten zu tun. Aber Dad hat da oben ziemlich aufgeräumt.«

»Ja, das habe ich mitbekommen«, erklärte Nina. »Im Nachhinein denke ich, er wollte auf die Art ein bisschen Geld zusammenkratzen. Alles, was nur irgendwie von Wert war, hat er an Auktionshäuser gegeben.« Sie verstummte kurz und seufzte. »Viel Geld wird dabei nicht zusammengekommen sein.«

Diesen Gedanken fand Bette schmerzlich. Hatte Bern womöglich in staubigen Ecken des alten Farmhauses nach einem Schatz gesucht? Es tat weh, sich vorzustellen, dass er so verzweifelt gewesen war und seine Töchter nichts davon gewusst hatten. Andererseits wollte er vielleicht einfach Ordnung schaffen. So oder so war wohl davon auszugehen, dass das Buch, an das Bette sich mittlerweile auch vage zu erinnern glaubte, nicht mehr auffindbar war. Und niemand wusste, wo es gelandet war.

»Nicht so wichtig«, sagte sie. »Wollte ich nur wissen.«

»Aber mir fallen gerade die Gemälde eurer Großmutter ein«, bemerkte Sophia. »Daran habe ich jahrelang nicht gedacht. Sie hat mit ihrer Staffelei auch an der Steilküste gemalt. Wahrscheinlich war sie die letzte Person, die sich dort in der Nähe des Hains aufgehalten hat.«

Bette blinzelte. »Warum wusste ich das nicht? Ich habe es geliebt, Großmutter beim Malen zuzusehen.«

Ihre Mutter zuckte mit den Schultern. Sie saß am offenen Fenster, sonnengebräunt, in einem cremeweißen Trägerkleid, ein Glas Weißwein in der Hand. Draußen leuchtete azurblau der Himmel. Das gesamte Bild hätte Werbung für Italienreisen sein können. Der schottische Sommer hingegen wartete draußen gerade mit den nächsten Regenschauern auf.

»Bern hat ebenso wie eure Großeltern streng darauf geachtet, dass ihr nicht in die Nähe der Steilküste kommt«, sagte Sophia. »Bestimmt weil allen die Geschichte mit dem abgestürzten Kind in Erinnerung war.«

Nina warf einen Blick auf ihre Uhr. »Ich muss los und Barney von der Schule abholen. Ich habe ihn zwei Tage nicht gesehen und vermisse ihn total. Limpet ist auch schon ganz trübsinnig.«

»Ja, tu das. Und gib meinem wunderbaren Enkel ein Küsschen von mir.« Sophia trank einen Schluck Wein. »Ich muss auch aufhören. Tut mir leid, dass ich euch nicht mehr über diesen Hain sagen konnte. Gebt mir Bescheid, wenn ihr mehr darüber herausfindet, ja?«

Nachdem sie sich verabschiedet hatten, sagte Nina zu Bette: »Dieses Buch, das du erwähnt hast … Dad hat einen ganzen Stapel Bücher vom Dachboden in sein Zimmer verfrachtet, den er wahrscheinlich sichten wollte. Vielleicht wirst du da noch fündig?«

»Ach, echt?«, sagte Bette. Sie hatte Berns Schlafzimmer bisher nur betreten, als sie die Maklerin durchs Haus geführt hatte. »Okay, danke, schaue ich mir mal an.«

Mit einem Seufzer stand Nina auf. »Dieses Zimmer muss auch noch ausgeräumt werden. Aber dazu war ich bislang nicht imstande.«

Bette nickte. »Es eilt nicht. Vielleicht können wir das zusammen machen, bevor ich nach London zurückfliege.«

»Ja«, sagte Nina mit einem matten Lächeln. »Das wäre gut. Danke.«

Nachdem ihre Schwester aufgebrochen war, ging Bette ins Schlafzimmer ihres Vaters und sah sich um. In einer Ecke entdeckte sie einige Bücher und Papiere, ließ sich auf dem abgetretenen Teppich daneben nieder und sah alles durch. Das gesuchte Buch war nicht dabei, aber ganz unten stieß sie auf etliche vergilbte, offenbar sehr alte Papiere in Plastikhüllen. Das war zwar nicht der Fund, den sie sich erhofft hatte, aber sie nahm das ganze Bündel mit ins Büro, um es genauer zu inspizieren.

Dabei stellte sich heraus, dass sie offenbar den Originalkaufvertrag für die Farm gefunden hatte. Er stammte von 1839, was sie erstaunte, da sie vermutet hatte, dass die Crowdies schon viel länger im Besitz des Anwesens gewesen waren. Soweit sie die schnörkelige Schrift entziffern konnte, war der Vertrag damals zwischen der Familie Greville – die seit der Landvertreibung der schottischen Bevölkerung im neunzehnten Jahrhundert den größten Teil aller Grundstücke vor Ort und das über Barton Mill thronende Herrenhaus besaß – und dem damaligen Familienoberhaupt der Crowdies geschlossen worden, einem Mann namens George. Es würde auf jeden Fall interessant sein, dieses Dokument mit der Urkunde zu vergleichen, die beim Familienanwalt Palmer verwahrt wurde. Bette hielt auf den eng mit Tinte beschriebenen Seiten Ausschau nach einer Erwähnung des Apfelgartens, konnte aber vieles nicht entziffern.

Plötzlich klopfte es an der Tür, und ihr Neffe spähte herein. Er trug wieder sein Superheldenkostüm inklusive Maske, und Bette fragte sich unwillkürlich, ob er es wohl auch bei seinem Freund angehabt oder hier sofort angezogen hatte.

»Superheld Seepocke!«, sagte Bette aufrichtig erfreut. Ohne den quirligen Jungen war es sehr still gewesen im Haus. »Da bist du ja wieder!«

»Hallo, Tante Bette. Hast du mich vermisst?«

»Und ob«, antwortete sie lachend. »Hattest du Spaß bei deinem Freund?«

Barnaby nickte und kam herein, auf dem Fuße gefolgt von dem vergnügt schwanzwedelnden Collie. »Ja, aber bin froh, wieder hier zu sein. Hab Limpet vermisst. Und Mum natürlich auch«, erklärte der Junge, während er neugierig die vergilbten Papiere betrachtete. »Was ist das da?«

»Dokumente über die Farm, die weit über hundert Jahre alt sind«, antwortete Bette. »Ich halte gerade Ausschau nach einer Karte, auf der eingezeichnet ist, wie das ganze Gelände damals ausgesehen hat.«

»Grandpa und ich haben auch angefangen, so eine Karte zu machen, bevor er gestorben ist«, berichtete Barnaby. »War mein Sommerprojekt für die Schule.«

Bette sah ihren Neffen an. »Ach ja?«

Er nickte nachdrücklich. »Wir sollten in den Sommerferien eine Karte von dem Ort zeichnen, wo wir leben. Grandpa hat mir geholfen. Aber als Mrs Dalston, meine Lehrerin, gehört hat, was passiert ist, hat sie gesagt, ich muss die Karte nicht fertig machen, wenn ich nicht will.«

»Aber würdest du sie denn fertig machen wollen?«, erkundigte sich Bette.

Barnaby legte den Kopf schräg und überlegte. »Ja, schon«, antwortete er. »Wenn es eine Karte von der Farm gibt, kann ich sie nämlich besser bewachen. Aber allein schaffe ich das nicht, und Mum hat zu viel zu tun. Sie hat mir auch von dem Apfelgarten erzählt, und der muss ja dann auch drauf, und ich weiß noch gar nicht, wie der aussieht.«

»Vielleicht könnte ich dir dabei helfen?« Bette hatte keine Ahnung, wo das plötzlich herkam. Sie würde nur noch wenige Tage hier sein, und Basteleien und dergleichen waren so gar nicht ihr Ding. Ebenso wenig wie der Umgang mit Kindern.

»Ja!«, rief Barnaby begeistert aus. »Wir könnten morgen anfangen! Heute hab ich keine Zeit mehr. Und du weißt ja, wie der geheimnisvolle Garten aussieht!«

»Superheld Seepocke!«, war von draußen Nina zu vernehmen. Sie schien aus der Küche zu rufen. »Hast du vergessen, was ich dir aufgetragen habe?«

»Ups«, sagte der Junge. »Ich soll dich fragen, ob du mit uns essen willst. Mum hat Risotto gemacht, und es reicht für alle.«

Bette lächelte und stand auf. »Na, das klingt fantastisch.«

Nachdem ihr Neffe ins Bett gegangen war, kehrte sie ins Büro zurück und machte sich mit ihrem iPad Notizen über die Dokumente, die sie gefunden hatte. Währenddessen prasselte unablässig der Regen ans Fenster.

Als sie schließlich selbst schlafen ging, war es still im Haus, nur das rhythmische Trommeln der Tropfen auf dem Dach war zu hören. Sie hatte merkwürdige Träume von uralten Bäumen, und als Bette am nächsten Morgen erwachte, galt ihr erster Gedanke dem Apfelgarten.

Sie stand auf, zog die von Nina geliehenen Sachen an, Jeans und Sweatshirt, und tappte nach unten ins Wohnzimmer. Es war noch dunkel, und sie betätigte den schwarzen Bakelitschalter neben der Tür, um Licht zu machen. Dann hielt sie bei den Gemälden ihrer Großmutter Ausschau nach etwas, das ihr keine Ruhe ließ, weil es in ihren Träumen aufgetaucht war. Dabei fiel ihr erstmals auf, wie viele Details der Farm Jean im Laufe der Jahre abgebildet hatte. Diese Sammlung war beinahe wie eine Zeitkapsel. Jetzt, da Bette wusste, wie der verborgene Garten aussah, erkannte sie ihn auf mehreren Gemälden.

Schließlich entdeckte sie auch das kleine Aquarell mit dem Motiv, das ihr in den wirren Träumen erschienen war. Ein knorriger Apfelbaum war darauf zu sehen, überladen mit goldgelben Früchten vor einer grauen Felswand. Fallobst lag im Gras verstreut. In der rechten unteren Ecke des Bilds waren die schnörkeligen Initialen ihrer Großmutter zu erkennen, mit denen sie stolz jedes fertiggestellte Gemälde signiert hatte, und ein Datum: August 1963, lange vor Bettes Geburt.

Sie nahm das Bild ab, ging damit in die Küche und warf einen Blick auf die Wanduhr. Es war noch früh, und Bette überlegte, ob sie abwarten sollte, bevor sie dem Apfelgarten einen weiteren Besuch abstattete. Sie öffnete die Hintertür und spähte hinaus. Der Regen hatte aufgehört, die Morgensonne brach durch die dunklen Wolken, und die Luft war frisch und kristallklar. Rasch schlüpfte Bette in Arbeitsstiefel und den Regenmantel, den Nina ihr zur Verfügung gestellt hatte, steckte das kleine Aquarell in die Tasche und verließ das Haus.

19

Es duftete würzig nach feuchter Erde, als Bette am Hühnergehege und dem Erdbeertunnel vorbeiging. Die Kühe der Crowdie-Herde begannen zu muhen, in Erwartung des morgendlichen Melkens.

Nasse Gräser klatschten an Bettes Stiefel, während sie die Wiese überquerte und auf den Küstenpfad zusteuerte. Nach den starken Regenfällen war er schlammig und schwer begehbar, und sie hielt sich nach Kräften von dem Zaun fern, um das Schicksal nicht herauszufordern, falls sie ausrutschte. Ab und zu blieb sie stehen und schaute aufs Meer hinunter, das in der Morgensonne schimmerte. Die Wellen schwappten sachte gegen die Klippen, als hätten sie sich in der Nacht verausgabt. Vor ihr schwirrten Bienen zwischen den Blüten der Sträucher am Wegesrand, was Bette wieder an die Nischen in der Felswand denken ließ. Bestimmt hatte es früher Bienenstöcke zwischen den Apfelbäumen gegeben, damit die Blüten bestäubt wurden. Jetzt hörte man im Apfelhain kaum noch Insekten summen. Die Bienen schienen nicht dorthin zurückgekehrt zu sein.

Als sie den Garten erreichte, schritt sie durch das hohe Gras, hob einen herabgefallenen Apfel auf und strich über die Schale. Sie war uneben, matt und mit braunen Stellen bedeckt, weit entfernt vom goldgelben Glanz der Früchte auf Jeans Gemälde. Hatte ihre Großmutter nicht realistisch gemalt? Oder trugen die Bäume durch die lange Vernachlässigung keine gesunden Früchte mehr?

Bette ließ den Apfel fallen, zog das Aquarell aus der Tasche und machte sich auf die Suche. Immer wieder verglich sie es mit den Bäumen, an denen sie vorbeikam. Sie glaubte, diesen Baum bei der Besichtigung mit Martha Carr irgendwo wahrgenommen zu haben, aber vielleicht war es Einbildung gewesen. Doch dann, als sie gerade aufgeben wollte, entdeckte sie ihn plötzlich. Bette blieb stehen, spürte ein aufgeregtes Kribbeln auf der Haut. Sie hielt das Bild hoch – es gab keinen Zweifel. Diesen Baum hatte Jean damals naturgetreu gemalt. Allerdings trug er keine Früchte mehr, sah verwittert aus und hatte einige Äste eingebüßt, seit er von Bettes Ahnin porträtiert worden war. Die knubbelige Form des Stammes jedoch war unverändert, und der Baum schien noch am Leben zu sein, an einigen Zweigen hingen vereinzelt grüne Blätter, glänzend vom Regen der vergangenen Nacht.

Bettes Herz schlug ein wenig schneller, was sie sich selbst nicht erklären konnte. Sie kannte sich nicht mit Apfelbäumen aus, vielleicht war es gar nicht ungewöhnlich, dass sie so lange überlebten. Aber auf dem Bild, das ihre Großmutter vor immerhin sechzig Jahren gemalt hatte, sah der Baum auch schon sehr alt aus. Vielleicht war es doch ein anderer? Bette wusste, dass es Bäume gab, die viele Jahrhunderte überdauerten. Aber *Apfelbäume*?

Sie hörte plötzlich Stimmen und schreckte aus ihren Tagträumen auf. Als sie sich umdrehte, sah sie zwei Gestalten, die gerade den Garten betraten, und ihr fiel wieder ein, dass Nina erwähnt hatte, Cams Freund, der Obstbaumexperte, werde schon morgens eintreffen. Bettes erster Gedanke war, dass dies perfektes Timing war, weil sie ihm gleich Fragen stellen konnte. Der zweite Gedanke galt ihrem Äußerem. Sie sah bestimmt zerzaust aus, hatte sich nach dem Aufstehen nicht einmal gekämmt. Aufgrund der Feuchtigkeit kräuselten sich ihre Haare wie wild, was sie nun auch nicht mehr ändern konnte. Es gab kein Entkommen, aber ein Mann, der sein Leben mit der Betrachtung von Obstbäumen verbrachte, war bestimmt schon ziemlich alt. Und Cam hatte ohnehin nur Augen für Nina. Eitelkeit war also ganz und gar unnötig, sagte sich Bette.

»Guten Morgen!«, rief sie, während sie durch das hohe Gras auf die beiden Männer zustapfte. »Ich wusste gar nicht, dass ihr so früh hier sein würdet, Cam!«

»Morgen, Bette!«, rief Cam, der sich als Erster näherte, gefolgt von seinem Begleiter. »Ryan hat heute so viele Termine, dass er nur um diese Uhrzeit herkommen konnte. Was machst du denn so früh schon hier?«

Bette lief es eiskalt den Rücken hinunter, noch bevor Ryan hinter Cam in Sicht kam, und sie blieb wie angewurzelt stehen.

»*Ryan?*«, sagte sie entgeistert.

Er starrte sie an und wurde bleich. »*Beth?*«

»Ach, ihr kennt euch?«, sagte Cam und schaute zwischen ihnen hin und her.

Ryan Atkins. Der genauso aussah wie damals. Vor fast zwanzig Jahren hatte Bette ihn zum letzten Mal gesehen, und er sah völlig unverändert aus.

Ihr stockte der Atem. Das konnte doch nicht wahr sein. Weshalb war er hier? Wie konnte das …

Bette setzte sich ruckartig in Bewegung und marschierte an den beiden vorbei. Nur nicht hierbleiben. Nichts wie weg. Auf keinen Fall durfte sie …

»Ich muss los«, rief sie über die Schulter.

»Beth!«, hörte sie Ryans Stimme.

»Ich heiße jetzt Bette«, rief sie zurück, ohne sich umzudrehen. Sie wollte ihn nie wieder ansehen. »Beth gibt es nicht mehr!«

Es war würdelos, so davonzurennen, zumal sie in der Eile auf dem nassen Gras beinahe ausrutschte. Aber Bette hielt keinen Moment inne und flehte stumm, dass Ryan ihr nicht folgen würde. Ihr Herzschlag hämmerte in ihren Ohren, der Schock machte sich bemerkbar. Als sie den Pfad erreichte, hastete sie weiter und blickte nicht mehr zurück, bis sie ganz sicher war, dass der Apfelgarten – und *er* – hinter Gestrüpp und Ginsterbüschen nicht mehr zu sehen war.

20

Nina nahm an, dass ihre Schwester noch schlief, weil sie lange im Büro gearbeitet hatte und erst spät zu Bett gegangen war. Als Bette zur Hintertür hereingestürzt kam, während Nina Barnabys Frühstück zubereitete, blieb ihr deshalb vor Schreck fast das Herz stehen, und sie ließ die Müslischale fallen. Scherben und Cornflakes flogen in alle Richtungen.

»Bette! Was zum …«

»Wusstest du das?«, verlangte ihre Schwester zu wissen.

»Was soll ich gewusst haben?« Nina ging in die Hocke, um die Scherben aufzusammeln.

»Dass er das ist?«

Nina schaute hoch. »Von wem redest du?«

»Cams Obstbaumexperte!«

Nina stellte fest, dass ihre Schwester außergewöhnlich wild aussah. Wirre Haare, kein Make-up, ganz und gar nicht schick in Ninas alten Klamotten. Irgendwie fand sie es anrührend, Bette so unordentlich zu erleben.

»Wusstest du, dass *er* das ist?«, fragte Bette erneut.

»Wer?«

Bette starrte sie an. »Ich muss weg«, sagte sie nur. »Ich muss raus hier.«

Sie schnappte sich ihre Handtasche vom Tisch und stürmte zur Tür.

»Bette …«, rief Nina ihr nach, doch die Hintertür fiel schon mit einem Knall zu, und von draußen waren nur noch eilige Schritte zu hören. Dann wurde eine Autotür zugeschlagen, und im nächsten Moment brauste Bettes Mietwagen über den Hof.

Als Barnaby hereinkam, in seiner Schuluniform, aber mit Superheldenmaske über dem Gesicht, und das Durcheinander sah, blieb er stehen.

»Was ist passiert?«

Nina überlegte, aber ihr wollte keine vernünftige Antwort einfallen. »Ich … weiß es auch nicht.«

Ihr Sohn beäugte noch einen Moment das Chaos, beschloss dann offenbar, dass kein Superheldeneinsatz vonnöten war, und zog die Maske vom Gesicht. »Ich hole das Kehrzeug«, verkündete er stattdessen.

Nina klaubte die großen Scherben mit der Hand auf. Zumindest hatte sie noch keine Milch in die Schale gegossen.

Eine halbe Stunde später hatte Barnaby sein Ersatzfrühstück verzehrt und verschwand zum Zähneputzen. Während Nina abwusch und in Gedanken ihren Tagesplan durchging, streckte Cam den Kopf durch die Hintertür.

»Hallo«, sagte er mit außergewöhnlich ernster Miene.

»Morgen.« Nina griff nach dem Wasserkessel und füllte ihn. »Sag mal, weißt du, was mit Bette los war? Sie kam hier reingestürzt wie von tausend Teufeln verfolgt, faselte etwas von deinem Obstfreund, sprang dann ins Auto und raste davon.«

Cam betrat die Küche und lehnte sich an einen Schrank. »Erklären kann ich das auch nicht«, sagte er. »Sie war im Apfelgarten, als ich mit Ryan ankam. Alles war ganz normal, bis sie ihn erkannt hat. Da hat sie völlig die Fassung verloren. Er übrigens auch. Ich wusste nicht, dass die beiden sich kennen.«

Nina horchte auf. »*Ryan*«, wiederholte sie nachdenklich.

»Er hat sie Beth genannt«, fuhr Cam fort, »aber da hat sie schon die Flucht ergriffen. Beide sahen aus, als hätten sie ein Gespenst gesehen. Erst dachte ich, Ryan würde ihr nachlaufen. Aber er sagte nur, er solle lieber verschwinden und ob es noch einen anderen Weg zurück zur Farm gebe. Ich nehme an, er wollte ihr auf keinen Fall noch mal begegnen. Weil es keinen gibt, wollte er bleiben, ›bis die Luft rein ist‹, hat er gesagt. In der Zwischenzeit hat er sich dann wenigstens den Garten angesehen und ein paar Fotos gemacht, wirkte aber völlig verstört. Ist jetzt gerade erst losgefahren, und ich wollte mal nach Bette schauen.«

Nina ging ein Licht auf. »Ryan«, sagte sie noch einmal. »Ich glaube, als ich klein war, gab es hier einen Farmarbeiter, der so hieß. Dad hat Agrarwirtschaftsstudenten als Erntehelfer eingestellt, an Wochenenden und in den Ferien … Da gab es mal einen Ryan, erinnere ich mich.«

»Meinst du, mein Ryan könnte der Ryan von damals sein?«

Nina zuckte mit den Schultern. »Wäre doch denkbar, oder? Bette schien jedenfalls zu glauben, dass ich ihn kennen müsste, aber … ich war damals kaum älter als Barnaby jetzt. Mit den Farmarbeitern hatte ich nicht viel zu tun, und Bette schleppte natürlich ihre kleine Schwester nicht überallhin mit.«

Sie verfielen in Schweigen, bis Cam aussprach, was sie beide dachten.

»Vielleicht waren die beiden mal ein Paar? Und hatten eine schlimme Trennung oder so? Das würde erklären, warum sie beide so schockiert waren über das Wiedersehen.«

»Aber das liegt doch ewig zurück«, wandte Nina ein. »Und Bettes Reaktion war wirklich extrem.«

»So eine erste große Liebe kann ziemlich intensiv sein«, gab Cam zu bedenken.

»Ja, stimmt schon«, gab Nina zu. Sie selbst war mit dieser Erfahrung leider nur allzu vertraut.

Cam seufzte. »Was es auch war – es tut mir total leid, dass diese Situation durch mich entstanden ist. Aber ich hatte wirklich keine Ahnung. Ryan hat nicht erwähnt, dass er eure Farm kennt. Nur, dass er mit der Gegend hier vertraut ist.«

»Mach dir keine Gedanken«, sagte Nina beruhigend. »Wenn sie wirklich damals zusammen waren, dann war das sicher einfach nur der Schock, sich plötzlich wiederzusehen. Wahrscheinlich haben sie seitdem nicht mehr an den anderen gedacht – und wusch, da steht man sich gegenüber. Bette wird das schon verkraften. Sie ist echt nicht der Typ, der sich von Emotionen überwältigen lässt.«

»Okay …«, erwiderte Cam zögernd. »Aber ich weiß jetzt gar nicht, wie ich weiter mit Ryan umgehen soll.«

»Konnte er dir denn etwas über den Garten sagen? Und über die Apfelsorten?«

Cam schüttelte den Kopf. »Er schien sie nicht zu kennen – obwohl er, wenn ich so überlege, total unkonzentriert gewirkt hat. Nach der Begegnung mit Bette war er eindeutig nicht bei der Sache. Er hat sie übrigens Beth genannt. Was hat es *damit* auf sich?«

»Das ist ihr Geburtsname«, erklärte Nina. »So hieß sie auch all die Jahre, bis sie wegging zum Studium. Dann hat sie sich plötzlich in Bette umbenannt, ehrlich gesagt, habe ich keine Ahnung, warum. Ab da schien sie auch nichts mehr mit der Farm, ihrem früheren Leben und der Familie zu tun haben zu wollen. In den Ferien war sie nie hier – nicht einmal an Weihnachten. Sie war immer verreist oder machte irgendwo weit weg Praktika. Wenn wir sie sehen wollten, mussten wir sie besuchen und uns quasi in ihren Terminplan drängen. Deshalb haben wir uns entfremdet. Und als ich dann etwas älter war und wir Freundinnen hätten sein können, hat sie sich nicht mehr gemeldet. Selbst als ich sie am meisten gebraucht hätte, als ich mich hilflos und gefangen fühlte …« Nina brach ab, weil sie sich nicht zurückerinnern wollte an die Monate, in denen sie schwanger geworden war und keinen anderen Weg gesehen hatte, als bei einem Mann zu bleiben, der sie nur beherrschen wollte. Damals hätte sie ihre Schwester gebraucht.

Cam, selbst in Gedanken versunken, schien ihre Aufgewühltheit nicht zu bemerken. »Mir kommt es fast so vor, als wäre sie damals vor etwas geflohen«, sagte er nachdenklich.

Nina schnaubte. »Bette läuft nie davon. Gar nicht ihr Stil.«

Cam warf ihr einen skeptischen Blick zu. »Bist du sicher? Ich meine, natürlich kennst du deine Schwester besser als ich. Aber nicht mal Weihnachten bei der Familie verbringen? Das hört sich für mich ganz so an, als hätte sie etwas vermeiden wollen. Oder jemanden.«

Nina dachte nach und kam zu dem Schluss, dass Cam recht haben mochte. Sie hatte immer angenommen, dass Bette das Farmleben verachtete und nichts damit zu tun haben wollte. Aber angesichts ihrer heftigen Reaktion von gerade eben war Cams Theorie passender.

Donnernde Schritte kündigten Barnaby an, der jetzt hereingerannt kam. »Mummy, ich muss die Hühner füttern!«, verkündete er atemlos.

»Stimmt. Soll ich dir helfen?«

»Nee, schaff ich alleine.« Barnaby schlüpfte in seine Gummistiefel. »Hi, Cam.«

»Hallo, mein Lieber. Sei vorsichtig, ist rutschig draußen.«

»Mach ich«, gelobte der Junge. »Mummy, kann ich mit Cam zum Apfelgarten gehen, wenn ich mit dem Füttern fertig bin?«

»Dafür reicht die Zeit nicht mehr«, antwortete Nina mit einem Blick auf die Wanduhr. »Du willst doch nicht zu spät zur Schule kommen.«

»Okay.« Barnaby seufzte ergeben und flitzte dann hinaus, um sich seiner geliebten Hühnerschar anzunehmen.

»Er hat sein Superheldenkostüm nicht getragen«, bemerkte Cam.

»Ja, wir haben vereinbart, dass er es nur noch in Notfällen anzieht.«

Cam grinste. »Schlau. Wie hast du das hingekriegt?«

»Na ja, ich habe darauf hingewiesen, dass Superhelden ihr Kostüm auch nicht im Alltag tragen, sondern nur, wenn sie im Einsatz sind«, antwortete Nina. »Das schien ihm einzuleuchten.«

»Starke Taktik«, kommentierte Cam. »Ich bin beeindruckt.«

»Hat sich jedenfalls gelohnt«, erwiderte Nina. »Jetzt habe ich nämlich nicht jeden Morgen vor der Schule diese nervige Diskussion. Sag mal, möchtest du einen Kaffee? Für eine Tasse reicht es noch, bevor wir losmüssen.« Ihr war daran gelegen, dass Cam nicht gleich aufbrach. Denn sie wollte nicht allein sein mit den Erinnerungen, die gerade mit Wucht über sie hereingebrochen waren.

Als Bette am Nachmittag noch nicht zurück war, begann Nina, sich Sorgen zu machen. War ihre Schwester von der morgendlichen Begegnung so erschüttert, dass sie ohne Nachricht nach London zurückgeflogen war? Vielleicht war das der Auslöser gewesen, um hier alles stehen und liegen zu lassen und in ihr vertrautes Leben zurückzukehren?

Ryan. Nina hatte angestrengt ihr Gedächtnis durchforstet, bis sie auf das undeutliche Bild eines breitschultrigen jungen Mannes stieß, der sich möglicherweise häufiger als die anderen Helfer hier aufgehalten hatte. Sie war aber nicht sicher, ob ihr Gehirn ihr etwas vorgaukelte. Doch dann musste sie an die lange Bildergalerie im Flur denken.

Waren nicht immer wieder Gruppenfotos draußen im Hof gemacht worden? Sie erinnerte sich verschwommen an lautes Palaver und Lachen, als man sich aufstellte und jemand aus einem Fenster im Obergeschoss fotografierte, um alle aufs Bild zu bekommen. Wenn sie sich das nicht einbildete, war vielleicht auch Ryan damals abgelichtet worden. Nina war neugierig und ging nachschauen, selbst wenn sie diesen jungen Mann von damals wahrscheinlich gar nicht erkennen würde.

In der großen Sammlung entdeckte sie drei Gruppenfotos von Erntehelfern aus drei aufeinanderfolgenden Jahren. Die jungen Leute, die vermutlich damals gerade erst mit dem Studium begonnen hatten oder sogar noch zur Schule gingen, hatten nebenbei etwas Geld verdienen oder vielleicht auch Erfahrung in der Landwirtschaft sammeln wollen. Sich selbst fand Nina nur auf dem letzten Foto, unter dem stand: *Wochenendhelfer Sommer 2006*. Einige Gesichter kamen ihr bekannt vor, sie konnte sich aber nicht an die Namen der Personen erinnern. Und ein Mann namens Ryan schien ihr auch nicht darunter zu sein.

Doch dann entdeckte sie Bette in der Menge. 2006 war sie achtzehn geworden und von zu Hause ausgezogen, um zu studieren. Damals waren ihre Haare lang gewesen, üppige schwarze Locken, die ihr über die Schultern fielen. Sie trug Arbeitsstiefel, alte Jeans, ein am Bauch hochgebundenes Band-T-Shirt. Nach getaner Arbeit strahlte sie ebenso fröhlich in die Kamera wie die anderen.

Neben ihr stand ein junger Mann – groß, breitschultrig, dunkelhaarig, mit markantem Gesicht und freundlichem

Lächeln. Er hatte den Arm um Bette gelegt, und sie lehnte sich an ihn. Die beiden wirkten vertraut miteinander und gaben ein schönes Paar ab.

Auf den anderen beiden Gruppenfotos war Ryan – falls er das tatsächlich war – auch abgebildet, stellte Nina fest, jedes Mal mit strahlendem Lächeln, aber ohne Bette. Er hatte also den Fotos nach mindestens drei Jahre auf der Farm gearbeitet. Ihre Schwester musste irgendwann in dieser Zeit eine Beziehung mit Ryan gehabt haben. Doch dann war sie weggezogen und hatte sich seither von Barton Mill ferngehalten. Cams Theorie, dass Bette vor jemandem geflohen war, konnte also durchaus zutreffend sein.

Nina betrachtete das letzte Foto noch einen Moment, dann zog sie ihr Handy heraus und schrieb eine Nachricht.

Mum, kannst du dich zufällig an einen Erntehelfer erinnern, der Ryan hieß? Hat circa 2003–2006 bei uns gearbeitet.

Sophia war online, wie Nina sah, und ihr wurde eine schnelle Antwort zuteil.

Bettes Verlobten meinst du? Na klar. Zauberhafter junger Mann.

21

Als sie die Farm hinter sich ließ, hatte Bette keine Ahnung, wo sie hinfahren wollte. Sie wusste nur, dass sie es keine Sekunde länger an einem Ort ausgehalten hätte, wo Ryan sich in der Nähe befand. Ihre schlimmste Befürchtung war eingetreten, und sie musste fliehen, wie schon vor all den Jahren. Eigentlich hatte sie seither gar nicht mehr aufgehört wegzulaufen.

Nachdem sie sich halbwegs beruhigt hatte, fiel ihr zweierlei auf: dass sie sich auf der Straße nach Dundee befand und dass sie heute noch keinen Kaffee getrunken hatte. Gegen Letzteres etwas zu unternehmen, sorgte jedenfalls erst einmal für Ablenkung. Als sie ein Café gefunden hatte und davor parkte, bemerkte sie allerdings beim Blick in den Rückspiegel, dass auch noch anderes heute früh nicht stattgefunden hatte wie Duschen und Haarpflege. Die Locken einigermaßen zu bändigen gelang im Auto, weil sie zumindest geistesgegenwärtig genug gewesen war, ihre Handtasche mitzunehmen, in der sich eine Bürste befand. Nachdem Bette etwas Mascara und Lipgloss aufgelegt hatte, musste sie sich vorerst mit ihrem Aussehen zufriedengeben.

Kaffee und Croissant beruhigten die Nerven etwas, beides nahm sie im Auto zu sich und überlegte dabei, was sie als Nächstes tun sollte. Wie üblich, wenn sie vor etwas fliehen wollte – inklusive sich selbst –, stürzte sich Bette in Arbeit. Sie rief Roland Palmer an.

»Haben Sie vielleicht Kopien von den Kaufverträgen der Crowdie-Farm?«, fragte sie. »Und falls ja, könnte ich vorbeikommen und sie mir ansehen? Es gibt einige Punkte, die ich mit Ihnen besprechen müsste.«

»Die Antwort lautet zweimal Ja«, sagte der Anwalt. »Wann wäre es Ihnen recht?«

Sie vereinbarten einen Termin später am Vormittag. Anschließend rief Bette bei Berns Bank an, die in Dundee ansässig war, und verlangte ein Gespräch mit dem Finanzberater, um die anliegenden Themen zu klären. Dabei sprach sie mit ihrer energischsten Anwaltsstimme, um zu verdeutlichen, dass die Sache keinen Aufschub duldete, und bekam prompt einen Termin um dreizehn Uhr. Als Bette einen Blick auf ihre Uhr warf, stellte sie fest, dass es erst kurz nach neun war. Somit blieb ihr noch genügend Zeit, um sich etwas zum Anziehen zu kaufen. Sie hatte ohnehin zu wenig Kleidung dabei, weil sie für die Bestattung nur ihre kleine Reisetasche mitgenommen hatte. Im Stadtzentrum erstand sie eine für die Termine passende klassische Kombination, bestehend aus dunkelblauem Bleistiftrock, weißer taillierter Bluse und sandfarbenen Sandalen mit Keilabsatz.

Nun fehlte nur noch ein Ort, an dem sie sich ungestört auf die beiden Gespräche vorbereiten konnte. Ihr iPad befand sich zum Glück auch in der Handtasche. Zur Not konnte Bette sich mit dem Auto begnügen, aber ihr Körper verlangte nach mehr Kaffee, und sie wollte auch nicht ihr gesamtes Datenvolumen aufbrauchen. Viel Hoffnung hatte sie nicht, hier ein ruhiges Café mit WLAN zu finden, aber die Google-Suche erbrachte das Victoria and Albert Museum.

Bette hatte nicht gewusst, dass es in Dundee einen Ableger des berühmten Londoner Kunstmuseums gab, doch kurz darauf stand sie vor dem architektonisch imposanten Gebäude, in dem seit 2018 Designausstellungen stattfanden.

Nachdem Bette sich auf der Damentoilette umgezogen hatte, fand sie ein ruhiges Plätzchen in einer Ecke, holte sich noch einen Kaffee und widmete sich den anstehenden Aufgaben, um den Schock des Morgens zu vergessen. Arbeiten, arbeiten, arbeiten. Um nicht mehr an ihre Vergangenheit und ihr gebrochenes Herz zu denken. Diese Methode war immer hilfreich gewesen und würde es auch bleiben. Und schließlich lag das alles so viele Jahre zurück – ihr halbes Leben – und konnte ihr jetzt nichts mehr anhaben. Zumindest sollte es so sein.

Während sie die Zeit mit Recherchen verbrachte, kam Bette allmählich zur Ruhe. Es gab weitaus Wichtigeres, mit dem sie sich befassen musste, als ihren Ex.

Das Treffen mit Roland Palmer verlief unkompliziert. Bette berichtete ihm vom Fund der Dokumente und zeigte ihm die Fotos, die sie davon gemacht hatte. Als sie die Unterlagen des Anwalts damit abglichen, stellten sie fest, dass die Grenzlinie des Apfelgartens identisch war mit der natürlichen Grenze der Felsformation unterhalb von Cams Weide. Der Garten gehörte zweifelsfrei zur Crowdie-Farm.

»Das würde ich mir selbst gerne mal ansehen«, sagte Palmer, während er die Fotos von dem Gelände betrachtete. »Was für ein außergewöhnlicher Ort.«

»Mein Vater hat ihn also tatsächlich nie erwähnt? Und er kam auch in keinem Dokument vor?«, fragte Bette.

Der Anwalt schüttelte den Kopf. »Nein. Ich bin seit Jahrzehnten für Ihre Familie tätig und höre zum allerersten Mal davon. Halten Sie mich auf dem Laufenden, wenn Sie mehr darüber herausfinden, ja?«

Nachdem Bette das versprochen hatte, wandten sie sich dem unangenehmen Thema zu, was bei der Unterredung mit der Bank bevorstehen mochte und wie am besten damit umzugehen war.

»Selbst wenn ich die überreden kann, die Hypothek nicht sofort zurückzuverlangen, ist das nur aufgeschoben. Und auf dem Begleichen der Zahlungsrückstände bei den Raten werden sie mit Sicherheit bestehen«, sagte Bette. »Da ich jetzt weiß, dass der Apfelhain wirklich zum Crowdie-Anwesen gehört, kann das Gutachten vervollständigt werden, aber das ist letztlich auch nur nützlich, falls wir verkaufen wollen. Was nach wie vor die letzte Notlösung ist.«

Palmer legte die Fingerspitzen aneinander. »Ja, in der Tat schwierig. Sie haben sicher recht mit Ihrer Einschätzung. Bislang war die Bank sehr duldsam, doch da der Unterzeichner der Hypothek nun verstorben ist, wird man das Darlehen gewiss einfordern, vor allem angesichts des langen Zahlungsverzugs bei den Raten. Vielleicht könnten Sie verkleinern, Teile des Grundstücks verkaufen?«

Bette rief auf dem iPad die Flurkarte der Farm auf. »Selbst wenn ich einen Käufer finden würde, könnten wir damit die ausstehenden Raten nicht ausgleichen, fürchte ich, geschweige denn weitere bezahlen.«

»Dann bleibt Ihnen wohl nur die Option, eine weitere Sicherheit anzubieten.«

Bette blickte stirnrunzelnd auf. »Was meinen Sie damit?«

Palmer spreizte die Hände. »Das ist nicht ideal, und vielleicht lässt sich die Bank angesichts der Rückstände nicht darauf ein. Und es birgt natürlich auch ein gewisses Risiko. Aber da man bisher willens war, Ihren Vater zu unterstützen, könnten Sie eventuell eine Verlängerung des Darlehens erwirken, indem Sie eine Sicherheit – nur in Höhe der ausstehenden Ratenzahlungen – anbieten. Haben Sie irgendetwas, das sich dazu eignen würde? Landwirtschaftliche Geräte vielleicht oder Viehbestände?«

Bette starrte auf die dünnen Striche, die auf dem Display den Ort anzeigten, an dem sie ihre Kindheit verbracht hatte. Was gab es dort, das für eine Bank von Interesse sein mochte? Ein neues Dach auf einer betagten Scheune. Ein Traktor, so alt wie die Weiden, auf denen er unterwegs war. Eine Herde Kühe, schon ebenso verkleinert wie die Schafherde. Ein Gehege voller glücklicher Hühner. All das würde nicht genug sein. Und selbst wenn es so wäre und sie mehr Zeit gewinnen könnten, womit sollten sie die Rückstände abbezahlen? Sie hatte die Farm nie gewollt, und am vernünftigsten wäre es, sie abzustoßen. Doch jetzt, da Bette wieder Zeit in dem alten Haus verbrachte, sich ihrer Schwester etwas annäherte und ihren Neffen besser kennenlernte, war die Vorstellung, das Familienanwesen zu verlieren, nicht mehr so leicht zu akzeptieren. Dazu kam der geheimnisvolle Garten, der offenbar schon seit Ewigkeiten existierte, ohne dass sie davon gewusst hatte.

Bette spürte deutlich, dass sie nicht aufgeben wollte. Nicht, ohne alles probiert zu haben, was in ihren Kräften stand. Sie brachte es nicht übers Herz, in ihr komfortables Leben in London zurückzukehren, ohne alle Möglichkeiten ausgeschöpft zu haben.

Als sie aufschaute, bemerkte sie den mitfühlenden Blick des Anwalts. Sie würde im Büro sagen müssen, dass sie noch länger in Schottland bleiben würde.

»Ja«, hörte Bette sich sagen, obwohl ihr dabei ausgesprochen mulmig war, »ich habe eine Sicherheit, die ich der Bank anbieten kann.«

22

»Glauben Sie mir, Oliver, mir ist das alles andere als recht.«
Bette telefonierte auf der Rückfahrt nach Barton Mill über
ihre Freisprechanlage im Auto. »Aber es geht nicht anders,
ich habe Termine hier, kann das nicht aus der Ferne erledigen. Wenn nötig, arbeite ich am Sonntag, schicken Sie mir
einfach alles per Mail, was nicht warten kann.«

»Darum geht es nicht, Ms Crowdie«, erwiderte ihr Assistent. »Mr Coulthard drängt auf eine persönliche Unterredung mit Ihnen.«

»Ach ja? Sagen Sie ihm, ich bin am Dienstag wieder da.
Wir können gleich frühmorgens einen Termin machen.«

Eine kurze Pause entstand. Dann sagte Oliver: »Ob Sie
das Gespräch dann vielleicht per Zoom führen wollen?«

Bette runzelte die Stirn. »Oliver, gibt es irgendetwas, das
Sie mir verschweigen?«

»Nein, nein«, antwortete er etwas zu schnell. »Ich dachte nur … Ich kann mir vorstellen, dass nächste Woche die
Fusion bekannt gegeben wird, da möchte Mr Coulthard
vorher doch sicherlich mit Ihnen sprechen.«

»Okay, verstehe«, sagte Bette mit einem Seufzer. »Können Sie mir dann bitte für Montagnachmittag einen Flug buchen? Ich habe diesen wichtigen Termin hier vormittags.«

Wieder ein kurzes Zögern. »Mache ich, Ms Crowdie.«

»Von Aberdeen aus, bitte nicht später als drei Uhr, ja?«

»Ich schreibe Ihnen, sobald die Buchung bestätigt ist.«

»Danke, Oliver. Tut mir leid wegen der Umstände. Was glauben Sie, wie ich mich darauf freue, wieder an meinem Schreibtisch zu sein.«

Nachdem sie sich verabschiedet hatten, versuchte Bette, Ordnung in ihre Gedanken zu bringen nach diesem unerwartet ereignisreichen Tag am Ende einer verrückten Woche. Sie hatte die Route über Arbroath genommen, und die Sonne schien strahlend am wolkenlosen Himmel, als hätte es den heftigen nächtlichen Regen gar nicht gegeben. Bette kam in den Sinn, dass sie in diesen Tagen noch gar nicht am Strand gewesen war. In ihrer Kindheit hatte sie mit Vorliebe an der Lunan Bay in dem weichen gelben Sand gespielt, und auch in ihrer Jugend hatte sie sich oft an dem Strand mit den grasbewachsenen Dünen aufgehalten. Dieser Ort war allerdings auch mit Erinnerungen an eine bestimmte Person besetzt, aber als sich der Abzweig näherte, traf Bette eine spontane Entscheidung.

Die Sache mit Ryan war für sie überwunden. Sie hatte den Schmerz, nicht das ersehnte Leben mit ihm zu bekommen, schon lange verkraftet. Damals war sie noch beinahe ein Kind gewesen, jetzt war sie nicht nur längst erwachsen, sondern auch eine *erfolgreiche* Frau, weil sie sich ihr Leben nicht hatte von ihm ruinieren lassen. Die Vergangenheit lag hinter ihr, und was sie heute erreicht hatte, war der beste Beweis dafür, dass ihre Entscheidungen damals richtig gewesen waren. Das hatte sich materiell ausgezahlt, und nun beschloss Bette, dass sie sich auch emotional beweisen konnte, wie souverän sie inzwischen war, indem sie die einstigen Wege ihrer Jugend beschritt. Ryan heute Morgen wiederzusehen war ein Schock gewesen, doch auch der war verkraftet, und damit konnte sie loslassen. Sie war endgültig über Ryan hinweg, entschied sie.

Nachdem Bette geparkt hatte, fiel ihr auf, dass sie sich die neuen Schuhe am Strand nicht nur ruinieren, sondern womöglich auch damit umknicken und sich den Knöchel verstauchen würde. Da weit und breit keine Menschenseele zu sehen war, auch nicht in den wenigen Autos auf dem kleinen Parkplatz, zog sie sich rasch am Kofferraum ihres Autos um, was sie zuletzt als Jugendliche gemacht hatte. Gerüstet mit Jeans und Arbeitsstiefeln, betrat sie den Dünenpfad, der zum Strand hinunterführte. Eine leichte Brise wehte ihr entgegen, und dann erstreckte sich die Nordsee vor ihr, eine schier endlose Weite, die erst an der fernen Küste Dänemarks endete. Bette schloss die Augen und sog in tiefen Zügen die salzige Meeresluft ein. In ihrer Kindheit war sie nicht oft am Meer gewesen, weil die Eltern dafür kaum Zeit gehabt hatten. Doch mit der Lunan Bay verband sie Erinnerungen an seltene kostbare Nachmittage mit der Familie.

Sie ging den Strand entlang, in südlicher Richtung, wo Red Castle an der Mündung aufragte wie ein Ort aus *Game of Thrones*. Auch dort hatte sie als Kind gespielt, aber es hatte offenbar einen Erdrutsch gegeben, und die Ruine war nicht mehr begehbar. Das Wetter hier konnte gnadenlos wüten.

Bei diesem Gedanken drängte sich ihr unwillkürlich wieder eine Erinnerung auf. An einem stürmischen Tag, an dem dunkle Wolken am Himmel trieben, war sie damals mit Ryan hier gewesen. Als sie ankamen, fegte der Wind schon so heftig über den Strand, dass ihnen fast die Luft wegblieb. Sie überlegten, ob sie umkehren sollten, aber Bette wollte weitergehen. Sie hatte Ryan damit aufgezogen, dass so ein kräftiger Rugbyspieler wie er sich vor ein bisschen Regen fürchtete, ihn an der Hand gepackt und war losgelaufen. Dann überholte Ryan sie, er hatte längere Beine, weil er größer war, und sie rannten lachend gegen den Wind an, einer nicht existenten Ziellinie entgegen. Von einer Sekunde auf die andere setzte der Wolkenbruch ein, mit brachialer Wucht und so unerbittlich, dass Bette keuchend stehen blieb. Ryan zog sie unter seine Wetterjacke, um sie beide zu schützen, und Bette umschlang ihn, lehnte den Kopf an seine Brust und genoss die Nähe und Wärme, spürte seinen Atem. Reglos standen sie da in den Wasserfluten vom Himmel, der Wind zerrte an ihnen, aber nichts konnte ihnen etwas anhaben. Es gab nur sie beide und diese kleine geschützte Welt unter der Jacke. Bette wusste noch, dass sie alles rundherum vergaß in diesen glücklichen Momenten. Sie glaubte damals, dass Ryan das gleiche Gefühl gehabt hatte, denn am nächsten Tag hatte er Bette gefragt, ob sie ihn heiraten wolle. Doch sie musste sich geirrt haben. Denn hätte er sich so gefühlt wie sie, dann hätte er ihr niemals so grausam das Herz brechen können.

Es hatte eben nicht sein sollen. Sie waren Kinder, die Erwachsene spielten, weiter nichts. Und hätten sie geheiratet, wären sie wahrscheinlich bereits wieder geschieden.

Obwohl Bette sich das einzureden versuchte, raunte eine Stimme in einem Winkel ihres Geistes hartnäckig etwas anderes und erinnerte sie an ihre unbeschwerten Hoffnungen von damals. *Beth.* Ein sanfter, weicher Name für ein sanftes Mädchen. Beth Crowdie war ein naives Kind gewesen, das sich schwärmerisch verliebte und sich nicht schützen konnte. Bette Crowdie dagegen ließ sich von niemandem etwas vormachen. Die bekam vom Leben, was sie von ihm verlangte. Und sie verliebte sich nie. Für Lust gab es immer Gelegenheiten, ja. Aber Liebe? Allumfassende, lebensverändernde Liebe? Nein, nie wieder.

Als Bette umkehrte und zurückging, sagte sie sich, dass Ryan ihr im Grunde doch einen Gefallen getan hatte. So hatte sie ihre Lektion beizeiten gelernt und hatte beruflich erfolgreich sein können. Nur deshalb hatte sie früh im Leben so viel Ehrgeiz entwickelt.

Der Schauer setzte ganz plötzlich ein. Inzwischen hatte der Wind dichte Wolken herangetrieben, und es begann zu regnen, zum Glück jedoch nur mäßig. Bette hatte keine Jacke an und ging schneller, wie auch die Familien und Spaziergänger mit Hunden, die jetzt eilig dem Parkplatz zustrebten. Als Bette blinzelnd nach vorne schaute, bemerkte sie eine Gestalt, die in die Gegenrichtung lief. Es schien ein breitschultriger dunkelhaariger Mann zu sein, der die Hände in die Hosentaschen gesteckt hatte. Bette konnte ihn nicht deutlich erkennen, aber einen Moment lang stockte ihr Herz. Sie verfluchte sich selbst. Weil sie diese ganzen Erinnerungen zugelassen hatte, litt sie jetzt unter Halluzinationen. Das war nicht Ryan.

Als sie näher kam, stellte Bette allerdings fest, dass es tatsächlich Ryan war, der ihr da entgegenkam. Unfassbar. Der Ryan, an den sie gerade gedacht hatte und dem sie zweimal an einem Tag begegnete, nachdem sie ihn so viele Jahre lang nicht gesehen hatte. Es gab kein Entkommen – um zu ihrem Auto zu gelangen, musste sie an ihm vorbeigehen. Aber vielleicht hatte er sie nicht bemerkt, und vielleicht konnte sie sich abwenden, sagte sie sich hastig. Doch noch während sie das dachte, ging Ryan plötzlich langsamer, blieb stehen und schaute in ihre Richtung. Und Bette musste sich eingestehen, dass er sie trotz des Regens ebenso erkannt hatte wie sie ihn.

Sie konnte nichts anderes tun, als weiter auf ihn zuzugehen. Bette rief sich in Erinnerung, dass sie doch gerade beschlossen hatte, über ihn hinweg zu sein. Die Situation heute Morgen hatte sie auf dem falschen Fuß erwischt, aber alles, das Gute wie das Schlechte, das sie mit ihm erlebt hatte, gehörte der Vergangenheit an. Diese erneute Begegnung musste nicht peinlich oder stressig geraten, sondern war im Gegenteil eine Chance, für reinen Tisch zu sorgen. Nach dem, was Bette heute auf der Bank hatte tun müssen, um die Farm vor dem sofortigen Untergang zu bewahren, brauchten die Crowdies alle Hilfe, die sie bekommen konnten.

Bette atmete tief ein, straffte sich und ging entschlossen weiter.

»Ryan«, rief sie, als sie näher kam.

Er blieb erneut stehen und blinzelte verlegen. Ein Hauch von Röte erschien auf seinen markanten Wangenknochen. »Beth.«

Diesmal korrigierte sie ihn nicht. Das hätte gleich für Verstimmung gesorgt. »Tut mir leid wegen heute Morgen«, sagte sie. »Ich ... hatte nicht damit gerechnet, dich dort zu treffen, und war sehr überrascht. Das war alles.«

Ein kleines schiefes Lächeln erschien, das Bette so vertraut war, dass ihr Herz erbebte, aber sie rief es sofort zur Ordnung. »Ja, ging mir genauso«, erwiderte Ryan. »Mir tut es auch leid. Hätte ich gewusst, dass du dort bist, wäre ich nicht gekommen. Ich dachte, du wärst gleich wieder nach London zurückgeflogen. Nach der Beerdigung, meine ich.«

Bette wandte den Blick ab. »Tatsächlich hatte ich eigentlich angenommen, dich dort anzutreffen.« Gegen eine Begegnung auf dem Friedhof war sie innerlich gewappnet gewesen und hätte sie mit Würde durchgestanden.

»Das wäre normalerweise auch so gewesen«, erwiderte er langsam, während er ihr Gesicht zu studieren schien. »Aber ich wollte nicht an einem schrecklichen Tag eine zusätzliche Last sein. Mein herzlichstes Beileid, Beth.«

»Danke.«

Sie verfielen in Schweigen. Als Bette wieder aufschaute, ruhte sein Blick auf ihr. Tropfen rannen ihm übers Gesicht, aber er wischte sie nicht weg. Trotz aller guten Vorsätze spürte Bette einen Stich im Herzen, denn Ryan sah wirklich noch so aus wie damals, von ein paar Fältchen um die Augen abgesehen. In ihrer Jugend war er jedenfalls der attraktivste Junge gewesen, dem sie jemals begegnet war.

Sie räusperte sich. »Hör mal, ich bin höchstens noch zwei Tage hier. Und du solltest dich sowieso nicht von deinen Vorhaben im Apfelgarten abhalten lassen, ob ich nun auf der Farm bin oder nicht.«

Nach kurzem Zögern sagte er: »Stimmt. Der Apfelgarten.«

»Wusstest du von seiner Existenz?«

Ryan schüttelte den Kopf. »Nein. Das ist eine verblüffende Entdeckung.«

»Kann man wohl sagen. Konntest du die Apfelsorten identifizieren?«

Er schaute übers Meer. Der Regen hatte nachgelassen, aber ein starker Wind zerzauste Ryans dichtes Haar. Er strich sich eine Strähne aus den Augen. »Ich müsste mir noch mal alles genau anschauen. Wenn du sicher bist, dass es dir nichts ausmacht …«

»Nein, Ryan, das ist okay für mich«, erwiderte Bette. »Schließlich liegt das alles lange zurück, oder? Wir waren fast noch Kinder damals. Und ich finde, wir sollten das endgültig alles hinter uns lassen. Meinst du nicht auch?«

Er atmete langsam aus, einen beunruhigten Ausdruck in den Augen. »Beth, es gibt da etwas, das ich dir seit damals erklären wollte. Ich hätte es dir schon vor Jahren sagen sollen …«

»Nein«, unterbrach sie ihn. »Das ist wirklich nicht nötig, Ryan. Es ist Vergangenheit und abgeschlossen. Lass uns einfach so tun, als wären wir uns heute zum ersten Mal begegnet, okay?«

Er sah sie lange an, bevor er sagte: »Okay. Morgen könnte ich vorbeikommen, wenn es euch recht wäre.«

»Das würde hervorragend passen. Da wird auch Allie da sein, die möchte sich den Garten ebenfalls noch mal ansehen.«

Ryan legte den Kopf schief. »Allie?«

»Erinnerst du dich an Allie Bright? Sie hat Archäologie studiert. Und stellt für uns Nachforschungen an, um noch mehr über den Apfelhain herauszufinden.«

»Unsere Allie also?«, fragte Ryan lächelnd. »Wow, das löst ja Jugenderinnerungen aus.«

Unwillkürlich lächelte Bette auch, als sie daran dachte, wie viel Zeit sie damals zu dritt verbracht hatten. Für Bette war es immer beglückend gewesen, wie gut sich ihr Freund und ihre beste Freundin verstanden hatten.

»Allie habe ich seit Jahren nicht mehr gesehen«, berichtete Ryan. »Der Kontakt brach ab, nachdem …« Er verstummte abrupt und wandte den Blick ab.

Bette versuchte, die Situation zu überspielen. »Na«, sagte sie betont munter, »Wiedersehen nach langer Zeit scheint das Thema der Woche zu sein. Allie will morgen gegen zwei bei uns sein. Könntest du vielleicht dazukommen?«

Ryan nickte. »Okay, das kriege ich hin.«

Sie verabschiedeten sich, und Bette ging weiter Richtung Auto. Einen Moment lang überlegte sie, ob er ihr wohl folgen würde. Als sie oben auf dem Dünenpfad angelangt war, drehte sie sich um. Ryan stand noch immer an derselben

Stelle, die Hände in den Hosentaschen, und schaute übers Meer. Er sah einsam aus, und Bette fragte sich, warum er hierhergekommen war. Und ob er sich Erinnerungen hingab, während er gedankenverloren zum Horizont blickte.

23

»Ich begreife einfach nicht, weshalb ich nichts davon wusste«, sagte Nina zu Cam. »Klar war ich noch jung, aber auch
nicht so jung, dass ich nichts mitbekommen hätte. Wäre
von einer Hochzeit die Rede gewesen, wäre ich doch Feuer und Flamme gewesen. Was also heißt, dass mir keiner
davon erzählt hat.«

Cam, eine Kaffeetasse in Händen, runzelte leicht die Stirn.
»Aber was zwischen den beiden auch war, scheint nicht
lange gehalten zu haben, oder? Vielleicht haben sie deshalb
niemanden außer eurer Mutter eingeweiht? Und hatten
noch gar nicht angefangen, ernsthaft zu planen? Sie waren
ja wirklich sehr jung.«

Abends war Cam aufgetaucht, um zu fragen, ob Nina
Unterstützung bei irgendetwas bräuchte – und auch, um
nach Bette zu schauen. Nina musste ihm mitteilen, dass
sie noch immer nicht zurückgekehrt war. Telefonisch war
sie nicht zu erreichen, hatte ihr Handy ausgeschaltet. Nach
der verblüffenden Nachricht von Sophia hatte Nina ihr Gehirn nach weiteren Erinnerungen an Ryan durchforstet,
was jedoch ergebnislos geblieben war.

»Keine Ahnung, was da passiert ist«, sagte sie. »Mum war aber jedenfalls im Bilde.«

»Und hat sie irgendwas über die Trennung geschrieben?«

»Nein. Nur dass sie sich dazu nicht äußern wolle. Und dass ich Bette selbst fragen müsse.«

Cam nickte. »Kann ich nachvollziehen. Scheint eine unschöne Geschichte gewesen zu sein. Was auch erklären würde, warum Bette all die Jahre nicht mehr hierher zurückgekommen ist, oder?«

Nina seufzte. »Ich denke mal, ja.«

»Willst du Bette darauf ansprechen?«

»Weiß nicht«, antwortete Nina. »Meine Schwester ist schon unter normalen Umständen nicht der mitteilsamste Mensch unter der Sonne – zumindest mir gegenüber nicht. Ich wüsste nicht mal, wie ich anfangen sollte.«

Sie schwiegen eine Weile. Nina fand es angenehm, dass Cam bei ihr war. Bei ihm hatte sie nie das Gefühl, eine Gesprächspause hastig überbrücken zu müssen. Ihr gemeinsames Schweigen fühlte sich immer genauso entspannt und vertraut an wie ihre Unterhaltungen. Sie saßen am Küchentisch, ganz, als würden sie hier jeden Abend von ihrem Tag berichten, von Bekannten erzählen, gemeinsam abschalten. Nina sagte sich, dass es riskant war, sich daran zu gewöhnen. Dennoch …

»Sag mal, hast du schon was gegessen?«, fragte sie unvermittelt. »Ich wollte mir gerade …«

In diesem Moment fuhr draußen ein Auto auf den Hof, und kurz darauf kam Bette herein und schaute zwischen den beiden hin und her.

»Entschuldigung«, sagte sie. »Störe ich?«

»Nein, nein – ich muss sowieso los, sonst komme ich zu spät«, antwortete Cam. Er stand auf und grinste Nina verschmitzt an. »*Eine gewisse Person* hat mir nämlich gesagt, ich müsse mich bei einem ersten Date mehr ins Zeug legen. Deshalb sollte ich mich lieber noch rasch hübsch machen zu Hause, nicht wahr?«

Nina lächelte, obwohl ihr die Worte ihres Nachbarn einen Stich ins Herz versetzten. »Ah, also kein zweites Treffen mit Sally?«

Cam seufzte theatralisch. »Hat nicht mehr angerufen. Da mache ich mir keine Illusionen.«

»Ich habs dir ja gesagt«, bemerkte Nina und erhob sich. »Du hättest dir gleich mehr Mühe geben sollen.«

»Weiß ich ja, weiß ich ja.« Noch immer grinsend, hob Cam die Hände und wandte sich zur Tür. »Deshalb gehe ich jetzt duschen und werfe mich in Schale. Wir sehen uns, ja?«

»Cam«, sagte Bette, als er an ihr vorbeisteuerte. »Morgen Mittag um zwei kommt Ryan noch mal vorbei, um sich den Apfelgarten anzusehen.«

»Oh.« Cam warf Nina einen überraschten Blick zu. »Das ist ja … toll.«

Nina versuchte, die Stimmung ihrer Schwester einzuschätzen, die Cam freundlich anlächelte. »Tut mir leid, dass ich mich heute früh so komisch benommen habe. Ryan und ich haben eine gemeinsame Geschichte und hatten nicht damit gerechnet, uns wiederzusehen. Deshalb war das … etwas unerwartet. Aber wir konnten es klären.«

Cam erwiderte das Lächeln. »Ach, super. Und es ist wirklich okay für dich, wenn er hier auftaucht?«

»Auf jeden Fall, ja. Schönen Abend, Cam.«

Er nickte beiden noch einmal zu und marschierte dann hinaus. Nina schaute auf die beiden Kaffeetassen, von denen eine noch halb voll war.

»Er hat jetzt echt ein Date?«, fragte Bette.

»Ja.« Nina stellte die Tassen in die Spüle und begann, sie abzuwaschen. »Wieso wundert dich das?«

»Weil ich den Eindruck habe, dass ihr so vertraut miteinander seid. Und euch offensichtlich wohlfühlt zusammen.«

»Ich habe dir doch gesagt, dass wir einfach nur gut befreundet sind. Möchtest du ein Glas Wein? Ich könnte eines gebrauchen.«

Als die Antwort ausblieb, drehte Nina sich um. Bette sah sie nachdenklich an, während sie antwortete: »Ja, sicher eine gute Idee. Es gibt einiges zu besprechen.«

Nina verzog das Gesicht und nahm eine Flasche aus dem Weinregal und Gläser aus dem Schrank. »Klingt ominös.«

»Na ja, es gibt eine gute und eine schlechte Nachricht.« Bette ließ sich auf dem Stuhl nieder, auf dem zuvor Cam gesessen hatte. »Die gute ist, dass der Apfelhain eindeutig zu unserem Grundstück gehört.« Sie hielt inne. »Mist. Das hätte ich Cam sagen sollen.«

»Kann ich übernehmen«, bot Nina an, stellte die gefüllten Gläser auf den Tisch und setzte sich zu ihrer Schwester. »Was ich übrigens nicht so überraschend finde. Cam hat bestimmt damit gerechnet. Also, raus damit. Was ist die schlechte Nachricht?«

Bette trank einen großen Schluck Wein.

»Die Bank droht mit Pfändung, wenn wir die Rückstände bei der Ratenzahlung nicht ausgleichen. Und zwar … mehr oder minder sofort.«

Nina erstarrte innerlich. »Aber … das schaffen wir gar nicht, wie soll das gehen? Das ist doch eine riesige Summe, oder?«

»Ja. An die 95 000.«

Nina wurde flau im Magen, und sie strich sich mit beiden Händen übers Gesicht. »Dann … wars das. Wir verlieren die Farm. Wir verlieren *alles*. Oder?« Was sollten sie dann machen? Wo konnten sie hingehen? Panik drohte sie zu überwältigen.

»Nein«, antwortete Bette, die seltsam ruhig wirkte. »Zumindest nicht so schnell. Ich habe uns einen Aufschub verschafft. Uns bleiben drei Monate, um das Geld aufzutreiben, bevor die Bank uns wieder auf die Pelle rückt.«

Nina blinzelte verblüfft. »Aber wie hast du das gemacht? Dad hat doch bestimmt bei der Bank schon alles ausgespielt, was ging. Wieso erlauben die uns jetzt diese Gnadenfrist?«

»Weil ich ziemlich nachdrücklich sein kann.« Bette räusperte sich. »Und weil ich meine Wohnung als Kreditsicherheit angeboten habe.«

Im ersten Moment glaubte Nina, sich verhört zu haben. »Deine Wohnung? In London?«

Ihre Schwester lächelte leicht. »Ja, ich besitze nur die eine.«

Nina holte tief Luft. »Und wenn wir die Summe in drei Monaten nicht aufgebracht haben ...«

»Bin ich meine Wohnung los.« Bette zuckte mit den Schultern. »Aber ich hatte nur das, um es als Sicherheit in die Waagschale zu werfen.«

»Ich ...« Nina fehlten die Worte. »Bette, ich weiß nicht, was uns diese drei Monate nützen können. Bei dieser riesigen Summe ...«

»Ja, ich weiß. Aber andernfalls hätten wir die Farm von heute auf morgen verloren«, erwiderte ihre Schwester. »Und ich weiß, dass du mich für herzlos hältst, Nina, aber ...«

»Nein«, widersprach ihre Schwester vehement. »Das tue ich nicht. *Wirklich* nicht. Und *danke*. Aber wenn wir nicht zumindest die Zahlungsrückstände ausgleichen können, verlierst du dein Zuhause.«

Bette schüttelte den Kopf. »Dazu wird es nicht kommen. Ich habe eine weitere Hypothek auf die Wohnung aufgenommen, die ich in drei Monaten abbezahlen muss. Natürlich verschlingt es einen ordentlichen Batzen meines Einkommens, beides abzubezahlen. Aber ich werde demnächst Partnerin bei einer der größten Anwaltskanzleien von London, damit werde ich das schon hinbekommen. Allerdings, Nina«, sie strich mit dem Finger über ihr Weinglas, »löst das noch lange nicht all unsere Probleme. Selbst beim besten Willen kann ich nicht den Rest der Hypothek abbezahlen. Wenn wir also nicht in den nächsten drei Monaten einen Weg finden, die Farm profitabel zu machen ...«

»Ich weiß«, warf Nina ein. »Dann sind wir erledigt.«

Es war warm und behaglich in der Küche, und Nina sann darüber nach, wie viele Familiengespräche wohl über die Jahre, Jahrzehnte, *Jahrhunderte* hier stattgefunden hatten. Beim Gedanken, dass dieses vielleicht eines der schwerwiegendsten – und womöglich eines der letzten – war, stieß sie einen tiefen Seufzer aus.

»Hast du Hunger?«, fragte sie. »Ich habe jedenfalls noch nichts gegessen. Wie wäre es mit einem Omelett? Das ist ein bisschen schlicht, ich weiß, aber …«

Bette lächelte. »Ah, ich bin völlig ausgehungert. Omelett klingt herrlich.«

Als Nina aufstand, erhob sich auch Bette, um mitzuhelfen. Nina konnte sich nicht daran erinnern, wann sie zuletzt mit ihrer Schwester gemeinsam gekocht hatte. Vielleicht sogar noch nie.

»Ich habe mir Sorgen um dich gemacht«, gestand Nina, während sie begann, die Eier zu schlagen. »Hatte mehrmals versucht, dich anzurufen.«

»Tut mir leid.« Bette schnitt gerade die Zwiebeln, zu Ninas Erstaunen wesentlich feiner, als sie selbst es gekonnt hätte. »Ich bin durch die Gegend gefahren.«

»Und du hast heute noch mal mit Ryan gesprochen?«

»Ja.« Bette war fertig mit den Zwiebeln und nahm sich eine etwas schlaff wirkende rote Paprika vor, die sie im Kühlschrank aufgestöbert hatte. »Auf der Rückfahrt war ich an der Lunan Bay spazieren und bin ihm dort zufällig begegnet.«

»Ich konnte mich überhaupt nicht an ihn erinnern«, sagte Nina, während sie eine Pfanne aus dem Schrank holte und auf den Herd stellte. »Sein Name sagte mir gar nichts, als Cam ihn erwähnt hat. Wenn ich gewusst hätte …«

»Kein Problem, wirklich.« Bette gab ein kurzes Lachen von sich. »Seltsam, das alles. Ich habe mich jahrelang vor einem Wiedersehen mit ihm gefürchtet. Es vorsätzlich vermieden. Aber jetzt …« Sie zuckte mit den Schultern. »Ist es erledigt. Das Schlimmste liegt hinter uns. Wir sind beide erwachsen und können damit umgehen. Schnee von gestern. Es ist okay.«

Nina atmete erleichtert aus. »Oh, das ist echt gut.« Sie gab Zwiebeln und Paprika in die Pfanne, um sie anzudünsten, während Bette Käse rieb.

»Und du hattest wirklich keinerlei Erinnerung an Ryan?«

Nina warf ihr einen Blick zu. »Nein. Ich habe mir die Fotos im Flur angeschaut. Und … Mum geschrieben.«

Bette goss ihnen Wein nach. »Ah. Und was hat sie geantwortet?«

»Viel hat sie nicht herausgerückt«, sagte Nina wahrheitsgemäß. »Nur … dass ihr verlobt wart.«

Eine Weile herrschte Stille, während Bette einen Schluck trank und aus dem Fenster in die Nacht hinausschaute. »Na ja«, sagte sie schließlich. »Wie sich dann herausstellte, war das nichts, worauf ich stolz sein konnte. Er hatte mich gefragt, ob ich ihn heiraten wolle, bevor ich zum Studium wegging. Wir waren uns einig, dass wir mit der Hochzeit warten wollten, bis ich meinen Abschluss hatte und er sein Diplom als Landwirt. Ich wäre dann einundzwanzig, er dreiundzwanzig gewesen … Ein Alter, das wir uns damals noch gar nicht vorstellen konnten. Ein Jahr lang hat die Beziehung auf Distanz gehalten, dann hat er mir gestanden, dass er mich betrogen hatte. Und das wars dann auch.«

»Das tut mir sehr leid für dich«, sagte Nina betroffen.

Bettes Augen glänzten zwar, aber sie brachte ein kleines Lächeln zustande, als sie sich zu ihrer Schwester wandte. »Es ist wirklich ewig her. Und ganz ehrlich, wenn ich heute zurückblicke, frage ich mich, was ich mir eigentlich gedacht habe. Er war ein junger Mann, er sah fantastisch aus, er hätte jedes Mädchen kriegen können.« Sie lachte ein bisschen, aber es klang bitter. »Was wahrscheinlich auch so war. Egal. Jedenfalls habe ich so früh im Leben eine wichtige Lektion gelernt.«

»Was mich nicht umbringt, macht mich stärker?«

»Hm. So ähnlich.«

Nina goss die Eier in die Pfanne, wartete kurz und gab den Käse hinzu. Unwillkürlich fragte sie sich, wie ihrer aller Leben wohl verlaufen wäre, wenn Bette Ryan geheiratet hätte. Wäre sie in London geblieben? Wahrscheinlich eher nicht, wenn Ryan weiter in der Landwirtschaft gearbeitet hätte. Jedenfalls wäre Bette sicher nicht so durchgängig verschwunden geblieben.

»Und was ist mit dir und Cam?«

Nina warf ihr einen Blick zu. »Wie meinst du das?«

»Hat keiner von euch beiden je einen Vorstoß gemacht?«

»Nein. Ich habe dir doch gesagt, dass wir nur gut befreundet sind. Außerdem sind wir Nachbarn, Bette.«

»Ja, und?«

»Das wäre doch viel zu kompliziert, wenn was schiefgeht. Und ich muss auch an Barnaby denken. Es steht einfach zu viel auf dem Spiel, selbst wenn Cam interessiert wäre. Was er aber«, Nina verteilte die Omeletts auf zwei Tellern, »nie hat durchblicken lassen. Komm, lass uns essen, das wird schnell kalt. Gibt Wichtigeres zu besprechen als mein nicht vorhandenes Liebesleben, finde ich.«

Bettes Handy piepte, und sie las die Nachricht, während Nina die Teller auf den Tisch stellte und sich setzte.

»Mein Anwalt. Er hat die Unterlagen, die ich für die Wohnung brauche, bis Montagmorgen vorbereitet«, verkündete Bette, steckte ihr Handy weg und ließ sich auch am Tisch nieder.

Nina nickte, während eine große Erleichterung sie erfasste. *Unheil abgewendet,* dachte sie. *Zumindest vorerst.*

24

Der Samstag begann mit strahlendem Sonnenschein. Nur wenige weiße Wölkchen, zart wie Pinselstriche, drifteten am leuchtend blauen Himmel. Bette hatte frühmorgens bei der Erdbeerernte mitgeholfen und sich anschließend ins Büro verzogen, um Papiere zu sichten. Aufgrund der katastrophalen Lage erkundigte sich Nina nicht mehr nach neuen Funden, da sie weitere schlechte Nachrichten ohnehin nicht mehr ertragen konnte. Sie hatte noch genug zu tun mit den Ereignissen der vergangenen Woche, die ihr so endlos lang erschienen war wie ein ganzes Jahr.

»Darf ich heute mit in den Apfelgarten?«, fragte Barnaby, der gerade sein Mittagssandwich verputzte, wobei er samstags ausnahmsweise dabei fernsehen durfte. Er schaute sich etwas bei Disney+ an, das Abo war ein Weihnachtsgeschenk von Bern gewesen. Nina fragte sich unwillkürlich, ob sie sich die Verlängerung des Abos jetzt überhaupt noch leisten konnten. »Ich war richtig gut in der Schule. Die Lehrerin hat mich gelobt«, fügte der Junge hinzu. »Und nur ich hab den Garten noch nicht sehen dürfen. Bitte lass mich mitgehen!«

»Also gut, mein Schatz«, sagte Nina lächelnd. »Du hast recht, du warst so fleißig in der Schule. Und hast es verdient mitzukommen. Aber du musst mir versprechen, dass du die ganze Zeit in meiner Sichtweite bleibst. Du darfst auf keinen Fall in die Nähe der Klippen, ist das klar?«

»Ich versprech es«, gelobte Barnaby feierlich. »Kann Limpet auch mit?« Als er seinen Namen hörte, hob der Collie, der zu Füßen des Jungen lag, den Kopf und bellte kurz.

»Na klar. Ihr beide seid doch immer nur im Doppelpack zu haben, oder?«

»Soll ich mein Superhelden-Kostüm tragen?«

»Das wird nicht nötig sein, glaube ich«, antwortete Nina. Auf dem Hof waren Schritte zu hören, und im nächsten Moment kam Cam herein.

»Hi, Cam! Ich darf mit zum Apfelgarten!«, verkündete Barnaby vergnügt.

»Prächtig, prächtig.« Cam trat lächelnd zum Tisch. »Dann sind wir ja für alle Notfälle bestens geschützt.«

»Es wird keine Notfälle geben, wenn mein Sohn sich in der Nähe der Steilküste aufhält«, sagte Nina energisch und warf Cam einen warnenden Blick zu. Draußen war Motorbrummen zu vernehmen, dann hielt ein Auto im Hof.

»Ähm … nein, nein, natürlich nicht«, sagte Cam hastig. »Da unten ist alles total sicher, da braucht man nie einen Superhelden-Einsatz.« Er warf Nina einen entschuldigenden Blick zu.

Es klopfte an der Hintertür, aber bevor Nina rufen konnte, eilte Bette aus dem Flur herbei und öffnete.

»Nina!«, rief die Frau aus, die Bette allen als Allie vorstellte. »Ach du liebe Zeit! Als ich dich zum letzten Mal gesehen habe, warst du ein Kind! Du erinnerst dich sicher nicht an mich, oder? Und das ist dein Sohn?«

Barnaby stand vom Sofa auf und kam zu ihnen. »Ich bin Superheld Seepocke, und ich freue mich sehr, Sie kennenzulernen«, sagte er formvollendet und streckte die Hand aus.

»Oh, wie liebenswürdig du bist!« Allie schüttelte dem Jungen strahlend die Hand. »Deine Mum war als Kind auch so höflich.«

Barnaby blickte zu Nina auf. »Können wir jetzt los, Mum?«

»Wir warten noch auf Ryan«, antwortete Bette für ihre Schwester. »Aber ich glaube, ich höre ihn gerade, wir können schon rausgehen.«

Nina versuchte, den Mann, der ihrer Schwester das Herz gebrochen hatte, nicht zu neugierig anzustarren, als er aus seinem Geländewagen stieg. *Ja, der ist sicher ein Herzensbrecher,* dachte sie. Ryan Atkins musste etwa Ende dreißig sein, sein Gesicht war markant und sein Haar dunkel bis auf vereinzelte Silberspuren an den Schläfen.

»Hi«, sagte er, wobei sein Lächeln hauptsächlich Bette zu gelten schien. »Tut mir leid, dass ich spät dran bin.«

»Bist du gar nicht«, erwiderte Bette. »Perfekter Zeitpunkt.«

Allie trat auf ihn zu und umarmte ihn herzlich. »Ryan! Bette hat mir erzählt, dass wir uns treffen werden! Ich freu mich sehr, dich zu sehen. Ist ja eine Ewigkeit her!«

Ryan erwiderte die Umarmung mit erfreutem Lächeln. »Das stimmt. Hallo, Allie.«

»Hey, ist das nicht toll«, fügte Allie begeistert hinzu, als sie sich lösten. »Unsere Clique ist wieder zusammen, wie in alten Zeiten!«

»Können wir jetzt gehen?«, drängelte Barnaby ungeduldig und marschierte los, gefolgt von Limpet.

Das eigentümliche Trüppchen brach zur weiteren Erkundung des geheimnisumwitterten Apfelgartens auf: fünf Erwachsene, ein Kind und ein Collie. Auf dem abschüssigen Pfad an der Steilküste rief Nina ihren Sohn zu sich und sorgte dafür, dass er sich so weit wie möglich von dem Eisenzaun fernhielt. Als sie den Eingang zum Gelände erreichten, zog Barnaby sein altes iPhone hervor und begann eifrig, alles Mögliche zu fotografieren.

»Super Idee«, lobte Allie. »Ich freue mich, dass wir einen offiziellen Fotografen dabeihaben. Das braucht jede Expedition!«

»Habt ihr euch dieses Monogramm im Zaun angeschaut?«, fragte Bette an Nina und Cam gewandt. »Allie und ich sehen darin ein O und ein C – Letzteres steht sicher für Crowdie. Wobei ich nicht wüsste, was das O bedeuten soll – der damalige Gutsbesitzer hieß George.«

»Seine Frau vielleicht?«, bemerkte Cam.

»Oder das Kind, von dem Mum uns erzählt hat?«, mutmaßte Nina. »Das angeblich von den Klippen gestürzt ist, was der Grund dafür war, dass der Garten aufgegeben wurde? Vielleicht wurden die Initialen zum Andenken an dieses Kind eingefügt?«

»Wäre möglich«, sagte Bette, die jedoch zweifelnd klang. »Aber wenn der Garten aufgegeben wurde, weshalb sollte man noch einen Zaun bauen? Und wenn er errichtet wurde, als die Crowdies das Grundstück kauften – Allie meint, der Stil könnte zum Datum auf der Kaufurkunde passen, das war im Jahr 1839 –, muss es den Hain schon gegeben haben, oder er wurde damals angelegt. Das heißt, die Apfelbäume stammen aus dieser Zeit.«

Langsam durchstreiften sie das Gelände bis zu der Felsformation am Ende. Ryan blieb immer wieder stehen und begutachtete die Bäume. Er wirkte gedankenverloren, und an einem Baum, der noch Früchte trug, hob er einen herabgefallenen Apfel auf und betrachtete ihn eingehend.

»Nina und ich haben vorgestern einen probiert, als ich das erste Mal hier war«, berichtete Cam. »War ziemlich herb, wahrscheinlich noch nicht reif genug, oder?«

Ryan nickte, zog ein Taschenmesser hervor und vollführte den gleichen Vorgang wie Nina vor zwei Tagen. Während er langsam kaute, sagte sie: »Also, ich könnte mir denken, dass das gar keine Tafeläpfel sind. Sie sind einfach zu sauer, selbst wenn man annimmt, dass sie noch nicht richtig reif sind.«

»Genau das denke ich auch«, erwiderte Ryan. »Ich halte das für eine Sorte, die zur Herstellung von Cider angebaut wurde.«

»Das ist ja hochinteressant!«, rief Allie aus und legte ehrfürchtig eine Hand an die Rinde des uralten Baums. »Weil das nämlich zu etwas passt, worauf ich bei meinen Recherchen gestoßen bin.«

»Und das wäre?«, erkundigte sich Bette.

»Das möchte ich lieber noch nicht äußern«, antwortete Allie ausweichend. »Vorher will ich mir die Felswand noch genauer ansehen.«

»Wartet mal«, sagte Bette und zog etwas aus ihrer Tasche. »Ich möchte euch etwas zeigen. Einen ganz besonderen Baum.«

Nina sah, dass ihre Schwester eines der Gemälde ihrer Großmutter in der Hand hielt. Bette steuerte auf einen besonders verwachsenen Baum zu. Sie blieb davor stehen und hielt zum Vergleich das Aquarell hoch.

»Ich bilde mir das nicht ein, oder?«, fragte sie in die Runde. »Das ist doch derselbe Baum, oder? Schaut mal hier, da spaltet sich der Stamm. Und dieser Ast, der jetzt bis zum Boden reicht. Der ist doch hier auch auf dem Bild?«

Alle blickten zwischen dem Bild und dem kleinen knorrigen Baum hin und her. Die Ähnlichkeit war unübersehbar.

»Scheint wirklich derselbe zu sein«, bemerkte Ryan. »Und das ist noch nicht alles.« Er duckte sich unter die Äste, bis nur noch seine Beine zu sehen waren. Ein leises Knacken war zu vernehmen, dann tauchte Ryan wieder auf und hielt eine gelbgrüne Frucht hoch. Sie war klein und unebenmäßig, aber es handelte sich eindeutig um einen Apfel.

»Unsere Großmutter hat dieses Bild im Jahr 1963 gemalt«, erklärte Bette.

Cam gab einen überraschten Laut von sich. »Aber kann ein Baum so lange Früchte tragen?«

»Kommt darauf an, wie alt er tatsächlich ist«, antwortete Ryan. »Der allererste Bramley-Apfelbaum – in Nottinghamshire – ist über zweihundert Jahre alt und trägt immer noch.«

»Sollte das hier wirklich der Baum auf dem Gemälde sein«, sagte Bette, »ist er also mindestens sechzig Jahre alt.«

»Das ist zu wenig«, wandte Nina ein. »Schau mal, er sieht doch schon auf dem Bild uralt aus.«

Cam beobachtete, wie Ryan ein weiteres Stück von dem angeschnittenen Apfel verzehrte. »Und, was meinst du? Hast du eine Idee, was für eine Sorte das sein könnte, wenn es ein Cider-Apfel ist?«

Ryan schüttelte den Kopf. »Nein, ich kenne die nicht. Ist auf jeden Fall keine von den gängigen Sorten.«

Plötzlich hörten sie einen lauten Ruf und fuhren erschrocken herum.

»Wo ist Allie?«, fragte Bette.

»Hier!« Der Ruf kam vom Ende des Gartens, und sie gingen alle zu der Felswand, wo sie Allie bei den Bienenalkoven vorfanden. »Entschuldigt bitte«, sagte sie etwas atemlos. »Aber ich konnte einfach nicht länger warten, nachdem ich gehört hatte, wie alt diese Bäume möglicherweise sind.«

Sie zeigte auf die Spitze einer der Felsnischen, worauf Barnaby sofort zu ihr stürzte, um alles fotografisch festzuhalten.

Die Archäologin wies auf etwas, das in den Fels geritzt zu sein schien, und Bette strich mit den Fingern darüber. Die Kerben waren mit Flechten bedeckt, aber dennoch erkennbar.

»Das ist die Fleur de Lys, die stilisierte Lilie mit den drei Blütenblättern, oder?«, sagte sie.

»Ganz genau«, bestätigte Allie mit leuchtenden Augen.

»Ich weiß nicht viel darüber«, sagte Bette. »Aber das Symbol hat irgendeine religiöse Bedeutung, nicht? Wegen der Dreiheit vielleicht?«

»Richtig«, bestätigte ihre Freundin.

»Hattest du damit gerechnet, das hier zu finden?«, erkundigte sich Nina.

»Ich hatte es vermutet, ja. Sogar gehofft«, antwortete Allie.

»Und warum? Was hat das zu bedeuten?«, fragte Nina weiter.

Allie holte tief Luft und betrachtete erneut die Felsnische. »Was ich euch jetzt gleich erzählen werde, ist bislang reine Spekulation«, begann sie. »Aber seit vielen Jahren wird nach den Überresten eines Klosters gesucht, das es irgendwo in dieser Region gegeben haben soll. Es wurde mit Beginn der Reformation in Schottland – die etwa 1560 hier einsetzte – wie so viele andere Klöster offenbar vollkommen zerstört, sodass man keine Spuren mehr fand.«

»Woher weiß man dann überhaupt von seiner Existenz?«, wollte Bette wissen.

»Aufgrund eines frühen Traktats über Bienenhaltung, verfasst von einem Mönch, der Bienen als einer der ersten Menschen systematisch erforschte. Es befand sich im Archiv der Universität von St. Andrews, bis es im neunzehnten Jahrhundert bei einer Auktion in Privatbesitz gelangte und neu gebunden wurde. In der Bibliothek dieses Anwesens wurde es vor einigen Jahrzehnten entdeckt.« Allie zeigte auf die Bienenalkoven. »Deshalb ist das hier so ein sensationeller Fund. Ich muss noch weiterrecherchieren, bin aber jetzt bereits sicher, dass dies die in dem Buch erwähnten Bienenalkoven sind. Was bedeutet, dass die Forschung dieses Mönchs über Lebenszyklus und -gewohnheiten von Honigbienen genau hier stattgefunden hat.«

»Wie hieß der Mann?«, fragte Bette.

»Bruder Alphonse«, antwortete Allie. »Er war Benediktinermönch, und über sein Leben ist wenig bekannt, obwohl man aus seinem Traktat schließen kann, dass er vermutlich Franzose war. Er wurde zum Apotheker ausgebildet, aber zu der Zeit vor seinem Tod, etwa 1560, als die Klöster zerstört wurden«, Allie hielt inne und atmete tief ein, bevor sie fortfuhr, »leitete er eine Kelterei, deren Cider als der beste von Schottland und vielleicht der gesamten Britischen Inseln galt.«

25

»Moment mal«, sagte Bette in die verblüffte Stille hinein. »Du willst doch nicht etwa behaupten, dass *dieser* Apfelhain der von damals sein könnte? Dass er aus dem sechzehnten Jahrhundert stammt? Wäre das überhaupt möglich?«

Statt einer Erwiderung sah Allie Ryan an. »Das ist dein Metier. Was denkst du?«

Er ließ den Blick über das Gelände schweifen und schaute auf den Apfel in seiner Hand, der von dem Baum aus dem Aquarell stammte. »Es gibt eine Art Legende unter Cider-Herstellern in der Region«, antwortete er. »Dass es irgendwo einen geheimen Hain mit Bäumen geben soll, die perfekte Äpfel hervorbringen.«

Barnaby nahm Ryan den Apfel aus der Hand und beäugte ihn kritisch. »Der sieht aber gar nicht perfekt aus«, bemerkte der Junge mit kindlichem Scharfsinn. »Der ist ganz knubbelig und hat eine komische Farbe. Sieht nicht mal wie ein Apfel aus. Jedenfalls nicht wie ein *richtiger*.«

Ryan lächelte. »Der perfekte Apfel, wenn man Cider machen möchte, muss nicht wie ein Bilderbuchapfel aussehen«, erklärte er. »Cider – oder für dich: ›unvergorener Apfelsaft‹ – besteht immer aus den Säften mehrerer Apfelsorten. In den Hainen werden mindestens zwei, häufiger drei bis vier Sorten angebaut. Grund dafür ist zum einen die Bestäubung. Zum anderen braucht man für Cider aber auch ein ausgewogenes Verhältnis von Süße und Säure. Würde man nur eine Sorte benutzen, hätte man sicher von einem Element zu viel, und das Ergebnis wäre nicht schmackhaft. Deshalb besteht die Herausforderung bei der Cider-Herstellung in diesem Mischungsverhältnis.« Ryan sah Barnaby an, der gespannt zuhörte. »Es sei denn, man hat wirklich die ›perfekte‹ Sorte, bei der Säure- und Zuckergehalt ideal ausgewogen sind. Aber solche Apfelsorten sind sowohl sehr selten als auch sehr anspruchsvoll in der Aufzucht. Sie reifen langsamer, tragen nicht verlässlich jedes Jahr Früchte und brauchen häufig besondere Umweltbedingungen.«

Bette sah ihn mit großen Augen an. »Denkst du etwa, dass wir hier diesen mythischen Apfelhain mit den perfekten Früchten gefunden haben? Aber kann das mit Allies Theorie übereinstimmen? Bäume, die seit fast fünfhundert Jahren existieren und außerdem mutmaßlich perfekte Äpfel hervorbringen?«

»Ja, das klingt sehr unwahrscheinlich«, räumte Ryan ein.

»Wenn es aber tatsächlich der Apfelhain von Bruder Alphonse ist«, bemerkte Allie, »hat er schon lange vor der Zerstörung des Klosters existiert. Die Bäume, die jetzt noch hier stehen, sind vermutlich keine fünfhundert Jahre alt, aber anhand des Gemäldes von Großmutter Crowdie können wir davon ausgehen, dass einige ein Jahrhundert alt oder sogar älter sein könnten. Außerdem weist der Zaun darauf hin, dass der Hain im neunzehnten Jahrhundert noch genutzt wurde. Wonach die jetzigen Bäume Kultursorten dieses historischen Apfelhains wären.«

»Aber wie können wir das überprüfen?«, fragte Nina.

»Indem wir sie mit Sorten von woandersher vergleichen?«

»Tja, sollte das hier wahrhaftig der Apfelhain aus der Legende sein«, antwortete Ryan, »gibt es eben auf der ganzen Welt keine Bäume dieser Art mehr.«

»Das denke ich auch«, bestätigte Allie. »So ein Hain wurde von den Mönchen sorgsam gehütet, da die Erträge vom Verkauf des Ciders ein wichtiges Einkommen waren. Wenn der Cider wirklich so köstlich war, wie die Legende besagt, dann umso mehr. Sie hätten niemals zugelassen, dass Pfropfreiser von den Bäumen genommen wurden, um anderswo Bäume zu veredeln. Sondern hüteten ihre Bäume wie einen Schatz.«

»Pfropfreiser?«, fragte Bette verwundert.

»Ja.« Ryan holte tief Luft. »Ich versuche, das mal zu erklären, ohne dabei die jahrtausendealte Geschichte des Apfelanbaus auszuführen. Jede existierende Apfelsorte ist eine Hybride und jeder Baum dieser Sorte ein Klon. Würdest du zum Beispiel einen neuen Apfelbaum mit der Sorte Golden Delicious haben wollen, dann würdest du nicht die Kerne von einem Apfel in die Erde setzen. Denn so hättest du keine Garantie, dass du diese Sorte auch wirklich bekommen würdest. Dabei käme vielleicht eher ein Wildapfel heraus, einer der Ahnen, oder eine Kombination aus dem Wildapfel und der angestrebten Sorte. Um absolut sicherzugehen, dass du deinen Golden Delicious bekommst, müsstest du von einem Baum dieser Sorte einen Ast abschneiden und auf einen anderen Baum oder einen schnell wachsenden Wurzelstock aufpfropfen. Nur damit hättest du die Garantie, dass du die angestrebte Sorte auch wirklich erhältst.«

»Und«, fügte Allie hinzu, »das wurde natürlich bei den Bäumen mit den perfekten Cider-Äpfeln strengstens untersagt. Wenn das wirklich der Apfelhain von Bruder Alphonse ist, dann blicken wir gerade auf die letzten existierenden Bäume einer Sorte, die schon von Anbeginn äußerst selten und kostbar war.«

Ein Schweigen trat ein, während alle diese Information verarbeiteten.

»Und wenn der Hain tatsächlich zum Kloster gehörte, erklärt dies die seltsame Lage an der Steilküste, oder?«, sagte Cam schließlich. »Hier ließ sich der Garten leicht überwachen. Oder geheim halten. Von uns hatte ihn ja zuvor auch niemand entdeckt.«

Allie nickte. »Ja, man kann sich gut vorstellen, dass man damals fürchtete, Früchte oder Äste könnten gestohlen werden. Und die Meeresluft tat wahrscheinlich ein Übriges, den Äpfeln ihren besonderen Geschmack zu verleihen. Bruder Alphonse schrieb an mehreren Stellen in seiner Abhandlung, dass die Bienen seine ›Salzäpfel‹ befruchtet hätten. Deshalb hätte man vielleicht an einem anderen Ort, weiter von der Nordsee entfernt, nicht einmal durch Veredelung den gleichen einmaligen Geschmack erreichen können.«

»Bruder Alphonse war ein Superheld«, äußerte Barnaby jetzt ehrfürchtig. »Das hier war sein Geheimversteck, und er hat die Äpfel vor den bösen Schurken geschützt.«

Allie lachte. »Weißt du, Superheld Seepocke, du hast vollkommen recht. Er trug sogar Kleidung, die ein bisschen wie ein Umhang mit Kapuze aussah – seine Mönchskutte.«

»Aber was hat das alles für uns zu bedeuten?«, fragte Bette, die zu erkennen versuchte, ob diese Erkenntnisse ihnen etwas einbringen konnten. »Offenkundig handelt es sich um eine phänomenale Geschichte, wenn ihr beide recht habt. Aber selbst wenn wir beweisen können, dass dies hier der Apfelhain aus der Legende ist – was dann? Letztlich haben wir nur ein paar halb tote Bäume und leere Bienenalkoven in einem Felsen vorzuweisen.«

»Das stimmt so nicht ganz«, wandte Allie ein. »Mich interessiert dieser versperrte Eingang. Im Gegensatz zu den anderen Alkoven ist dort der Torbogen verstärkt worden, was darauf verweist, dass man für sicheren Zutritt sorgen wollte. Ich würde gern wissen, wie weit man ins Innere der Felsformation gelangen kann. Wenn ihr erlaubt, würde ich mich damit genauer beschäftigen.«

Bette warf ihrer Schwester einen Blick zu und sah ihr an, dass sie beide das Gleiche dachten. Was konnte das schon schaden? Mit dem gegenwärtigen Informationsstand allein war ohnehin nichts anzufangen. »Klar«, sagte Bette. »Du hast völlig freie Hand.«

»Und was den Apfelhain angeht«, sagte Ryan, »wäre es für den Anfang sicher gut, erst einmal den Saft der Äpfel auf Säuregehalt, Zucker und Tannin zu testen. Das könnte ich übernehmen, falls ihr wollt, ich habe die gesamte Ausstattung dafür.«

»Ja, gern«, sagte Bette, sah aber wieder ihre Schwester an. »Wobei das letztlich Nina entscheiden muss, ich fliege am Montagnachmittag nach London zurück.«

»Finde ich gut, danke für das Angebot«, sagte Nina zu Ryan.

»Schön«, erwiderte er, während er Bette mit einem kleinen Lächeln ansah. »Ich kann nicht leugnen, dass ich sehr gespannt auf das Ergebnis bin.«

Sie streiften noch eine Weile durch den Apfelgarten, bevor sie sich auf den Rückweg machten. Bette blieb bei dem großen Felsen am Eingang stehen, während die anderen schon vorausgingen, und warf einen letzten Blick zurück, weil sie wusste, dass sie lange nicht mehr herkommen würde. Morgen würde sie alle Papiere sortieren müssen, die sie nach London mitnehmen wollte, und am Montag musste sie möglichst früh in Dundee sein, um die notwendigen Unterlagen bei der Bank einzureichen. Abends würde sie wieder in ihrer Wohnung in Wapping sein. Diese kleine Immobilie nahe der Themse schien ihr gerade Welten entfernt. Das umgebaute Lagerhausapartment mit seiner Stahl-Glas-Ziegel-Konstruktion, klar, sauber und übersichtlich, war das absolute Gegenteil zu dieser verwilderten Landschaft. Ihre Rückkehr auf die Crowdie-Farm war zwar schwieriger geraten, als Bette befürchtet hatte, hatte aber auch interessante Erlebnisse mit sich gebracht. Ihr war in dieser Woche klar geworden, dass sie eine stärkere Bindung an den

Ort ihrer Herkunft besaß, als sie vermutet hatte. Und den alten Apfelgarten jetzt mit so vielen ungeklärten Fragen zurückzulassen, hinterließ ein unbefriedigtes Gefühl in ihr.

»Bette?«

Sie drehte sich um. Ryan stand ein paar Schritte entfernt, hatte sie offenbar nicht stören wollen. Die anderen waren bereits außer Sichtweite, aber er hatte auf sie gewartet.

»Alles in Ordnung?«, fragte er.

»Ja.« Sein Schatten in der goldenen Nachmittagssonne reichte bis zu ihr. »Ich muss das alles nur noch verarbeiten, glaube ich. Danke, dass du hergekommen bist.«

Er lächelte leicht, blickte wieder zu den alten Bäumen hinüber. »Danke, dass ich kommen durfte. Ganz ehrlich … wenn sich herausstellt, dass dieser Ort tatsächlich der sagenumwobene Apfelhain ist, werden die Träume sämtlicher Cider-Hersteller wahr.«

»Wie bist du eigentlich zum Obstbaumexperten geworden?«, fragte Bette, plötzlich neugierig. »Wolltest du nicht Farmer werden?«

»Ja, wollte ich, aber dann haben ein paar Freunde und ich während des Studiums angefangen, Cider herzustellen, und sind buchstäblich auf den Geschmack gekommen.« Er schaute zu Boden. »War auch eine gute Ablenkung.«

Bette wandte den Blick ab.

»Wir haben eine eigene Kelterei gegründet, die von Anfang an sehr erfolgreich war«, fuhr er fort. »Vielleicht hast du den Namen sogar schon mal gehört. War eine Zeit lang recht populär. Applejacks?« Als Bette den Kopf schüttelte, sprach er weiter. »Na ja, wir haben sie vor ein paar Jahren an Stu's Brews verkauft, und danach habe ich mich entschlossen, Beratungsdienste für Obsterzeuger anzubieten. Ich dachte damals, das wäre besser vereinbar mit dem Familienleben.«

»Ach, du hast Familie?«

Nun wandte Ryan den Blick ab. »Meine Frau und ich hatten vor, Kinder zu bekommen, aber … na ja, um es kurz zu fassen: Es ist nichts daraus geworden.«

Er war also verheiratet. Bette rechnete damit, einen Stich im Herzen zu spüren, doch nichts dergleichen geschah. Sie wartete noch einen Moment, während Ryan sie jetzt ansah, empfand aber weder Schmerz noch Zorn. So war es nun mal gekommen, er war weitergezogen, und Bette merkte erleichtert, dass diese Feststellung ihr nichts mehr anhaben konnte. Ryan war einfach nur jemand, den sie von früher kannte.

»Tut mir leid«, sagte sie. »Dass es nicht geklappt hat, meine ich.«

Er schaute wieder zur Seite und nickte. »Jedenfalls hatte ich mich mit meiner Beratertätigkeit gut etabliert und sah keinen Grund, sie aufzugeben. Tatsächlich bin ich damit weitaus erfolgreicher, als ich zu hoffen gewagt hätte.«

»Das freut mich.« Bette holte tief Luft. »Ryan, es war schön, dich wiederzusehen und diese Chance zu bekommen, um …« Sie wollte eigentlich sagen, »reinen Tisch zu machen«, doch das traf es nicht ganz. Sie hatte all die Jahre erwartet, dass ein Wiedersehen mit ihm sie in ein emotionales Chaos stürzen würde, aber nun war das Gegenteil der Fall. Die lastende düstere Wolke, die so lange über den Erinnerungen an ihre Jugend gehangen hatte, war verschwunden. Das Monster unter dem Bett, vor dem sie sich immer gefürchtet hatte, war in Wirklichkeit nur ein Schatten gewesen.

Ryan verstand offenbar auch ohne Worte, was sie hatte sagen wollen, denn er lächelte jetzt breit.

»Ja«, sagte er. »Geht mir auch so. Es hat mich gefreut, dich wiederzusehen.«

26

Am Montagmorgen brach Bette zur gleichen Zeit nach Dundee auf wie Nina und Barnaby zur Schule.

»Mach dir keine Sorgen, Tante Bette«, sagte der Junge. »Ich mach von allem Fotos, damit du uns nicht so schlimm vermisst. Vor allem von den Hühnern.«

Bette lachte und umarmte ihren Neffen. »Vielen Dank, Superheld Seepocke. Das wäre ganz toll.«

Sie umarmte auch Nina, allerdings kürzer und deutlich unbeholfener, da zwischen den beiden Schwestern noch immer eine gewisse Distanz bestand. »Ich schreibe dir nach dem Banktermin gleich«, sagte Bette. »Und wenn ich wieder in London bin.«

Nina nickte. »Danke.«

Zwar würde Bette für ihren Zoom-Termin mit Spencer Coulthard noch einmal kurz auf die Farm zurückkehren, bevor sie zum Flughafen in Aberdeen fuhr, aber Nina wusste nicht, ob sie selbst dann wieder zu Hause sein würde, und so hatten sie sich bereits verabschiedet.

Bette winkte den beiden, als sie losfuhren, und machte sich ebenfalls auf den Weg. Als sie im Rückspiegel ihres

Mietwagens einen Blick auf ihr einstiges Elternhaus warf, hatte sie gemischte Gefühle. Die Farm fühlte sich mittlerweile mehr wie ihr Zuhause an als in so vielen Jahren ihres Lebens. Dennoch konnte sie eine gewisse Beklommenheit angesichts ihrer nächsten Schritte nicht verleugnen. Aber sie hatte in den letzten zwei Tagen alles immer wieder durchdacht und einfach keine andere Lösung gefunden. Es gab zu viele Gründe, warum es nicht infrage kam, die Farm von heute auf morgen zu verkaufen – und einer davon war nicht zuletzt ihre neu gewonnene Verbundenheit mit diesem Ort.

Es ging erstaunlich schnell, einen großen Teil ihres Lebens der Bank ihres Vaters zu überschreiben.

»Vielen Dank, Ms Crowdie«, sagte der Finanzberater. »Wir wissen Ihre Bemühungen um den Erhalt der Farm wirklich zu schätzen. Als Familienbank haben wir auch volles Verständnis für die Bewahrung von Tradition. Kontaktieren Sie uns gern, wenn es noch etwas zu besprechen gibt.«

Bette versuchte, ihre Ängste abzuschütteln, als sie auf die sonnenbeschienene Straße hinaustrat. Es war vollbracht. Drei Monate hatten Nina und sie Zeit, bis sich zeigen würde, ob ihre Unterschrift auf diesen Dokumenten ein folgenschwerer Fehler gewesen war. Und jetzt musste sie sich endlich wieder auf ihren Beruf konzentrieren. Ab morgen früh würde sie an ihrem Schreibtisch sitzen und sich auf die Fusion vorbereiten, die vermutlich heute bekannt gegeben würde. Das konnte schließlich der einzige Grund sein, warum Spencer Coulthard noch heute auf einem Gesprächstermin bestand.

Wieder auf der Farm, traf sie die letzten Vorbereitungen, um das Büro für den Call passend zu gestalten. Am Vorabend hatte sie einen neutralen grauen Vorhang als Hintergrund aufgehängt und die Beleuchtung überprüft. Bette nahm an, dass die Führungsebene der neuen Kanzlei anwesend sein würde, und wollte den bestmöglichen Eindruck machen. Zum ersten Mal, seit sie hier war, hatte sie ihr Haar geglättet und dezentes Make-up aufgetragen. Sie hatte das Kostüm angezogen, das sie bei ihrer Ankunft in Aberdeen getragen hatte, was ein halbes Leben zurückzuliegen schien.

Bette hatte keinerlei Vorahnung, dass etwas im Argen lag, bis der Sitzungsraum der Kanzlei auf dem Bildschirm erschien. Sämtliche bisherigen Partner und Partnerinnen waren anwesend, drei aus jeder Kanzlei. Damit hatte sie gerechnet. Doch dann begann Spencer Coulthard, der Mann, der sie als Praktikantin aufgenommen und seit damals immer unterstützt und gefördert hatte, mit gerunzelter Stirn zu sprechen.

»Bette«, sagte er in einem Tonfall, bei dem ihr der Schreck in die Glieder fuhr, »ich fürchte, wir haben etwas Schwieriges zu besprechen.«

Nach der Videokonferenz war Bette am Boden zerstört. Sie schaltete den Laptop aus, saß reglos da und starrte auf den dunklen Bildschirm. Hoffnungslosigkeit erfasste sie, und ihr wurde eiskalt vor Angst und Scham.

Entlassen.

Ein entsetzliches Wort. Bette hätte nie damit gerechnet,

dass sie jemals davon betroffen sein würde. Sie konnte überhaupt nicht begreifen, wie es so abrupt dazu hatte kommen können. Hatte sie nicht immer härter gearbeitet als alle anderen in der Kanzlei? Hatte sie nicht Mandanten an Land gezogen, die ausgesprochen zufrieden mit ihrer Arbeit gewesen waren? Arnold Locatelli zum Beispiel. Bette wusste, dass er schon zwei weitere Kanzleien beauftragt hatte, bevor er zu ihr kam. Dennoch befand sie sich jetzt in dieser schrecklichen Lage – offenbar überflüssig geworden, nicht nur als Partnerin, sondern sogar als Kollegin. Es hatte einige Erklärungen gegeben, und auch andere waren entlassen worden, aber Bette hatte kaum verstanden, was gesagt wurde, weil sie wie vom Blitz getroffen war. Wie war es möglich, dass sie nicht die geringste Vorahnung gehabt hatte?

Ihr war flau im Magen, und sie presste die Finger an die Lippen. Was sollte sie jetzt tun? Sie sah vor sich, wie sie heute Morgen die Dokumente unterschrieben und dem Finanzberater die Hand geschüttelt hatte. Neben der immens hohen Hypothek auf ihrer geliebten Wohnung in London trug sie nun auch die Verantwortung für die Farm – eine doppelte finanzielle Belastung, die sie nicht stemmen konnte. Sie hatte mit einer erheblichen Gehaltserhöhung gerechnet, nicht damit, sogar ihr bisher sicheres Einkommen zu verlieren. Zwar wurde ihr eine anständige Abfindung zugesagt, doch damit konnte sie gerade mal die Kosten für etwa drei Monate decken.

Die Vorstellung, gedemütigt bei einer anderen Kanzlei vorstellig zu werden, erfüllte sie mit Grauen. In Kürze würde die Nachricht über die Fusion und ihre Begleiterscheinungen öffentlich werden und sich wie ein Lauffeuer in der Branche verbreiten. Bette Crowdie, entlassen. Wer würde sie unter solchen Umständen einstellen wollen? Welche neuen Mandanten würde sie gewinnen können? Wer würde eine Scheidungsanwältin beauftragen, von der bekannt war, dass gleich zwei führende Kanzleien auf ihre Dienste verzichten wollten?

Es hat nichts mit dir persönlich zu tun, Bette, hatte Spencer gesagt. *Nur mit den Erfordernissen der Fusion.*

Doch wie konnte das sein?

Was sollte sie jetzt nur tun?

Bette stand so ruckartig auf, dass Berns betagter Bürostuhl ins Wanken geriet und beinahe umgefallen wäre. Sie musste raus hier, die Wände schienen näher zu rücken und sie zu erdrücken, als bräche die gesamte Farm zusammen und begrübe sie unter Schutt. Im Flur fühlte Bette sich verfolgt von den Blicken aller Vorfahren, denen es gelungen war, für das Wohlergehen der Farm zu sorgen, sie für die Crowdie-Familie zu erhalten. In der Küche schlüpfte Bette in Ninas Arbeitsstiefel, die sie seit ihrer Ankunft trug. *Nina.* Nur schnell weg hier. Bette hatte keine Ahnung, was sie ihrer Schwester sagen sollte. Dieses Gespräch stand noch bevor, und die Vorstellung war der reinste Horror. Draußen hastete Bette über den Hof, rannte beinahe über die Wiesen zu dem Pfad an der Steilküste. Nur ein Ort fiel ihr ein, an dem sie Zuflucht suchen konnte: der geheime Apfelgarten, wo niemand sie vermuten würde.

Die Sonne strahlte, als wollte sie Bette verhöhnen. Während sie den Weg hinunterstolperte und sich dem Hain näherte, hörte sie das gewohnte Kreischen der Möwen von den Klippen. Im Garten hastete sie durchs hohe Gras auf die Felswand am Ende zu, als könnte sie ihr Zuflucht vor allem gewähren. Erschöpft sank Bette auf die Bank, die vor langer Zeit jemand in den harten Fels gehauen hatte, schlug die Hände vors Gesicht und begann, hemmungslos zu schluchzen.

Entlassen.

Ihr Beruf war ihr *Leben*. War alles, was sie besaß. Sie hatte keine engeren Freunde, keinen Partner, nicht einmal eine Familie, der sie sich nahe fühlte. Sondern hatte sich ausschließlich ihrer Karriere gewidmet, weil sie erfolgreich, abgesichert und vor allem *anerkannt* hatte sein wollen. Bette hatte angestrebt, ein Mensch zu werden, mit dem sich niemand anlegen wollte. *Bette Crowdie, die beste Scheidungsanwältin. Auf sie ist Verlass.* Das war ihr Ziel gewesen, und sie hatte geglaubt, es erreicht zu haben. Doch jetzt …

»Bette?«

Erschrocken fuhr sie hoch, blickte tränenüberströmt auf.

Ein paar Meter entfernt stand Ryan, einen Korb mit Äpfeln in den Armen.

Bette versuchte, sich abzuwenden. Zweimal an einem Tag gedemütigt zu werden, war unerträglich. Doch Ryan stellte hastig den Korb ab, war in zwei Schritten bei ihr und ergriff ihre Hände.

»Bette, was ist passiert?«

Sie entzog sich seinem Griff und wischte sich mit dem Ärmel übers Gesicht. »Nichts. Alles in Ordnung.«

Ryan setzte sich zu ihr auf die Steinbank. »Das stimmt nicht. Was ist los? Du wolltest doch heute nach London zurückfliegen, oder nicht?«

Bei dieser Frage strömten die Tränen aufs Neue, was Bette nun auch noch wütend machte. Sie fühlte sich wie ein hilfloses Nervenbündel, und dass sie ausgerechnet vor Ryan die Fassung verlor, machte alles nur noch schlimmer. Hatte sie in all den Jahren gar nichts erreicht? Hatte sie so schwer geschuftet, nur um jetzt wieder am Ausgangspunkt angekommen zu sein?

Dieser Gedanke war auch keine Hilfe, und sie gab es auf, den Tränen Einhalt gebieten zu wollen. Ryan saß ruhig neben ihr, bis das Schlimmste überstanden war.

»Was auch passiert ist«, sagte er schließlich, »es muss doch irgendetwas geben, was ich für dich tun kann?«

Sie sah ihn an, diesen Fremden, mit dem sie früher einmal ihr Leben hatte verbringen wollen und der sie hintergangen hatte. »*Du?*«

Er zuckte leicht zusammen, sah sie aber unbeirrt an und sagte nur leise und eindringlich: »Bette.«

Sie blickte starr geradeaus auf die alten Bäume, die hier so lange Zeit überdauert hatten. Nur das Surren von Insekten und von fern das Rauschen der Wellen waren in der Stille zu hören.

»Ich habe alles verloren«, sagte Bette. Ihre eigene Stimme klang fremd in ihren Ohren. »Was noch nicht verloren ist, wird es in Kürze sein. Meine Wohnung in London, die Farm, meine Karriere. Alles weg.«

Sie berichtete knapp von dem Gespräch. Dass durch die

Fusion zu viele Partner in der Führungsriege gewesen wären, anders als ursprünglich geplant. Und Bette war nicht vor Ort gewesen, um ihre Position zu verteidigen, um den neuen Kollegen klarzumachen, warum sie unverzichtbar war. Der Dominoeffekt, ausgelöst durch Berns Tod, hatte sich auch dort ausgewirkt, und sie war nicht da gewesen, um ihn aufzuhalten.

»Bette.« Ryan ergriff erneut ihre Hand. »Das tut mir unendlich leid. Ich weiß, wie wichtig deine Karriere für dich ist.«

Sie sah ihn an, erschüttert über die Absurdität dieser Bemerkung angesichts ihrer beider Geschichte. »Ach ja?«, erwiderte sie nur.

Doch Ryan war anzusehen, dass er sie genau verstand. Statt ihre Hand loszulassen, drückte er sie.

»Schon vor all den Jahren warst du der klügste Mensch, den ich kannte«, sagte er. »Du warst geschaffen für großen Erfolg. Eine Überfliegerin, die so hoch und weit fliegen würde, dass keiner von uns mit dir mithalten könnte. Und dieser Mensch bist du immer noch. Du wirst eine andere Stelle finden, Bette, und eine andere Kanzlei wird sich glücklich schätzen, dich in ihren Reihen zu wissen.«

Bette erwiderte nichts. Ins Detail zu gehen, welche Auswirkungen ihr Scheitern hatte, würde zu sehr schmerzen. Selbst wenn Ryan recht hatte, würde sie nicht mehr das Gehalt bekommen, mit dem sie ihre Wohnung und die Farm zugleich erhalten konnte.

»Heute Morgen habe ich mich verpflichtet, die Zahlungsrückstände meines Vaters auszugleichen«, sagte sie. »Ich werde dieser Verpflichtung nicht mehr nachkommen können, wir werden alles verlieren. Ich werde Nina gestehen müssen, dass ich auf ganzer Linie versagt habe. Ich habe mich bemüht. Ich hatte geglaubt, es schaffen zu können. Aber zum Jahresende werden wir mit nichts dastehen. Wir müssen die Farm verkaufen, etwas anderes haben wir nicht mehr. Das wars.«

Ryan drückte erneut ihre Hand. »Vielleicht nicht«, sagte er.

Bette sah ihn an. Die Tränen waren endlich versiegt, aber jetzt fühlte sie sich derart ausgelaugt, als wäre alle Kraft aus ihr gewichen. »Was soll das heißen?«

Ryan richtete sich auf und ließ den Blick über den Apfelgarten schweifen. »Ich hätte da einen Vorschlag zu machen.«

27

Als Nina später mit Barnaby von der Schule zurückkam, fand sie zu ihrem maßlosen Erstaunen ihre Schwester am Küchentisch vor. Bette umklammerte eine Tasse und schaute auf, als ihr Neffe hereingeflitzt kam und sie überschwänglich begrüßte. Sie lächelte, war aber bleich und hatte gerötete Augen, als hätte sie lange geweint. Nina beschlich eine ungute Vorahnung.

Barnaby fiel ihr um den Hals. »Tante Bette! Was machst du denn noch hier?«

»Ich habe meinen Flug verpasst.« Bette umarmte den Jungen und warf Nina einen Blick zu. »Außerdem muss ich noch ein paar Sachen mit deiner Mum besprechen.«

»Super!«, rief Barnaby begeistert aus. »Dann kannst du mir ja doch helfen, meine Landkarte fertig zu machen. Wollen wir gleich anfangen?«

»Geh dich erst mal umziehen, mein Schatz«, sagte Nina.

Der Junge sauste hinaus, gefolgt vom getreuen Limpet, und polterte den Flur entlang. Als zu hören war, dass Barnaby die Treppe hinaufstapfte, ließ sich Nina ihrer Schwester gegenüber am Tisch nieder.

»Was ist passiert?«

Die Antwort blieb aus, und Nina wurde eiskalt.

»Bette? Ist mit der Bank doch was schiefgegangen? Aber du hattest mir geschrieben, dass …«

»Nein, nicht mit der Bank«, sagte Bette leise. »Ich habe meinen Job verloren, Nina. Das habe ich bei der Videokonferenz erfahren. Deshalb hatten die es so eilig. Weil sie mir mitteilen wollten, dass …«, sie schluckte schwer, »ich entlassen bin.«

»Oh Bette, das tut mir so leid«, sagte Nina erschrocken.

Ihre Schwester wandte den Blick ab, und zum ersten Mal in ihrem Leben sah Nina Tränen in Bettes Augen. Nina versuchte, sich auf Mitgefühl zu konzentrieren, sie wusste, was für ein furchtbarer Schock das sein musste. Dennoch schossen ihr andere Gedanken durch den Kopf. Was sollten sie jetzt tun? In drei Monaten würden sie … ohne Bettes Einkommen …

»Jedenfalls«, sagte Bette unvermittelt und wischte sich die Augen, »haben wir jetzt ein großes Thema zu bearbeiten. Im Moment haben wir noch kein Problem mit der Bank, aber das wird kommen.«

Nina rieb sich die Stirn. »Ja, klar. Aber … du findest sicher schnell eine neue Stelle, oder? Bei deinem guten Ruf nimmt dich bestimmt jede Kanzlei mit Kusshand.«

»Da bin ich mir nicht so sicher«, erwiderte Bette. »Selbst wenn, wäre mein Gehalt vermutlich nicht so hoch wie vorher. Ganz zu schweigen von der Summe, die ich als Vollpartnerin bekommen hätte.«

»Aber …«

»Bitte, Nina. Ich kann darüber jetzt nicht sprechen. Okay?«

»Okay. Worüber möchtest du dann reden?«

Bette trank einen Schluck Tee. »Ich habe heute mit Ryan gesprochen.«

»Mit Ryan?«, wiederholte Nina erstaunt.

Bette nickte. »Er war im Apfelgarten und hat das Fallobst aufgelesen. Da bin ich hingegangen, nachdem ...« Sie brach ab und schüttelte den Kopf, als wollte sie die Erinnerung loswerden. »Jedenfalls ... Er glaubt, dass er den Apfelgarten wieder zum Leben erwecken kann.«

Nina blinzelte, verblüfft über diesen absurden Themenwechsel. »Den *Apfelgarten*?«

Bette sah sie mit müden Augen an. »Er könnte Geld einbringen, Nina. Ziemlich viel sogar, denkt Ryan. Wenn sich herausstellt, dass dort tatsächlich diese ›perfekten Cider-Äpfel‹ gedeihen, könnte man ein gutes Geschäft damit machen, meint er. Auf lange Sicht sogar den gesamten Hain veräußern. Was ein vernünftiger Vorschlag ist, finde ich, denn das Gelände ist räumlich unabhängig vom Farmgrundstück. Wir müssten nur die Wegerechte klären und sie entweder mit dem Käufer teilen oder ebenfalls verkaufen. Die Farm könnte also weiterhin so betrieben werden wie seit jeher.«

Nina brauchte einen Moment, um diese Informationen zu verarbeiten. »Aber die meisten von den Apfelbäumen sind doch abgestorben, oder nicht? Und diejenigen, die noch Früchte tragen, werden langfristig keine heftigen Unwetter oder Winter überstehen.«

»Sehe ich auch so, aber Ryan meint, man kann sie retten. Oder zumindest neue Setzlinge aus den vorhandenen Bäumen heranzüchten.«

»Aber es dauert doch viele Jahre, bis ein Baum Früchte trägt. Und wir haben keinerlei Erfahrung mit Obstanbau.«

»Ryan bietet an, uns zu unterstützen. Er meint, selbst mit Pfropfreisern könnte man eine Menge Geld einnehmen. Die besten Zeiten für die Veredelung sind Spätsommer oder Herbst und Frühjahr. Aus dieser Sicht haben wir den Garten genau zum richtigen Zeitpunkt entdeckt.«

»Moment, Moment«, sagte Nina. »Ich komme nicht mehr recht mit, um ehrlich zu sein.«

Zu ihrem Erstaunen lächelte Bette jetzt ein wenig. »Ja, verständlich. Aber so wie Ryan mir das erklärt hat … Nina, wenn er recht hat, ist dieses eigenartige Stückchen Land an der Steilküste das Einzige von Wert, was wir besitzen.«

»Weißt du, ich bin normalerweise keine Skeptikerin«, sagte Nina langsam, »aber für mich klingt das alles äußerst unsicher.«

»Das ist mir bewusst. Aber welche anderen Optionen haben wir? Wir sollten es zumindest versuchen, oder?«

»Es geht doch auch darum, was wir für diesen Versuch erst mal investieren müssen«, wandte Nina ein. »Ich muss dir ja nicht sagen, dass die Kassen leer sind, und nach dieser Entwicklung heute …«

Bette nickte. »Ja, Ryan weiß das auch, deshalb bietet er an, uns kostenlos zu beraten. Während der Erntezeit arbeitet er ohnehin in Barton Mill auf dem Greville-Anwesen.

Die ganze restliche Zeit will er unserem Apfelgarten widmen.«

»Das ist sehr großzügig von ihm.«

»Ja, ist es.«

»Er weiß aber, dass wir nur drei Monate Zeit haben?«

Bette drehte die Tasse in den Händen. »Er weiß, was auf dem Spiel steht. Natürlich werden wir den Hain innerhalb so kurzer Zeit nicht komplett wiederherstellen können. Ryan meint aber, er könnte zumindest in den Zustand gebracht werden, dass er attraktiv für den Ankauf wäre. Wir können uns Edelreiser nehmen und neue Bäume damit züchten. Dann wäre der Garten für uns nicht ganz verloren.«

Nina lehnte sich zurück. Von oben war Getrampel wie von einer Elefantenherde zu vernehmen, Barnaby schien ein wildes Spiel für sich und Limpet erfunden zu haben. Sie dachte daran, wie gut es für ihren Sohn wäre, wenn er hierbleiben könnte, dem einzig verlässlichen Zuhause, das sie je gekannt hatte.

»Wir haben wohl keine andere Wahl, als den Versuch zu wagen, oder?«, sagte sie schließlich. »Wenn wir eventuell den Hain verkaufen können, dafür aber die Farm behalten … Und wenn Ryan meint, der Hain könne so viel wert sein, dass man die Hypothek abbezahlen könnte … Das wäre unsere Rettung.«

Bette nickte langsam. »Ja, wäre es. Wir haben keine andere Wahl. Aber ich habe Ryan gesagt, dass ich erst alles mit dir besprechen muss, bevor wir zusagen.«

»Was springt denn für ihn dabei heraus?«, fragte Nina

stirnrunzelnd. »Das ist eine Unmenge Arbeit, den Garten wieder auf Vordermann zu bringen. Das will er umsonst machen? Warum?«

»Ich glaube, er ist fasziniert von der Vorstellung, diesen verwahrlosten Apfelhain zu bewahren.« Bette ließ den Blick durch die Küche schweifen. »Stell dir vor, was das für Ryans Renommee bedeuten würde. Einen Ort, der seit Jahrhunderten nur noch eine Legende ist, wieder zum Leben zu erwecken. Aber ganz allein kann er das nicht schaffen, er hat ja seine eigene Arbeit.«

»Genau das macht mir Sorgen, Bette. Wir können uns keine zusätzlichen Arbeitskräfte leisten.«

»Ist mir klar. Wenn das für dich in Ordnung ist, würde ich deshalb vorerst hierbleiben und mit anpacken.«

Nina starrte ihre Schwester an. »Wie, du willst nicht zurück nach London?«

Bette zuckte mit den Schultern. »Ich kann nicht den erstbesten Job annehmen, der mir offeriert wird«, sagte sie. »Aus dem gleichen Grund, aus dem du nicht möchtest, dass sich der potenzielle Verkauf der Farm in der Region herumspricht. Das schadet dem Ruf. Ich darf auf keinen Fall bedürftig wirken. Sondern so, als könnte ich mir Zeit lassen, bevor ich mir etwas Passendes suche.«

»Ja, macht sich bestimmt gut im Lebenslauf, die Pause damit zu erklären, dass du dich um die Farm deines Vaters gekümmert hast.«

Bette verengte leicht die Augen, als versuchte sie, Ninas Aussage zu deuten. »Ich will aber nicht nur aus diesem Grund bleiben. Sondern mich nützlich machen. Vor allem jetzt, da der Apfelhain wirklich lebenswichtig für uns werden könnte.«

»Die Farm gehört dir ebenso wie mir«, sagte Nina. »Rechtlich betrachtet gegenwärtig sogar zu einem größeren Anteil, nicht?«

»So sehe ich das nicht«, erwiderte Bette. »Ich will dir nichts wegnehmen.«

»Das weiß ich.« Dennoch spürte Nina eine gewisse Bitterkeit in sich, als sie das aussprach.

28

»Ich weiß, das ist unfair und undankbar«, sagte Nina. »Ohne Bettes Einsatz wäre ich in einer viel schlimmeren Lage.«

Cam, der am Herd stand, schaute über die Schulter. »Aber ...?«

Nina seufzte. »Aber meine Schwester hat sich ihr gesamtes Erwachsenenleben nicht um die Farm geschert, und zwar wegen dem Typ, mit dem sie jetzt zusammenarbeiten will. Ich dagegen bin seit fünf Jahren hier und fühle mich wohl ... Ach, vergiss es. Ich rede Quatsch.«

»Kannst du gerne machen, so viel du willst«, erwiderte Cam. »Aber hilf mir mal, das Essen rüberzutragen. Es ist fertig.«

Nina nahm das Geschirrtuch von seiner Schulter, öffnete die Ofentür und holte eine der Schalen heraus, die darin gewärmt wurden. Sie war vorbeigekommen, um Cam auf den neuesten Stand zu bringen – und auch, um eine Weile ihr Haus zu verlassen. Es hatte weder Streit noch Missstimmung gegeben, aber noch vor einer Woche hatte Nina damit gerechnet, dass die Crowdie-Farm ihr gehören würde, dass Barnaby und sie endlich ein gesichertes Zuhause haben würden. Wie immens wichtig diese Vorstellung für sie gewesen war, wurde ihr erst bewusst, als sie nach Hause kam und Bette am Küchentisch vorfand. Nina würde Zeit brauchen, um sich an die neue Situation zu gewöhnen. Cam, einfühlsam, wie er war, hatte sofort verstanden, was vonnöten war, als Nina vor der Tür stand, und hatte Bier und Abendessen angeboten, weil er gerade dabei war, ein Curry zuzubereiten. Selbstverständlich galt das Angebot auch fürs geduldige Zuhören.

Nina hielt sich vor Augen, dass sie dieses Angebot nur annehmen konnte, weil Bette sich zu Hause um Barnaby kümmerte. *Denk an die Vorteile*, hörte Nina eine Stimme in sich sagen, die sich verdächtig nach ihrer Mutter anhörte.

Sie ließen sich am Küchentisch nieder. »Was irritiert dich denn so an dem Plan für den Apfelhain?«, fragte Cam, als sie zu essen begannen.

»Ich weiß nicht, ob mich etwas irritiert«, antwortete Nina. »Und selbst wenn … Wir haben nur diese eine Option, um die Schulden möglicherweise loszuwerden. Wenn das klappt, ist der Hain natürlich ein Geschenk des Himmels. Nein, ich glaube, ich habe eher Schwierigkeiten mit Bette.«

»Inwiefern?«

Nina versuchte, ihre verworrenen Gefühle klarer zu erkennen. »Na ja, sie ist im Grunde zeit meines Lebens für mich nicht präsent gewesen. Als ich klein war, wollte sie mich nicht in ihrer Nähe haben. Sie wurde immer wieder von unseren Eltern ermahnt, weil sie mich als ›lästige Göre‹ bezeichnet hat und mich nirgendwohin mitnehmen wollte.

Und nachdem sie ausgezogen war, blieb sie quasi spurlos verschwunden. Auch nach der Trennung unserer Eltern war sie nicht für mich da. Die sind zwar Freunde geblieben, aber trotzdem war das schwer zu verkraften für mich. Ich habe mich einsam gefühlt, und das wurde sogar noch schlimmer, je älter ich wurde.« Nina versank einen Moment in ihren Erinnerungen. »Ich habe eine echt schwere Zeit hinter mir und hatte niemanden, dem ich mich anvertrauen konnte. Mit neunzehn wurde ich schwanger, und Barney kam auf die Welt. Ich habe eben oft gedacht, wenn Bette Kontakt zu mir gehalten hätte, dann hätte sie mir bestimmt klargemacht, dass ich nicht mit Barneys Vater zusammenbleiben musste. Mum und Dad haben mir das natürlich gesagt. Aber weil Bette ja so unabhängig war und ohne unsere Eltern zurechtkam, dachte ich, bei mir müsste das genauso sein. Ich wollte nicht die unfähige kleine Schwester sein.« Nina seufzte. »Zu Barneys Geburt hat Bette mich nicht mal angerufen, nur eine Nachricht geschickt, mit einem Wort: ›Glückwunsch‹. Daher dachte ich immer, dass ich ihr vollkommen egal bin. Aber jetzt ist sie hier, vielleicht sogar für länger. Dabei ist sie eigentlich eine Fremde für mich. Die jetzt auch noch Macht über mein Leben und das meines Sohnes hat.«

Cam nickte verständnisvoll. »Ich kann mir gut vorstellen, wie schwierig diese Situation für dich ist.«

»Und das ist noch nicht alles«, fuhr Nina fort. »Ich war lange richtig wütend auf sie, Cam. Doch jetzt merke ich, dass sie eigentlich völlig anders ist, als ich die ganze Zeit geglaubt habe. Manchmal kommt sie schon noch überheblich und kühl rüber. Aber die Sache mit Ryan hat sie zutiefst erschüttert, und jetzt wirkt sie irgendwie … menschlicher auf mich. Das klingt seltsam, ich weiß, aber sie ist plötzlich so *verändert*. Und im Umgang mit Barney ist sie erstaunlich feinfühlig. Er ist richtig vernarrt in sie.«

Cam blieb eine Weile stumm, während er bedächtig kaute, und sagte schließlich: »›Erschüttert‹ trifft es gut, ich war ja dabei, als die beiden sich wiedergesehen haben. Für ihn gilt das übrigens auch. Es hat beide regelrecht umgehauen.«

Nina nickte. »Und plötzlich will sie nicht nach London zurück und mit ihm zusammenarbeiten.«

»Aber vielleicht hat das ja gar nichts mit Ryan zu tun«, gab Cam zu bedenken. »Vielleicht will sie sich wirklich einfach für die Farm engagieren.«

»Ja«, sagte Nina seufzend. »Vielleicht.«

»Meinst du, zwischen den beiden funkt noch irgendwas?«

»Zwischen Bette und Ryan?«, fragte Nina erstaunt.

»Ja. Ich meine, diese extreme Reaktion, als sie sich nach all der Zeit wiedergesehen haben, deutet doch darauf hin, dass da etwas mächtig Großes zwischen den beiden gewesen sein muss. Sie hatten immerhin vor zu heiraten, nicht wahr? Und dann sehen sie sich endlich wieder …«

»Nein«, sagte Nina entschieden. »Das kann ich mir wirklich nicht vorstellen. Ryan hat Bette betrogen und ihr das Herz gebrochen.«

»Ich weiß«, erwiderte Cam leise. »Aber das Herz ist nicht immer vernünftig, oder?«

Danach schwieg er und trank einen großen Schluck Bier. Nina beobachtete ihn und fragte sich, ob er aus Erfahrung sprach. Nach seiner Vergangenheit hatte Nina nie gefragt. Und Cam hatte sich nie dazu geäußert, weshalb er single und kinderlos war und die Bronagh-Farm ohne jeden Familienanschluss übernommen hatte. Sie wollte nicht nachhaken, überlegte aber, ob seine Äußerung ein Hinweis auf seine persönliche Geschichte war.

Er schaute auf und bemerkte, wie sie ihn beobachtete. Dennoch wandte Nina sich nicht ab, und auch Cam sah sie unverwandt an, studierte ihr Gesicht, bis sein Blick auf der Narbe oberhalb ihres Wangenknochens verweilte. Die Erinnerungen an jene schreckliche Situation damals versuchte Nina seit jeher zu verdrängen, doch ab und zu tauchte sie in ihren Albträumen auf.

»Die Vergangenheit kann eine schwere Bürde sein«, sagte Cam in die Stille hinein. »Und uns manchmal daran hindern voranzuschreiten, sosehr wir es uns auch wünschen.«

Seine Worte berührten Nina in ihrem tiefsten Inneren, und sie überlegte, ob Cam über sie oder über sich selbst sprach. Doch sie brachte nicht den Mut auf nachzufragen. Cam schien schließlich kein Problem mit dem Voranschreiten zu haben, es gab immerhin diverse Sallys, die kamen und gingen. Nina trank einen Schluck Bier, um Abstand zu schaffen zu der Richtung, in die sich dieses Gespräch zu bewegen schien.

»Meine Schwester hat sich jedenfalls immer vorwärtsbewegt«, sagte sie. »Seit Bette von zu Hause ausgezogen ist, hat sie nichts anderes getan. Ich glaube, sie kommt jetzt zum ersten Mal zum Stillstand.«

Cam nickte. »Den Job zu verlieren hat ihr den Boden unter den Füßen weggezogen, nicht? Vor allem so kurz nach dem Tod eures Vaters. Ich habe den Eindruck, dass ihr Beruf ihre größte Sicherheit im Leben war. In kürzester Zeit wurden ihr zwei wichtige Dinge genommen. Zusätzlich hat euer Vater ihr die Verantwortung aufgebürdet, euch beide aus dieser existenziellen Krise herauszubringen. Und zu allem Überfluss sieht sich Bette mit Ryan konfrontiert.«

Nina starrte nachdenklich in ihr Glas. Sie hatte ihre Schwester immer nur als unabhängige, willensstarke Senkrechtstarterin betrachtet, die sich natürlich auch im Nu eine neue Stelle besorgen konnte.

»Jetzt fühle ich mich wie ein schlechter Mensch«, beklagte sich Nina, nur halb scherzhaft.

Cam lachte. »Quatsch, natürlich bist du das nicht«, sagte er sanft. »Du hast selbst eine große Last zu tragen und trauerst noch um Bern. Und es ist nur allzu verständlich, dass die Kränkungen aus deiner Kindheit nicht leicht abzuschütteln sind.« Er hielt inne und sah Nina mitfühlend an. »Aber mit den Menschen, die uns am nächsten stehen, gehen wir häufig am gnadenlosesten um. Ihr seid nun mal Familie, auch wenn sich das gerade nicht so anfühlt. In schwierigen Zeiten hilft es manchmal, einen Schritt zurückzutreten und die Situation mit mehr Distanz zu betrachten. Einfach um die andere Person besser zu verstehen.«

»Ja«, sagte Nina seufzend. »Da hast du bestimmt recht.«

Cam leerte sein Glas und deutete auf ihres. »Auch noch eins?«

Nina merkte, dass sie nur zu gern den Rest des Abends mit Cam verbracht hätte. Und genau aus diesem Grund sollte sie das lieber unterlassen.

»Danke für das Angebot«, sagte sie. »Und fürs Essen, das war köstlich. Aber ich muss zurück, es ist Barnabys Bettzeit, was er Bette bestimmt nicht auf die Nase binden wird. Außerdem«, fügte sie mit schiefem Lächeln hinzu, »da du mir ja jetzt verdeutlicht hast, was für eine herzlose Kuh ich bin, sollte ich wohl besonders nett zu meiner Schwester sein.«

Cam lachte schallend, und Nina spürte wiederum den Wunsch, noch zu bleiben.

Als sie ins Haus kam, erwartete sie, Barnaby und Limpet auf dem Sofa vor dem Fernseher vorzufinden und Bette im Büro. Stattdessen hörte Nina von irgendwoher Stimmen, und als sie dem Geräusch folgte, fand sie die beiden in Barnabys Spielzimmer vor, über den Esstisch gebeugt. In weitem Umkreis waren bunte Papierschnipsel verstreut, sogar auf Limpet, der es sich unter dem Tisch bequem gemacht hatte.

»Hallo, ihr zwei«, sagte Nina. »Was macht ihr da?«

»Tante Bette hilft mir bei meinem Sommerprojekt«, erklärte Barnaby, während Nina näher trat und das Durcheinander beäugte. »Wir haben doch den Apfelgarten entdeckt, der muss mit drauf.«

Erst jetzt erinnerte sich Nina wieder an die Hausaufgabe, die Barnaby für die Sommerferien bekommen hatte – eine

Karte von dem Ort zu entwerfen, an dem man lebte. Bern hatte seinem Enkel dabei assistiert, eine große Collage vom gesamten Gelände der Crowdie-Farm anzufertigen. Die beiden hatten viel Spaß damit gehabt. Sie hatten Papierstücke in entsprechenden Farben ausgeschnitten, um Farmhaus, Scheunen, Weiden und das blaugrüne Meer darzustellen, und anschließend Details eingezeichnet. Das Ergebnis sah bezaubernd aus, und Nina hatte sich nicht zu ihrer Sorge geäußert, wie sie das Kunstwerk später in die Schule befördern sollte. Ein heftiges Schuldgefühl erfasste sie, weil sie das Projekt seit Berns Tod vergessen und sich nicht mehr danach erkundigt hatte.

»Das ist sehr lieb von Tante Bette«, sagte Nina. »Der Apfelgarten ist ja super gelungen, ich kann sogar den Zaun erkennen! Und das da sind die Bäume?«

Barnaby nickte. »Ja, die haben wir aus grünem Papier gemacht, weil sie dann so aussehen, wenn sie wieder gesund sind. Gleich machen wir noch ganz viele Äpfel. Es soll nämlich Sommer sein auf der Karte, haben Opa und ich beschlossen. Und im nächsten Sommer gibt es bestimmt ganz viele Äpfel!«

Nina legte die Hand auf den dichten dunklen Haarschopf ihres Sohnes. »Das ist ein toller Plan. Aber ihr müsst das trotzdem noch ein bisschen aufschieben, Schatz. Es ist nämlich schon deutlich nach deiner Bettzeit.«

»Fünf Minuten noch?«, fragte Barnaby bittend. »Ich versprech auch, dass ich dann ganz schnell mein Gesicht wasche und Zähne putze. Und Tante Bette kann mich ins Bett bringen.«

Überrascht warf Nina ihrer Schwester einen Blick zu und stellte fest, dass auch die erstaunt aussah.

»Also gut, fünf Minuten«, willigte Nina ein. »Aber dann muss es fix gehen, Superheld Seepocke.«

29

Als Erstes müsse man das hohe Gras im Apfelhain entfernen, hatte Ryan Bette erklärt. Das würde mühsam sein, da einige Bäume dicht zusammenstanden und der Boden uneben war. Am nächsten Morgen holte Bette den alten Benzinrasenmäher aus der Scheune und nahm ihn im Hof in Augenschein. Sie konnte sich nicht erinnern, ihn je benutzt zu haben, und hatte ohnehin keine Erfahrung mit Rasenmähen, da sie nie einen eigenen Garten besessen hatte. Während sie das Gerät zweifelnd betrachtete, rief Allie an.

»Meine Mum übernimmt diese Woche nachmittags den Laden, damit ich mich weiter um die Erforschung der Felsformation kümmern kann«, erklärte sie. »Würde es passen, wenn ich nachher vorbeikomme?«

»Klar«, antwortete Bette, das Handy am Ohr. »Ryan hilft später auch, sobald er mit der Arbeit auf dem Greville-Anwesen fertig ist. Ich will gleich im Garten mähen und kann nur hoffen, dass dieses uralte Gerät hier nicht hoffnungslos eingerostet ist.«

»Freut mich, dass ihr euch wieder versteht, Ryan und du«, sagte Allie. »Er war immer so ein netter Kerl.«

»Nicht *immer*«, betonte Bette.

»Hm«, machte Allie nur ausweichend.

»Wir fahren los!«, hörte Bette die Stimme ihrer Schwester, die mit Barnaby zum Auto eilte. »Sind schon spät dran für die Schule!«

»Bis später!« Bette winkte den beiden und sagte dann zu Allie: »Entschuldige. Sag mal, können wir später ausführlicher reden? Ich wollte gerade im Garten loslegen.«

Sie lud den Rasenmäher in den Kofferraum des Land Rovers, mitsamt einem Rechen, einer Thermosflasche Kaffee und einer Packung Kekse. Dann schaute sie zu Limpet hinüber, der traurig vor der Küchentür saß, weil sein Junge verschwunden war. »Hey, Limpet, möchtest du mitkommen?«

Der Collie spitzte die Ohren, kam angeflitzt und sprang auf den Beifahrersitz. Bette fuhr den Feldweg durch die Weiden entlang bis zum Ende, um zumindest diese Strecke einzusparen. Den Rasenmäher über den Zaun zu hieven würde allerdings eine Plage sein, und Bette fragte sich, ob man einen Zugang schaffen sollte.

Nachdem es ihr endlich gelungen war, das schwere Gerät ans Ende des Apfelgartens zu befördern, wo sie mit dem Mähen beginnen wollte, pausierte sie einen Moment und ließ die Atmosphäre des alten Gartens auf sich wirken. Mit einem Mal empfand Bette einen gewissen Stolz darauf, dass sie diejenige sein würde, die den ersten Schritt machte in einer Entwicklung, die womöglich die Zukunft der Crowdie-Farm sichern konnte. Limpet setzte sich neben sie und blickte fragend zu ihr hoch.

»Na dann, liebes Hündchen«, sagte Bette. »Los gehts.«

Sie wollte nahe der Felswand beginnen, weil der Boden dort ebener war und sie sich erst einmal an den Rasenmäher gewöhnen konnte. Doch auch hier ging es langsam voran, weil sie ständig Hindernisse aus dem Weg schaffen musste, hauptsächlich Geröll und Äste. Was sie an Fallobst fand, hob sie auf und legte es in den Korb, den Ryan auf die Steinbank gestellt hatte. Er hatte ihr gesagt, dass sämtliche Äpfel erst noch reifen sollten, bevor er mit dem Testen beginnen wolle. Limpet, der das Höllengetöse gar nicht zu schätzen schien, ließ sich neben dem Apfelkorb auf der Bank nieder.

Bette gelang es, vor der Felswand zwei Bahnen freizulegen. Danach schmerzten ihre Arme so infernalisch, dass sie sich ausruhen musste. Sie hievte den Apfelkorb auf den Boden und sank neben dem Collie auf die Bank, der sie mit seinen schokoladenbraunen Augen besorgt ansah. Liebevoll legte er seinen Kopf auf ihren Oberschenkel, und Bette streichelte das weiche schwarz-weiße Fell des Hundes, während sie sich ausruhte.

Beim nächsten Anlauf kam sie schon besser mit dem Gerät zurecht und bewältigte auch die schrägeren Teile des Geländes. Allerdings stellte sich heraus, dass man direkt unter den Bäumen das hohe Gras von Hand entfernen musste. Während einer kurzen Mittagspause gelang es Bette, in der Scheune eine Grassense aufzustöbern. Auf dem Rückweg beschloss sie, dass es tatsächlich eine große Hilfe sein würde, einen Teil des Zauns zu entfernen, wenn man mehrfach am Tag den Weg in den Apfelgarten bewältigen musste.

Sie senste gerade vorsichtig unter dem »Großmutterbaum«, wie sie ihn jetzt nannte, weil Jean Crowdie ihn vor
sechzig Jahren so detailliert porträtiert hatte, als sie Allies
Stimme hinter sich hörte.

»Hey, das sieht ja schon gut aus hier!«

Bette richtete sich auf, als die Freundin zu ihr trat, und
sie betrachteten gemeinsam das Ergebnis der schweißtrei-
benden Arbeit. Die von Unkraut und Gräsern befreiten
Bäume wirkten schon weniger gebrechlich, als könnten sie
sich jetzt strecken und mit neuer Kraft ausdehnen. Ohne
das grüne Dickicht konnte man sich ihnen mühelos nä-
hern und deutlicher erkennen, welche von ihnen Früchte
trugen. Bette fühlte sich beflügelt von ihren Erfolgen, obwohl ihr alle Muskeln wehtaten und sie so nass geschwitzt
und erschöpft war wie nicht einmal nach einem ausgiebi-
gen Training im Fitnessstudio.

»Wunderbar, dass ich jetzt hier sein kann«, sagte Allie.
»Ich will nämlich keine Zeit verlieren. Dieser Fund ist so
verheißungsvoll, ich will noch vor dem Winter möglichst
viel herausfinden. Keine Sorge, ich werde dich nicht stören.«

»Ich freue mich drauf, dich bei der Arbeit zu erleben«,
erwiderte Bette lächelnd. »Auf der Bank findest du Kekse
und eine Thermosflasche mit Kaffee. Aber lass dich nicht
von Limpet anbetteln. Ich weiß, dass der keinen Süßkram
kriegen soll.«

»Wird gemacht. Und morgen bringe ich den Kaffee mit.«

Bette setzte ihre Arbeit fort. Limpet erschien immer wieder an ihrer Seite, sah eine Weile zu und durchstreifte dann

weiter interessiert schnüffelnd das Gelände. Als Bette gerade einem besonders dichten Gestrüpp unter einem Baum mit der Sense zu Leibe rückte und sich nach einem frischen Barista-Kaffee sehnte, kam der Hund zu ihr, bellte einmal und sah sie auffordernd an, die Ohren gespitzt.

»Was ist los?«

Limpet drehte sich im Kreis, bellte erneut und begann, in einer höheren Tonlage zu jaulen. Dabei legte er den Kopf schief und starrte Bette an, als müsste sie wissen, was er von ihr wollte.

»Also, was möchtest du von …«, begann sie, aber dann kam ihr ein Gedanke. Sie warf einen Blick auf ihre Uhr und stellte fest, dass es halb vier war. »Ah! Unser Superheld Seepocke kommt nach Hause, oder? Und du willst ihn empfangen?«

Der Hund bellte wieder und hopste auf und ab. Bette hatte keine Lust, den nächsten anstrengenden Marsch zu absolvieren.

»Du weißt, wie du nach Hause kommst, oder? Lauf, Limpet. Lauf zur Farm!«

Das ließ sich der Hund nicht zweimal sagen. In gestrecktem Galopp sauste er durch den Garten und verschwand auf dem Pfad. Bette lächelte, froh, dass ihr Neffe so einen treuen Gefährten an seiner Seite hatte.

Als Ryan um kurz nach fünf Uhr erschien, früher, als sie erwartet hatte, manövrierte er eine schwer beladene Schubkarre am Zaun entlang, wo Bette mittlerweile einen Streifen freigelegt hatte.

»Hi!« Sie stellte den Rasenmäher aus, und in diesem Moment wurde ihr bewusst, wie verschwitzt und erledigt sie wohl aussah, während Ryan wie immer eine Augenweide war. »Was ist denn das da?« Sie zeigte auf die Schubkarre.

»Hey.« Ryan, den ihr Zustand offenbar ungerührt ließ, lächelte sie an. »Eine Apfelstiege. Wir brauchen noch einen Schuppen dafür, aber so ein Gestell hatte ich gerade übrig, deshalb habe ich es mitgebracht. Das Fallobst muss schonend gelagert werden.« Er sah sich um. »Wow, du hast ja schon viel geschafft!«

Bette folgte seinem Blick. »Ja, oder? Ist allerdings echt anstrengend. Und ich bin auch total aus der Übung«, fügte sie bedauernd hinzu und rieb ihre Schulter, die sich sehr verspannt anfühlte. »Ich bin eindeutig keine Farmarbeit mehr gewohnt, zu viele Jahre am Schreibtisch. Da verknöchert man.«

»Das wäre aber für jeden schwer«, versicherte ihr Ryan, »vor allem im Alleingang. Komm, ich lös dich ab. Ich habe etwa eine Stunde Zeit. Geh ruhig nach Hause und ruh dich aus.«

»Ich kann dich hier nicht allein schuften lassen, wo du nicht mal Geld dafür haben willst«, erwiderte Bette. »Aber die Ablösung nehme ich dankend an. Ich glaube, meine alten Knochen vertragen heute kein weiteres Gerüttel mehr.«

»Alt?« Ryans Augen funkelten amüsiert. »Das soll wohl ein Witz sein. Ich finde, du bist keinen Tag gealtert, siehst immer noch genauso aus wie damals. Von den Haaren abgesehen natürlich.« Er betrachtete sie einen Moment. »Beth Crowdie mit kürzeren Haaren. Steht dir gut, aber in all den

Jahren hatte ich mir nie vorgestellt, dass du deine Frisur verändern würdest.«

Bette wusste nicht, was sie darauf erwidern sollte. Warum hatte er denn überhaupt an sie gedacht? Sie wandte den Blick ab und fragte sich, was seine Frau wohl von dieser Bemerkung halten würde.

»Entschuldige«, sagte Ryan hastig, »ich wollte nicht …«

»Kein Problem. Ich werde dann mal …« Bette machte eine vage Geste in Richtung der Bäume und eilte davon, um nach der Sense zu suchen, die sie irgendwo abgelegt hatte.

Während Ryan mähte und ein Gespräch dankenswerterweise wegen des Lärms unmöglich war, klaubte Bette Äste auf und stapelte sie neben der Schubkarre mit der Apfelstiege. Man könnte damit ein Lagerfeuer machen, überlegte sie und fragte sich, ob Barnaby wohl schon einmal Marshmallows am Stock geröstet hatte. Früher hatten sie das manchmal am Strand gemacht. Eine Sommernacht fiel ihr wieder ein, in der sie mit Allie, einigen von den jungen Erntehelfern und Ryan am Lagerfeuer gesessen hatten. Damals waren sie noch kein Paar gewesen, aber Bette erinnerte sich plötzlich an die magnetische Anziehung, die sie empfunden hatte, wenn sie Ryan ansah, an die sehnsüchtige Hoffnung, dass er sie so intensiv wahrnehmen würde wie sie ihn.

Und später dann war es so.

Die Erinnerung daran, dass sie sich in jener Nacht unter dem samtschwarzen Himmel zum ersten Mal geküsst hatten, durchzuckte sie, und sie spürte fast körperlich diese wilde jugendliche Leidenschaft von damals. Während das rote Licht der Flammen auf ihren Gesichtern spielte, hatte sie mit Allie über etwas gelacht und plötzlich gemerkt, dass Ryan sich neben ihr niederließ. Sie begannen, sich lebhaft zu unterhalten, Zeit existierte nicht mehr, und Allie setzte sich taktvoll zu jemand anderem, weil sie wusste, wie sehr Bette in Ryan verliebt war. *Ich gehe ein bisschen spazieren*, hatte er schließlich gesagt und Sand von seinen verwaschenen Jeans gewischt. *Möchte das Red Castle im Mondlicht sehen.* Bette hatte sich ein Herz gefasst und gesagt: *Ich komme mit.* Schon nach ein paar Schritten hatte Ryan ihre Hand ergriffen und kurz darauf gesagt: *Du bist das schönste Mädchen, dem ich jemals begegnet bin, Beth Crowdie.*

Heute wusste sie, dass das nur eine Floskel gewesen war. Aber damals, im Mondlicht unter den Sternen, waren ihr die Knie weich geworden, und sie hatte gemerkt, wie überwältigend ihre Gefühle für Ryan waren. Sogar noch bevor er sie dann an sich zog und küsste und murmelte: *Das wollte ich schon tun, seit ich dich zum ersten Mal gesehen habe*, als wären sie Figuren in einem Film mit Happy End. Denn damals war sie zu jung gewesen, um zu wissen, dass es im wirklichen Leben keine Happy Ends gibt.

Mit diesen Erinnerungen war sie noch beschäftigt, als der Rasenmäher hinter ihr verstummte und abrupt Stille eintrat. Bette zuckte zusammen, und als sie sich zu Ryan umdrehte, konnte sie einen Moment lang nicht fassen, dass sie nicht noch immer am nächtlichen Strand war.

»Tut mir leid, aber ich muss los«, erklärte Ryan. »Ich habe noch einen Termin.«

»Alles gut.« Bette legte den Armvoll Äste ab und trat zu

ihm. »Ich höre auch auf. Wollte Allie nämlich auf einen Drink ins Darling einladen, aber in diesem Zustand bekomme ich bestimmt Lokalverbot. Vorher ist definitiv eine Dusche fällig.«

Ryan lachte, dann schien ihm ein Gedanke zu kommen. »Moment mal – hast du da nicht ohnehin *immer noch* Lokalverbot?«

»Wie bitte?«

»Doch, genau!« Er sah sie mit großen Augen an, als sich die Erinnerung an eine Eskapade einstellte, an die Bette seit damals nicht mehr gedacht hatte. »Du *und* Allie. Wegen diesem Streich mit der Dartscheibe auf dem Herrenklo an Heiligabend …«

»Keine Ahnung, was du meinst«, wehrte Bette mit verlegenem Lachen ab, weil sie diesen albernen Streich lieber vergessen wollte. »Das muss eine von deinen anderen Freundinnen gewesen sein.«

Was sie da geäußert hatte, merkte sie erst, als es schon zu spät war. Bette hatte es in dem gleichen neckischen Tonfall wie Ryan sagen wollen, aber eine gewisse Schärfe hatte sich wohl eingeschlichen. Sein Lächeln erstarb, und er wandte den Blick ab. »Nein, das stimmt nicht«, sagte er leise. »Es gab immer nur dich, Beth Crowdie.«

Bette stockte der Atem, aber bevor sie fragen konnte, wie Ryan das meinte, hörten sie einen Ruf, und Allie kam auf sie zu.

»Dachte mir doch, dass ich Stimmen gehört habe«, sagte sie fröhlich, als sie zu ihnen trat, zögerte aber dann. »Oh … Entschuldigung … Störe ich?«

Bette lächelte, um ihre Verwirrung zu überspielen. »Nein, nein. Wir haben nur gerade besprochen, was hier als Nächstes nötig ist. Sag mal, hättest du Lust auf einen Drink im Dorf?«

»Das«, antwortete Allie mit Nachdruck, »ist eine großartige Idee. Ich bin am Verdursten. Kommst du auch mit, Ryan?«

»Nein«, sagte er. Bette merkte, dass sie ihn nicht ansehen konnte. »Nein, ich habe noch was vor. Viel Spaß euch beiden. Und lasst die Finger von der Dartscheibe, ja?«

30

Obwohl der Pub am frühen Abend schon gut gefüllt war, gelang es Allie, einen Tisch am Fenster zu ergattern. Die Sonne ging gerade unter, und goldgelbes Licht fiel herein. Draußen donnerten die Wogen so heftig an die Kaimauer, dass Gischt in die Luft spritzte.

»Auf die Früchte der Arbeit!« Allie prostete Bette zu, als sie das Bier gebracht hatte. »Wortspiel ist Absicht.«

»Ja, ein Anfang ist gemacht«, sagte Bette. »Wie lief es bei dir? Ich hätte mal kommen und schauen sollen, entschuldige.« Sie hatte sich durch Ryans Anwesenheit und ihren seltsamen Dialog zu sehr ablenken lassen.

Allie schüttelte den Kopf. »Nicht nötig, da ist ohnehin noch kaum was zu sehen. Ich hoffe, dass ich einen dieser großen Steine am Eingang so weit lockern kann, dass man sehen kann, was sich dahinter befindet. Wird dauern. Ich muss vorsichtig sein, um nichts zu beschädigen.«

»Das ist bestimmt bei archäologischer Arbeit immer so, oder nicht?«

»Ja. Und ich war lange nicht mehr in der Feldforschung.« Allie trank einen Schluck. »Aber es macht Spaß, und ich hoffe, dass ich durch die Arbeit das Gefühl loswerde, eine gebrechliche alte Dame zu sein.«

»Gebrechlich?« Bette lachte. »Du spinnst ja wohl!«

»Weiß nicht«, erwiderte Allie wehmütig. »Vielleicht liegt es daran, dass du wieder hier bist, Bette. Du hast dich kein bisschen verändert, aber alle anderen von uns …« Sie zuckte mit den Schultern.

Bette schaute auf ihr Glas. »Ryan hat sich nicht verändert.«

»Das stimmt«, pflichtete Allie ihr bei. »Und ich muss sagen, euch beide zusammen zu erleben fühlt sich an, als wäre ich in eine Zeitschleife geraten.«

Erneut dachte Bette an Ryans Bemerkung und überlegte kurz, ob sie mit ihrer Freundin darüber sprechen sollte. *Es gab immer nur dich, Beth Crowdie.* Doch dann entschloss sich Bette dagegen. Es war unsinnig, in der Vergangenheit herumzuwühlen. Sie hatte ein eigenes Leben, und Ryan war verheiratet. Bloß keine schlafenden Hunde wecken.

»Ach, ich wollte dich was fragen«, sagte Allie unvermittelt und holte ihr Handy heraus.

Bette beugte sich vor und schaute auf ein Foto, das Allie ihr zeigte.

»Der Zaun ist jetzt besser zu erkennen, nachdem das ganze Gestrüpp weg ist«, sagte Allie und vergrößerte das Bild, das sie von den verschnörkelten Verzierungen in dem schmiedeeisernen Zaun gemacht hatte. »Ich habe mir die Initialen genauer angesehen und glaube, dass es sich nicht um ein C, sondern um ein G handelt. Was meinst du?«

Allie hatte eine Stelle fotografiert, die weniger rostig war als die anderen, sodass man die Buchstaben deutlicher erkennen konnte.

»Ja, sieht ganz so aus«, bestätigte Bette. »Was auch besser passt, da die Eigentumsurkunde damals von einem George Crowdie unterschrieben wurde. Aber mir ist immer noch rätselhaft, für wen das O stehen soll.«

»Hast du inzwischen dieses Buch finden können?«, fragte Allie.

»Das Tagebuch? Nein. Wieso? Siehst du da eine Verbindung zu den Initialen?«

Allie verzog das Gesicht, während sie auf das Foto starrte. »Möglich wäre es. Aber vielleicht spielt mir mein Gedächtnis auch nur einen Streich. Ich wünschte, ich könnte diesen Text noch einmal lesen.«

»Ich glaube, das können wir vergessen«, erwiderte Bette. »Nina meint, dass unser Vater in den letzten Jahren haufenweise alte Sachen weggegeben hat, vor allem vom Dachboden. Das Buch ist wahrscheinlich in irgendeiner Kiste fürs Auktionshaus gelandet.«

»Aber dieses Buch könnte eine Goldgrube für uns sein«, sagte Allie nachdenklich. »Vielleicht haben wir Glück, und es ist auf Umwegen in ein Archiv oder eine Privatbibliothek gelangt. So bin ich auf das Manuskript von Bruder Alphonse gestoßen. Es wurde versteigert und von einem Archiv angekauft, das auf solche Themen spezialisiert ist.«

»Das halte ich für ziemlich unwahrscheinlich«, erwiderte Bette zweifelnd. »Außerdem kann es doch sein, dass wir uns irren. Vielleicht war das nur ein Kitschroman, den Dad später zum Feuermachen benutzt hat.«

»Das glaube ich nicht«, widersprach Allie. »Wir haben damals geglaubt, es sei eine erfundene Geschichte. Allmählich frage ich mich, ob es vielleicht sogar ein *echtes* Tagebuch war. Blöderweise kann ich mich an kaum etwas erinnern, nicht mal an den Namen der Person, die es geschrieben hatte. Wenn du dich trotzdem an Archive wenden willst, kann ich dir eine Liste zusammenstellen.«

»Na ja, probieren können wir's ja«, sagte Bette schulterzuckend.

Dann unterhielten sie sich über andere Themen, aber am nächsten Morgen drängte sich Ryans Bemerkung wieder in Bettes Kopf. Trotzdem war sie froh, Allie nichts davon erzählt zu haben. Es war doch reine Zeitverschwendung, weiter darüber nachzudenken. Ryan konnte damit lediglich gemeint haben, dass es *damals* nur sie für ihn gegeben hatte. Was vermutlich stimmte, denn sie waren glücklich zusammen gewesen. Erst nachdem Bette weggezogen war, hatte er offenbar beschlossen, nicht allein sein zu wollen. Sie musste diese Lebensphase jetzt einfach loslassen, sie hinter sich bringen, schließlich lag sie eine Ewigkeit zurück, sagte sich Bette.

Eine ganze Woche schwere Arbeit war nötig, um die Apfelbäume komplett vom Unterholz zu befreien. Bette verbrachte so viel Zeit wie möglich im Apfelgarten und schlief so gut wie nie zuvor in ihrem Leben, weil sie abends völlig erledigt war. Trotz seiner vielen Termine kam Ryan jeden Tag vorbei und half ihr. Nach der merkwürdigen Stimmung bei ihrem letzten Gespräch vermieden beide private Themen und gingen so höflich-distanziert miteinander um, als hätten sie nicht früher einmal vorgehabt, ihr ganzes Leben zusammen zu verbringen.

»Ich hätte da einen Vorschlag«, verkündete Ryan am Ende der Woche, als sie beide zufrieden das Ergebnis ihrer Arbeit betrachteten. »Als Nächstes müssten mehrere Bäume gefällt werden, die eindeutig abgestorben sind. Keine Aufgabe, die man allein macht, aber ich kenne jemanden, der sich damit auskennt. Ich bin auf dem Greville-Anwesen zurzeit dafür eingestellt, dem jüngsten Sohn, Lucas, alles über Obstbaumanbau beizubringen. Er möchte eigenen Cider produzieren. Was hältst du davon, wenn ich ihn frage, ob er uns aushilft? Er wird gerade in Forstwirtschaft ausgebildet und kann mit einer Kettensäge umgehen.«

Bette runzelte die Stirn. »Das muss ich erst mit Nina besprechen. Ich weiß nicht, was wir ihm bezahlen könnten. Ein Greville wird bestimmt nicht zum Mindestlohn arbeiten wollen.«

»Ich kann ihn sicher überreden, das umsonst zu machen«, erklärte Ryan. »Er muss ohnehin Erfahrungen sammeln, und das könnte er hier tun. Wenn du das nicht möchtest, schaue ich mich anderweitig um. Aber ein weiterer Vorteil wäre, dass Lucas eine eigene Kettensäge hat, das wäre dann auch kostenlos.«

»Klingt nicht schlecht«, sagte Bette. »Obwohl … Wie ist er denn so im Umgang? Früher galten die Grevilles nicht einmal als angenehme Nachbarn, von ihrem schlechten Ruf als Vermieter oder Arbeitgeber ganz zu schweigen.«

»Na ja, er kann manchmal ein arroganter Schnösel sein«, gestand Ryan. »Ich glaube, seine Eltern haben ziemlich Mühe mit ihm. Aber er ist erst achtzehn, und ich muss sagen, dass er sich für sein Cider-Projekt echt ins Zeug legt. Er will das unbedingt schaffen, deshalb habe ich den Auftrag auch angenommen. Und ich denke, dass es noch aus einem anderen Grund nützlich wäre, ihn hier zu beschäftigen. Wenn ihr nämlich schnell einen Käufer für den Hain braucht, wäre er eine gute Option. Die Familie hat Geld, und Lucas will in der Region den Markt erobern. Würde ihm sicher zusagen, wenn er sich als Besitzer des legendären Apfelhains ausgeben könnte.«

»Sofern wir beweisen können, dass er es wirklich ist«, wandte Bette ein.

Ryan nickte. »Und noch was: Auf dem Anwesen gibt es einen zerlegten Schuppen, der ohnehin verbrannt werden soll. Der Verwalter würde mir den bestimmt überlassen. Ist ein altes Ding, aber vollständig, denke ich. Wenn wir den hier aufbauen, haben wir einen perfekten Ort, um Äpfel zu lagern und reifen zu lassen.«

Bette stützte die Hände in die Hüften. »Gut, danke. Ich rede mit Nina wegen Lucas, kann mir aber nicht vorstellen, dass sie was einzuwenden hat. Wir können uns das gar nicht leisten, auf kostenlose Unterstützung zu verzichten – falls Lucas tatsächlich einwilligt.«

»Ich frage ihn zeitnah. Er hat bestimmt Lust darauf.«

»Wirst du ihm sagen, dass wir eventuell in nicht allzu ferner Zeit verkaufen wollen? Wäre vielleicht nicht schlecht, seine Reaktion zu sehen. Falls er kein Interesse hat, würde ich mich schon mal nach anderen potenziellen Käufern umsehen.«

Ryan überlegte einen Moment und schüttelte dann den Kopf. »Damit sollten wir lieber noch warten, denke ich. Wenn Lucas nämlich erst mal ordentlich für den Apfelgarten geschuftet hat, wird er bestimmt nicht wollen, dass von seiner Arbeit ein anderer Cider-Hersteller profitiert. Falls sich der Hain wirklich als Erfolg versprechend erweist.«

»Leuchtet mir ein«, pflichtete Bette ihm bei. »Dann warten wir noch mal ab und hoffen, dass der junge Mann in der Zwischenzeit nicht seine Bankkonten plündert.«

31

»Sieht schon ganz anders aus, oder?«, bemerkte Nina, als Cam und sie am frühen Abend den Garten betraten.

Der August neigte sich dem Ende entgegen, und die Sonne ging gerade unter. Die bizarren Schatten der Bäume fielen auf das frisch gemähte Gras, und vom Meer waren sanftes Wellenrauschen und das Kreischen der Seevögel zu hören. Barnaby, in vollem Superheldenkostüm, marschierte in Begleitung von Limpet voraus. Die beiden erinnerten Nina an den Cartoon *Calvin und Hobbes* – zwei Freunde, die gemeinsam Abenteuer erlebten. Superheld Seepocke hatte gelobt, sich vom Zaun fernzuhalten, wollte aber unbedingt sämtliche Apfelbäume zählen.

»Ja, der Garten wirkt völlig verändert«, sagte Cam, während sie, ungehindert von Gras und Gestrüpp, zwischen den Bäumen umherspazierten. »Jetzt würde man gar nicht mehr glauben, wie verwahrlost er vorher war, oder? Und Allie hat etwas Interessantes entdeckt, sagst du?«

»Ja, Bette hat mir vorhin ein Bild geschickt. Allie ist es gelungen, einen der Steine aus dem zugeschütteten Eingang zu entfernen. Dahinter befindet sich wohl ein größerer Raum, als sie erwartet hat. Lass uns das mal anschauen.«

Barnaby kam angeflitzt und verkündete atemlos: »Hab die Bäume gezählt, Mummy. Sind alle noch da.«

»Prima.« Nina fragte sich, ob ihr Sohn wohl glaubte, dass jemand sich klammheimlich einen gemopst und in die Hosentasche gesteckt hatte. »Komm, wir wollen mal schauen, was Allie an der Felswand entdeckt hat.«

Dort gab es allerdings nichts Spektakuläres zu sehen außer der entstandenen Lücke in der Steinaufschüttung. Den entfernten Stein hatte Allie in den Bienenalkoven daneben gelegt.

»Sie braucht einen Tisch für ihre Funde«, bemerkte Cam. »So was sieht man immer in Fernsehsendungen über Archäologie.«

»Aber ob ein Stein aus einer Aufschüttung schon ein ›Fund‹ ist?«, erwiderte Nina zweifelnd und stellte sich auf Zehenspitzen, um durch die Öffnung zu spähen. »Allie hatte jedenfalls recht. Dahinter ist tatsächlich irgendein Hohlraum.«

Cam beugte sich auch vor, um hineinzuschauen, und ihre Schultern berührten sich. Nina roch den Duft seines Aftershaves in der weichen Sommerluft. »Stimmt«, sagte Cam. »Aber man kann nicht erkennen, wie groß der ist.«

»Kann ich auch gucken?«, bat Barnaby.

»Na klar«, sagte Cam. »Komm her, Bursche, ich heb dich hoch.« Er stemmte den Jungen so weit in die Höhe, dass er in das Loch schauen konnte.

»Wow«, sagte Barnaby staunend. Seine Stimme hallte

von den Wänden wider. »Das war ganz sicher das Geheimversteck von Bruder Alphonse!«

Nina lachte. »Na, so geheim wohl nicht, den Eingang konnte doch jeder sehen.«

»Manche Geheimnisse sind so geheim, dass sie nicht geheim wirken«, sagte ihr Sohn ernsthaft, als Cam ihn wieder absetzte. »Komm, Limpet, wir schauen nach dem Baum von meiner Urgroßmutter!« Er sauste los, und der Hund trabte hinterher.

»Ein kleiner Philosoph«, bemerkte Cam und wandte sich dann wieder der Felswand zu. »Was meinst du, wie wird Allie weiter vorgehen? Will sie alle Steine entfernen?«

Nina stellte sich wieder auf Zehenspitzen und spähte in die Öffnung. »Kommt wahrscheinlich darauf an, wie viel Zeit sie hat, denke ich mir. Sie hat eine ganze Woche gebraucht, um den hier herauszulösen. Und vielleicht ist das auch gar nicht nötig. Mit einer Kamera könnte sie im Inneren wahrscheinlich schon filmen, oder?«

Cam beugte sich erneut vor, und diesmal ließ er seine Hand auf ihrem Rücken ruhen. Nina spürte Cams Wärme hinter sich, und einen Moment lang war sie versucht, sich an ihn zu lehnen. Doch sie rührte sich nicht, und auch Cam blieb reglos. Beide schwiegen, und Nina fragte sich, ob nur sie diese Anziehung spürte oder ob es Cam genauso ging. Sie wollte sich nicht mehr von ihm wegbewegen, nur näher zu ihm hin.

»Ja«, sagte er nach einer Weile. »Eine GoPro oder so was, mit Licht. Wäre total interessant zu erfahren, wie es da drin aussieht.«

Er ließ seine Hand sinken, und der Zauber verflog, als Cam sich abwandte. Nina nahm sich vor, sich ihre Enttäuschung nicht anmerken zu lassen.

»Als ich Bette gestern zufällig getroffen habe, meinte sie, Ryan wolle einen Schuppen aufbauen?«, fragte Cam. Er steckte die Hände in die Hosentaschen und ließ den Blick übers Gelände schweifen.

»Ja.« Nina schluckte, versuchte, ihre Verlegenheit abzuschütteln, weil sie sich idiotisch vorkam. Cam hatte eindeutig nichts von ihrer Anwandlung bemerkt. »Ryan und dieser Lucas Greville bringen ihn später mit. Ich glaube, sie wollen ihn am Eingang aufbauen, um dort die Äpfel zu lagern.«

»Echt beeindruckend, was Bette und er in kurzer Zeit geleistet haben«, sagte Cam. »Sieht mittlerweile wie ein echter Apfelhain aus, nicht?«

Nina nickte langsam. Das Gelände war kein verwildertes Stück Land mehr, und sie spürte das Potenzial, das in dem Garten schlummerte. Seit Nina von der enormen Verschuldung der Crowdie-Farm erfahren hatte, war sie von einer Resignation verfolgt worden, gegen die auch die Entdeckung des Gartens und Bettes damit verbundene Hoffnungen nichts hatten ausrichten können. Nina hatte sie eher als lachhaft unrealistisch empfunden. Wer würde denn schon Geld ausgeben wollen für einen verwahrlosten Streifen Land an einer Steilküste? Doch jetzt, mit neuem Blick, spürte auch sie einen Anflug von Hoffnung. Vielleicht war dieser Vorschlag von Ryan, wirklich nur den Hain zu verkaufen, gar nicht so verrückt.

Sie schwieg so lange, dass Cam sie prüfend ansah. »Hey, alles gut? Du scheinst gerade kilometerweit entfernt zu sein …«

»Entschuldige«, sagte Nina. »Ach, ich habe einfach so große Angst, die Farm aufgeben zu müssen, Cam. Uns einen anderen Ort suchen zu müssen, wohin Barnaby womöglich nicht einmal Limpet mitnehmen kann. Für einen Hund braucht man Platz, und ich kann mir nichts leisten. Ohne die Farm habe ich kein Einkommen, keine Arbeit, kein Zuhause mehr. Seit ich von den Schulden erfahren habe, hängt das über mir wie ein Damoklesschwert. Als Bette mir von Ryans Plan erzählt hat, konnte ich mir nicht vorstellen, dass wir für den Garten jemals genug Geld bekommen könnten, um auf der Farm zu bleiben. Aber jetzt …« Sie blinzelte, weil ihr Tränen in die Augen traten. »So wie er jetzt aussieht … finde ich es gar nicht mehr so unwahrscheinlich. Vielleicht gibt es wirklich eine Chance. Vielleicht können Barney und ich wirklich bleiben.«

Cam legte ihr die Hand auf den Arm und sagte leise: »Ich hoffe es sehr. Ich möchte mir gar nicht vorstellen, dass ihr nicht mehr meine Nachbarn seid. Dass ich dich nicht täglich sehen kann.«

Nina blickte zu ihm auf. Die Abendsonne tauchte den Garten in rotgoldenes Licht, und in dieser verzauberten Stimmung schien es beinahe, als wären sie beide schon immer hier gewesen, als wären sie Teil dieses geheimnisvollen alten Gartens. Sie standen dicht zusammen. Cam schien ihr tief in die Augen zu schauen, und Ninas Herz schlug schneller, aber sie sagte sich, dass sie sich das bestimmt nur einbildete wegen des magischen Lichts. Doch Cams Hand ruhte noch immer auf ihrem Arm so wie kurz zuvor auf ihrem Rücken.

Plötzlich durchbrach ein lautes aggressives Surren die Stille. Im ersten Moment dachte Nina, es sei ein Bienenschwarm, doch dann merkte sie, dass der Lärm vom Meer nahte.

»Was ist das?«, fragte sie erschrocken, während das Dröhnen immer lauter wurde.

»Ich weiß nicht …« Während beide danach Ausschau hielten, kam in der Luft ein schwarzes spinnenartiges Fluggerät in Sicht, in dem sie eine Kameralinse erkennen konnten, als es sich näherte. »Eine *Drohne*? *Hier?*«

Barnaby und Limpet kamen angesprintet und schauten nach oben auf den lärmenden Eindringling, der jetzt über ihnen in der Luft verweilte und herunterzustarren schien.

»Was macht das hier?«, fragte Barnaby ängstlich. »Sucht das nach uns?«

Nina zog ihren Sohn an sich und legte ihm den Arm um die Schultern. »Das glaube ich nicht. Wahrscheinlich nur Leute, die sich die Steilküste ansehen wollen.«

Cam trat zum Zaun und blickte hinunter aufs Meer. »Da ist ein Boot, von dort aus ist die Drohne gestartet. Ein Filmteam vielleicht, das Landschaftsaufnahmen macht. Der Sonnenuntergang ist ja wirklich wunderschön.«

Die Drohne entfernte sich, und als Nina mit Barnaby an den Zaun trat, sah sie, dass das Boot dem Fluggerät entlang der Steilküste folgte, weit genug von den gefährlichen Klippen im Wasser entfernt. Nach und nach wurde das aufdringliche Geräusch leiser. Barnaby schauderte, und Nina streichelte ihm den Kopf.

»Das blöde Ding ist jetzt weg«, sagte sie beruhigend. »Komm, Zeit fürs Abendessen«, fügte sie hinzu, denn die Dämmerung setzte bereits ein. »Los, Limpet, zeig uns den Weg.«

Der Hund trabte voran, und sie folgten ihm. Barnaby schien seine Bedrücktheit abzuschütteln und rannte hinter Limpet her.

Cam und sie stiegen allein den steilen Weg hinauf, beide schweigend. Nina dachte darüber nach, ob sie sich diesen intensiven Blick von Cam eingebildet hatte, weil sie einsam war und deshalb etwas falsch gedeutet hatte. Aber sie wusste nicht, wie sie das herausfinden könnte.

Als sie sich am Weidegatter trennten, lächelte Cam sie so herzlich an wie immer und sagte leise: »Bis morgen.« Und Nina war nicht sicher, ob sie einen ernsthafteren Unterton als sonst in seiner Stimme hörte.

Während des Abendessens sah Barnaby die ganze Zeit aus, als dächte er angestrengt nach. Womit er beschäftigt war, erfuhr Nina erst, als sie ihn aufforderte, sich bettfertig zu machen.

»Mummy, ich werd von jetzt an auf dem Dachboden schlafen«, verkündete der Junge. »Wie Tante Bette früher. Ich hab das schon eine ganze Weile überlegt. Ist vernünftig.«

Nina war durchaus nicht dieser Meinung. »Ich weiß nicht, ob das eine gute Idee ist, Schatz«, wandte sie ein. »Was ist, wenn du nachts mal aufs Klo musst? Dann fällst du vielleicht die Leiter runter. Und der arme Limpet, dem wird es doch fehlen, in deinem Bett zu schlafen, oder?«

»Der kann sie raufklettern, die Sprossen sind breit genug«, erklärte Barnaby.

»Was?«, sagte Nina fassungslos. »Ausgeschlossen. Hunde können doch keine Leitern raufkraxeln.«

»Limpet schon«, widersprach Barnaby. »Wir haben geübt.«

»Das stimmt«, bestätigte Bette, die gerade hereinkam und aufs Weinregal zusteuerte. »Ich habe die beiden heute Nachmittag beobachtet. Echt imposant.«

»Limpet ist ein enorm kluger Hund«, sagte der Junge stolz. »Also, darf ich jetzt da oben schlafen, Mummy? Tante Bette hat das auch immer gemacht, hat sie mir erzählt.«

Bette nickte. »Ja, und ich habe es geliebt. Ich habe sogar richtig gut geschlafen da oben. Selbst als ich jetzt die ersten Nächte …« Sie verstummte, als sie Ninas warnenden Blick bemerkte, und hob die Hände. »Entschuldige.«

»Du erlaubst es mir doch, oder? Bitte!«, bettelte Barnaby.

»Aber warum willst du das denn?«, fragte Nina. »In deinem Zimmer hast du doch alles genau so, wie du es magst – deine ganzen Comics und deine Leselampe. Das kannst du nicht alles da hochschleppen.«

Der Junge sah ernst aus. »Vom Dachboden aus kann man am besten Ausschau halten«, antwortete er. »Falls Schurken kommen und etwas aus dem Apfelgarten stehlen wollen.«

»Schurken?«, wiederholte Nina erstaunt. »Wieso das

denn?« Dann dämmerte ihr die Antwort. »Es ist wegen dieser Drohne, oder, Barney? Aber deshalb musst du dir wirklich keine Sorgen machen. Da wollte jemand nur den schönen Sonnenuntergang filmen. Die kommt nicht wieder, ganz bestimmt nicht.«

»Welche Drohne?«, fragte Bette.

»Kein Anlass zur Beunruhigung«, sagte Nina und schilderte, was sie zuvor beobachtet hatten. »Das Ding war eben schrecklich laut, ist aber kein Grund für einen Einsatz von Superheld Seepocke.«

Der Junge sah immer noch besorgt aus. »Aber wir müssen den Apfelgarten beschützen«, wandte er ein. »Das würde Bruder Alphonse von uns erwarten. Er hatte ein Geheimversteck dort an diesem geheimen Ort, und wir brauchen auch eines.«

Nina trat zu ihrem Sohn und küsste ihn auf den Kopf. »Ich halte es wirklich nicht für eine gute Idee, dass du auf dem Dachboden übernachtest, wenn du am nächsten Tag Schule hast. Aber wenn du das am Wochenende immer noch möchtest, kannst du es dann mal ausprobieren, wie wäre das?«

»Na gut«, sagte Barnaby seufzend. »Ich geh jetzt Zähne putzen.«

»Das ist prima.«

Als er hinaussauste, warf Nina ihrer Schwester einen finsteren Blick zu.

»Was?«, sagte Bette schulterzuckend. »Mir hat das nie geschadet.«

»Da wäre ich mir mal nicht so sicher«, entgegnete Nina.

32

Am Freitagnachmittag beendete Nina gerade ihren Mittagsimbiss am Küchentisch, als sie aus den Augenwinkeln jemanden vor dem Fenster vorbeigehen sah. Sie erwartete, dass die Person an der Hintertür erscheinen würde, die wie meistens einen Spalt offen stand. Als jedoch Minuten später niemand aufgetaucht war, ging sie nach draußen, um nach dem Verbleib der Person zu forschen. Und entdeckte einen jungen Mann, der neugierig den Traktor beäugte, der vor dem offenen Scheunentor stand.

Der Mann kehrte ihr den Rücken zu und bemerkte sie nicht, bis sie sagte: »Wer sind Sie? Und was machen Sie hier?«

»Großer Gott!« Erschrocken fuhr er herum. Er hatte rotblondes Haar, an den Seiten kurz geschnitten, eine Stupsnase und blaue Augen unter Brauen, die aussahen, als seien sie permanent hochgezogen. Der cremeweiße Pullover und die teuer wirkende Jeans, die er trug, waren zweifellos Designerkleidung, die es weit und breit nirgendwo zu kaufen gab, nicht einmal in Dundee. »Ich dachte, niemand wäre hier. Sie haben mir echt einen Schrecken eingejagt.«

Nina entging nicht, dass er sich mit keinem Wort entschuldigte. Dass er davon ausgegangen war, hier allein zu sein, versetzte sie in Alarmzustand. Diebe auf der Farm fehlten ihnen gerade noch.

»Das ist ein Privatgrundstück«, sagte sie schroff. »Was haben Sie hier zu suchen?«

»Ich arbeite hier«, antwortete er. »Mit Ryan, in dem Apfelhain unten. Ich bin Lucas. Lucas Greville.«

»Ach so«, sagte Nina erleichtert. »Ich bin Nina Crowdie. Mir gehört der Hain.«

»Ah ja, die *Besitzerin*.«

Der Unterton gefiel Nina gar nicht – was schwang da mit? Amüsement? Ungläubigkeit? Es klang jedenfalls herablassend. Wer zur Familie Greville gehörte, die in der Region so viel Land besaß, fand ein Grundstück wie das der Crowdies vielleicht läppisch. Nina missfiel dieser junge Mann außerordentlich, und sie hätte ihn am liebsten des Geländes verwiesen. Aber er arbeitete schließlich umsonst für sie, und sie konnten es sich nicht erlauben, einem geschenkten Gaul ins Maul zu schauen.

»Kann ich irgendwie behilflich sein?«, fragte sie mit Blick auf den Traktor.

»Wir müssen sehr viel Holz transportieren«, antwortete Lucas. »Ich hatte nur überlegt, ob es eine einfachere Methode gibt, als es den Hang raufzuschleppen. Aber es ist wohl unmöglich, einen Traktor dort runterzuschaffen, oder? Nicht einmal ein Quad.«

Nina fand diese Erklärung äußerst merkwürdig, da er sich die Antwort selbst geben konnte. »Müsst ihr das Holz denn transportieren? Könnt ihr es nicht einfach verbrennen? Oder sogar von den Klippen werfen?«

Er deutete mit einer angeberischen Geste auf sie, Daumen hochgereckt, Zeigefinger ausgestreckt, mit der er junge Mädchen wahrscheinlich beeindrucken konnte. Nina fand dieses Benehmen lächerlich und unsympathisch. Es erinnerte sie unangenehm an Barnabys Vater, der auch sehr charmant hatte sein können, wenn er etwas wollte. »Das wäre eine Idee ... Wie war dein Name gleich wieder?«

»Nina. Und du bist ... Luke, oder?«

Das Lächeln verblasste etwas. Er war es sicher nicht gewohnt, dass jemand *seinen* Namen vergaß. Nina fiel der Begriff *Hauptdarsteller-Syndrom* ein, dem sie unlängst irgendwo begegnet war. Auf diesen aufgeblasenen Angeber traf der mit Sicherheit zu.

»Lucas«, sagte er knapp, und dann: »Ich gehe mal wieder zurück.«

Nina sah ihm nach, wie er an der Scheune vorbeischlenderte und auf den Feldweg einbog.

»Ich kann diesen Typ nicht leiden«, sagte sie später zu Bette.

Barnaby blieb zum Essen bei einem Freund, weshalb Nina nach dem Abendmelken in den Apfelgarten gegangen war. Bette verbrachte dort inzwischen den größten Teil des Tages, und tatsächlich war sie noch immer dort, obwohl Ryan und sein Helfer schon Feierabend gemacht hatten. Die beiden Männer hatten neben dem großen Felsen am Eingang zum Garten den Schuppen aufgebaut, der zwar schon bessere Tage gesehen hatte, ihnen aber noch gute

Dienste leisten konnte. Der Abend war niederschlagsfrei, und Bette beeilte sich, den Schuppen zu streichen, bevor die Sonne unterging. Nina hatte sich auch einen Pinsel genommen, und so strichen die beiden Schwestern nun Seite an Seite eine Holzwand, als ereigne sich so etwas täglich in ihrem Leben.

»Es kam mir vor, als schnüffelte er auf dem Hof herum«, berichtete Nina. »Und er benahm sich, als hätte er jedes Recht dazu, sich dort aufzuhalten.«

»Na, hat er ja auch«, erwiderte ihre Schwester. »Wir haben ihn eingeladen. Ryan jedenfalls. Und Lucas unterstützt uns kostenlos, Nina. Den Schuppen hat er auch spendiert. So was hätten wir uns sonst kaufen müssen.«

»Ich weiß, ich weiß.« Nina seufzte. »Aber hat der Typ deshalb das Recht, auf der Farm herumzuspionieren? Ich bin ziemlich sicher, dass er vorher schon in der Scheune war. Und dass er anscheinend dachte, niemand wäre zu Hause, finde ich unheimlich.«

»Tut mir leid, dass er sich derart verhalten hat«, sagte Bette. »Aber stehlen wollte Lucas sicher nichts. Wir besitzen doch nichts, was ein Greville sich nicht zigfach leisten könnte. Er wollte wahrscheinlich nur mal gucken, wie das niedere Volk so lebt.«

»Möglich«, räumte Nina mit einem kleinen Lachen ein. Natürlich war ihr Verdacht absurd. Bestimmt wollte Lucas Greville nicht mit ihrem uralten Traktor das Weite suchen, der an diesem Morgen wieder einmal kaum angesprungen war. »Hat vermutlich noch nie eine so alte Maschine gesehen, die noch funktioniert.«

Bette schmunzelte. »Genau. Dachte sicher, er wäre in ein Museum geraten.«

Eine Zeit lang strichen sie in entspanntem Schweigen weiter, und nur das Rascheln des Laubs und das Säuseln der Abendbrise waren zu vernehmen.

»Ich rede mal mit Ryan darüber«, äußerte Bette nach einer Weile. »Ich sage ihm, er soll Lucas im Auge behalten. Und dass er nicht auf der Farm herumschnüffeln soll.«

»Nein, lass mal«, sagte Nina seufzend. »Muss nicht zu einem großen Thema gemacht werden. Ich bin bestimmt nur paranoid.«

Nachdem sie fertig waren, traten sie einen Schritt zurück und bewunderten das Ergebnis ihrer Arbeit. Mit dem Anstrich wirkte der Schuppen schon deutlich weniger schäbig.

»Was liegt als Nächstes an?«, erkundigte sich Nina.

»Ryan hat mir die Anleitung zum Aufbau der Apfelstiege geschickt, die er uns ausleiht. Vielleicht hat Superheld Seepocke Lust, mir morgen Vormittag beim Aufbau zu helfen?«

»Das findet er garantiert spitze«, sagte Nina. »Falls er nachts überhaupt ein Auge zutut allerdings. Heute will er nämlich auf dem Dachboden schlafen. Hat mich dauernd damit gepiesackt.«

Bette lachte. »Er wirds genießen.«

»Bestimmt. Aber ich werde vermutlich eine schlaflose Nacht haben vor Angst, dass er aufwacht, nicht weiß, wo er ist, und durch die Luke fällt.«

»Ich werde auch auf ihn achten«, versprach Bette. »Außerdem weißt du doch, dass Limpet auf ihn aufpasst. Er soll dem Hund sagen, dass er zur Sicherheit vor der Luke schlafen soll.«

»Gute Idee. Kommt Ryan am Wochenende eigentlich?«

»Ja. Sie haben heute die Bäume markiert, die gefällt werden müssen, und wollen das am Sonntag machen. Ist wohl etwa die Hälfte, die wegmuss.«

Nina versuchte, sich vorzustellen, wie der Hain danach aussehen würde. »Das wird aber ein ziemlicher Kahlschlag, oder?«

»Anfänglich bestimmt«, bestätigte Bette, »aber mit etwas Glück funktioniert das Veredeln gut, und die Setzlinge, die als Ersatz dienen sollen, gedeihen schnell. Ryan meint, in fünf Jahren könnte der Garten ausgesprochen ertragreich sein.«

»Das klingt nicht schlecht«, sagte Nina etwas zögernd. »Aber den Saft hat Ryan noch nicht getestet, oder?«

»Nein, die Äpfel müssen noch eine Weile reifen, meint Ryan. Wir werden sie ernten, sobald sie so weit sind.« Bette sah plötzlich betreten aus. »Ich müsste noch etwas mit dir besprechen.«

»Ja?« Nina versuchte sich innerlich zu wappnen. Gab es neue Schreckensnachrichten?

»Es hat nichts mit der Farm zu tun«, begann Bette. »Zumindest nicht direkt. Es geht um meine Wohnung in London. Ich habe mir überlegt, dass ich sie am besten vorerst vermieten sollte. Im Moment kostet sie mich nur Geld, und ich möchte meine Abfindung und meine Ersparnisse nicht angreifen, um die Hypothekenraten zu bezahlen, damit mehr für die Farm übrig bleibt. Die Wohnung ist attraktiv und in einer begehrten Lage, es dürfte nicht schwer sein, Mieter zu finden.«

»Ah, okay«, sagte Nina langsam. »Ich … hatte gedacht, du würdest so schnell wie möglich zurückwollen.«

»Will ich auch. Aber falls der Plan mit dem Apfelhain nicht funktioniert …«

»Ja«, sagte Nina seufzend. »Nebenausgaben und so.«

»Hättest du etwas dagegen, wenn ich erst mal noch hierbleiben würde?«, fragte Bette. »Nicht unbegrenzt, aber wenn ich die Wohnung vermieten will, sollte ich mindestens ein halbes Jahr anbieten.«

Nina lächelte ihre Schwester an. »Natürlich habe ich nichts dagegen. Das ist genauso dein Haus wie meines, Bette.« Und das war aufrichtig gemeint. Seit ihrem Gespräch mit Cam hatte sich Ninas Haltung verändert. Für den Rest ihres Lebens mit ihrer Schwester zusammenzuleben stand nicht oben auf ihrer Wunschliste, aber es hatte sich auch nicht als so schwierig erwiesen wie befürchtet. Immerhin hatte es bislang beiderseits keine Mordversuche gegeben, wie Nina anfänglich prognostiziert hatte. »Du bist herzlich willkommen, so lange zu bleiben, wie du möchtest.«

Bette lächelte auch. »Danke. Ich muss erst mal nach London, meine Sachen packen und eine Maklerfirma mit der Vermietung beauftragen. Was auch den Vorteil hat, dass ich endlich wieder meine eigenen Kleider habe. Schließlich kann ich mir nicht ewig Klamotten von meiner kleinen Schwester borgen, oder?«

33

Bettes Erfahrungen mit Lucas Greville waren nicht ganz so unangenehm wie die ihrer Schwester, aber sie konnte Ninas Abneigung nachvollziehen. Bei der ersten Begegnung hatte Lucas sich derart abweisend verhalten, als wäre Bettes Anwesenheit überflüssig. Dass er eine der Besitzerinnen des Apfelhains vor sich hatte, schien ihm gleichgültig zu sein. Sie hatte dieses Benehmen auf seine Jugend und seine privilegierte Herkunft zurückgeführt. Ryan brachte der junge Mann jedoch sichtlich mehr Respekt entgegen, weshalb Bette ihm eine gewisse Frauenfeindlichkeit unterstellte. Was ihr jedoch zur Genüge bekannt und vollkommen gleichgültig war, ihr Selbstvertrauen nahm deshalb keinerlei Schaden. Sie mochte Lucas zwar nicht, hatte aber jede Menge Mandanten gehabt, die ihr genauso unsympathisch gewesen waren. Das gehörte eben zum Leben dazu.

»Hast du ihm von deiner Theorie erzählt?«, fragte sie Ryan nach dem ersten Einsatz von Lucas, als sie abends allein waren. »Dass wir vielleicht den sagenumwobenen Hain mit den perfekten Cider-Äpfeln entdeckt haben?«

Ryan warf ihr einen vorsichtigen Blick zu. Er verhielt sich

ziemlich zurückhaltend seit diesem Gespräch, bei dem er – anscheinend unabsichtlich – diesen Satz ausgesprochen hatte: *Es gab immer nur dich, Beth Crowdie.* Bette musste immer wieder daran denken, versuchte sich jedoch davon abzulenken.

»Ja«, antwortete Ryan. »Entschuldige, wahrscheinlich hätte ich dich vorher fragen sollen, oder? Aber Lucas hatte noch gezögert mit seiner Zusage, uns zu unterstützen, und damit habe ich das Ruder herumgerissen. Und wir brauchen seine Hilfe, Bette.«

»Alles gut«, sagte sie leichthin. »Ich habe mich nur gefragt, wie viel er über unsere Finanzlage weiß.«

»Also von mir hat er dazu gar nichts erfahren«, erwiderte Ryan. »Und wie wir beide es besprochen hatten, habe ich auch kein Wort darüber gesagt, dass ihr irgendwann eventuell verkaufen wollt.«

Lucas würde nicht jeden Abend hier sein, hatte aber zugesagt, an den Wochenenden ganze Tage dem Fällen der Bäume zu widmen. Bette fiel die Aufgabe zu, im Anschluss das Holz zu entsorgen.

Ryan hatte ihr gesagt, dass Apfelholzspäne sich gut zum Räuchern eigneten, und Bette hatte ein Restaurant in Dundee gefunden, das ihr die Späne abkaufte. Die Anlieferung übernahm sie selbst, mit dem Land Rover, da sie den Mietwagen abgegeben hatte, um Geld zu sparen. Was man als Feuerholz benutzen konnte, wurde in der Scheune getrocknet für den Winter.

Als Bette von ihrem Ausflug nach Dundee in den Hain zurückkehrte, fand sie Lucas dabei vor, wie er den schmiedeeisernen Zaun inspizierte. Der junge Mann saß in der Hocke davor und berührte den verschnörkelten Buchstaben, in dem Allie mittlerweile ein G statt eines C zu erkennen glaubte. Das Kreischen der Kettensäge war zu hören, weil Ryan weiter hinten Stämme zersägte.

Als Lucas Schritte hörte, richtete er sich rasch auf.

»Hi«, sagte Bette. »Interessant, dieser Zaun, oder? Wir haben versucht, die Initialen zu identifizieren.«

Lucas nickte lächelnd, aber Bette konnte nicht einschätzen, was hinter diesem Lächeln steckte. »Gute Schmiedearbeit, ja. Ich habe versucht, mich zu erinnern, wo ich so was Ähnliches schon mal gesehen habe.«

»Ach ja? Und wo war das?«

Lucas schmunzelte seltsam, als habe sie etwas Amüsantes gesagt. »Ist mir nicht eingefallen. Na, ich gehe besser mal zu Ryan.«

Er entfernte sich und steckte dabei sein Handy in die Hosentasche. Nachdem er zwischen den Bäumen verschwunden war, ging Bette selbst neben dem Zaun in die Hocke, um ihn erneut zu betrachten. Sie fotografierte die Initialen an mehreren Stellen aus nächster Nähe, weil ihr ein Gedanke gekommen war. Den behielt sie Ryan gegenüber vorerst für sich.

Aber später sprach sie mit Allie darüber, als die Freundin in den Garten kam, um weiter an der Felswand zu arbeiten. »Wenn es wirklich ein G ist, könnte es doch auch für Greville stehen, oder?«, sagte Bette. »Denen gehörte schließlich das Land, bevor meine Vorfahren es erworben haben.«

»Das wäre denkbar«, pflichtete die Freundin ihr bei. »Vielleicht haben sie den Zaun errichtet, bevor sie beschlossen hatten, den Hain zu verkaufen.«

»Aber wieso haben sie das überhaupt gemacht?«, sinnierte Bette. »Man trennt sich doch nicht grundlos von Ländereien, oder?«

Allie zuckte mit den Schultern. »Geldprobleme? Vielleicht haben die Grevilles damals nicht nur euer gesamtes Grundstück veräußert, sondern auch noch andere? Oder sie fanden die Lage an der Steilküste ungünstig.«

»Na, aber der Apfelhain!«, wandte Bette ein. »Wenn er tatsächlich diese fantastischen Früchte hervorbrachte, wieso sollte man ihn dann weggeben?«

»Gute Frage«, sagte Allie nachdenklich. »Vielleicht waren die Erträge stark zurückgegangen. Außerdem haben die Grevilles meines Wissens nie Cider hergestellt. Kann sein, dass die Antwort ganz simpel ist, wie: Niemand in der Familie interessierte sich für Cider und damit auch nicht für den Apfelgarten.«

»Ich meine, es sind ohnehin alles nur Mutmaßungen«, erwiderte Bette. »Wer OG oder O und G auch waren – möglicherweise haben sie gar nichts mit den Grevilles zu tun. Ich dachte mir eben nur, wenn ich einen konkreten Namen hätte, könnte ich mich auch an diese Archive wenden, die du mir genannt hast. Und je häufiger ich mir diese Initialen im Zaun ansehe, desto bekannter kommen sie mir vor. Als hätte ich sie schon mal in einem Buch gesehen oder so. Diese verschnörkelten Blumen und Ranken.«

Allie überlegte. »Hm, aber du meinst nicht das Tagebuch, nach dem wir suchen?«

»Ich glaube nicht«, antwortete Bette stirnrunzelnd. »Allerdings meine ich, mich zu erinnern, dass ich es damals nicht als Tagebuch wahrgenommen habe, sondern als Roman.«

»Es war aber von Hand geschrieben, glaube ich. Dann muss es ein Tagebuch gewesen sein.«

»Überleg doch mal … Das müsste eine enorm ordentliche Handschrift gewesen sein, wenn wir die als Kinder entziffern konnten.«

Kurz entschlossen zog Allie ihr Handy heraus und gab Suchanfragen ein. Nach kurzer Zeit trat ein zufriedenes Lächeln auf ihr Gesicht.

»Ophelia Greville«, verkündete sie enthusiastisch. »1820 geboren als Ophelia Marchant in Northumberland. Hat 1837 Milton Greville geheiratet.«

»Mit *siebzehn*?«

»Ich denke, das war damals nicht unüblich. Ist jung gestorben. 1840.«

»Das war ein Jahr, nachdem meine Familie das Farmland und den Apfelhain gekauft hatte.« Bette sah ihre Freundin groß an. »Und meine Mum, fällt mir gerade wieder ein, hat gesagt, der Hain sei eventuell deshalb aufgegeben worden, weil ein Kind von den Klippen gestürzt sei. Vielleicht war Ophelia dieses Kind.«

»Aber damals wurde in dem Alter niemand mehr als Kind betrachtet«, widersprach Allie. »Sie war die Herrin des Anwesens, als sie starb.«

»Tja …« Bette überlegte. »Vielleicht hat sich die Geschichte über die Jahre verändert beim Erzählen, und aus einer jungen Frau wurde ein Kind? Mum jedenfalls kannte keine weiteren Details. Wird da die Todesart erwähnt?«

»Nein, ich habe nur einen Familienstammbaum gefunden. Denkst du, das Buch hatte etwas mit ihr zu tun?«

»Wäre doch möglich, oder? Lucas sagte, ihm kämen die Initialen bekannt vor. Wenn die Darstellung zur Familientradition gehört, wird er sie bestimmt irgendwo im Herrenhaus seiner Eltern schon mal gesehen haben.«

Allie nickte. »Könnte sich lohnen, die Archive zu kontaktieren. Selbst wenn sie das Buch nicht besitzen, wissen sie vielleicht etwas über Ophelia und ihre Beziehung zum Apfelgarten.«

»Okay, das mache ich gleich morgen. Und wie läufts bei dir?«, erkundigte sich Bette. »Ich habe gesehen, dass die Lücke im Steinhaufen größer geworden ist.«

»Ich konnte zwei weitere Steine entfernen«, berichtete Allie, »und habe mit einem Freund gesprochen, der Drohnenpilot ist. Er hat erst in einer Woche Zeit, aber ich habe ihn beauftragt, die Höhle zu erkunden. Auch die Methoden der Archäologie entwickeln sich schnell weiter …«

Abends recherchierte Bette im Internet weiter zu Ophelia Greville, brachte jedoch wenig mehr in Erfahrung, als sie schon wussten. Ihr Vater schien ein Großgrundbesitzer gewesen zu sein, dessen Vermögen nach seinem Tod an den Ehemann seiner jungen Tochter fiel. Bette verfasste eine E-Mail, in der sie ihr Interesse an Ophelia Greville darstellte und die Erinnerungen an das Buch vom Dachboden schilderte, und schickte sie an die fünf Adressen, die Allie ihr gegeben hatte. Doch letztlich vermutete Bette, dass das ein aussichtsloses Unterfangen war. Die Initialen konnten etwas ganz anderes bedeuten. Lediglich Lucas wusste womöglich mehr, und Bette nahm sich vor, ihn demnächst zu fragen.

Gegen Mitternacht schlich sie möglichst lautlos nach oben, um ihre Schwester und ihren Neffen nicht zu wecken. Es war ein seltsames Gefühl für Bette, wieder mit einer Familie zusammenzuleben. Seit sie damals weggegangen war, hatte sie lediglich während Studium und Praktika mit anderen Menschen zusammengelebt und diesen Zustand so bald wie möglich beendet. Sie musste sich an die Laute von anderen im Haus gewöhnen. Schritte auf der Treppe, Barnabys Geräusche beim Spielen, Limpets Bellen, das Klappern aus der Küche, wenn Nina kochte. Inzwischen war sie mit dieser Geräuschkulisse vertraut und fand sie nicht einmal störend. Sie sann sogar darüber nach, dass ihr das Zusammenleben mit ihrer Familie gefehlt hatte, und fragte sich, was sie wohl in all den Jahren versäumt hatte. Zumal nun der Anlass für ihr Verschwinden wieder in ihr Leben zurückgekehrt war und sie sich mit Ryan ausgesöhnt hatte.

Als Bette auf dem oberen Treppenabsatz ankam, hörte sie ein Knarren und schaute auf. Superheld Seepocke starrte sie mit großen Augen an. Er stand auf der untersten Sprosse der Dachbodenleiter, Limpet hockte abwartend daneben, die Ohren gespitzt.

»Was machst du da?«, flüsterte Bette. »Du solltest doch längst im Bett sein …«

»Ich werd da oben schlafen«, flüsterte Barnaby zurück.

Bette trat näher zu ihm. »Das geht aber nicht. Du weißt doch, dass du nur am Wochenende auf dem Dachboden übernachten darfst.«

»Aber ich hab es schon die ganze Woche gemacht«, raunte der Junge. »Und ich war trotzdem total wach in der Schule! Mum hat gar nichts gemerkt!«

Bette seufzte. Für Erziehungsfragen war sie nun wirklich nicht die Richtige. Diesbezüglich hatte Nina das Sagen, aber sie war völlig erschöpft gewesen und schlief bestimmt tief und fest.

»Versprichst du mir, ganz vorsichtig zu sein?«, wisperte Bette.

»War ich schon die ganze Zeit«, erwiderte ihr Neffe. »Ich bin *immer* vorsichtig!«

»Na gut, na gut.« Bette fand es wichtig, dass Barnaby jetzt schnell einschlief. Ihre Mitwirkung an dem Komplott konnte sie ihrer Schwester am nächsten Tag noch eingestehen. »Dann ab mit dir. Und sofort schlafen, ja?«

Barnaby überraschte sie, indem er sich zu ihr beugte und sie auf die Wange küsste. »Danke, Tante Bette! Du bist die tollste Tante der Welt!«

Bette war zwar nicht seiner Ansicht, widersprach aber nicht, sondern beobachtete, wie der Junge die Leiter hochkraxelte, zu ihrem maßlosen Erstaunen tatsächlich gefolgt von dem kleinen Collie. Die beiden waren wirklich unzertrennlich.

Sie wartete ab, bis sie das Klappbett quietschen hörte. Und als Bette sah, dass Limpet sich wie ein Wächter vor die Luke legte, konnte sie selbst beruhigt zu Bett gehen.

34

Der September begann, der Sommer ging zur Neige, auch wenn es noch milde Tage gab. Das Wetter wurde feucht und schwül, und es gab häufig Regenschauer. Der Geruch von feuchtem Gras lag in der Luft, das Heu in den schwarzen Polyethylenfolien begann mit dem Gärprozess, der es später in das Winterfutter für die Kühe verwandeln würde. Im Schuppen am Garten, in dem Geräte sowie ein Wassertank aufbewahrt und das Fallobst auf der Stiege gelagert wurden, duftete es nach reifen Äpfeln.

»Wenn wir alle abgeerntet haben, machen wir Saft und testen ihn«, erklärte Ryan dort dem faszinierten Barnaby, der Bette nach der Schule begleitet hatte. Der Junge wollte jede freie Minute draußen im Apfelgarten verbringen und jede freie Minute drinnen auf dem Dachboden.

»Aber wie kriegst du den Saft da raus?«, wollte Barnaby wissen, griff nach einem Apfel und strich mit dem Daumen über die Schale. »Den kann man doch nicht auspressen wie eine Orange, oder?«

Ryan lächelte. »Das macht riesig Spaß. Als Erstes braucht man Eimer und eine Art Stöcke. Dann kommen die Äpfel in eine Spezialpresse. Ich zeige dir alles, und du kannst mir dabei helfen, wenn es so weit ist, Superheld Seepocke.«

»Gut, dass wir darüber reden«, sagte Bette, während der Junge mit Limpet davonspurtete, um Allie bei der Arbeit zuzusehen. »Wir werden zusätzliche Geräte brauchen, oder?«

»Keine Sorge«, erwiderte Ryan. »Ich habe eine Presse, die ich mitbringen kann, Kanister und auch ein Messgerät. Bin vollständig ausgerüstet.«

»Oh, danke schön«, sagte Bette erleichtert. »Du bist so großzügig uns gegenüber, Ryan. Mit deiner Zeit und mit allem.«

Er wandte den Blick ab, als mache der Dank ihn verlegen. »Das ist das Mindeste, was ich tun kann.«

Sie wollte ihn gerade fragen, wie er das meinte, als Lucas sich näherte und auf sein Handy schaute, das er ständig in der Hand zu halten schien. Bette war sich nicht ganz im Klaren, ob sie Lucas wegen Ninas Abneigung ihm gegenüber unsympathisch fand oder weil sie den jungen Mann selbst nicht leiden konnte, obwohl sie bislang nicht direkt mit ihm aneinandergeraten war. Diese innere Unklarheit gab ihr zu denken. Verlor sie etwa die für ihren Beruf wichtige Fähigkeit, Menschen richtig einzuschätzen? Hatte sie zu viel Zeit in der »Pampa« verbracht, wie Nina zu sagen pflegte? In wenigen Tagen würde Bette nach London reisen, aber sie fragte sich, ob sie die trubelige Großstadt überhaupt vermisst hatte. Womöglich hatte ihr vor allem die Kontrolle über ihr eigenes Leben gefehlt, die ihr in den letzten Wochen abhandengekommen war.

»Ich würde gern zur Ernte hier sein«, sagte Bette gerade

zu Ryan, als Lucas zu ihnen trat. »Können wir das vor oder nach meiner Reise machen? Ich hoffe, dass ich bald wieder zurück bin aus London.«

»Schauen wir mal.« Ryan wandte sich zu Lucas und sagte: »Könntest du bitte einen Apfel pflücken, damit wir prüfen können, wie weit sie sind?«

»Klar.« Der junge Mann spazierte davon, und Bette sah ihm nach. Dann spürte sie, dass Ryans Blick auf ihr ruhte.

»Was ist?«, fragte sie.

Ryan lächelte. »Ich habe nur gerade überlegt, wie es wohl für dich ist, so lange wieder hier zu sein, in der Heimat.«

»Ist ja nicht auf Dauer«, stellte Bette klar. »Und die Antwort lautet: nicht so schlimm, wie ich befürchtet hatte.«

»Aber warum sollte es denn schlimm sein?«, fragte Ryan stirnrunzelnd. »Die Crowdie-Farm ist doch ein wundervoller Ort. Ich glaube, ich war nie wieder so glücklich wie in den drei Sommern, in denen ich hier gearbeitet habe.«

Bette spürte einen Stich im Herzen und starrte Ryan fassungslos an. »Musst du mich das wirklich fragen? Ausgerechnet du, Ryan?«

Er sah schockiert aus. »Tut mir leid«, sagte er hastig. »Bette, wir sollten ohnehin mal sprechen über …«

In diesem Moment kam Lucas zurück, einen gelben Apfel in einer, ein aufgeklapptes Taschenmesser in der anderen Hand.

»Ich bin so frei, ja?«, sagte er, schnitt die Frucht durch und zeigte den beiden das Innere der Hälften. »Ich finde, der sieht gut aus.«

Ryan nahm eine Hälfte und beäugte sie. »Ja, denke ich auch. Schau mal, die Kerne«, sagte er zu Bette. »Die sind so dunkel, wie sie sein müssen. Das heißt, die Äpfel sind reif. Wir sollten sie am Wochenende pflücken. Würde das zeitlich für dich passen?«

»Ich kann es so einrichten.«

»Die Ernte wird nicht allzu lange dauern, vor allem wenn alle mit anpacken.«

»Das klappt bestimmt«, erwiderte Bette. »Ich kenne sogar einen kleinen Superhelden, der superenttäuscht wäre, wenn er nicht mithelfen darf.«

Ryan lachte. »Ja, er ist ein echter Fan vom Apfelgarten, oder?«

»Daran ist Allie schuld. Sie hat diesen Bruder Alphonse als eine Art mittelalterlichen Superhelden dargestellt, und seither ist Barney von der Idee besessen, in dessen Fußstapfen zu treten und den Hain zu verteidigen«, erklärte Bette. »Gegen wen, ist mir allerdings schleierhaft. Allie und er sind jedenfalls beide regelrecht besessen vom Garten und würden am liebsten hier kampieren.«

Wie aufs Stichwort war von der Felswand ein Ruf zu vernehmen. Ryan und Bette sahen sich an.

»Schauen wir mal, was da los ist«, sagte Bette.

Sie marschierten los. Als Lucas sich ihnen nicht anschloss, drehte Bette sich um und sah, dass er den halben Apfel in die Abendsonne hielt, um ihn in günstigen Lichtverhältnissen zu fotografieren.

Wie sich zeigte, hatte Allie einen weiteren Stein gelockert und gerufen, damit interessierte Augenzeugen beobachten konnten, wie sie ihn herauslöste. Barnaby hopste vor Aufregung auf und ab.

»Dann ist die Lücke groß genug für mich!«, verkündete er begeistert. »Wenn Allie den Stein rauskriegt! Ich bin klein genug, ich passe da durch!«

»Unter absolut keinen Umständen wirst du da reinklettern, Superheld Seepocke, hörst du?« Bette legte ihrem Neffen den Arm um die Schultern. »Deine Mum würde mir ordentlich den Marsch blasen!«

»Aber …«

»Deine Tante hat völlig recht«, schaltete Allie sich ein. »Das ist viel zu gefährlich, die Decke könnte einstürzen. Deshalb schicken wir eine Drohne rein. Damit wir nicht selbst Kopf und Kragen riskieren müssen.«

»Aber ich bin doch der offizielle Fotograf vom Apfelgarten«, sagte der Junge kläglich. »Das hast du selbst gesagt!«

»Stimmt«, gab Allie zu. »Okay, wenn ich den Stein herausgelöst habe, hebe ich dich hoch, und du kannst das allererste Foto von der Höhle machen, einverstanden?«

Das heiterte den Jungen ein wenig auf, aber auf dem Bild war kaum etwas zu erkennen, außer dass sich in der Felsformation ein Raum befand, dessen Größe man schlecht erahnen konnte.

»Super gemacht«, lobte Allie den enttäuschten Jungen. »Das ist ein wertvolles Bild für uns. Und wer weiß, vielleicht erfahren wir durch die Drohne gar nicht mehr. Da müssen wir uns noch ein bisschen gedulden.«

35

Am Erntetag erlebte der alte Apfelgarten die betriebsamste Geschäftigkeit seit Ewigkeiten.

»Wenn wir mit der Ernte fertig sind, werden wir Saft herstellen und ihn testen. Wenn dann noch Zeit ist, können wir die ersten Edelreiser nehmen«, erklärte Ryan seinem Ernteteam, das sich vor dem Schuppen versammelt hatte, und wies auf eine Reihe Pflanzen in Töpfen. »Dafür habe ich Veredelungsunterlagen angeschafft, sogenannte Wildlinge.«

»Was ist das hier?«, erkundigte sich Bette und zeigte auf ein offenes Holzfass. Darin ragte etwas auf, das einem Korkenzieher ähnelte. Das Ganze stand auf einem gusseisernen Ständer, an dessen Rand sich ein Ablauf befand.

»Eine Obstpresse«, erklärte Ryan. »Die kommt später zum Einsatz.«

»Und die … Nudelhölzer da drüben?« Nina wies mit dem Kopf auf eine Reihe schwarzer Plastikeimer. Einer von ihnen enthielt mehrere runde Holzteile, die aussahen wie Teigroller.

Ryan grinste. »Damit werden wir uns auch später vergnügen. Jetzt erst mal fleißig ernten, Leute.«

Die Sonne schien, aber der Wind vom Meer hatte schon jene schneidende Frische, die ein Vorbote des Herbstes war. Gegen zehn Uhr begannen alle mit dem Pflücken. Sobald die Eimer voll waren, wurden die Äpfel in einen großen Bottich am Schuppen geschüttet. Im Laufe des Tages merkte Bette, dass sie immer schneller wurde. Sie hatte festgestellt, dass die Äpfel sich leichter vom Ast lösten, wenn man sie ein wenig drehte. Nicht alle waren makellos, einige hatten zweifellos Wespen als süße Mahlzeit gedient.

Als alle Erntehelfer sich später wieder davor trafen, verkündete Ryan: »Wir beginnen nun mit dem Pressen. Im Anschluss messen wir den Zucker- und Säuregehalt, und danach kann der Saft gären. Da wir nicht allzu viele Äpfel haben, werden wir den Saft mit dieser Obstpresse herstellen, wie die Menschen es früher gemacht haben.«

»So wie Bruder Alphonse?«, fragte Barnaby, für den dieser Tag ein herrliches Abenteuer zu sein schien.

Ryan nickte. »Sogar ganz genauso wie Bruder Alphonse vor fünfhundert Jahren, Superheld Seepocke.«

Bette spähte in das Holzfass, das innen mit einem feinen schwarzen Netz ausgekleidet war. »Wir werfen die Äpfel einfach da rein und zerquetschen sie?«

»Nein, vorher müssen sie ein bisschen zerkleinert werden«, antwortete Ryan.

»Ah, das machen wir mit den Nudelhölzern?«, mutmaßte Allie.

»Exakt. Also viel Spaß, Leute.«

Alle nahmen sich einen der schwarzen Plastikeimer, gaben Äpfel hinein und traktierten sie mit dem Wellholz. Das

Zerstampfen erzeugte zu viel Lärm für Unterhaltungen, und Nina empfand die monotone Bewegung als erstaunlich meditativ. Schließlich gaben sie die zerkleinerten Früchte in die Presse. Ryan stellte einen sauberen Eimer unter den Ablauf und begann, die Kurbel zu drehen, bis Saft herausfloss.

»Und jetzt können wir testen?«, fragte Bette gespannt.

»Ja«, sagte Ryan und sah sich um. »Ich hatte hier irgendwo mein Testset abgestellt …«

»Wir können meines nehmen«, erklärte Lucas und hielt eine tragbare Box hoch. »Ich dachte mir, ist eine gute Gelegenheit zu üben, was du mir beigebracht hast.«

Ryan nickte. »Na, dann leg mal los, Lucas.«

Alle standen um den Klapptisch im Schuppen, während Lucas die Box öffnete, die etliche Laborgläser und Messgeräte, Spritzen, Teströhrchen und kleine Flaschen mit Chemikalien enthielt.

»Mach zuerst die Zuckermessung, dann die Säure«, wies Ryan den jungen Mann an. »Wann hast du den Säureprüfer zuletzt kalibriert?«

»Gestern.«

»Dann sollte er in Ordnung sein. Lass ihn nur ein paar Minuten im Saft stehen, damit er sich temperieren kann, bevor du abliest.«

»Was kann man damit machen?«, wollte Barnaby wissen, als Lucas ein längliches Gerät herauszog.

»Das ist ein Refraktometer«, erklärte Ryan. »Damit kann man den Zuckergehalt messen. Und der ist wichtig, weil der Zucker sich in Alkohol umwandelt und dann aus dem Apfelsaft Cider wird. Je mehr Zucker im Saft, desto stärker der

Cider. Das Gerät ist nicht hundertprozentig präzise, wird uns aber einen ersten Eindruck verschaffen, wie stark der Cider aus diesen Früchten werden kann.«

Lucas warf einen Blick auf die Messskala und trat dann beiseite, damit Ryan sie betrachten konnte.

»Das sieht schon mal vielversprechend aus«, bemerkte Ryan, während Lucas sich Notizen machte. »Jetzt bin ich gespannt auf den Säuregehalt.«

Lucas entnahm etwas Saft mit einer Spritze, gab ihn in ein Teströhrchen und fügte tropfenweise eine Lösung hinzu. Dabei notierte er die Anzahl der Tropfen.

»Seht ihr, wie der Saft die Farbe verändert?«, sagte Ryan. »Lucas gibt so lange Lauge hinzu, bis sich die Farbe stabilisiert. Dann kann er errechnen, wie viel ...«

Lucas raunte etwas, das wie ein unterdrückter Fluch klang, schrieb eine Zahl auf und zeigte Ryan das Notizbuch.

Dieser betrachtete stirnrunzelnd die Aufzeichnungen und murmelte: »So ein ausgewogenes Verhältnis habe ich noch nie gesehen.« Langsam breitete sich ein strahlendes Lächeln auf seinem Gesicht aus. »Ihr Lieben, es scheint wahrhaftig so, als hätten wir die perfekten Cider-Äpfel von Bruder Alphonse gefunden!«

»Wirklich?« Bette starrte Ryan mit großen Augen an.

Er nickte lächelnd. »Ja. Wir sollten unbedingt weitere Bäume heranzüchten. Ich habe schnell wachsende Wildlinge gekauft, die schon in der nächsten Saison tragen könnten, wenn die Veredelung gelingt. Hilfst du mir mal, Lucas?« Die beiden Männer hievten die Wildlinge, die aussahen wie Stöcke mit wenigen Blättern, auf den Klapptisch. »Wir werden mit unseren Pfropfreisern – den Teilen, die wir von den alten Bäumen abschneiden – die Methode des Okulierens anwenden. Das ist etwas aufwendiger als Rindenpfropfen oder Spaltpfropfen, hat aber den Vorteil, dass wir es jetzt machen können und nicht erst im Frühjahr.«

Als Nächstes zeigte Ryan allen, welche Äste mit Knospen sich zum Veredeln eigneten. Dann schnitt er eine Knospe ab und verband sie mit dem Wildling, indem er dessen Rinde T-förmig einkerbte und zurückklappte, den Pfröpfling hineinsteckte und die Stelle mit etwas zuklebte, das Klebeband ähnelte.

»Das ist Veredelungsband«, erklärte Ryan und reichte die Rolle Barnaby. »Es schützt das Edelreis sowohl vor Nässe als auch Austrocknung.«

»So einfach ist das?«, fragte Bette, die mit verschränkten Armen zusah. »Hatte ich mir viel komplizierter vorgestellt.«

Ryan warf ihr ein Lächeln zu. »Es ist wirklich nicht schwer. Du hast mir ja zugeschaut, willst du's nicht mal probieren?«

»Nein, nein.« Bette hob abwehrend die Hand. »Das überlasse ich den praktisch begabteren Menschen. Nina, du kannst das doch bestimmt.«

»Ich will!«, rief Barnaby aus. »Ich hab ganz genau zugeguckt!«

»Das Messer ist ein bisschen zu scharf, mein Lieber«, sagte Ryan. »Aber ich habe eine andere wichtige Aufgabe für dich. Im Schuppen stehen ein paar Drahtrahmen, könntest du die holen? Damit wollen wir die jungen Pflanzen vor Kaninchen schützen.« Barnaby sauste sofort los, und

Ryan hielt Nina den Ast und das Okuliermesser hin. »Hier, bitte sehr. Du kannst gerne noch mehr Knospen von diesem Zweig abschneiden. Jeder sollte es mal versuchen. Pro Wildling setzen wir mehrere solcher sogenannten Edelaugen ein.«

Letztlich beteiligten sich alle, sogar Bette. Nina war so konzentriert, dass sie gar nicht merkte, wie die Zeit verging. Irgendwann stellte sie erschrocken fest, dass Barnaby längst sein Abendessen hätte bekommen müssen.

»Barney und ich müssen aufhören«, sagte sie zu Ryan. »Willst du die Bäumchen heute Abend noch setzen? Dabei könnte ich jetzt nicht mehr helfen …«

»Nein, das kann noch ein paar Tage warten, ich muss demnächst auch los«, antwortete Ryan. »Wir stellen die Wildlinge in den Windschatten vom Schuppen, damit sie geschützt sind. Ich bräuchte nur nachher Hilfe beim Hochtragen der Gärballons, wenn sie befüllt sind.«

»Das kann ich übernehmen«, erbot sich Cam. »Geht ihr ruhig, Nina, wir schaffen das schon.«

»Nein, noch nicht!«, rief Barnaby aus. »Ich muss die letzten Bäumchen noch sichern!«

»Was meinst du damit?«, fragte Nina.

»Ich hab Zahlen auf die Töpfe geschrieben, schau«, erklärte Barnaby und zeigte auf eine große Sieben an einem Topf. Der Junge schien irgendwo im Schuppen einen Paketstift aufgestöbert zu haben. »Es sind zehn Stück. So kann ich sie jeden Morgen zählen, damit wir wissen, dass keiner gestohlen wurde.« Er ging alle Wildlinge rasch durch und fragte stirnrunzelnd: »Wo ist Nummer zehn?«

Alle sahen sich um, bis Lucas sagte: »Hier.« Er hob den Topf neben sich hoch und stellte ihn auf den Tisch. »Alles in Ordnung.«

Barnaby bestand dennoch darauf, jeden nummerierten Wildling zu fotografieren. Erst danach konnte er dazu bewegt werden, nach Hause zu gehen.

»Wir haben Saft aus eigenen Äpfeln hergestellt, Mummy«, sagte er später zu Nina, als er ihr an der Dachbodenleiter Gute Nacht sagte. »Das ist wie Zauberei, oder? Aber ich hätte auch all die großen Flaschen fotografieren sollen, die Ryan in die Scheune stellen will. Mach ich morgen.«

»Irgendwie bereitet mir diese neue Obsession Sorgen«, gestand Nina später ihrer Schwester, als sich die beiden in der Küche ein Glas Wein genehmigten. »Barney redet wirklich nur noch von dem Apfelgarten. Er glaubt, er müsse ihn beschützen, weil jemand ihn stehlen will. Ich weiß nicht recht, was ich dagegen tun soll.«

»Vielleicht musst du gar nichts tun«, erwiderte Bette. »Ist völlig harmlos, findest du nicht? Der Junge hat etwas, das ihn begeistert, und will sich nützlich machen, das ist doch gut, oder? Und er lernt dabei noch viel, hat Ryan ganz genau beobachtet. Allie hat mir auch berichtet, dass Barnaby ihr Löcher in den Bauch fragt.«

»Aber wenn wir den Hain verkaufen müssen?«, seufzte Nina. »Ich habe Barney noch nichts davon gesagt. Er wäre bestimmt am Boden zerstört.«

Zu ihrem Erstaunen legte Bette ihr die Hand auf den Arm und sagte beruhigend: »Eins nach dem anderen.«

Nina blickte mit erschöpftem Lächeln auf und merkte

plötzlich, wie sehr sie sich daran gewöhnt hatte, Bette um sich zu haben. Ihre Schwester würde ihr fehlen, wenn sie in London war. Dass sie dieses Gefühl eines Tages haben würde, hätte Nina niemals vermutet.

36

Auch der Sonntag begann strahlend sonnig, aber mit einer kühlen Brise vom Meer. Die Drohne, die Allies Freund Rohan mitgebracht hatte, war kaum größer als eine Männerhand, winzig im Vergleich zu dem Gerät, das vor Kurzem Barnaby erschreckt hatte. Mittlerweile hatte Allie vier Steine aus der Wand herausgelöst, der Zugang war zu einem Drittel freigelegt. Nina hatte möglichst schnell die Kühe gemolken, während Bette Barnaby sein Frühstück servierte, damit sie alle an dem großen Ereignis teilnehmen konnten.

»Die klingt wie eine Wespe«, bemerkte der Junge, als sich die Drohne in die Luft erhob und durch die Öffnung in der Höhle verschwand, wo ein unheimliches Echo entstand. Zusätzlich zur eigenen Beleuchtung des Fluggeräts hatte Allie einen starken LED-Scheinwerfer an einem Seil ins Innere der Höhle abgesenkt. Das grelle weiße Licht erzeugte bizarr gezackte Schatten an den Wänden.

Auf dem Controller war das Kamerabild zu sehen, und alle starrten darauf. Zuerst überblendete der Scheinwerfer die Aufnahme, dann erschienen allmählich Konturen.

»Ich habe den Schwarz-Weiß-Modus eingeschaltet, damit die Kontraste bei dieser schlechten Beleuchtung deutlicher werden«, erklärte Rohan. »So bekommen wir einen besseren Eindruck, wie der Raum aussieht.«

Die Drohne bewegte sich langsam nach links, und Allie sagte erstaunt: »Die Höhle ist viel größer, als ich erwartet hatte. Oder länger jedenfalls. Da scheint in der Tat ein unterirdischer Gang zu sein.«

Während die Drohne tiefer in die Felsformation hineinflog, verdunkelte sich das Bild immer mehr.

»Das wars«, sagte Rohan. »Ich habe kaum noch Signal. Das hatte ich ja schon angekündigt. Ich muss sie zurückholen, Allie, sonst landet sie und ich kriege sie nicht mehr zurück.«

»Okay«, erwiderte Allie etwas zögernd. »Du sollst natürlich kein Risiko eingehen, aber … warte mal, ist da noch ein Durchgang?«

In einem Gang war rechts etwas zu erkennen, das eine Öffnung zu einem weiteren Raum sein konnte. Rohan steuerte in diese Richtung, fluchte aber leise, als das Bild auf dem Controller komplett verschwand. »Es tut mir leid, aber ich muss sie zurückholen. Ich habe nur noch dreißig Sekunden, bevor sie landet.«

Das Brummen der Drohne wurde lauter, dann kam sie durch die Öffnung gesaust und schwirrte über ihren Köpfen wie ein fliegender Reisender, der aus der Unterwelt zurückkehrt. Rohan ließ das Fluggerät landen und hob es auf.

»Nicht zu fassen«, sagte Allie staunend. »Ich habe fast den Eindruck, dass in der Felsformation natürliche Höhlen erweitert wurden, wahrscheinlich sogar zu einem Tunnelsystem. Und das womöglich über Jahrhunderte – oder sogar Jahrtausende.«

»Wenn ich dir die Aufnahme schicke, kannst du sicher noch mehr erkennen«, sagte Rohan. »Danke, dass ich hier mitmachen durfte, das war echt faszinierend. Aber die Saison für solche Arbeiten ist bald vorbei, oder?«

»Ist mir klar«, antwortete Allie mit einem Seufzer. »Mir bleiben nur noch ein paar Wochen, bevor ich den Eingang wieder verschließen muss.«

»Kannst du dir nicht freiwillige Helfer besorgen?«, schlug Rohan vor. »Oder hast du Angst vor Langfingern?«

»Was sind Langfinger?«, erkundigte sich Barnaby.

»Eine Art Räuber«, erklärte Rowan. »Diebe, die Sachen mitgehen lassen, zum Beispiel bei archäologischen Fundstätten.«

Der Junge, der in seiner gesamten Superheldenaufmachung erschienen war, richtete sich zu voller Größe auf und verkündete feierlich: »Ich werde verhindern, dass jemand etwas von Bruder Alphonse stiehlt. Oder von *uns*.«

Rohan grinste und klopfte Barnaby auf die Schulter. »Gut so, junger Mann. Okay, Leute, ich muss los. Bin nachher mit der großen Drohne im Einsatz für eine Doku, die hier gedreht wird.«

»Vielen Dank, dass du hergekommen bist, Rohan«, sagte Allie. »Du hast mir sehr geholfen.«

»Für dich tu ich doch alles, Allie. Freut mich, dich wieder an der Arbeit zu sehen.« Er winkte allen und entfernte sich.

»Was wird dein nächster Schritt sein?«, fragte Bette ihre

299

Freundin. »Ohne spezielle Ausrüstung kannst du die Höhle ja nicht weiter erforschen.«

»Ich muss selbst rein«, antwortete Allie. »Vorher sehe ich mir natürlich das Filmmaterial genauestens an. Aber ich habe nirgendwo etwas gesehen, das auf eine Einsturzgefahr hinweist, nicht mal Geröll am Boden.«

»Das ist trotzdem ganz schön riskant«, gab Nina zu bedenken.

Allie zuckte mit den Schultern. »Keine Sorge, leichtsinnig bin ich nicht. So arbeitet man einfach in der Archäologie. Und ich muss herausfinden, was sich in der Höhle befindet.«

»Das ist das Geheimversteck von Bruder Alphonse«, flüsterte Barnaby ehrfürchtig. »Ich wusste es!«

Allie lächelte. »Du könntest recht haben, Superheld Seepocke. Aber es ist vielleicht noch viel mehr als das. Wenn wir es hier mit einem natürlichen Höhlensystem zu tun haben, könnte es während der Jungsteinzeit bewohnt gewesen sein. Ich denke da an die Höhlenzeichnungen in Wemyss.«

Kurz darauf wollten Nina und Cam aufbrechen, weil sie alle Hände voll zu tun hatten. Barnaby gelang es, seine Mutter zu überreden, dass er noch bleiben durfte, um mit Bette die geernteten Äpfel auf das Gestell zu legen.

»Das ist aber viel Arbeit«, gab Nina zu bedenken.

»Macht nix, ich schaff das«, erwiderte der Junge. »Und ich hab dir doch gesagt, Mummy, dass ich so gut für den Apfelgarten sorgen will wie Bruder Alphonse. Da fällt mir was ein: Bienen! Wir brauchen noch Bienen!«

»Ah, Bienen.« Nina ging nicht näher darauf ein, weil sie das Verkaufsthema so lange wie möglich vermeiden wollte. »Na, jetzt musst du dich erst mal um die Äpfel kümmern, nicht? Machts gut, ihr beiden.« Sie umarmte ihren Sohn liebevoll.

»Wer hätte geahnt, dass Allie Bright hier unser Indiana Jones ist«, bemerkte Cam auf dem Rückweg.

»Solange sie Barney nicht in diese Höhle mitschleppt, kann sie sich von mir aus gern dort austoben«, erwiderte Nina.

»Du hast gut reden«, brummte Cam. »Ist ja nicht deine Wiese, unter der ihr Skelett vermodern würde.«

Nina sah ihn stirnrunzelnd an.

»Tschuldigung«, murmelte Cam. »Schlechter Witz.«

»Nein, das meine ich gar nicht«, sagte Nina. »Ich frage mich nur gerade, ob die Höhlen auf deinem oder auf unserem Grundstück liegen. Der Zugang gehört zu uns, klar, aber die Klippe ist die Grenze, oder? Darauf befindet sich deine Wiese. Ist dann die gesamte Felsformation inklusive der Höhlen dein Eigentum?«

»Hm, gute Frage. Ich vermute, das ist eine ziemliche Grauzone. Deshalb werden Leute bei dieser ganzen Fracking-Geschichte so hinters Licht geführt, oder? Weil ihnen das Land gehört, auf dem ihr Haus steht, aber laut irgendeinem Gesetz nicht das, was drunter liegt. Das könnte auch für unsere Klippe hier gelten.«

»*Deine* Klippe.«

»Ich denke mal«, äußerte Cam, »dass diese Frage zu der Zeit, als Bruder Alphonse in den Höhlen herumstromerte, keine Rolle gespielt hat, weil die Ländereien ohnehin dem Kloster gehörten.«

Nina nickte. »Ja, klingt einleuchtend.«

Als sie den Feldweg zwischen den Wiesen erreicht hatten, blieb Cam stehen und ließ den Blick über das gesamte Gelände mit seinen festgelegten und natürlichen Grenzen schweifen. »Es wäre eigentlich gut, wenn das alles vereint wäre, oder?«, sinnierte er.

Nina wusste nicht, was er damit meinte, und schwieg deshalb. Sollte das heißen, dass er selbst den Apfelgarten kaufen wollte? Würde er sich das überhaupt leisten können? Sie wusste es nicht und wollte auch nicht fragen.

Doch Cam grinste sie ohnehin munter an und sagte: »Gib mir Bescheid, wenn du Gesellschaft haben möchtest, während Bette weg ist, okay? Bis später!« Und damit spazierte er los zur Bronagh-Farm.

37

»Das wäre doch eine gute Lösung, oder?«, sagte Nina zu ihrer Schwester, während sie bei einem abendlichen Glas Wein in der Küche saßen.

»Dass Cam den Apfelgarten kauft? Allerdings!«, erwiderte Bette. »Aber bist du sicher, dass er das so meinte?«

»Wie denn sonst? Falls er nicht über ein riesiges Vermögen verfügt, hat er wohl nicht vor, die gesamte Crowdie-Farm zu kaufen. Was er außerdem garantiert nur machen würde, um sie dann an uns zu verpachten. Er würde uns niemals rauswerfen und kann ja keine zwei Farmen bewirtschaften.«

Bette sagte nichts, sondern blickte nur mit einem merkwürdigen Lächeln, das Nina argwöhnisch machte, in ihr Weinglas.

»Was ist?«, fragte Nina.

»Ach, nichts, nichts.«

»*Was?*«, wiederholte Nina hartnäckig.

»*Nichts!*«, entgegnete Bette ebenso stur und wechselte auffällig unauffällig das Thema. »Barney und ich haben übrigens das Geheimversteck von Bruder Alphonse auf der

Crowdie-Landkarte eingezeichnet. Das wird Barney wohl noch eine Weile beschäftigen.«

Nina lächelte. »Lieb von dir, dass du dir so viel Zeit für ihn nimmst. Und danke, dass du ihn schon ins Bett gebracht hast. Ich sage ihm gleich noch Gute Nacht.«

»Er ist echt ein toller Junge. Leider sehe ich ihn morgen vor der Schule nicht mehr, ich muss ganz früh los.« Bette seufzte. »Auf die Fahrt freue ich mich nicht gerade, muss ich sagen.«

»Willst du wirklich durchfahren? Das ist eine verdammt weite Strecke.«

»Ich will das möglichst schnell hinter mich bringen. Und dir nicht länger als nötig den Land Rover wegnehmen.«

»Das macht nichts«, sagte Nina. »Ich habe ja noch den kleinen Fiat. Und für größere Fuhren kann ich mir seinen Pick-up ausborgen, hat Cam gesagt.«

Wieder spielte dieses wissende Lächeln um Bettes Lippen.

»Was?«

»*Nichts!*«

Ohne Bette fühlte sich das große Haus seltsam verlassen an. In den wenigen Wochen, in denen sie hier gelebt hatte, war sie unversehens wieder Teil der Familie geworden. Jetzt kehrte die Stille zurück, die Nina nach Berns Tod als so bedrückend empfunden hatte. Wenn sie in die Küche kam, erwartete sie unwillkürlich, dort ihre Schwester vorzufinden, aber sie war eben nicht da. Auch Barnaby war stiller, obwohl weiterhin aufgeregt wegen Allies Forschungen. Mit Ausdauer und Raffinesse war es ihm mittlerweile gelungen, die Erlaubnis für dauerhaftes Übernachten auf dem Dachboden bei seiner Mutter zu erwirken.

In Absprache mit den Schwestern hatte Allie Kollegen gebeten, sich ihre Arbeit an der Felsformation anzusehen, in der Hoffnung, auf diese Weise Unterstützung zu erhalten. Nina hatte keine Zeit, an dem Treffen teilzunehmen, und begrüßte die Gruppe nur kurz, die aus zwei Männern und einer Frau bestand.

Später erstattete Allie enthusiastisch Bericht. »Sie fanden das Ganze genauso aufregend wie ich«, sagte sie strahlend. »Und sind auch der Meinung, dass man so lange wie möglich weiterforschen soll, auch wenn ich den Eingang bald wieder verschließen muss, um die Höhle im Winter zu schützen. Wir hoffen alle, dass wir vorher noch reinkommen und eine provisorische Karte anlegen können. Das wäre die Voraussetzung, damit wir bei der Uni von St. Andrews für nächstes Jahr LiDAR beantragen können, um zu beweisen, dass wir das Gelände des einstigen Klosters gefunden haben. Das ist ein Laser-Scanning zum Kartografieren«, fügte sie hinzu. »Kostet viel Geld, bringt aber sofort Ergebnisse.«

Danach genoss Allie mehrere Tage lang den Luxus, Unterstützung von Kollegen zu haben. Nina kam nicht auf die Idee, alle zur Geheimhaltung anzuhalten.

Eines Abends, als sie beim Essen mit Barnaby über die Ereignisse des Tages plauderte, hörte sie das Hämmern des alten Eisenklopfers an der Haustür.

»Bleib du hier«, trug Nina ihrem Sohn auf und ging

nach vorne, um zu öffnen. Auf der Schwelle stand ein Mann um die dreißig mit windgezaustem braunem Haar.

»Hi«, sagte er charmant lächelnd. »Mein Name ist Connor Fitzgerald, ich bin Reporter bei der *Scottish Argus*. Haben Sie einen Moment Zeit für mich?«

»Also ...«, begann Nina verdattert. »Mein Sohn und ich sind gerade beim Abendessen. Worum gehts?«

Der Journalist spähte an ihr vorbei in den schummrigen Flur, und Nina hatte sofort den Impuls, ihr Kind zu schützen. Der Journalist lächelte erneut, aber das schien ihr nur Teil seiner Taktik zu sein.

»Das verstehe ich vollkommen«, erwiderte Fitzgerald. »Ich will auch gar nicht viel von Ihrer Zeit in Anspruch nehmen.« Er zog sein Handy aus der Tasche, und Nina sah, dass er die Audio-Rekorder-App aufrief. »Ich bin auch auf einer Farm aufgewachsen, da hat man immer alle Hände voll zu tun. Ich schreibe einen Artikel über die Entdeckung des Klosters auf Ihrem Grundstück und über den alten Apfelhain. Was für eine Sensation! Das wird die Menschen in der Region brennend interessieren. Was können Sie mir darüber berichten? Können Sie mir den Hain zeigen? Damit ich möglichst detailliert berichten kann?« Er startete die Aufnahme, ohne Ninas Zustimmung abzuwarten.

»Ich, ähm ... Nein, das geht gerade nicht«, sagte Nina hastig. »Ich hatte doch gesagt, dass wir beim Essen sind.«

»Kein Problem, dann kann ich ihn mir ja allein ansehen, oder?«

»Nein.« Nina wurde zunehmend unbehaglicher, und sie wollte diesen Reporter loswerden. Wäre Bette nur hier gewesen, die hätte auf jeden Fall gewusst, wie man in so einer Situation richtig reagierte. »Es ist bald dunkel, das ist ein Sicherheitsrisiko. Geben Sie mir doch Ihre Karte, dann kann ich mich melden, wenn es besser passt.«

»Dafür bleibt keine Zeit, tut mir leid«, entgegnete der Reporter bedauernd. Nina nahm ihm die Entschuldigung keine Sekunde ab. »Der Artikel muss morgen fertig sein. Ich wollte Ihnen nur Gelegenheit geben, Ihre Sicht der Dinge darzustellen, Ms Crowdie. Wir bringen den Bericht sowieso. Über die fantastische Entdeckung dieses bedeutsamen Kulturerbes und den Disput, wem das Land gehört, auf dem es gefunden wurde.« Bei diesen Worten ließ er Nina nicht aus den Augen.

Sie starrte den Mann an, und es lief ihr eiskalt den Rücken hinunter. »Da gibt es keinen Disput. Meiner Familie gehört dieses Grundstück seit dem frühen neunzehnten Jahrhundert. Daran gibt es keinerlei Zweifel.«

»Ach ja?« Der Reporter legte den Kopf schief. »Das wird im Internet allerdings anders dargestellt, Ms Crowdie. Ich werde mir die Fundstelle nur mal rasch ansehen, damit ich die Atmosphäre für unsere Leserschaft schildern kann ...«

»Nein, das werden Sie nicht tun«, versetzte Nina jetzt entschieden, obwohl ihr angst und bange geworden war. »Das wäre Hausfriedensbruch. Ich schließe jetzt die Tür, und ich möchte, dass Sie sofort verschwinden. Ich bin hier gegenwärtig mit meinem Kind allein und werde nicht zögern, die Polizei anzurufen, falls nötig. Ich hoffe, das haben Sie auch aufgenommen.«

Fitzgeralds Lächeln wirkte säuerlich. »Jawohl, das habe

ich, Ms Crowdie. Hat mich gefreut, Sie kennenzulernen. Vergessen Sie nicht, am Donnerstag die *Argus* zu kaufen, ja?«

Damit wandte er sich ab und marschierte zu seinem Auto. Nina umklammerte mit zitternder Hand den Türknauf und wartete ab, bis die Rücklichter des Autos im Zwielicht verschwunden waren.

»Mummy? Wer war der Mann?«

Nina fuhr herum. Barnaby stand mit ängstlichem Blick hinter ihr, und auch Limpet schaute fragend zu ihr auf. Trotz ihres Herzklopfens zwang Nina sich zu einem Lächeln und schloss die Tür.

»Ach, niemand«, sagte sie, dankbar, dass ihre Stimme nicht zitterte. »Hast du aufgegessen?«

»Ja.«

»Na, wie wärs dann mit einem leckeren Eis am Stiel? Ich habe noch ein paar in der Gefriertruhe. Komm, gehen wir wieder in die Küche.«

Nina wollte unbedingt Bette anrufen, Barnaby aber nicht beunruhigen. Deshalb wartete sie ab, bis er sich in sein Dachbodenreich zurückgezogen hatte.

»Ich wusste nicht, was ich tun sollte«, sagte sie zu Bette, als sie ihre Schwester erreichte. »Vielleicht hätte ich dem doch den Garten zeigen sollen? Aber es dämmerte schon, und … Ach, wärst du nur da gewesen, Bette …«

»Mach dir keine Gedanken, du hast alles richtig gemacht«, erwiderte ihre Schwester. »Es ist total unseriös, wenn ein Reporter unangekündigt vor der Tür steht. Keine Ahnung, worauf der aus war.«

»Aber was meinte er mit diesem Disput darüber, wem

das Land gehört? Es gibt doch gar keinen Zweifel, dass der Apfelgarten auf unserem Grundstück liegt, oder?«

»Keine Ahnung, was das sollte«, antwortete Bette. »Totaler Quatsch, der wollte dich sicher nur provozieren. Vermutlich will er damit eine Debatte über ›Zugangsrecht zu Stätten von nationaler Bedeutung‹ anstacheln oder so. Hast du im Internet nachgeschaut?«

»Nein.«

»Gut. Tu es nicht. Überlass das mir, Nina, und mach dir keine Sorgen, dafür gibt es nämlich keinerlei Anlass. Wir haben die Eigentumsurkunde, das Land gehört uns, Schluss, aus. Der faselt irgendwelchen Blödsinn. Okay?«

Nina schloss die Augen. Die Vorstellung, machtlos zu sein gegenüber irgendwem, der einfach daherkommen und behaupten konnte … »Okay«, sagte sie matt.

»Und schau dir auch bitte diese Zeitung nicht an, ja? Ich werde Allie anrufen und fragen, wer aus ihrer Truppe im Pub beim Bier den Mund nicht halten kann. Gönn dir ein Glas Wein, ein schönes Bad und geh dann schlafen. Bis ich zurück bin, ist der ganze Wirbel vorbei, glaub mir.«

Nina befolgte Bettes gut gemeinte Ratschläge, schlief aber trotzdem schlecht. In ihren Träumen kamen künstlich lächelnde Männer vor, die etwas im Schilde führten. Und Cam, der sagte, es wäre doch schön, wenn die Grundstücke wieder vereint wären.

38

Bette packte gerade ihre letzten Kisten, als Nina anrief. Die Wohnung sah bereits recht leer aus, ihr gesamtes Hab und Gut war größtenteils in Kartons verstaut. Die Möbel sollten vor Ort bleiben, da Bette festgestellt hatte, dass sich die Wohnung möbliert leichter vermieten ließ. Für alles, was sie nicht mit nach Schottland nehmen konnte, hatte sie einen Lagerraum gemietet und mit dem Hausmeister arrangiert, dass die Kartons von einer Firma abgeholt würden.

In der nächsten Woche würde eine andere Person einziehen, als sei Bette nie hier gewesen. Während sie ihr altes Leben verpackte, war ihr bewusst geworden, dass wohl niemand ihr Verschwinden wirklich bemerken würde, da sie schon so lang aus London weg gewesen war. Sie versuchte, sich einzureden, dass diese Entwicklung von Vorteil war. Auf jeden Fall würden die Mietzahlungen sie finanziell entlasten. Dennoch fühlte sie sich entwurzelt. Vorerst würde die Crowdie-Farm ihr einziges Zuhause sein.

Nach dem Gespräch mit Nina tat Bette genau das, wovon sie ihrer Schwester abgeraten hatte. Sie setzte sich auf die elegante graue Coach gegenüber dem Panoramafenster mit

Aussicht auf die Themse, schaltete ihr iPad an und begann eine Suche nach der Farm im Internet. Das hatte sie schon einmal gemacht, nachdem Ryan ihr von der Legende um den Hain mit den »perfekten Cider-Äpfeln« erzählt hatte. Es hatte sie interessiert, ob es Leute gab, die sich mit derlei kuriosen historischen Geschichten beschäftigten. Dabei war sie in Foren über Cider-Herstellung nur auf vage Spekulationen über die Lage des Hains gestoßen. Weder die Crowdie-Farm noch Barton Mill waren dabei erwähnt worden.

Das sah allerdings jetzt ganz anders aus. Zunächst war Bette entsetzt über ihre Suchergebnisse, dann wurde sie zunehmend wütender, während sie ihre Funde mit Lesezeichen markierte. In den letzten Wochen tauchten in etlichen Reddit-Foren über Cider-Produktion Posts von einer Person auf, die sich »CiderExperte001« nannte. In diesen Threads behauptete der Nutzer, den legendären Apfelgarten gefunden zu haben, der sich schon seit Generationen im Besitz seiner Familie befinde. Und mit seinem exzellenten Talent werde in etwa zwei Jahren aus der Ernte der »beste Cider der Welt« entstehen. CiderExpert001 tauschte sich gern mit allen aus, die mehr wissen wollten, beantwortete Fragen, kommentierte andere Beiträge. Das Interesse war lebhaft, die Leute schienen fasziniert zu sein von der Geschichte über den legendären Cider von Bruder Alphonse und der Neuigkeit, dass dieser sagenumwobene Hain entdeckt worden war.

Was den Austausch jedoch aus Bettes Sicht zu einer feindseligen und damit gesetzwidrigen Aktion machte, war die Tatsache, dass diese Person einen eigenen Social-Media-

Account eröffnet hatte, der offensichtlich dem Apfelhain gewidmet war. Darauf war Bette in einem Forum gestoßen durch den Titel: WIE IHR HELFEN KÖNNT. Als sie auf den Link klickte, fand sie sich auf einem Instagram-Profil mit dem Namen »Der geheime Apfelgarten« wieder. Mit zahlreichen Fotos wurde die Erneuerung »dieses Familienerbes« genaustens dokumentiert und in Posts darauf verwiesen, dass es in Kürze einen Newsletter und eine dem Hain gewidmete Website geben würde. Personen waren jedoch nirgendwo zu erkennen, und der Name Crowdie wurde nirgendwo erwähnt. Sie entdeckte ein Foto vom Schuppen, das mit dem Hashtag #nachhaltig versehen war, ebenso wie eines von Ryans Korb mit dem gesammelten Fallobst, von den Wildlingen und der ersten Saftpressung.

Am schockierendsten war jedoch ein Bild, das erst vor wenigen Tagen gepostet worden war: eine Luftaufnahme vom gesamten Garten in goldenem Abendlicht, zweifellos von einer Drohne aufgenommen. Bette erinnerte sich an Ninas Erzählung von dem Fluggerät, das Barnaby solche Angst eingejagt hatte. Zweifellos steckte Lucas dahinter. Er musste den Garten vor seinem ersten Besuch mit einer Drohne ausspioniert haben. Unter diesem Bild gab Cider-Experte001 bekannt, dass »Personen, die sich das Gelände vor vielen Jahren widerrechtlich angeeignet hatten«, Anspruch darauf erhoben. Dazu gab es zahllose Kommentare von Menschen aus aller Welt, die sich über diese Ungerechtigkeit ereiferten und wissen wollten, wie sie helfen könnten. Auf jeden einzelnen Kommentar hatte der selbst ernannte Cider-Experte mit demselben Text geantwortet:

Vielen Dank für deine Unterstützung! Bitte abonniere demnächst den Newsletter auf der Website. Ich bin dankbar, dass du mir helfen willst, um die historisch verbürgten Rechte meiner Familie zu kämpfen. Je mehr du mich unterstützt, desto bessere Chancen habe ich, diesen Diebstahl des Familienbesitzes zu beenden.

Der Account hatte schon über 40 000 Follower. Darauf hatte sich zweifellos der Reporter bezogen, der Nina zu Hause belästigt hatte.

Wütend sprang Bette auf und machte mit dem Einpacken weiter. Sie füllte den letzten Karton, der eingelagert werden sollte, und verschloss ihn. Die zwei Koffer mit Kleidung und anderen Dingen, die sie mitnehmen wollte, waren schon fertig gepackt, doch jetzt ging sie zu dem Karton, in dem ihre Bürokleidung verstaut war, öffnete ihn wieder und holte ihre beiden Lieblingskostüme heraus. Sie musste adäquat präpariert sein für einen Kampf. Dass er ihr bevorstand, daran hatte sie nach Lektüre dieser ungeheuerlichen Kampagne im Internet keinen Zweifel mehr.

Eigentlich hatte Bette vorgehabt, erst am nächsten Tag aufzubrechen, aber nun wollte sie so schnell wie möglich zurück auf die Farm. Sie hinterließ die notwendigen Anweisungen beim Pförtner und saß eine Stunde später im Land Rover. Sie hatte vor, so lange zu fahren, wie ihre Kräfte reichten, und sich unterwegs eine Unterkunft zu suchen.

Nachdem sie unterwegs getankt hatte, blieb sie noch einen Moment im Auto sitzen, um Allie anzurufen.

»O Gott, das tut mir furchtbar leid«, sagte ihre Freundin betroffen, als sie von dem aufdringlichen Reporter hörte. »Ich habe keine Ahnung, wie es dazu kommen konnte.«

»Es muss nichts mit deinen Freunden zu tun haben«, erwiderte Bette. »Und selbst wenn, bin ich dankbar dafür, denn andernfalls hätten wir von dieser intriganten Aktion gar nichts erfahren. Jetzt können wir handeln. Ich wollte dich nur informieren. Von nun an darf niemand mehr Zutritt zum Apfelgarten bekommen, den Nina und ich nicht persönlich kennen. Leider wird das deine Arbeit sicher behindern, tut mir leid …«

»Dafür habe ich volles Verständnis.«

»Und sollte noch mal eine Drohne auftauchen, schreib dir bitte die genaue Uhrzeit auf, in Ordnung?«

»Mache ich.« Allie stieß einen tiefen Seufzer aus. »Hast du eine Vermutung, wer dahintersteckt?«

Bette gab ein erbostes Schnauben von sich. Es wurde dunkel und hatte zu regnen begonnen, Lichter vorbeifahrender Autos spiegelten sich in den Fenstern. Sie hasste es, bei Regen zu fahren.

»Nun, es kommt nur eine Person infrage, oder?«, antwortete sie schließlich. »Lucas Greville. Jedes Mal, wenn ich den im Garten gesehen habe, hat er irgendwas fotografiert. Ich ärgere mich sehr über meine eigene Dummheit. Seine Überheblichkeit hatte ich für harmlos gehalten, aber da steckt eindeutig mehr dahinter.«

»Ja, leuchtet mir ein«, erwiderte Allie. »Aber ihr habt doch die Eigentumsurkunde, mit der ihr beweisen könnt, dass das Gelände euch gehört, oder nicht?«

»Ja. Aber ich werde mir die mit dem Anwalt lieber noch mal genau ansehen, um sicherzugehen. Und heutzutage wird man ja ganz leicht durch die sozialen Medien verurteilt, auch wenn Vorwürfe vollkommen haltlos sind.« Bette strich sich übers Gesicht. Sie fühlte sich jetzt schon erschöpft, und dabei hatte sie noch einen weiten Weg vor sich. »Ich hätte meinem ersten Impuls folgen und Ryan sagen sollen, dass …«

Sie brach ab, als ihr schlagartig ein Gedanke kam.

»Bette?«

»Ja.« Sie blinzelte. »Entschuldige, Allie, ich muss weiter. Ich melde mich später.«

Unterwegs ließ Bette ihren Gedanken freien Lauf. Ryan hatte Lucas mit in den Apfelhain gebracht. Ryan hatte vorgeschlagen, dem jungen Mann noch nichts vom geplanten Verkauf zu sagen. Hätten sie das von Anfang an mit Lucas besprochen, wären die Karten auf dem Tisch gewesen, und man hätte vielleicht sogar schon einen Käufer an der Hand gehabt. Jetzt dagegen schien es, als wollte Lucas Greville sich den Hain aneignen, ohne einen Penny dafür zu bezahlen. War Ryan an diesem Komplott beteiligt? Je länger Bette darüber nachdachte, desto plausibler fand sie diese Vermutung. Die Erkenntnis lag ihr im Magen wie ein Stein. Hatte sie sich ein zweites Mal von Ryan täuschen lassen?

Nein, beschloss sie. Das machte keiner zweimal mit Bette Crowdie. Der alte Apfelgarten gehörte ihrer Familie. Und wenn er den Besitzer wechseln würde, dann nur, indem sie das Gelände verkauften. Weder den Garten noch die Farm würden sie durch hinterhältige Tricks verlieren.

Die Wut, die in ihr kochte, hielt Bette für den Rest der Fahrt wach.

39

»Und was willst du jetzt tun?«, fragte Nina.

Am nächsten Morgen saßen die Schwestern mit starkem Kaffee zusammen am Tisch. Bette war in den frühen Morgenstunden eingetroffen und hatte sich in der Küche aufs Sofa gelegt, um niemanden zu wecken. Nina sah aus, als hätte sie kaum mehr geschlafen als Bette.

»Ich werde ihm den Krieg erklären«, antwortete Bette. »Wenn Ryan glaubt, damit käme er durch, hat er sich gewaltig geschnitten.«

»Ryan?«, wiederholte Nina bestürzt. »Meinst du, er hat etwas damit zu tun?«

»Ich bin inzwischen davon überzeugt, ja. Schau mal, er hat Lucas hergebracht und mir geraten, noch nicht über den Verkauf zu sprechen. Mit der Begründung, dass Lucas erst mal Arbeit in den Garten investieren soll, um eine Beziehung zu ihm aufzubauen. Ryan muss das von Anfang an so geplant haben. Vermutlich hat er Anteile an dieser geplanten Kelterei der Grevilles.«

»Aber ... bist du *ganz sicher*?«, fragte Nina zweifelnd. »Ich meine ... *wirklich Ryan*?«

»Ich hätte wissen müssen, dass man ihm nicht vertrauen kann«, sagte Bette finster. Dann bemerkte sie den Gesichtsausdruck ihrer Schwester. »Was?«

»Na ja, ich finde, er ist einfach nicht der Typ für solche Machenschaften«, gab Nina zu bedenken. »Wir sollten …«

»Du kennst ihn nicht so gut wie ich«, fiel Bette ihr ins Wort. »Überlass das mir. Ich werde dafür sorgen, dass weder Ryan Atkins noch Lucas Greville noch das ganze verfluchte Internet irgendetwas zu melden haben, was den Garten angeht. Ich werde schweres Geschütz auffahren. Die Crowdie-Farm und der alte Apfelgarten gehören uns, und das werde ich beweisen.«

Den Rest des Tages brachte Bette größtenteils online oder am Telefon zu. Nebenbei sichtete und ordnete sie die restlichen Papiere im Büro. Roland Palmer zeigte sich völlig verblüfft über das Verhalten des jungen Greville, was Bette beruhigend fand, obwohl sie ohnehin sicher war, dass Lucas keinerlei rechtliche Handhabe hatte. Sie war zwar als Anwältin nicht auf Immobilien spezialisiert, aber auch ihrem Kollegen war klar, dass der Internetauftritt genügend Anlass für rechtliche Schritte gegen Lucas Greville gab.

»Ich kann mir allerdings nicht vorstellen, dass sein Vater Graham Greville davon weiß«, bemerkte Palmer am Telefon. »Ich kenne ihn zwar weder persönlich, noch hatte ich beruflich mit ihm zu tun, aber er hat in der Region einen makellosen Leumund. Ein solches Verhalten kann ich mir bei ihm nicht vorstellen. Und mit rechtlichen Schritten wird sich die Kampagne recht schnell stoppen lassen.«

»Sonst kann er sich auch auf was gefasst machen«, erwiderte Bette, das Telefon am Ohr, während sie einen weiteren Stapel vergilbter Papiere durchblätterte. Dann gab sie es mit einem Seufzer auf und massierte sich die Stirn, weil sie merkte, dass Stresskopfschmerzen im Anzug waren.

»Roland, könnte ich Sie um etwas bitten?«, fragte sie. »Ich komme einfach nicht dazu, diese letzten Unterlagen von meinem Vater zu sichten. Überwiegend sind es wohl Quittungen und derlei, und ich bin beinahe versucht, sie zu verbrennen. Aber alles andere habe ich ja auch durchgeschaut, deshalb ...«

»Sie müssen gar nicht weiterreden«, sagte Palmer. »Bringen Sie mir gern alles vorbei oder stecken Sie's in die Post, hier kümmert sich jemand darum. Wir haben wohl beide das typische Juristen-Gen für gewissenhafte Sorgfalt, wie? Ich nehme Ihnen das gerne ab, konzentrieren Sie sich in Ruhe auf die neue Krise.«

Bette lächelte. Seit sie mit Roland Palmer zusammenarbeitete, hatte sie den erfahrenen älteren Anwalt immer mehr zu schätzen gelernt. Sie hatte erlebt, wie klug und feinfühlig er mit seinen Mandanten umging, und war insgesamt beeindruckt von der Kanzlei, deren Arbeitsfelder wesentlich vielfältiger waren, als sie ursprünglich angenommen hatte. »Großen Dank, Roland. Das mache ich morgen.«

Gegen Abend hatte Bette ihre Strategie so weit vorbereitet, dass sie sicher war, Lucas' Attacke erfolgreich abwehren zu können. Während sie arbeitete, wuchs ihre Wut auf eine andere Person immer stärker. Ryan. Wieso hatte sie diesem Mann ein weiteres Mal vertraut? Warum nur hatte sie erneut zugelassen, dass er ihr emotional nahekam? Bette war mindestens so wütend auf sich selbst wie auf ihn und zugleich zutiefst erschüttert über seine Verlogenheit. Sie hatte Ryan *gemocht*. Hatte die Stunden genossen, in denen sie gemeinsam gearbeitet und gelacht hatten. Wie hatte er sich so benehmen können, in dem Wissen um sein Vorhaben? Er wusste doch genau, wie wichtig der Verkauf des Hains für ihre Familie war. Er wusste, dass sie ohne die Einnahme die Farm verlieren würden. Und dennoch hatte er seinen Plan weiterverfolgt.

Wie kann das sein?, fragte sie sich, und einen Moment lang überlagerte ein schmerzhafter Anflug von Trauer ihren Zorn. *Wie konnte er mir so etwas nur antun? Ein zweites Mal?* Bei Lucas war das schon schockierend genug, aber bei Ryan …

Bette wartete ab, bis sie sicher sein konnte, dass er sich im Apfelgarten aufhielt. Er hatte ihr gestern früh geschrieben, dass er heute Abend weitere Wildlinge zum Veredeln mitbringen wollte. Bette verließ das Haus mit ihrem iPad in der Tasche, ohne jemandem Bescheid zu geben. Es nieselte leicht, und der Himmel war so grau, als könnte jederzeit stärkerer Regen einsetzen.

»Wie kannst du es *wagen*?«, war der erste Satz, den sie seinem Rücken entgegenschleuderte, denn Ryan beugte sich gerade über den Klapptisch, um einen Wildling zum Aufpfropfen vorzubereiten. Lucas war nirgendwo zu sehen.

Ryan fuhr erschrocken herum. »Bette! Was …?«

»Hast du wirklich geglaubt, ich würde nicht dahinterkommen?« Sie hielt das iPad hoch, auf dem sie aufgelistet hatte, was sie im Internet entdeckt hatte. »Glaubst du im Ernst, ich lasse dich *damit* davonkommen?«

»Was?« Er legte das Messer ab, das er in der Hand hielt. »Ich wusste gar nicht, dass du schon wieder hier bist. Was ist passiert?«

»*Du* hast mir geraten, nicht gleich mit Lucas über den Verkauf zu sprechen.« Bette wies auf den Garten, dem inzwischen anzusehen war, wie er sich durch Pflege und Zuwendung zu erholen begann. »Und jetzt weiß ich auch, warum. Du und Lucas, ihr wolltet dafür sorgen, dass er hier als Erster seinen Abdruck hinterlässt. Du wolltest dem Sohn deines Auftraggebers den Weg ebnen.«

Ryan trat einen Schritt näher und schaute auf das iPad. »Ich merke, dass du sehr wütend bist …«

»Ach ja? Erstaunlich!«

»… aber ich schwöre dir, Bette, ich habe keine Ahnung, worum es gerade geht. Bitte erkläre es mir.«

»Aber gerne doch. Am Samstagabend erhielt Nina unerwünschten Besuch von einem Reporter, der von ihr alles über den Garten erfahren wollte. Außerdem verlangte er einen Kommentar der Familie Crowdie zu den zweifelhaften Besitzverhältnissen.«

»*Wie bitte?*«, fragte Ryan perplex.

»Ja, das war auch meine Reaktion. Nina hatte keine Ahnung, was der Mann von ihr wollte, und ich ebenso wenig, als sie mich danach anrief. Ich musste erst mal eine Weile im Internet recherchieren, um das rauszukriegen. Und was ich gefunden habe, kannst du dir ja sicher denken.«

»Nein, das kann ich nicht. Was war es?« Ryan sah betroffen und beunruhigt aus, hielt aber ihrem Blick stand. Bette musste zugeben, dass er ein sehr guter Schauspieler war, wenn er ihr etwas vormachte. Aber auch das wäre schließlich nicht das erste Mal, nicht wahr? Er hatte seinen wahren Charakter bereits in seinen jungen Jahren gut verborgen.

Nacheinander zeigte ihm Bette alle Stellen, die sie mit Lesezeichen markiert hatte. Ryan wurde immer blasser und wirkte verstört, schwieg aber und sah sich alles genau an, bis hin zu der Kampagne auf Instagram.

»Ich werde dich drankriegen«, sagte Bette am Ende kalt. »Du kannst dir was aussuchen. Vorteilsannahme, Verleumdung, üble Nachrede – ein reichliches Angebot. Wenn ich mit dir fertig bin, bist du so mittellos wie meine Familie.«

»Bette«, sagte er schockiert, »wie kannst du nur glauben, dass ich damit etwas zu tun habe? So ist es nicht, das schwöre ich dir. Ich hatte keine Ahnung, dass Lucas so etwas machen würde, bitte glaub mir das.«

»Und wieso sollte ich das tun?«, versetzte sie. »Du tauchst hier aus heiterem Himmel auf und bietest an, umsonst zu arbeiten, um den Garten auf Vordermann zu bringen. Ich hätte wissen müssen, dass das ein trügerisches Angebot war – vor allem von dir. Ich hätte meiner Intuition vertrauen und mich von dir fernhalten sollen.«

»Bette.« Ryans Tonfall war jetzt beschwörend. »Ich bin so nicht. Hätte ich davon gewusst, hätte ich das sofort unterbunden. Niemals würde ich so mit anderen Menschen umgehen. Und ganz besonders nicht mit dir.«

»Ach, komm schon.« Bette lachte bitter. »Als wüsste ich nicht ganz genau, was für ein verlogener Betrüger du bist.«

Seine Miene veränderte sich. Einen Moment lang sah Bette intensiven Schmerz in seinen Augen, einen Kummer, wie sie selbst ihn damals vor all den Jahren empfunden hatte, als sie seinen Anruf bekommen hatte. *Beth, ich muss dir etwas sagen …*

»Ich bin nicht, wie du glaubst«, sagte er so leise, dass er im aufkommenden Wind kaum zu hören war. Die kalte Luft roch nach Winter, nicht mehr nach den würzigen Aromen des Herbsts. »Ich habe dich angelogen, Bette.«

»Na, das weiß ich ja«, erwiderte sie, und gegen ihren Willen brach ihre Stimme. »Was ich nicht verstehe, ist, *weshalb*. Was habe ich dir je angetan, Ryan? Wie kannst du so mit mir umgehen? Und auch noch *zweimal. Warum?*«

»Nein, du verstehst nicht.« Er trat einen Schritt näher, als hoffte er, dass sie ihm dann glauben würde. »Ich habe mit dieser Internetsache nichts zu tun. Und ich habe damals auch das nicht getan, was ich dir erzählt habe, Bette. Ich habe dich nicht betrogen, Bette. *Nie.*«

Sie wich zurück. »Du lügst doch schon wieder. Kannst du nicht …«

»Nein, ich lüge nicht. Die Lüge war das, was ich dir damals bei unserer Trennung erzählt habe. Und ich habe sie seither jeden einzelnen Tag meines Lebens bereut.«

Beth, ich muss dir etwas sagen …

Bette spürte, wie ihr heiß wurde. Und im nächsten Moment lief es ihr eiskalt den Rücken hinunter, als bekäme sie Schüttelfrost. Sie schauderte.

»Hör auf«, sagte sie schroff. »Du lügst immer weiter. Hör endlich auf damit!«

»Nein, ich sage die Wahrheit.« Seine Stimme war so eindringlich, dass ihr der Atem stockte. »Die einzige Lüge, die ich dir je erzählt habe, war die von damals. Und das war das Schlimmste, was ich in meinem ganzen Leben getan habe.«

»Nein …«

»Und genau das will ich dir offenbaren, seit du wieder hier bist«, sprach er weiter. »Ich hätte es dir schon vor Jahren erzählen sollen. Und tue es jetzt noch mal: Ich habe dich nie betrogen, Bette. Und ich habe es seither unendlich bereut, das damals zu dir gesagt zu haben. Ich war jung und dumm und glaubte, das sei das Richtige. Hielt es für *ritterlich*, ob du das glaubst oder nicht.«

Bette starrte ihn an, konfus und angewidert. »Nein«, entgegnete sie so vehement wie möglich. Wie konnte er so unsäglich grausam sein? »Ich glaube dir kein Wort. Ich war dumm, weil ich mir vorgemacht habe, dass du dich verändert hättest. Und jetzt verschwinde von meinem Grundstück, bevor ich die Polizei rufe. Du hast hier nichts mehr zu suchen. Das Gelände zu betreten ist für dich ab sofort eine Straftat.«

Sie wandte sich abrupt ab und machte sich auf den Rückweg. Ihre Augen brannten und tränten, was nicht an dem kalten Wind lag, der von den Klippen herüberfegte. Ryan folgte ihr sofort und ergriff ihren Arm, drehte sie zu sich um.

»Bette.« Ryans Tonfall war jetzt fast flehend. »Ich schwöre dir, dass ich die Wahrheit sage. Du hattest solches Heimweh in deinem ersten Semester. Wir haben so viel Zeit mit

323

Telefonieren und Nachrichtenschreiben verbracht, dass ich schon befürchtet habe, du vernachlässigst dein Studium. Du wolltest abbrechen und zurückkommen – wegen *mir*. Weißt du das nicht mehr? Und dabei hattest du so hart dafür gearbeitet, dieses Studium machen zu können. Du wolltest das unbedingt, es war dein Lebenstraum, Anwältin zu werden, damals schon.« Er hielt einen Moment inne und holte tief Luft. »Vielleicht erinnerst du dich nicht mehr an unsere erste Begegnung, aber ich sehe noch alles vor mir, als wäre es heute. Ich war achtzehn, und plötzlich half mir die Tochter meines Arbeitgebers beim Kuhstallausmisten. Das sollte eine Strafe für dich sein, warum, weiß ich nicht mehr. Wahrscheinlich hattest du dich mit Nina gestritten oder so. Jedenfalls hattest du ein rot kariertes Hemd von deinem Dad an, am Bauch zusammengeknotet, und Jeans, die am Knie zerrissen waren. Die Haare hattest du zu einem zerzausten Knoten hochgebunden. Du warst total wütend und hast geschuftet wie eine Wilde. Und ich habe deine unglaubliche *Energie* gespürt. Nebenbei hast du mir von deinen Plänen erzählt. Du wolltest ganz nach oben, Anwältin werden, in London arbeiten, später vielleicht in New York. Die Welt sehen, und du wusstest damals schon ganz genau, wie du deine Ziele erreichen konntest. Du warst strahlend und kraftvoll, und das habe ich geliebt an dir, vom ersten Moment an, als ich mit einer wütenden Sechzehnjährigen den Stall ausmisten musste. Und dann …«, fügte er hinzu, »gab es *uns*. Aber drei Jahre später war plötzlich die Rede davon, dass du alles aufgeben wolltest. Deine Wünsche, Träume, Ziele. Wegen *mir*.«

Bette riss sich los. »Du willst jetzt behaupten, dass du mich betrogen hast, um *mir etwas Gutes zu tun*? Das ist ja wohl endgültig der Gipfel!«

»Nein.« Ryan stellte sich ihr rasch in den Weg, als sie weitergehen wollte. »Noch mal: Ich habe dich nicht betrogen. Ich habe das nur gesagt, weil es mir damals als einzige Möglichkeit erschien, dich davon abzuhalten, dein Studium abzubrechen.« Er seufzte und strich sich übers Gesicht. »Wir waren beide jung und unreif, ich aber noch mehr als du. Ich habe dich sehr geliebt. Aber als ich dich gefragt habe, ob du meine Frau werden willst, habe ich nur an mich gedacht. Das war absolut egoistisch. Ich wollte nicht, dass du weggehst. Und wenn wir geheiratet hätten, dann hättest du über kurz oder lang hierher zurückkommen müssen. Zuerst habe ich mir eingeredet, das sei in Ordnung, und du könntest dann irgendwo hier in der Gegend arbeiten. Aber das war eben nicht, was du wolltest, verstehst du? Das warst nicht *du*. Du hättest das nur wegen mir getan. Wegen *uns*.«

Bette starrte ihn fassungslos an. Sie brachte kein Wort hervor. Und schien sich auch nicht mehr rühren zu können, umklammerte nur mit einer Hand den schmiedeeisernen Zaun und starrte diesen Mann an, der ihr das Herz gebrochen hatte, das seit damals nicht geheilt war.

»Ich hätte dir niemals untreu sein können, Bette«, sprach er weiter. »Du warst mein Ein und Alles. Aber ich habe keine andere Lösung gesehen, als diese Lüge vorzubringen. Weil ich nicht geglaubt habe, dass wir die Situation durch Reden hätten lösen können. Und für mich kam es eben überhaupt nicht infrage, nach London zu ziehen. Was hätte ich dort tun sollen? Ich wollte Farmer werden, und *ich* wollte *hier* leben. In London wäre ich niemals glücklich geworden ebenso wenig wie du hier. Deshalb sagte ich mir damals, dass wir eben einfach nicht zusammenpassten, sosehr wir uns auch liebten. Und ich wollte nicht dein Leben ruinieren und dich unglücklich machen.«

Aber genau das hast du getan, du Idiot, hätte Bette am liebsten geschrien. *Seit damals bin ich unglücklich …*

»Ich habe mir eingeredet, es sei besser, wenn du mich hassen würdest, weil du mich dann endgültig loslassen könntest«, fuhr Ryan fort. »Habe mir gesagt, dass wir uns beide weiterentwickeln, ein anderes Leben beginnen würden, aber ich habe mein Verhalten bitterlich bereut. Jeden Tag habe ich an dich gedacht, Bette, jeden Tag habe dich vermisst. Eine Zeit lang hatte ich überlegt, dich zu kontaktieren und dir die Wahrheit zu gestehen. Aber das schien mir auch nicht sinnvoll. Denn du hattest ja das Leben gefunden, das du dir gewünscht hattest.« Er seufzte. »Als Cam mich dann fragte, ob ich den Apfelgarten begutachten könnte, dachte ich mir, ich könnte zumindest etwas Gutes für deine Familie tun. Und niemals hätte ich Lucas Greville hierhergebracht, wenn ich geahnt hätte, was er vorhat. Bitte glaub mir das. Ich habe mit dieser schrecklichen Aktion von ihm absolut nichts zu tun.«

Bette fühlte sich wie betäubt, konnte nicht begreifen, was er ihr erzählte. »Ich kann mit alldem nicht umgehen«, brachte sie schließlich mühsam hervor. »Und ich habe Wichtigeres zu tun. Bitte, Ryan, geh jetzt einfach. *Bitte.*«

40

»Aber da ist überhaupt nichts dran, oder?«, fragte Cam, nachdem er sich Ninas Bericht über die Posts im Internet angehört hatte. »Er hat doch nichts in der Hand?«

»Rechtlich wohl nicht«, antwortete Nina.

Sie war zu Cam gegangen, weil sie unbedingt mit jemandem über die ganze Sache reden musste, und hatte ihn im Kuhstall vorgefunden. Bette hatte sich im Büro eingeigelt, und Barnaby schlief bei einem Freund, wofür Nina dankbar war. Er war nach dem Tod seines Großvaters endlich wieder fröhlicher und trug sein Superheldenkostüm viel seltener. Sie wollte nicht, dass er von dem ganzen Debakel etwas mitbekam. »Aber Bette wirkt völlig verstört auf mich. Vielleicht fürchtet sie doch irgendwelche Auswirkungen dieser Meinungsmache und sagt mir nichts davon? Wenn du das alles sehen würdest, Cam – es ist beängstigend. Von uns ist nirgendwo die Rede, und man würde wirklich glauben, dass da ein Mensch um sein Land betrogen wurde und darum kämpft, es wiederzubekommen. Wüsste ich es nicht besser, würde ich es selbst glauben! Lucas muss das gezielt so geplant haben. Wenn wir nämlich jetzt den Apfelgarten verkaufen wollten, gäbe es im Internet einen öffentlichen Aufschrei, weil uns das Gelände ja angeblich nicht gehört. Er hat die Öffentlichkeit so manipuliert, dass ihm geglaubt wird. Es ist der reinste Albtraum.«

Nina lehnte sich kraftlos an die Wand, fühlte sich vollkommen ausgelaugt.

»Und wie ist Ryans Rolle bei alledem?«, fragte Cam.

»Er kam eben ins Haus, hatte anscheinend davon gehört. Sah genauso furchtbar aus wie Bette, ehrlich gesagt, ganz bleich, und hat mir versichert, dass er nichts mit der ganzen Sache zu tun hat. Ich glaube, eigentlich wollte er vor allem mit Bette reden, aber die wollte nicht mit ihm sprechen. Sie denkt, er hängt da irgendwie mit drin. Was ich persönlich nicht glaube. Er wird auch nirgendwo erwähnt in den Posts. Ich gehe wirklich davon aus, dass er nichts davon gewusst hat.«

»Sehe ich auch so«, pflichtete Cam ihr bei. »Und hör mal, ich weiß, dass sich das alles furchtbar anfühlt, aber ich gehe jede Wette ein, dass deine Schwester sich nicht von so einem miesen Kerl aushebeln lässt. Bette wird etwas einfallen.«

»Ich hoffe es«, erwiderte Nina matt. »Ich hatte wirklich geglaubt, die Entdeckung des Apfelgartens sei der Wendepunkt, den wir gebraucht haben. Vor allem, nachdem er wieder so gut aussieht. Aber jetzt ...«

Sie verstummte, erschöpft von dem Hin und Her in ihrem Leben. Wenn sie den Hain nicht verkaufen konnten, waren sie wieder am Nullpunkt angelangt. Die Illusion, dass

Barnaby und sie doch hierbleiben könnten, schien gerade zu zerplatzen wie eine Seifenblase. Und diese fiese Internetaktion verursachte ein Gefühl von überwältigender Machtlosigkeit. Nina verbarg das Gesicht in den Händen. Ihr war nach Weinen zumute, aber das wollte sie in Anwesenheit ihres Nachbarn unter allen Umständen vermeiden.

»Na, komm schon«, hörte sie Cam sagen. Seine Stimme war plötzlich erstaunlich nah, und als Nina die Hände sinken ließ, sah sie, dass er direkt vor ihr stand.

Cam ergriff ihre Hände. »Es wird schon alles gut werden«, sagte er sanft.

Nina blickte auf ihre verschränkten Finger, und schlagartig fiel ihr dieser Traum mit dem gut aussehenden Mann wieder ein, der Cam ähnelte, aber unterschwellig bedrohlich war. Tränen stiegen ihr in die Augen, so wollte sie nicht über ihren Nachbarn denken, aber eine solche Geschichte hatte es schon einmal gegeben in ihrem Leben. Und Bette war auch getäuscht worden von einem Mann, und wie sollte man einen anderen Menschen denn bloß richtig einschätzen können?

Ihr entfuhr ein unkontrollierter Laut, und Cam sah sie besorgt an. »Hey. Was ist? Bitte sag es mir.«

Nina verzog gequält das Gesicht. »Kann ich nicht.«

Er drückte ihre Hände. »Na, komm. Du kannst mir alles erzählen, wirklich.«

Sie schüttelte den Kopf. Aber wenn sie ihn jetzt nicht fragte, würde sie das nie klären können. Und Cam sollte nicht auch noch Teil dieser ganzen Instabilität in ihrem Leben werden.

Nina sog scharf die Luft ein und sagte: »Ich hatte einen Traum über den Apfelhain. Du warst dort – oder ein Mann, der dir ähnelte, aber … seine Ausstrahlung war nicht gut. Es ist mir komplett zuwider zu denken, dass du etwas mit dieser Internetsache zu tun haben könntest, aber du hast Ryan beauftragt …«

»Großer Gott, Nina«, erwiderte Cam schockiert. »So was würde ich niemals machen. Ich würde dir doch so etwas nicht antun.«

»Ich weiß«, sagte sie geknickt. »Du warst immer für mich da, für uns. Aber du hattest diese Bemerkung gemacht, dass unsere Grundstücke wieder vereint werden könnten, und ich habe nicht verstanden …«

»Ah, Nina – das habe ich so nicht gemeint.« Er ließ eine ihrer Hände los, strich ihr sachte übers Gesicht, über die dünne Narbe an ihrer linken Wange. Seine Fingerspitzen fühlten sich rau an. »Ich bin nicht gewalttätig, aber ich schwöre, diesen Typ würde ich umbringen, der dir …«

»Nicht. Bitte nicht.«

»Ich wünsche mir nur, dass du das Gefühl hast, mir vertrauen zu können.«

»Das habe ich«, sagte Nina. »Und entschuldige bitte. Ich hätte das alles nicht äußern sollen. Aber ich bin ein bisschen beschädigt seit damals. Und ich fürchte, das wird für immer so bleiben.«

Cam zog sie sachte in seine Arme. Nina lehnte sich an ihn, ließ ihr Gesicht an seiner Brust ruhen.

»Du bist nicht beschädigt«, sagte er. »Jedenfalls nicht mehr als andere Menschen auch.«

Nina atmete den frischen Duft seines Hemds ein, spürte die Wärme seines Körpers. Es war lange her, dass jemand sie so in den Armen gehalten hatte, und es tat gut. Sie verharrten so lange in dieser Haltung, bis Nina merkte, dass es sich um mehr als nur eine tröstliche Umarmung unter Freunden handelte. Cam strich über ihren Rücken, und als sie sich zurückbeugte, landete ihr Blick unversehens auf seinem Mund. Und obwohl sie das beide nicht beabsichtigt hatten, küssten sie sich im nächsten Moment, an die Wand des Kuhstalls gelehnt.

Danach öffnete Nina ganz langsam die Augen und stellte fest, dass Cam sie mit einem kleinen Lächeln betrachtete.

»Was war das denn?«, fragte sie.

Er lachte ein bisschen, umfasste sie fester. »Lag schon lange in der Luft, oder?«

Nina spürte, wie ihr wieder die Tränen kamen. »Aber das ist gar keine gute Idee, oder? Mit uns beiden, meine ich. Wir sind Nachbarn. Wir sehen uns ständig. Mein Sohn mag dich sehr. Wir verstehen uns alle gut.«

»Hm.« Cam grinste. »Verstehe. Das sind wirklich alles enorme Nachteile.«

»Du weißt, wie ich das meine!«

Das Grinsen wurde breiter. »Ja, klar, Nina. Das stimmt alles so, wie du es gesagt hast. Aber wir sind auch beide vernünftige Menschen. Sollten wir uns doch nicht so gut verstehen, wie wir vermutlich beide schon lange glauben, werden wir irgendwie damit umgehen. Außerdem sollte man doch etwas Wertvolles nicht einfach verschmähen wegen vager Vermutungen. Denn«, er sah sie zärtlich an,

»wenn es nun so wäre, dass es absolut super läuft? Was dann?« Seine Lippen verharrten dicht vor ihren, während er ihre Antwort abwartete.

»Das ist schon ein starkes Argument, ja«, murmelte Nina, während ihr Herz pochte wie wild.

»Freut mich, dass du das auch denkst.« Er küsste sie erneut.

Sie gestattete es sich, diese Gefühle zu genießen – sein fester warmer Körper an ihrem, die Wertschätzung und das Verlangen, die köstliche Aufregung. Aber –

»Nein.« Sie lehnte sich zurück. »Cam … Es tut mir leid. Ich kann einfach nicht. Das ist … Ich kann nicht.«

Er hielt sie noch einen Moment in den Armen, blickte auf sie herunter. Dann lächelte er leicht und ließ sie los. Nina spürte den Verlust sofort schmerzlich.

»Okay«, sagte er. »Ist okay.«

»Entschuldige bitte …«

Er trat einen Schritt zurück, schaute zu Boden. »Du musst dich für nichts entschuldigen, Nina. Wirklich nicht.«

»Ich denke einfach, dass das keine gute Idee ist. Vor allem weil …«

»Ich weiß.« Er nickte und wandte sich ab. »Schon gut.«

Als Nina in das dunkle, stille Farmhaus zurückkehrte, fühlte sie sich zum allerersten Mal nach einem Gespräch mit Cam schlechter als vorher. *Aber es ist doch wirklich eine idiotische Idee,* sagte sie sich. *Sich auf etwas einzulassen, das von vornherein zum Scheitern verurteilt ist.*

Das Haus wirkte schrecklich leer. Nina vermisste Barnaby, der zusammmen mit Limpet immer so viel Lärm veranstaltete wie eine Elefantenherde, und ihren Vater. Einen Moment lang erwog Nina ernsthaft, auf den Dachboden zu klettern und sich auf dem Klappbett einzurollen, verborgen vor dem Rest der Welt.

41

In den nächsten Tagen bekam Nina ihre Schwester kaum
zu Gesicht und fragte auch nicht nach dem Stand der Dinge, weil sie sich nicht mit schlechten Nachrichten konfron-
tieren wollte. Stattdessen versuchte sie, für ihren Sohn fröhlich zu wirken, und zog ihren Alltag auf der Farm durch,
als gäbe es keinerlei Bedrohungen.

Cam ließ sich auch nicht blicken, und Nina hoffte, dass
sie nicht auf Dauer etwas zerstört hatten, sondern dass er
ihr nur Zeit und Raum geben wollte. Aber es fühlte sich
seltsam an, dass er nicht spontan in der Küche erschien
und keine Nachrichten schrieb, die sie zum Lachen brach-
ten. Unwillkürlich fragte sie sich, wie viele Dates er wohl
seit ihren Küssen im Kuhstall gehabt hatte. Und manchmal stellte sie sich vor, was passiert wäre, wenn sie sich
nicht von ihm gelöst hätte. Aber dann wäre womöglich alles schon wieder vorbei, weil sie nur eine von vielen gewesen wäre. Und das hätte erst recht eine unangenehme Distanz geschaffen.

Dennoch war Nina selbst überrascht, wie sehr sie Cam
vermisste. Besonders schlimm wirkte sich die Situation auf

Barnaby aus, dem Cam ebenso fehlte wie Ryan. Ohne die beiden Männer wirkte die Farm verlassen, und Barnaby war wieder bedrückter und ängstlicher und bestand darauf, sein Kostüm dauernd zu tragen.

Zum Glück gab es noch Allie. Nun ohne Unterstützung ihrer Kollegen, arbeitete sie wie besessen an dem Höhleneingang, nahm Barnaby aber regelmäßig mit, damit er dort »Wache halten« konnte. Nina war dankbar dafür, denn Barnaby freute sich darauf und konnte erneut seine Rolle als Beschützer-Superheld des Apfelgartens einnehmen.

Aber es setzte ihr zu, dass ihr Sohn sich erneut so verletzlich fühlte und sie ihm offenbar das Gefühl von Sicherheit und Geborgenheit nicht geben konnte. Ihr selbst fehlte es auch, und es erzürnte Nina, dass sie wieder in diese Hilflosigkeit geraten war, in der sie jahrelang festgesteckt hatte. Doch wie konnte man sich ohne Existenzgrundlage behütet fühlen in dieser Welt? Vor ihrem geistigen Auge sah sie sich und Barnaby in einem desolaten Wohnblock an einer gesichtslosen Straße. Erst jetzt wurde ihr bewusst, was für ein Privileg es war, auf der Crowdie-Farm leben zu können. Nachts schmiedete sie Pläne zu ihrer Rettung, die jedoch völlig aussichtslos waren und nur dazu führten, dass sie keinen Schlaf fand.

Du machst dir was vor, schalt sie sich. *Du bist keine Superheldin. Superhelden gibt es nicht. Aber nur die könnten uns noch retten.*

Der Anruf kam eine Woche später am frühen Abend eines ereignislosen Tages. Nina half Barnaby im Wohnzimmer beim Lernen und ging davon aus, dass Bette im Büro war. Als das Klingeln des Telefons aber nicht aufhörte, eilte Nina nach draußen in den Flur und nahm ab. Dabei fiel ihr Blick auf das Foto, auf dem Barnaby, Bern und sie lachend im Hof standen. Ihr Leben hatte sich so schnell so sehr verändert, diese Szene schien bereits eine Ewigkeit zurückzuliegen.

»Hallo?«

»Hi.« Eine Frauenstimme. »Spreche ich mit Bette Crowdie?«

Nina schaute zu der geschlossenen Bürotür hinüber. »Hier ist Nina Crowdie, Bettes Schwester. Und wer sind Sie?«

»Mein Name ist Rachel Hollingwood. Ich leite das Eveline-MacDonald-Archiv für Frauenliteratur in Newton Dunbar.«

Das sagte Nina gar nichts. »Bleiben Sie bitte dran, ich schau mal nach, ob meine Schwester da ist.«

Nina klopfte an die Bürotür und öffnete sie vorsichtig, als keine Antwort kam. Bette schien nicht zu Hause zu sein.

»Macht nichts«, sagte die Frau, als Nina Bericht erstattete. »Aber könnten Sie vielleicht meine Nummer notieren und Ihrer Schwester ausrichten, dass sie mich zurückruft? Sie hatte nach einem Buch von Ophelia Greville gesucht, und ich kann berichten, dass es sich in unserem Archiv befindet.«

»Wer war das, Mummy?«, wollte Barnaby wissen, als sie ins Wohnzimmer zurückkam. Zum ersten Mal in diesem Jahr prasselte im Kamin ein lebhaftes Feuerchen.

»Weiß ich auch nicht genau«, antwortete Nina und zog ihr Handy heraus. »Schauen wir doch mal nach.«

Die Suche ergab, dass dieses Archiv vor zwei Jahren gegründet worden war, mit dem Ziel, Tagebücher und andere schriftliche Aufzeichnungen von Frauen zu sammeln und zu bewahren. Auf der Website wurde erklärt, dass man historische Selbstzeugnisse von Frauen zugänglich machen wolle, damit ihre Lebenserfahrungen der Nachwelt erhalten blieben. Das Archiv gehörte zum James-MacDonald-Turm, einem eigentümlichen Gebäude, das wie ein Leuchtturm aussah, obwohl es sich auf einem Hügel kilometerweit vom Meer entfernt befand.

»Wow«, sagte Nina, als sie mit Barnaby ein Bild des denkmalgeschützten Turms betrachtete, in dem sich ein Museum über seine Geschichte befand. »Das sieht ja cool aus, oder? Noch nie davon gehört. Und da ist sogar ein Buchladen drin, schau mal.«

Ihr Sohn betrachtete das Foto eingehend.

»Gefällt mir«, sagte er dann. »Eine echt schlaue Idee. Weil sich nämlich jeder über den Leuchtturm wundert, und keiner merkt, dass da ein Geheimversteck drin verborgen ist.«

Nina war noch auf, als Bette nach Hause kam. Sie sah wieder völlig erschöpft aus, was Nina zunehmend beunruhigend fand. Ihre Schwester war zuvor immer ein Ausbund an Energie und Entschlossenheit gewesen.

»Entschuldige«, sagte Bette statt einer Begrüßung, als sie in die Küche kam, wo Nina mit dem Abwasch beschäftigt war. »Ich war in Dundee, musste mit dem Anwalt einiges klären. Ich hätte dir eine Nachricht hinterlassen sollen oder so.«

»Kein Problem«, erwiderte Nina. »Ich habe erst gemerkt, dass du gar nicht da bist, als ein Anruf für dich kam.«

»Was für ein Anruf?«, fragte Bette, während sie ihren Mantel auszog und an einen Haken neben der Tür hängte.

Nina erstattete kurz Bericht und fügte hinzu: »Rachel Hollingwood bittet um Rückruf.«

Bette ließ sich am Tisch nieder und strich sich übers Gesicht. »Damit kann ich mich im Moment nicht abgeben. Gibt tausend andere Dinge, die wichtiger sind.«

Als Nina den letzten Teller abgespült und ins Trockenregal gestellt hatte, setzte sie sich zu ihrer Schwester. Nach kurzem Schweigen sagte Bette: »Uns läuft die Zeit weg. Mir bleibt nur noch ein Monat, bis ich die Zahlungsrückstände von den Hypothekenraten ausgleichen muss. Ich hatte gehofft, dass wir inzwischen einen Käufer für den Apfelhain hätten, zumindest in Aussicht. Aber solange diese Internetkampagne gegen uns läuft, haben wir keine Chance, einen zu finden. Weshalb die Grevilles ihn vermutlich für einen Schleuderpreis haben wollen.«

»Du denkst doch wohl nicht daran, denen den Garten zu verkaufen?«, sagte Nina entsetzt. »Nach allem, was dieser Lucas angerichtet hat?«

Bette spreizte die Hände auf dem Tisch. »Was sollen wir sonst machen? Wenn das unsere einzige Option ist?«

»Und wenn die nicht mal genug zahlen wollen, dass es für die Rettung der Farm reicht?« Nina wusste die Antwort bereits, auch ohne Bettes vielsagenden Blick. »Dann kriegt die Bank die Crowdie-Farm. Wir sind wieder am Punkt null.«

»Tut mir leid, Nina«, sagte Bette leise. »Ich hätte Ryan niemals vertrauen sollen. Sondern ihn wegschicken, sobald er hier auftauchte.«

»Nicht deine Schuld«, erwiderte Nina mit tränenerstickter Stimme. »Aber ich glaube wirklich nicht, dass Ryan etwas damit zu tun hat. Er hat mir heute geschrieben. Hat seinen Job bei den Grevilles gekündigt und denen gesagt, dass er nicht mehr mit ihnen arbeiten will. Und er meint, wir sollten auf jeden Fall die restlichen Äpfel versaften und den Saft fermentieren lassen, weil das eine Einnahmequelle ist. Er hat angeboten, das zu übernehmen und einen Abnehmer zu finden. Und, Bette – du hättest Ryan erleben sollen an dem Abend, als er zuletzt herkam. Der Mann sah aus, als wäre die Welt untergegangen. Ich glaube nicht, dass er uns so etwas angetan hätte. Dass er *dir* so etwas angetan hätte.«

Als Bette daraufhin die Hände vors Gesicht schlug und in Tränen ausbrach, wusste Nina einen Moment lang nicht, was sie tun sollte. Sie hatte ihre Schwester noch nie weinend erlebt, doch da saß sie nun tränenüberströmt an dem alten Küchentisch, der schon so viel mitgemacht hatte. Schließlich legte Nina ihr tröstend die Hand auf den Arm.

»Bette. Was ist passiert?«

»Alles«, lautete die geschluchzte Antwort. »Und nichts. Das sollte alles völlig egal sein. Es liegt schon so lange zurück.«

»Erzähl es mir trotzdem, ja?«, erwiderte Nina ermutigend. »Dafür hat man doch eine Schwester, nicht wahr?«

42

»Ich freue mich riesig darauf«, erklärte Allie begeistert. »Danke, dass ich dabei sein darf. Den James-MacDonald-Turm wollte ich nämlich schon besichtigen, seit damals ein Bericht über ihn in der Zeitung stand.«

Bette ließ den Blick über die karge Landschaft der Highlands schweifen, während sie in Allies Auto Richtung Newton Dunbar fuhren. »Ich hatte noch nie davon gehört, für mich war es nur ein Name auf deiner Liste.«

»Muss absolut faszinierend sein«, sagte Allie. »Da sieht man mal wieder, dass auch die jüngere Vergangenheit ihre Geheimnisse hat.«

Bette blieb stumm. *Das kann man wohl sagen*, dachte sie. Mehrere Tage waren vergangen seit Ryans Geständnis, das Bette nicht mehr aus dem Kopf ging. Geschlafen hatte sie kaum, weil sie sich immer wieder fragte: Wie würden ihr Leben und ihre Beziehung zu Ryan jetzt aussehen, wenn er damals diese Lüge nicht erzählt hätte?

»Bette?«, fragte Allie. »Alles in Ordnung?«

»Entschuldige. Bisschen in Gedanken.«

»Wegen Ryan?«

Bette warf ihrer Freundin einen Seitenblick zu. »Wieso?«

»Na ja, er ist zum ersten Mal seit Längerem heute Nachmittag im Apfelhain, und du hast genau diesen Zeitpunkt für einen Ausflug quer durchs halbe Land ausgesucht. Du gehst Ryan aus dem Weg.«

Dem konnte Bette nicht widersprechen. Sie hatte eingewilligt, dass Ryan die restlichen Äpfel versaftete, wollte ihm aber auf keinen Fall begegnen.

»Ist irgendwas zwischen euch gelaufen?«, fragte Allie, als Bette hartnäckig schwieg.

»Nein, natürlich nicht«, murmelte Bette. »Jedenfalls nicht, was du offenbar denkst. Außerdem ist er verheiratet, Allie, ich würde nie im Leben …«

»Was? Nee, ist er nicht.«

Bette öffnete den Mund, aber kein Laut drang heraus. Sie unternahm einen zweiten Versuch. »Doch. Er hat gesagt …«

»Er *war* verheiratet, aber das ist schon lange her«, sagte Allie. »Etwa drei Jahre lang. Ist aber nicht gut gegangen.« Sie zögerte. »Was mich auch nicht wundert, ehrlich gesagt.«

Bette versuchte, diese Information zu verarbeiten, und schluckte heftig, weil ihr die Kehle eng geworden war. »Warum wundert dich das nicht?«

Allie lockerte ihre Finger am Lenkrad und zuckte mit den Schultern. »Du erinnerst dich doch, wie Ryan war. Wollte immer alles richtig machen. Wahrscheinlich hat er gedacht, man muss eben heiraten, also hat er's getan.«

»Er hat mir vor ein paar Tagen etwas erzählt«, sagte Bette und schaute zum Fenster hinaus. »Über … den Grund für unsere Trennung.«

Ein Schweigen trat ein. Sie näherten sich den malerischen Berggipfeln der Cairngorms.

»Er hat dich gar nicht betrogen, oder?«, fragte Allie nach einer Weile. »Ich habe das schon damals nicht geglaubt, als mir diese Gerüchte zu Ohren kamen. Fand die Vermutung völlig absurd. Er war doch viel zu verliebt in dich.«

Bette wusste nicht mehr, was sie in diesem ganzen Durcheinander noch glauben sollte, und fühlte sich benommen und ungewohnt konfus.

»Tut mir leid«, sagte Allie, als ihre Freundin stumm blieb. »Ich hätte damals für dich da sein sollen. Damit du die Chance gehabt hättest, mit mir über alles zu reden …«

»Nein, ich hätte für *dich* da sein sollen«, widersprach Bette. »Ich sollte mich bei *dir* entschuldigen.«

Allie lachte. »Das Leben ist doch immer wieder abwechslungsreich.«

Bette seufzte. »Ist das gut oder schlecht?«

Ihre Freundin tätschelte ihr das Knie. »Sag mir Bescheid, wenn du dahintergekommen bist«, meinte sie verschmitzt. »So oder so sollte man das Leben in vollen Zügen genießen. Hey, schau mal, wir sind gleich da. Ein herrlicher Anblick, oder?«

Als sie über eine Brücke nach Newton Dunbar hineinfuhren, einen kleinen Ort, der nur aus wenigen Häuserreihen bestand, kam der eigenartige weiße Leuchtturm in

Sicht, der inmitten der Gebirgskulisse auf einem Hügel aufragte, obwohl es weit und breit kein Meer gab.

»Echt eindrucksvoll«, bestätigte Bette, als sie auf einen Schotterweg einbogen, der zu dem sonderbaren Bauwerk hinaufführte. Sie spürte, wie sie eine gewisse Aufregung erfasste. »Rachel Hollingwood hat gesagt, wir finden sie in dem Buchladen im Erdgeschoss.«

Allie fuhr auf den kleinen Parkplatz. Die Freundinnen stiegen aus, streckten sich und atmeten in tiefen Zügen die frische Luft ein, bevor sie den Turm betraten. Dort fanden sie sich in einem mit Bücherregalen angefüllten Raum wieder. Er war kreisrund, wie der Leuchtturm selbst, und eine Eisentreppe führte entlang der Wand nach oben zu einem Halbgeschoss, das ebenfalls jede Menge Bücher beherbergte. Hinter einer Verkaufstheke mitten im Raum prasselte ein Feuer in einem Ofen. Schwanzwedelnd näherte sich ihnen ein Collie und beschnüffelte interessiert Bettes Hosen, an denen er vermutlich den Geruch von Limpet witterte.

»Ah«, hörten sie plötzlich eine freundliche Stimme von oben. »Hallo. Bette Crowdie?«

Eine zierliche Frau mit kinnlangem braunem Haar, gekleidet in Jeans und einen blauen Pulli, kam die Treppe herunter.

»Ja, das bin ich«, antwortete Bette. »Und Sie sind bestimmt Rachel Hollingwood.«

»Ja«, sagte die Frau lächelnd. »Ich habe mich allerdings noch kaum an meinen neuen Nachnamen gewöhnt, ich habe gerade erst geheiratet. Mein Mann Toby und ich wa-

ren in den Flitterwochen, als Sie mir geschrieben haben.
Und unsere leitende Archivarin fand es besser, meine Rückkehr abzuwarten – tut mir leid, dass es so lange gedauert
hat.«

»Ich bin Ihnen sehr dankbar, dass Sie sich überhaupt
gemeldet haben«, erwiderte Bette. »Das ist meine Freundin Allie Bright. Sie ist Archäologin. Von ihr habe ich die
Adresse des Archivs bekommen.«

»Als damals von dem Leuchtturm berichtet wurde, habe
ich alles verfolgt«, erzählte Allie, während sie Rachel die
Hand schüttelte. »Wie schön, dass dieses einzigartige Gebäude erhalten werden konnte und sogar ein Museum be-
herbergt. Und das Archiv interessiert mich sowieso.«

Rachel lächelte. »Freut mich. Na, dann werde ich Sie
mal herumführen.«

Das Eveline-MacDonald-Archiv für Frauenliteratur war
in einem eigens dafür errichteten Nebengebäude unterge-
bracht. Es bestand aus einem großen klimatisierten Raum,
in dem die Dokumente aufbewahrt wurden, und mehreren
Büros.

»Nachdem wir Evelines Aufzeichnungen entdeckt hatten, wollten wir einen Ort schaffen, an dem schriftliche
Selbstzeugnisse von Frauen gesammelt, erhalten und der
Öffentlichkeit zugänglich gemacht werden sollten«, erklärte Rachel, während sie eines der Büros betraten, das ge-
pflegt und modern aussah. »Tagebücher, aber auch Briefe
und Notizen, die auf den ersten Blick nicht so bedeutsam
erscheinen. Das alles sind jedoch wertvolle historische Quel-
len, in denen Frauen selbst zu Wort kommen. Jedenfalls …

Nehmen Sie doch Platz, ich hole Ihnen Ophelia Grevilles Buch.«

Sie verschwand in dem Archivraum und kehrte kurz darauf mit einer Box zurück, auf der zwei Paar dünne weiße Handschuhe lagen. Als Rachel die Box aufklappte, wurde ein ledergebundenes Buch mit abgestoßenen Ecken und brüchigem Rücken sichtbar.

»Oh!«, rief Bette aus, als jäh die Erinnerung einsetzte. »Das ist wirklich das Buch vom Dachboden!«

Allie lachte begeistert. »Ja, ich erinnere mich auch! Unfassbar!«

»Wenn Sie diese Handschuhe überziehen, können Sie es sich in Ruhe ansehen«, erklärte Rachel. »Das Buch wurde bereits komplett digitalisiert, aber Sie möchten sich bestimmt erst einmal mit dem Original vertraut machen.«

Bette zog Handschuhe an, hob das Buch vorsichtig aus der Box und schlug es auf. In kunstvoller schnörkeliger Schrift stand auf dem Titelblatt: *Die Geschichte von Ophelia Greville*. Unversehens spürte Bette, wie ihr die Kehle eng wurde.

»Deshalb hatte ich es nicht als Tagebuch in Erinnerung«, sagte sie zu Allie gewandt und blätterte weiter. »Weil sie es wie einen Roman geschrieben hat.«

»Ja, und als Kinder haben wir den Unterschied nicht bemerkt«, bestätigte ihre Freundin.

»Ophelia hatte tatsächlich einen außergewöhnlichen Stil als Tagebuchschreiberin«, bemerkte Rachel, die sich neben Bette niederließ. »Sie hat über sich selbst in der dritten Person geschrieben, und die Frage, warum sie diese

Form gewählt hat, ist sehr interessant. Es wirkt beinahe, als hätte sie vorsätzlich Abstand zu ihrem eigenen Leben schaffen wollen. Ich schicke Ihnen gern die digitale Version, dann können Sie alles eingehend studieren.«

43

Sie blieben bis zum frühen Nachmittag im James-MacDonald-Turm. Bette war fasziniert von dem Museum in den kleinen oberen Räumen und ganz besonders von der Camera obscura in der Turmspitze. *Ich muss mit Barney mal herkommen,* dachte sie. *Er wird begeistert sein.*

»Die Geschichte von Ophelia ist ebenso traurig wie faszinierend«, sagte Rachel beim Abschied, »und ich bin froh, dass jemand sich damit beschäftigt und sie zu würdigen weiß. Genau das wollen wir mit unserem Archiv bezwecken.«

Auf der Rückfahrt öffnete Bette die E-Mail, die das digitalisierte Tagebuch enthielt. Ophelias Schrift war erstaunlich gut lesbar, was auch erklärte, warum sie als Mädchen keine Mühe mit der Lektüre gehabt hatten. Bette suchte die Stelle, wo der Apfelgarten erstmals erwähnt wurde.

»Hier ist sie George zum ersten Mal begegnet«, sagte Bette. »Weißt du noch? Diese Seiten haben wir damals immer wieder gelesen, wir waren so fasziniert davon.«

Bette las die Szene vor. Die achtzehnjährige Ophelia hatte wieder einen Streit mit ihrem Ehemann gehabt, mit dem sie seit einem Jahr verheiratet war. Sie wollte eine Reise nach Afrika unternehmen …

»Ja, ich erinnere mich, darüber hat sie viel geschrieben«, sagte Bette. »Dass sie die Welt sehen wollte, und Lord Greville wollte nicht mitkommen, sie aber auch nicht allein reisen lassen. Für die damalige Zeit sicher eher typisch, dieses Verhalten.«

»Ja, ganz bestimmt«, bestätigte Allie. »Herumreisen schickte sich nicht für eine anständige Ehefrau. Vor allem, da ja der einzige Zweck dieser Ehe darin bestand, einen Erben für das Greville-Anwesen zu erzeugen.«

»Mir fällt immer mehr ein«, bemerkte Bette, während sie den Text überflog. »Ich weiß noch, dass ich damals schon ihre Lage erschütternd fand. Und jetzt zu wissen, dass es Realität war … Ophelia muss sich schrecklich gefangen gefühlt haben. Sie hatte noch gar kein richtiges Leben gehabt, als sie von ihrem Vater quasi an Milton Greville verkauft wurde.«

»Über die Auseinandersetzungen mit ihrem Vater hat sie auch geschrieben, nicht?«, sagte Allie. »Ich weiß noch, wie ich Ophelia quasi angefeuert habe, als sie ihrem Vater Kontra gab. Sie hatte niemanden, der sie unterstützte, kämpfte für sich allein. Die Mutter war Jahre zuvor gestorben.«

»Genau.« Bette nickte. »Diese junge Frau hatte eine enorme Stärke. Ophelia wusste, dass ihr Erbe durch ihre Heirat an ihren Ehemann übergehen würde. Deshalb hat sie doch diese Absprache mit ihrem Vater getroffen. Um nicht komplett mit leeren Händen dazustehen.«

»Ja, wie war das gleich wieder? Ihr Vater hat von ihr

verlangt, sich ›schicklich‹ zu benehmen, und ihr dafür versprochen, ihr ein Prozent von seinem Erbe zu vermachen, oder? In die Heirat wollte er nur einwilligen, wenn Milton Greville dieser Vereinbarung zustimmte, richtig?«

»Genau, so war es.« Bette sann darüber nach, wie kühn und willensstark Ophelia für die damalige Zeit gewesen war. »Ich meine, heute ist mir klar, wie lachhaft wenig ein Prozent ist, aber damals war ich beeindruckt von ihrem Verhalten.«

»Ich auch«, pflichtete Allie ihr bei. »Und ich weiß noch, wie sehr ich Milton Greville gehasst habe, weil er Ophelia sofort nach der Hochzeit verdeutlicht hat, dass er mit ihrem Vater nur ein Gentlemen's Agreement getroffen hatte, was nicht rechtsgültig war.«

»Ja, die Arme«, sagte Bette nachdenklich, während sie weiterlas. »Aber sie hat nicht aufgegeben. Sie wollte ihr ein Prozent des Anwesens verkaufen, um die Afrikareise zu finanzieren, aber Greville hat sich geweigert, und damit saß sie endgültig in der Falle. Und dann war da diese Szene. Ophelia stürmt nach dem Streit blindlings aus dem Haus, läuft so weit weg wie nie zuvor und findet sich plötzlich in einem eigentümlichen Apfelgarten an den Klippen wieder, wo sie einem jungen Mann namens George Crowdie begegnet.«

»Ja!« Allie schlug aufs Lenkrad. »Das ist die Szene, die mir wieder eingefallen ist, als du mir von dem Hain erzählt hast! Ich fand die als Dreizehnjährige damals unglaublich romantisch. Lies sie bitte noch mal vor.«

Bette las die Stelle vor, wo der bittere Streit zwischen

Milton und Ophelia und ihr wütender Marsch auf der Klippe geschildert wurde. Dann verstummte Bette plötzlich.

»Was ist?« Allie warf ihr einen Seitenblick zu.

»Hör dir das mal an.« Bette begann, den letzten Absatz vorzulesen.

»Halten Sie diesen Ort geheim, George«, sagte sie leidenschaftlich. »Wüsste mein Ehemann davon, würde er den Apfelgarten sofort besitzen wollen. Bewahren Sie Stillschweigen darüber.«

Ein Schatten fiel über George Crowdies Gesicht, und er zuckte leicht mit den Schultern. »Das ist sein Land, Ma'am. Die Bäume gehören ihm. Der Cider, den wir herstellen, landet in seinen Kellern.«

»Nicht für immer«, erwiderte Ophelia. »Dafür werde ich sorgen.« Der Blick der nussbraunen Augen ruhte auf ihr, und eine Spur Neugier war darin zu erkennen. Ophelia gab keine Erklärung ab. Ein Prozent. Ein Almosen, gewiss, aber es gehörte ihr, und es würde ausreichen. Vielleicht würde sie das Anwesen niemals für eine große Reise verlassen können, sondern für immer hierbleiben. Wie der Apfelgarten. Wie die Familie Crowdie. Und wie dieser junge Mann mit den freundlichen braunen Augen.

Die beiden Frauen warfen sich einen Blick zu, und Bette kam es schlagartig vor, als hätten sie das fehlende Puzzlestück gefunden, um das Bild zu vervollständigen. »Das hört sich so an, als wären die Crowdies auf diesem Weg an den Apfelhain gekommen, oder? Ophelia hatte beschlossen, dass sie mit ihrem Anspruch auf ein Prozent George Crowdie den Hain und vermutlich auch die Farm und die Ländereien überschreiben würde. Das würde auch erklären, warum die Eigentumsurkunde von 1839 stammt, obwohl meine Vorfahren schon viel länger dort gelebt haben.«

Allie nickte, schien jedoch Zweifel zu haben. »Aber wie soll sie das geregelt haben? Sie hatte doch keinerlei rechtliche Mittel, um ihren Mann zu diesem Schritt zu zwingen.«

»Guter Punkt«, sagte Bette, während sie eilig weiterlas. »Aber nach dieser ersten Begegnung mit George geht sie häufig in den Apfelgarten. Er wird zu ihrem Zufluchtsort. Auch George ist immer wieder dort.«

»Stimmt!«, rief Allie emphatisch aus. »Die große verbotene Liebe! Gott, ich war damals regelrecht besessen davon!«

»Als Milton davon erfährt«, fuhr Bette fort, »verspricht Ophelia, die Beziehung zu beenden, aber nur unter der Bedingung, dass sie ihr eines Prozent bekommt. Greville ist zu diesem Zeitpunkt zum dritten Mal verheiratet, hat aber noch immer keinen Erben. Er fürchtet, zum Gespött der Leute zu werden, und nun fängt seine Frau auch noch eine Liebelei mit einem Pächter an. Er könnte sich scheiden lassen, dann wäre Ophelia mittellos. Aber sie gelobt, sich von George zu trennen, wenn Milton ihm dafür den Apfelhain und die Farm überschreibt ...«

»Und deshalb stammt die Eigentumsurkunde von 1839«, ergänzte Allie.

»Exakt. Die Geschichte – dieses Tagebuch also – endet mit der tränenreichen Trennung von Ophelia und George. Wirklich tragisch.«

»Wie konnte ich das nur vergessen?«, sinnierte Allie.

»Und ihr Schicksal verschlimmerte sich noch. Rachel sagte, dass Ophelia einige Monate später bei der Geburt ihres ersten Kindes gestorben ist, das Baby aber überlebt hat.«

Bette starrte hinaus ins Zwielicht. »Wissen wir ihr genaues Todesdatum?«

»O mein Gott«, sagte Allie bestürzt. »Zeitlich gesehen hätte das Kind von George stammen können.«

Einen Moment lang blieb Bette stumm, als ihr die weitreichende Bedeutung dieser unerwarteten Erkenntnis klar wurde. »Wow.«

»Könnte sicher interessant sein, sich mal die Gene der heutigen Familie Greville anzusehen, wie?«

»Ich habe nicht die geringste Absicht, diese Büchse der Pandora zu öffnen«, antwortete Bette nach kurzem Überlegen. »Sondern denke gerade, dass ich mit Lucas' Vater sprechen sollte, bevor ich juristisch schweres Geschütz auffahre.«

»Mit dem jetzigen Lord Greville?«

»Ja. Wenn ich ihm verdeutlichen kann, wie viel wir wissen, sorgt er womöglich selbst dafür, dass Lucas diese Kampagne beendet, bevor ich loslege. Das wäre nicht gerade gut fürs Renommee der Familie, nicht wahr? Wir haben zwar nur Ophelias Aussagen, und das auch noch in Romanform, aber …«

»Es geht um Rufschädigung«, ergänzte Allie. »Ja, das ist eine sehr kluge Taktik.«

44

»Du kannst ihn erste nächste Woche treffen?« Nina stand
am Spülbecken und warf ihrer Schwester einen Blick über
die Schulter zu.

»Seine Sekretärin sagte, das sei der erste freie Termin«,
antwortete Bette, die damit beschäftigt war, Kartoffeln in
kleine Stücke zu schneiden. »Wäre nicht sinnvoll gewesen, Druck zu machen. Es ist ja in unserem Interesse, dass
es keine Reibereien gibt.«

»Und du bist wirklich sicher, dass die keine rechtliche
Handhabe haben?«, fragte Nina. »Auch wenn es im Tagebuch so scheint?«

Mittlerweile hatte Bette Ophelias Aufzeichnungen vollständig gelesen und ihrer Schwester eine mündliche Zu-
sammenfassung geliefert. Bette hatte ausführlich dargelegt,
dass die Crowdies nichts bezahlt hatten für die Farm, die
Ländereien und den Apfelhain. Alles war ihnen auf Druck
von Ophelia hin von Milton Greville überschrieben worden. Und Bette hatte die Vermutung geäußert, dass Lucas
im Bilde war über diese Rechtslücke und seine Kampagne
womöglich darauf gegründet hatte. Der ganze Vorgang war

damals gewiss verschleiert worden, damit niemand den wahren Grund erfuhr.

»Nein, die Grevilles haben keine Chance«, antwortete Bette, während sie die Kartoffeln in den Topf gab. »Die Urkunde wurde von Milton Greville unterschrieben. Doch selbst wenn das nicht so wäre, hat unsere Familie fast zwei Jahrhunderte lang dieses Land besessen, ohne dass jemand Anspruch darauf erhoben hat. Allein diese Tatsache hat starkes Gewicht.«

»Was ist eigentlich mit dem Reporter, der hier aufgetaucht ist?«, fragte Nina. »Von dem hat man nichts mehr gehört, oder? Ich hatte darauf gewartet, dass sein Artikel in der Zeitung erscheint, aber das ist bislang nicht passiert.«

»Ich könnte mir denken, dass der im Trüben gefischt hat«, antwortete Bette. »Momentan hat der nichts in der Hand außer Lucas' Instagram-Profil. Vielleicht hat der Journalist weiterrecherchiert und festgestellt, dass nichts dran ist an der Geschichte. Kann sein, dass er sich beim Grundbuchamt den Eigentumsnachweis hat zeigen lassen, laut dem der Apfelhain eindeutig zu unserem Gelände gehört. Das hat ihn vermutlich abgeschreckt. Oder aber er arbeitet an einer größeren Geschichte. Doch wenn er keine Diffamierungsklage am Hals haben will, müsste die ohnehin zu unseren Gunsten ausfallen. Ich glaube, über den musst du dir keine Sorgen mehr machen.«

Vom Hof her waren Schritte zu vernehmen, dann klopfte jemand an die Küchentür.

»Herein!«, rief Nina, und als sie sich umdrehte, stand Cam im Raum.

Eine plötzliche Stille trat ein, in der nur das Blubbern in den Kochtöpfen und das Ticken der Wanduhr zu hören waren. Nina sah ihren Nachbarn zum ersten Mal wieder, seit sie sich im Kuhstall geküsst hatten, und stellte bestürzt fest, dass sie daran auch sofort denken musste. Cam lächelte herzlich, wirkte aber etwas unsicher.

»Hi«, sagte er. »Es tut mir leid, dass ich so hereinplatze.«

»Alles gut, Cam, komm ruhig rein«, sagte Bette. »Mir ist schon aufgefallen, dass ich dich länger nicht gesehen habe. Wie gehts dir?«

»Ach, weißt du …« Cam trat näher und steckte die Hände in die Hosentaschen. »Alles wie immer.«

Während Cam und Bette weiterredeten, löste sich Nina aus ihrer Erstarrung und schnitt weiter Gemüse. *Ist doch nur Cam,* sagte sie sich. *Entspann dich und vergiss die ganze Sache. Hat er doch offenbar auch getan.*

»Ich wollte euch gar nicht stören«, fügte Cam hinzu. »Aber könnte ich vielleicht mal kurz Superheld Seepocke sprechen?«

Nina hatte sich gefasst und wandte sich Cam zu. »Sicher. Ich rufe ihn, er steckt wahrscheinlich auf dem Dachboden. Gibt es irgendetwas, das ich wissen müsste?«

Cam lächelte verschmitzt. »Noch nicht. Vorläufig ist das eine Aufgabe für unseren Superhelden. Aber ich verspreche, dich bald ins Bild zu setzen, okay?«

Nina verschränkte die Arme vor der Brust, erwiderte aber sein Lächeln. Wahrscheinlich war das Cams Versuch, sie beide von der Anspannung zu befreien und wieder zur früheren Stimmung ihrer Freundschaft zurückzufinden.

»Okay«, sagte sie. »Zum Glück vertraue ich dir, nicht wahr?«

Er nickte schmunzelnd.

Nina ging nach oben und rief nach Barnaby. Der Junge kletterte in Windeseile aus seinem Dachbodenversteck herunter und flitzte dann so freudig in die Küche, dass Nina einen Stich im Herzen spürte.

»Cam!«, rief Barnaby atemlos. Er schien Cam umarmen zu wollen, verkniff es sich aber.

»Na, junger Mann.« Cam grinste den Jungen vergnügt an und ging in die Hocke, um auf Augenhöhe mit ihm zu sein. »Hör mal, ich bräuchte deine Hilfe. Es ist kein Notfall, aber trotzdem sehr wichtig. Kann ich auf dich zählen?«

»Ja, na klar! Worum gehts?«

Cam schaute zu Nina hoch. »Ist es okay, wenn Barney und ich draußen reden? Vorerst muss das nämlich streng geheim bleiben. Wir gehen nicht weit weg, aber niemand darf mithören. Das ist eine Superheldenmission.«

Nina schüttelte den Kopf. »Wieso habe ich das Gefühl, dass ich es bereuen werde, wenn ich das erlaube?«

Cam richtete sich auf. »Wirst du nicht, ich verspreche es. Zumindest … hoffe ich es.«

Das Zögern und die merkwürdige Bemerkung trugen nicht zu Ninas Beruhigung bei. Doch weil Cam weiterhin fröhlich grinste, sagte Nina: »Also gut. Aber es darf nicht zu lange dauern, das Abendessen ist gleich fertig.«

»Kann *ich* mithören?«, fragte Bette und steckte sich ein Stück Karotte in den Mund.

»Nee«, antwortete Cam. »Tut mir leid.«

»Komm schon, lass uns gehen«, drängte Barnaby.

»Zehn Minuten«, sagte Cam zu Nina, bevor die beiden rausmarschierten. Dann war von draußen nur noch entfernt der Singsang ihrer Stimmen zu hören, als Cam etwas erklärte und der Junge aufgeregte Zwischenfragen stellte.

Unwillkürlich trat ein Lächeln auf Ninas Gesicht, weil sie sich freute, ihren Sohn endlich wieder so froh zu erleben. *Er hat Cam genauso vermisst wie ich,* dachte sie.

Dann bemerkte sie Bettes forschenden Blick.

»Was?«

»Was meinst du mit ›was‹?«, erwiderte Bette. »Das sollte mein Text sein. Was ist zwischen euch beiden vorgefallen?«

Nina wandte sich dem Herd zu. »Ich weiß nicht, was du meinst.«

»Das weißt du sehr wohl.« Bette stand auf und trat zu ihrer Schwester. »Die dicke Luft, als Cam hereinkam, konnte man mit Händen greifen. Hat er sich deshalb seit Tagen nicht blicken lassen?«

»Er hat einfach zu viel zu tun.«

»Wer's glaubt, wird selig«, erwiderte Bette. »Komm schon, raus damit, Nina. Ich habe dich mit Cam noch nie so schweigsam erlebt. Irgendwas stimmt nicht.«

»Doch, es ist alles in Ordnung«, sagte Nina. »Und selbst wenn es nicht so wäre – wieso sollte ich dir davon erzählen?«

»Weil ich deine große Schwester bin und weil man sich großen Schwestern anvertrauen kann.« Bette ging zum Schrank, um die Teller herauszuholen. »Außerdem habe ich auch ausgepackt über dieses ganze Debakel mit Ryan. Jetzt bist du dran.«

»Also gut«, gab Nina nach. »Aber erst später, wenn Barney im Bett ist.«

»Was glaubst du, was Cam da ausheckt?«, fragte Bette, während sie den Tisch deckte.

»Keine Ahnung. Vielleicht hat es was mit dem Apfelgarten zu tun. Würde mich aber auch nicht wundern, wenn Cam sich nur irgendwas ausgedacht hat, um Barney zu beschäftigen.«

Bette schmunzelte. »Cam kann gut mit ihm umgehen, oder?«

»Ja«, sagte Nina seufzend. »Kann er.«

In den nächsten zwei Tagen schienen Cam und Barnaby eifrig an ihrem Geheimprojekt zu arbeiten. Cam holte den Jungen jeden Abend eine Stunde vor dem Essen ab, dann verschwanden die beiden gemeinsam. Einmal sah Nina Cam mit Tischbeinen und einem Karton unter dem Arm, aber als sie sich danach erkundigte, wollte keiner der beiden Auskunft geben. Nina hegte den Verdacht, dass auch Bette mittlerweile Bescheid wusste, weil sie geheimniskrämerisch wirkte und Nina verstohlen zu beobachten schien. Sie hatte Bette und Barnaby auch schon dabei erwischt, wie sie heimlich tuschelten, sofort verstummten, sobald Nina sich näherte, und hinter vorgehaltener Hand kicherten.

Nina machte das ganze Theater wohl oder übel mit, hatte aber eine gewisse Vermutung. Die gründete auf der Wärme, die sie in Cams Augen wahrnahm, wenn sie sich über den

Weg liefen. Die unbehagliche Stimmung vom ersten Wiedersehen nach dem Kuhstallerlebnis war inzwischen verflogen, und sobald Nina Cam sah, hatte sie Schmetterlinge im Bauch. Das war zwar nicht neu, aber sie nahm diese Reaktion jetzt bewusster wahr als früher.

Am Freitagmorgen auf der Fahrt zur Schule verkündete Barnaby, dass sie abends unbedingt zu Hause sein müsste.

»Du darfst nirgendwo hingehen, versprichst du mir das?«, sagte Barnaby.

»Wo sollte ich denn schon hingehen?«, erwiderte Nina. »Ich bin immer hier, mein Schatz, das weißt du doch.«

»Ja, weiß ich, aber nur für alle Fälle«, sagte der Junge ernsthaft. »Es ist *sehr wichtig. Versprich* es mir.«

»Also gut, Superheld Seepocke«, sagte Nina feierlich. Ihr Herz schlug schneller, was sie zu ignorieren versuchte. »Ich verspreche es.«

Kann doch sein, dass du dir das nur einbildest, sagte sie sich, während sie ihrem Sohn ein Küsschen gab und ihm dann zusah, wie er durchs Schultor flitzte. Und sie versuchte, sich einzureden, dass sie auf keinen Fall enttäuscht sein würde.

Abends erschien Cam zur gleichen Zeit wie die Tage zuvor in der Küche, und Barnaby kam mit einem Rucksack angesprintet.

»Was ist da drin?«, fragte Nina.

»Zeug zur Vorbereitung!«, rief Barnaby, während er an Cam vorbeisauste.

»Für was?«

»Wirst schon sehen, Mum!«

»Bis später«, sagte Cam mit vielsagendem Grinsen.

»Warte, Barney hat mir …«

»Superheld Seepocke!«

»… Superheld Seepocke hat mir aufgetragen, heute Abend zu Hause zu bleiben.«

»Genau so ist es«, bestätigte Cam.

»Aber warum denn?«

Cam zuckte lässig mit den Schultern. »Weil du hart arbeitest und eine Pause verdient hast?«

»Das stimmt«, verkündete Bette, die aus dem Flur in die Küche trat. »Deshalb übernehme ich auch gern das Abendessen. Mach es dir gemütlich und leg mal die Beine hoch.«

Nina beäugte ihre Schwester argwöhnisch. »Du steckst mit den beiden unter einer Decke, oder?«

»Ich habe keine Ahnung, was du meinst«, erwiderte Bette, während Cam glucksend vor Lachen in den Hof verschwand. »Nimm ein schönes Bad.«

Nina starrte sie an. »Was soll das denn? Es ist erst fünf …«

Bette zuckte mit den Schultern. »Na, macht doch nichts. Trink ein Glas Wein und entspann dich ein Stündchen.«

»Aber was passiert in einer Stunde?«, fragte Nina hartnäckig weiter.

Doch darauf gab es keine Antwort mehr, was das nervöse Flattern in Ninas Bauch verstärkte.

Schließlich befolgte sie die guten Ratschläge, da ihr Rücken schmerzte und sie tatsächlich seit Ewigkeiten nicht mehr gebadet hatte. Es war ein Hochgenuss, in das heiße, duftende Wasser zu sinken und den Rotwein zu trinken, den Bette ihr gebracht hatte. Als Nina aus der Wanne stieg, war es schon kurz vor sechs. Sie zog saubere Jeans und einen weichen Pulli an und tappte auf Socken nach unten, wo aber nichts darauf hinwies, dass ihr Sohn zurückgekehrt war oder Bette Essen machte. Stattdessen saß sie in der Küche auf dem Sofa und las, stand aber sofort lächelnd auf, als Nina hereinkam.

»Gutes Timing«, sagte Bette. »Gerade eben habe ich das Bat-Signal bekommen.«

»Das was?«

Statt einer Antwort ging Bette zur Küchentür und öffnete sie. Davor saß Limpet, die Ohren gespitzt, den Kopf abwartend schief gelegt. Am Halsband des Hundes war eine elegante schwarze Fliege befestigt.

»Ich glaube, wir sollen ihm folgen«, erklärte Bette. »Zieh am besten deine Stiefel an.«

»Meine *Stiefel*? Wohin gehen wir denn?«

»Was denkst du wohl? Und nimm auch deinen dicken Mantel. Ist kühl draußen.«

Es dämmerte schon. Bette ging voraus, und als sie zum geheimen Pfad kamen, sah Nina, dass der gesamte schmiedeeiserne Zaun mit Lichterketten geschmückt war, die im Zwielicht schimmerten.

»Limpet begleitet dich weiter«, erklärte Bette. »Es sollte hell genug sein, aber sei trotzdem vorsichtig, du kennst ja die Tücken des Pfads.«

Nina hielt ihre Schwester am Arm fest, als sie sich abwenden wollte. »Bette ... ist das wirklich eine gute Idee?«

Sie schüttelte seufzend den Kopf, aber ein kleines Lächeln umspielte ihre Lippen. »Selbstverständlich.«

»Aber …«

Bette umarmte ihre Schwester. »Nina. Bitte. Du weißt, dass ich in Gefühlsdingen zum Zynismus neige. Aber das? Nichts ergibt mehr Sinn, wenn du mich fragst.«

Sie hielten sich einen Moment in den Armen. Dann löste sich Bette und blickte auf Limpet hinunter, der ungeduldig mit dem Schwanz wedelte.

»Geh jetzt lieber los. Sonst denken die beiden noch, du kommst nicht.«

Die Lichter funkelten neben ihr, während Nina den Weg zum Apfelgarten hinunterging. Neben dem Felsen am Eingang wartete Barnaby. Statt seines Superheldenkostüms trug er eine schwarze Hose, ein weißes Hemd und wie der kleine Collie eine Fliege. Die Haare waren gescheitelt und glatt zurückgekämmt, und der Junge strahlte übers ganze Gesicht, als er seine Mutter sah. Limpet rannte zu ihm und blickte bewundernd zu ihm auf.

»Wenn Madam mir bitte folgen würden?«, sagte Barnaby so förmlich, dass Nina sich das Lachen verkneifen musste. Dann wandte sich der Junge ab und ging mit gemessenen Schritten voraus durch den Garten, wo in den Bäumen weitere silbrige Lichter leuchteten.

Sie näherten sich einer Baumgruppe, die besonders hell beleuchtet war. Auf dem kurz geschnittenen Gras wartete Cam neben einem Tisch, der mit einem weißen Tuch bedeckt war. Sektgläser, Besteck und Geschirr glitzerten im Halbdunkel. Neben dem Tisch sah Nina einen großen Picknickkorb und auf einem Hocker eine Flasche Champagner in einem Kühler. Cam trug die gleiche Kleidung wie Barnaby, hatte sich aber zusätzlich ein Sakko angezogen. Nina traten unwillkürlich Tränen in die Augen, als Cam sie liebevoll anlächelte.

»Hi.«

»Hi.« Nina schaute auf den Tisch, an dem drei Stühle standen, was sie aus irgendeinem Grund noch tränenseliger machte. »Du hast dir ja riesige Mühe gegeben.«

»Nun ja, mir hat mal eine kluge Person gesagt, das sei angeraten.«

Nina wischte sich Tränen vom Gesicht und blickte an sich herunter. »Ich hätte mir was anderes anziehen sollen. Bette hat mir nicht gesagt, dass …«

»Das sollte auch so sein«, erwiderte Cam. »Du siehst wunderschön aus, so wie du bist.«

Er rückte ihr einen Stuhl zurecht und wiederholte die Geste für Barnaby, der so glücklich wirkte, wie Nina ihn seit Berns Tod nicht mehr erlebt hatte.

»Wir haben alles zusammen vorbereitet, Cam und ich«, berichtete der Junge stolz, als alle sich gesetzt hatten. »Das zweite Date soll auf einem Boot sein, weil Cam sich eines von einem Freund borgen kann, und das dritte … Das weiß ich noch nicht, weil Cam meint, es soll was Außergewöhnliches sein, und ich finde, du solltest Fallschirm springen, weil das noch cooler sein soll als fliegen …«

Nina musste lachen, was sich entspannend anfühlte, und sah Cam über den Tisch hinweg an. »Das ist eine tolle Planung. *Drei* Dates?«

»Und vier und fünf und sechs«, erklärte Barnaby. »Aber die sind WNE, das ist der Geheimcode für ›Wird noch entschieden‹. Cam sagt, es soll ein Date pro Woche geben, bis zur Unendlichkeit und noch viel weiter.«

Cam lächelte, sah dann aber plötzlich ernst aus und wandte den Blick ab. »Ich … wollte klarmachen, dass es nicht nur ein einziges Date sein soll.«

Nina ging das Herz auf. »Verstehe.«

Cam sah sie wieder an und ergriff ihre Hand. »Ist das okay für dich? Ist *das hier* okay? Falls …«

»Ja«, antwortete Nina. »Ja. Es ist … mehr als okay.«

Sie sahen sich lächelnd an, verloren im Blick des anderen das Gefühl für Raum und Zeit. Zumindest bis eine eisige Windbö von den Klippen herüberfegte und Nina fröstelte.

»Superheld Seepocke, hast du einen Mantel dabei?«, fragte sie.

»Der liegt im Schuppen.«

»Tut mir leid«, sagte Cam entschuldigend. »Ein Picknick an der Küste im Oktober. Wer macht denn schon so was …?«

Nina drückte seine Hand. »Ich finde es wundervoll, wirklich. Es ist einfach großartig, was ihr beide hier vorbereitet habt. Aber …«

»Aber?«

»Halten sich die Sachen im Korb auch bis morgen?«

»Ja …«

Nina grinste. »Na, dann sollten wir vielleicht versuchen, einen Tisch im Silver Darling zu bekommen?«

45

Das imposante Herrenhaus Greville Hall war umgeben von einem riesigen Gelände, das sich von den Klippen bis zu den entfernten Ausläufern des Schlossparks von Brechin Castle in Angus erstreckte. Früher einmal mochte alles zu einem einzigen Anwesen gehört haben.

In der prachtvollen Eingangshalle wurde Bette von einem Hausangestellten empfangen und durch mehrere Korridore geleitet, die in dezenten Farben tapeziert waren. Sie wurde zweifellos nicht in die Privaträume der Familie, sondern in einen Bürotrakt geführt. Schließlich klopfte der Mann an eine weiße Tür, öffnete sie, und Bette betrat ein Büro. Eine Frau um die fünfzig, bekleidet mit rotem Pulli, Tartan-Rock und schwarzer Wollstrumpfhose, erhob sich vom Schreibtisch und begrüßte den Besuch.

»Ich bin Adrienne Maitland, Lord Grevilles Sekretärin«, erklärte die Frau freundlich. »In ein paar Minuten hat er Zeit für Sie. Möchten Sie etwas trinken? Lord Greville hat sich Kaffee gewünscht.«

Bette fand die Sekretärin unerwartet liebenswürdig. »Ja, danke, sehr nett.«

Während Maitland telefonisch den Kaffee bestellte, sah Bette sich in dem Vorzimmer um. An den Wänden hingen historische Gemälde und Kupferstiche von Landkarten, und gegenüber vom Schreibtisch gab es eine zweite Tür. Bette vermutete, dass sie zum Büro des Hausherrn führte, was sich bestätigte, als kurz darauf ein Anruf kam. Nachdem die Sekretärin aufgelegt hatte, sah sie Bette lächelnd an.

»Gehen Sie bitte hier durch, Lord Greville erwartet Sie. Den Kaffee serviere ich gleich.«

Bette ließ den Blick durch den Raum schweifen, der mit Bücherregalen, Polstersesseln, einem Couchtisch am offenen Kamin und einem Panoramafenster eher einem Wohnzimmer ähnelte. Etwas erstaunt sah Bette sich um, weil sie allein war. Doch dann öffnete sich eine Tapetentür hinter dem wuchtigen Schreibtisch, und ein großer Mann etwa Mitte fünfzig trat in Erscheinung.

»Ms Crowdie.« Lord Greville trat mit ausgestreckter Hand auf Bette zu. »Herzlich willkommen. Ich bin Graham Greville. Setzen wir uns doch in die bequemen Sessel – ich brauche dringend eine Pause von dem elenden Schreibtisch.«

Bette hatte sich den gegenwärtigen Lord Greville ganz anders vorgestellt und merkte in diesem Moment, dass ihr Bild von Ophelias Tagebuch beeinflusst war. Graham Greville, der sonnengebräunt war, Jeans und ein weißes Hemd mit hochgerollten Ärmeln trug, wirkte viel lässiger als der pompöse Milton Greville. Bette fühlte sich in ihrem Businesskostüm deutlich overdressed und war etwas verstimmt, dass der Lord diesen Termin – auf den sie eine ganze Woche hatte warten müssen – offenbar nicht als wichtig genug erachtete, um sich formeller zu kleiden. Während sie sich niederließen, schien ihm dies bewusst zu werden, und er entschuldigte sich wortreich.

»Verzeihen Sie bitte meinen Aufzug, Ms Crowdie«, sagte er. »Ich stelle häufig fest, dass Menschen sich durch Greville Hall eingeschüchtert fühlen. Deshalb bin ich dazu übergegangen, diese Wirkung durch ein legereres Outfit aufzulockern. Aber von Ihnen vermute ich ohnehin, dass Sie sich nicht so leicht einschüchtern lassen.«

Bette lächelte höflich, doch ihr Tonfall war nüchtern und sachlich. »Das ist eine treffende Einschätzung. Ich lasse mich tatsächlich nicht leicht verunsichern. Ich bin wegen Ihres Sohnes Lucas hier, Lord Greville.«

Graham Grevilles Miene verfinsterte sich bei ihrer Ankündigung, aber in diesem Moment kam die Sekretärin mit einem Tablett herein, auf dem sich eine Cafetiere, ein Kännchen Sahne, weiße Porzellantassen und ein Teller mit Shortbread befanden, auf dem das Familienwappen zu erkennen war.

»Vielen Dank, Adrienne«, sagte der Lord, als das Tablett auf dem Couchtisch abgestellt wurde. »Wir bedienen uns selbst. Könnten Sie bitte Lucas hierherbestellen? Falls er nicht zu Hause ist, soll er schleunigst herkommen. Ich scheine in Kürze mit ihm sprechen zu müssen.«

»Jawohl, Sir.«

Nachdem die Sekretärin hinausgegangen war, schenkte der Lord Kaffee ein und lehnte sich dann mit seiner Tasse zurück. »Gut, Ms Crowdie. Ich bin bereit. Was hat Lucas angerichtet?«

Bette berichtete von der Entdeckung des Apfelhains, Lucas' Beteiligung an der Revitalisierung, der Eigentumsurkunde und Ophelias Tagebuch, das erklärte, wie die Familie Crowdie an ihre Ländereien gekommen war.

»Ms Crowdie«, sagte der Lord, nachdem sie geendet hatte, »das ist eine interessante Schilderung über einen Teil der Geschichte des Anwesens, von dem ich bislang keine Kenntnis hatte. Mir ist allerdings noch nicht klar geworden, wo nun das Problem liegt …«

»Das Problem, Lord Greville, ist dieses.« Bette holte ihr iPad heraus und rief Lucas' Instagram-Seite auf. Dann reichte sie dem Lord das Tablet.

Er sah sich alles an, scrollte durch und las einige Posts. Bette beobachtete, wie sich seine Miene verdüsterte.

»Wird dieser Account noch genutzt?«, fragte der Lord schließlich.

»Ja, der letzte Post ist von heute früh«, antwortete Bette. »Ich kann Ihnen auch Äußerungen auf anderen Websites zeigen, wenn Sie möchten.«

»Und Sie glauben, dass Lucas dahintersteckt?«

»Ich glaube es nicht nur, ich weiß es. Und es wird mir mühelos gelingen, das vor Gericht zu beweisen.«

Beunruhigt blickte der Lord auf. »Wie wollen wir damit umgehen? Was wünschen Sie sich, Ms Crowdie?«

Bette fuhr herum, als hinter ihr die Tür aufgerissen wurde. Lucas Greville spazierte herein und verdrehte beim Anblick des Gastes die Augen.

»Soll ich wiederkommen, wenn sie weg ist?«

»Ms Crowdie wird hierbleiben«, antwortete Lord Greville scharf. »Du auch. Und zwar so lange, bis du mir das hier erklärt hast.« Er hielt das Tablet hoch, auf dem die Instagram-Seite zu sehen war.

Lucas lächelte ironisch. »Du sagst doch immer, ich soll arbeiten, um meinen Lebensunterhalt zu verdienen. Das tue ich hiermit. Um zurückzuholen, was mir gehört. Was *uns* gehört.«

Greville erhob sich aufgebracht. »Großer Gott, Lucas! Hast du irgendeine Vorstellung davon, welche rechtlichen Schritte uns jetzt drohen? Dieses Grundstück gehört uns nicht, es ist schon seit mehreren Generationen im Besitz der Familie Crowdie. Hast du dir diese Urkunde nicht richtig angeschaut? Das ist eindeutig die Unterschrift deines Urgroßvaters!«

»Er hat vielleicht unterschrieben«, entgegnete Lucas, »aber die haben nie was dafür bezahlt. Das habe ich überprüft. Das sind Diebe, und ich will zurückkriegen, was sie uns gestohlen haben. Ich *will* diesen Apfelhain.«

»Ich habe dir auf unserem Anwesen genügend Land für einen Hain zur Verfügung gestellt«, sagte Lord Greville erzürnt. »Und ausreichend Startkapital sowie einen Experten …« Er brach ab, als ihm etwas klar zu werden schien. »Hat Ryan Atkins deshalb letzte Woche gekündigt? Weil er herausgefunden hat, was du hier treibst?«

Lucas zuckte gleichgültig mit den Schultern. »Ich brauche den ohnehin nicht. Ich weiß, was ich tue.«

Lord Greville schnaubte erbost. »Ganz im Gegenteil. Dieses Verhalten ist grotesk, Lucas, sogar für deine Verhältnisse. Ich habe dir eine weitere Möglichkeit geboten, nach allem, was du deiner Mutter und mir angetan hast, und *so* dankst du uns das?«

Lucas warf gereizt die Hände in die Luft. »Wieso denn? Ich hole doch nur unser Land zurück!«

»Halt den Mund, Lucas«, sagte der Lord wutentbrannt. »Und zwar sofort.«

Der junge Mann verengte verdrossen die Augen, blieb aber immerhin stumm, während sein Vater sich zu Bette wandte.

»Das Ganze tut mir außerordentlich leid«, sagte er. »Mir wäre enorm daran gelegen, eine außergerichtliche Lösung für das Problem zu finden.«

»Wir beabsichtigen, den Apfelhain zu verkaufen«, begann Bette. »Wenn Lucas so erpicht darauf ist, könnte er einen Preis dafür bezahlen, in dem auch die psychische Belastung berücksichtigt ist, die durch sein Verhalten zur Rufschädigung meiner Familie und der Zerstörung ihres Einkommens entstanden ist. Dann würden wir auf eine Klage verzichten.«

»Keinen Penny zahlen wir«, knurrte Lucas. »So weit kommts noch! Diese schäbige kleine Farm ist ohne den Apfelhain rein gar nichts wert, und der …«

»Lucas«, sagte der Lord aufgebracht. »Die einzig korrekte Aussage in deinem Satz ist, dass *wir* keinen Penny bezahlen werden.«

Lucas warf Bette einen vernichtenden Blick zu, aber bevor er etwas erwidern konnte, sprach sein Vater weiter.

»Du hast dich selbst in diese Lage gebracht. Wenn du diesen Apfelhain unbedingt haben willst, kannst du deinen Treuhandfonds für den Kauf benutzen. Ich werde ab sofort nicht mehr hinter dir aufräumen, Lucas. Du willst, dass deine Mutter und ich dich wie einen Erwachsenen behandeln – nun, das gilt ab sofort. Indem du Verantwortung für dein Verhalten übernimmst. Höchste Zeit, dass du das lernst.« Zu Bette sagte der Lord: »Ich vermute, Sie haben sich bereits eine Summe vorgestellt. Adrienne wird Ihnen die Kontaktdaten unserer Anwälte geben. Sprechen Sie mit ihnen, dann planen wir weiter.«

Bette streckte dem Lord die Hand hin. Lucas war unterdessen wutrot angelaufen. »Vielen Dank für Ihre Zeit, Lord Greville.«

»Nein, ich habe zu danken«, erwiderte er. »Für Ihre Geduld und dieses Gespräch. Und nun entschuldigen Sie mich bitte, eine Aussprache mit meinem Sohn steht mir noch bevor.«

»Was, *der* soll den Apfelgarten kaufen?«, fragte Nina ein weiteres Mal, als Bette später das Gespräch mit Lord Greville schilderte. »Nachdem er mit miesesten Machenschaften versucht hat, uns den Hain wegzunehmen?«

Bette hob die Hände. »Wenn es nach mir ginge, natürlich nicht, Nina. Aber wenn ich die Summe errechne, die wir an Schadensersatz bekommen könnten, wenn wir prozessieren würden, plus etwaige Einkünfte des Hains, dann könnten wir alle Schulden abbezahlen und sogar die Hypothek ablösen. Das wäre die Lösung, nach der wir gesucht haben. Und ist es denn so wichtig, wer den Hain bekommt, solange wir die Farm behalten? Dann könntet ihr wirklich hierbleiben, Barney und du, ohne jemals wieder fürchten zu müssen, aus eurem Zuhause vertrieben zu werden.«

Nina seufzte. »Tja, unter diesen Umständen ...«

Sie verfielen in Schweigen. Die alte Standuhr im Flur tickte so laut wie schon damals, als sie beide noch Kinder gewesen waren. Dies war ihr Elternhaus, und der Apfelgarten hatte nie dazugehört.

»Was ist mit Ryan?«, fragte Nina schließlich.

Bette wandte den Blick ab. »Was soll mit ihm sein?«

»Er glaubt, einen Käufer für den Saft gefunden zu haben. Soll ich ihm sagen, er soll vorerst nichts unternehmen?«

Bette betrachtete ihre Hände, schloss einen Moment die Augen. »Nein«, sagte sie dann. »Ich muss ohnehin mit ihm reden. Überlass das mir.«

Sie trafen sich in der Abenddämmerung im Apfelgarten. Den Tisch hatte Cam entfernt, aber die Lichterketten funkelten noch in den Bäumen und trugen zur verwunschenen Atmosphäre bei.

»Ich weiß jetzt, dass du nichts mit Lucas' Machenschaften zu tun hattest«, begann Bette, während Ryan sie ernst ansah. »Graham Greville hat mir das bestätigt.«

Ryan nickte. »Trotzdem tut mir das sehr leid, Bette. Alles.«

Sie standen am Zaun und blickten übers Meer zum Horizont, wo sich das letzte Licht des Tages in den Wellen verlor.

»Was du damals getan hast ...«, murmelte Bette.

Ryan ließ den Kopf hängen, er sah unglücklich und beschämt aus. »War vollkommen falsch«, vollendete er den Satz. »Heute weiß ich das.«

»Du hast mir die Entscheidung abgenommen, Ryan«, fuhr Bette fort. »Du hast mich wie ein Kind behandelt. *Das* war falsch. Aber dein Motiv ... und deine Vermutung, dass wir nicht zusammenpassen ... damit hattest du wohl recht.«

Ryan seufzte tief. »Noch immer?«

»Ja. Noch immer.« Sie schwiegen einen Moment, dann sagte Bette: »Nina hat mir erzählt, du hättest einen Käufer für den Apfelsaft gefunden?«

»Das stimmt.« Ryan nannte eine Summe, die wesentlich höher war, als Bette erwartet hatte. »Ich könnte den Verkauf diese Woche für euch tätigen. Es sei denn, du willst damit warten, um das in die Verhandlungen mit Lucas Greville einzubeziehen?«

Bette grinste grimmig. »Nein, der darf ein Jahr lang auf die Ernte warten und dann seinen eigenen Saft machen.«

»Richtig so.«

»Ich staune ja, dass jemand bereit ist, so viel Geld für Apfelsaft zu bezahlen ...«

»Für diesen Saft schon.« Ryan drehte sich um und ließ den Blick über den Garten schweifen. »Das ist ein ganz besonderer Ort hier, Bette. Diese Apfelbäume sind eine Rarität, und der Saft ihrer Früchte ist einzigartig.«

Auch Bette betrachtete das Gelände, das sie mit so viel Mühe wieder zum Leben erweckt hatten. »Dann ist es wohl gut und richtig, dass wir einen Weg gefunden haben, den Garten zu erhalten.«

»Ich hätte mir nur gewünscht, dass er im Besitz der Crowdies bleibt«, gestand Ryan.

Bette klopfte an den schmiedeeisernen Zaun, der für Ophelia Greville errichtet worden war. »Tja, ich habe schon vor langer Zeit gelernt, dass man nicht alles bekommen kann, was man sich wünscht«, erwiderte sie. »Aber ich habe auch gelernt, Leute dafür bezahlen zu lassen, wenn sie anderen etwas wegnehmen. Und da wir gerade davon sprechen: Du kannst mir helfen, einen angemessenen Kaufpreis für den Garten zu errechnen.«

46

Bette verlangte eine halbe Million Pfund und einigte sich dann mit den Anwälten auf 450 000. Die versuchten, den Preis zu drücken, aber Bette hatte ein gutes Gefecht schon lange gefehlt, und sie drohte eisern entschlossen weiter mit einem Prozess. Danach knickten die Anwälte erstaunlich schnell ein, vermutlich auf Geheiß von Lord Greville. Auf der Instagram-Seite waren keine Updates mehr erschienen, und in den Reddit-Foren, in denen Bette die Threads verfolgte, war CiderExperte001 verstummt. Sie wunderte sich, dass es wenig Äußerungen zu seinem Verschwinden und dem Thema als solchem gab. Im Internet schien man bereit zu sein, schnell zu vergessen.

Es bestand weiterhin die Möglichkeit, dass Lucas irgendwann in einer Rührgeschichte behaupten würde, er sei bestohlen worden. Aber sie würde nicht mehr zulassen, dass dieser junge Schnösel die Wahrheit verdrehte. Deshalb richtete sie Alerts ein, um bei Erwähnung der Wörter »geheimer Apfelgarten« sofort per E-Mail informiert zu werden. Allerdings würde Lucas in wenigen Monaten ohnehin Besitzer des Grundstücks sein. Wenn er schlau genug war, konnte er das für sich als Sieg verbuchen. Denn er hatte letztlich bekommen, was er wollte. Er musste zwar dafür bezahlen, aber das konnte er vor seinen Followern vertuschen und so tun, als wäre seine Kampagne erfolgreich gewesen. Zu Marketingzwecken konnte ihm das künftig nützlich sein. Solange er die Crowdies nicht als Betrüger verfemte, hatte Bette die Absicht, ihn in Ruhe zu lassen – selbst wenn es ungerecht war, dass er keine andere Strafe bekam, als sein Geld herausrücken zu müssen. Aber die Crowdie-Farm war damit gerettet, und nur das zählte.

»Ich kann es kaum fassen«, sagte Nina tränenselig, als Bette ihr berichtete, die Verhandlungen seien abgeschlossen und alle Dokumente zur Unterzeichnung vorbereitet. »Das wars jetzt wirklich? Wir sind frei?«

»In Kürze, ja«, antwortete Bette. »Dann begleichen wir als Erstes die Schulden und lösen die Hypothek ab. Den Rest der Summe kannst du anschließend für alles verwenden, was für die Farm gebraucht wird.«

Nina fiel ihrer Schwester schluchzend um den Hals, weil schlagartig sämtliche Ängste abfielen und sich die gewaltige Anspannung in einem Tränenschwall löste. Bette hielt Nina fest in den Armen, bis der Gefühlsausbruch nachließ. Unterdessen erschienen Barnaby und Limpet und schauten beide mit ängstlichem Blick zu ihr auf.

»Mummy? Was ist los?«, fragte Barnaby erschrocken.

»Oh!« Nina löste sich von Bette und wischte sich mit beiden Händen übers Gesicht. Dann beugte sie sich zu ihrem Sohn hinunter und nahm ihn in die Arme. »Nichts. Alles ist gut, mein Schatz.«

»Aber wir müssen dir etwas erklären, Superheld See-pocke«, begann Bette. »Hat mit dem Apfelgarten zu tun.«

Nina nickte. Bislang hatte sie nicht mit Barnaby über den Verkauf gesprochen, aber der Unterzeichnungstermin war in zwei Tagen, und danach würde ihnen der Garten nicht mehr gehören. Barnaby sollte noch ausreichend Zeit haben, um sich von diesem Stück Land zu verabschieden, das er als sein Geheimversteck ansah.

Der kleine Junge nahm die Nachricht wesentlich gefass-ter hin, als beide Schwestern erwartet hatten. Mit ernster Miene hörte er zu, als sie ihm Bericht erstatteten.

Das Erste, was Barnaby äußerte, war: »Wir müssen die Karte ändern, wenn uns der Apfelgarten bald nicht mehr gehört.«

»Ich meine, du solltest sie so lassen, wie sie ist«, erwi-derte Bette. »Immerhin hast du dich doch eine ganze Wei-le um ihn gekümmert, nicht wahr? Wir könnten eine An-merkung hinzufügen, dass er zuerst von Bruder Alphonse, dann von Ururgroßvater George und Superheld Seepocke betreut wurde, und in Zukunft macht das eben jemand an-ders. Finde ich besser, als ihn komplett von der Karte ver-schwinden zu lassen.«

Ihr Neffe nickte betrübt. »Schade, ich war immer so gern dort«, sagte er. »Jetzt kann ich Allie oder Ryan nicht mehr besuchen und auch nicht mehr nach den Bäumen gucken. Und wir können keine Picknicks mehr dort machen, wie Cam geplant hat.«

»Das tut mir leid, mein Schatz«, sagte Nina sanft. »Aber der Apfelgarten hat uns gerettet, weißt du. Ohne ihn hätten wir die Farm aufgeben müssen, und nun können wir hierbleiben. So war er letztlich ein Superheld, so wie du.«

Diese Idee schien dem Jungen zu gefallen.

»Und weißt du«, fügte sie behutsam hinzu, »da du den Apfelgarten jetzt nicht mehr bewachen musst, kannst du wieder in deinem Zimmer schlafen, wie wäre das?«

Bette beobachtete, wie ihr Neffe stirnrunzelnd über diesen Vorschlag nachdachte. »Erst mal muss ich auf dem Dachboden bleiben«, sagte er dann. »Bis ich weiß, dass der Garten bei seinem neuen Besitzer in Sicherheit ist. So lange muss ich noch aufpassen.«

Nina lächelte, sah aber aus, als verkneife sie sich ein Seufzen. »Na gut, Schatz. Verstehe ich. Aber höchstens eine Woche, ja?«

»Okay«, willigte ihr Sohn ein. »Und bis dahin bin ich ganz besonders wachsam.«

Nachdem die Zukunft des Crowdie-Anwesens gesichert war, begann Bette, wieder über ihre eigene nachzudenken. Ihre Wohnung war für ein halbes Jahr an einen Schweizer Banker vermietet worden, der so lange in London arbeitete. Bette dachte zurück an den Abend, an dem Ryan ihr die Wahrheit über die Vergangenheit und sein Motiv für die damalige Lüge offenbart hatte. Eines hatte er durchaus richtig gesehen: Sie hatte damals einen Plan gehabt. Dazu hatte gehört, vor ihrem vierzigsten Geburtstag Vollpartnerin einer Kanzlei zu sein und dann nach New York zu ziehen. Ersteres hatte sie knapp verfehlt, aber die Idee, ins Ausland zu gehen, war dennoch nicht schlecht. Sie hatte jede Menge Kontakte, und ein Neustart auf der anderen Seite des

Planeten eignete sich als überzeugende Erklärung für ihre monatelange Auszeit: Bette hatte sich um ihr Elternhaus kümmern müssen, in Vorbereitung ihres Umzugs in die USA. Dezent begann sie, ihre Fühler auszustrecken und sich umzuhören. Ihr Hab und Gut war ohnehin schon in Kartons verpackt, und sie lebte aus dem Koffer. Das war der perfekte Zeitpunkt für neue Horizonte.

47

»Tante Bette, kannst du mir bitte etwas vorlesen?«, fragte
Barnaby.

Bette schaute von ihrem Laptop auf, als Barnaby ins
Büro spähte. Nina war wegen einer kranken Kuh mit dem
Tierarzt im Stall.

»Na klar«, antwortete sie. »Hier oder lieber im Wohnzimmer?«

»Im Wohnzimmer ist es wärmer«, sagte Barnaby.

»Recht hast du. Na, dann komm.« Als sie in den Flur trat,
war von der Haustür ein Klopfen zu vernehmen. Bette wies
Barnaby an, schon mal vorzugehen und es sich gemütlich
zu machen. Dann öffnete sie. Auf der Schwelle stand Lucas
Greville im Dunkeln.

»Was willst du hier?«, fragte Bette.

»Ihr glaubt, ihr könnt mir mein Geld wegnehmen«, sagte Lucas mit hassverzerrtem Gesicht. »Aber das könnt ihr
vergessen. Ihr kriegt es auf gar keinen Fall!«

»Wenn du nicht sofort verschwindest, rufe ich die Polizei«, versetzte Bette. »Das würde deinem Vater sicher nicht
gefallen, oder? Ich lasse mir von dir nicht drohen, Lucas. Du

hast bekommen, was du wolltest. Du kannst deine eigene kleine Kelterei eröffnen, wie du es vorhattest.«

»Aber sie wird nicht meine sein«, knurrte Lucas, »obwohl ihr mir dafür die Hälfte meines Fonds wegnehmt. Alles, was ich mache, muss von meinem Vater abgezeichnet werden. Als wäre ich ein *kleines Kind*.«

»Wenn du wie ein Erwachsener behandelt werden möchtest, schlage ich vor, du benimmst dich auch so. Lern was draus, Lucas. Du bekommst den Apfelhain. Jetzt musst du hart arbeiten, um Erfolg zu haben. Und wenn du in Zukunft irgendetwas haben willst, solltest du die richtigen Methoden anwenden, um es zu bekommen.«

Lucas war krebsrot im Gesicht und ballte die Fäuste, aber Bette fühlte sich nicht bedroht. Er benahm sich wie ein trotziger kleiner Junge, der einen Wutanfall hat. Barnaby hatte sich allerdings in ihrer Nähe noch nie so aufgeführt.

»Ich werde diesen Vertrag nicht unterzeichnen«, verkündete Lucas. »Ich werde nicht bezahlen für etwas, das mir sowieso gehört. Ihr kriegt nichts von mir. Ich will den Garten nicht.«

Bette zog die Augenbrauen hoch. »Dafür ist es jetzt zu spät.«

»Ach ja? Das werden wir ja sehen.«

Damit wandte er sich wutentbrannt ab und verschwand in der Dunkelheit. Bette wartete, bis sie die Autotür knallen hörte und sah, wie die Rücklichter sich entfernten. Erst dann schloss sie die Haustür. Als Bette sich umdrehte, stand Barnaby mit besorgtem Gesicht im Flur.

»Wer war das?«, fragte er.

»Niemand. Kein Grund zur Beunruhigung. Komm, jetzt lese ich dir vor. Ist gleich Schlafenszeit für dich.«

Als sie sich am Kaminfeuer niederließen, dachte Bette über Lucas' Bemerkungen nach. Würde Graham Greville so spät am Abend noch seine Anwälte kontaktieren, wenn sein Sohn ihn dazu überredete, einen Rückzieher zu machen? Das war nicht auszuschließen. Rechtlich möglich war es, der Vertrag war noch nicht unterzeichnet. Bette warf einen verstohlenen Blick auf ihre Uhr. Heute Abend konnte sie dagegen nichts mehr unternehmen. Aber morgen früh musste sie sofort dafür sorgen, für eine solche Wendung gewappnet zu sein.

48

Als die Kuh endlich behandelt war und der Tierarzt aufbrach, war Nina völlig erschöpft. Erst gegen zehn Uhr abends kam sie aus dem Stall. Bette hatte Barnaby zu Bett gebracht, und Nina hatte ihn angerufen, um Gute Nacht zu sagen. Im Haus ging sie als Erstes nach oben und schaute die Dachbodenleiter hinauf. Limpet lag an seinem üblichen Platz vor der Luke und spitzte die Ohren, als er Nina bemerkte. Sie horchte einen Moment, aber Barnaby schien fest zu schlafen.

»Braver Hund«, raunte sie Limpet zu und ging wieder nach unten in die Küche.

»Möchtest du ein Glas Wein und eine Suppe?«, fragte Bette. »Oder lieber Dusche und gleich ins Bett?«

»Ich kann noch nicht schlafen gehen«, antwortete Nina. »Muss in ein paar Stunden ein weiteres Mal nach der Kuh schauen. Und Cam hat wohl drüben was für uns zu essen gemacht.« Sie warf einen Blick auf ihr Handy, auf dem gerade eine Nachricht einging, und lächelte. »Wenn man vom Teufel spricht. Fragt mich, ob er mir ein Bad einlassen soll.«

Als sie hochschaute, sah sie Bette schmunzeln. »Bei euch beiden geht es fix vorwärts.«

Nina verzog etwas verlegen das Gesicht. »Na ja, kann man so nicht sagen. Ich meine, wir haben noch nicht … Nein, also jedenfalls: Wir kennen uns ja seit Jahren. Dann geht einiges wahrscheinlich ein bisschen schneller.«

Bette hielt eine Hand hoch. »Hey, das ist doch schön. Freut mich für dich.«

»Wirklich?«

»Ja, absolut. Cam ist ein liebenswerter Mensch und genau richtig für dich. Ich meine, wie viele Männer würden eine Frau, die nach Kuhstall riecht, zu sich einladen?«

Nina lachte. »So gesehen … hast du recht.«

»Dann mal ab mit dir«, sagte Bette. »Sonst wird das Badewasser kalt.«

»Meinst du wirklich?«

»Na und ob. Barney schläft tief und fest. Außerdem«, fügte Bette hinzu, »würde ich das an deiner Stelle schön ausnutzen. Ich werde nicht mehr lange hier sein und die Babysitterin spielen.«

Nina musste daran denken, wie es sich anfühlen würde, wenn sie wieder mit Barnaby allein war. Sie wunderte sich, weil sie die Aussicht keineswegs erfreulich fand – und das, obwohl sie anfänglich so genervt gewesen war von der Anwesenheit ihrer großen Schwester.

»Hast du schon eine Idee, wo du hingehen willst? Zurück nach London?«, fragte Nina.

Bette legte den Kopf schief, und ihre Locken fielen ihr ins Gesicht. Sie hatte sich die Haare wachsen lassen und sie in letzter Zeit auch nicht mehr geglättet. »Ich habe mal meine Fühler Richtung New York ausgestreckt. Aber heute habe ich auch mit einem ehemaligen Mandanten von mir gesprochen. Er ist nicht mein Traum von einem Arbeitgeber, aber bevor ich hierhergekommen bin, hatte er erwähnt, dass er mir jederzeit einen Job verschaffen könnte. Und nun hat sich herausgestellt, dass er an seinem Standort in Sydney jemanden brauchen kann.«

»Sydney?«, wiederholte Nina schockiert. »In Australien?«

»Ja.«

»Aber das ist doch endlos weit weg …«

»Ihr könntet mich besuchen, Barney und du. Mal die Sonne auf der südlichen Seite des Erdballs genießen.«

Nina erwähnte nicht, dass sie die Farm niemals für so einen langen Zeitraum verlassen könnte, und sagte nur: »Ja, vielleicht.«

»Und jetzt mach dich auf zur Bronagh-Farm. Cam wartet auf dich. Barney und ich kommen hier bestens klar.«

»Irgendwie habe ich das Gefühl, dass sie ein zweites Mal davonläuft«, sagte Nina später zu Cam. Sie saß bei einem Glas Wein in seiner Küche und fühlte sich erfrischt nach einem herrlichen Bad und einem delikat zubereiteten Käsetoast. »Und zwar wegen Ryan. Diese Erfahrung damals hat Bettes gesamtes Leben geprägt, scheint mir. Und jetzt, da sie weiß, dass eigentlich alles ganz anders war, reagiert sie genauso wie damals. Nur dass sie diesmal bis ans andere Ende der Welt rennt.«

Cam berührte Ninas Hand. »Deine Schwester ist ein kluger Kopf. Wenn sie eine Entscheidung trifft, wird sie damit zurechtkommen.«

»Aber Australien ist so wahnsinnig weit weg«, sagte Nina aufs Neue. »Ich hätte niemals gedacht, dass ich das mal so empfinden würde, Cam – aber ich werde sie sehr vermissen. Und Barney vermutlich noch viel mehr, denn die beiden verstehen sich bestens.«

Cam rückte näher zu Nina und küsste sie auf die Stirn. »Ja, das verstehe ich. Aber es wäre spannend, sie dort zu besuchen, oder nicht?«

»Hat sie auch gesagt. Aber ich kann doch die Farm nicht allein lassen!«

»Ach, na ja.« Cam legte ihr einen Arm um die Schultern und zog sie an sich. »Da komme ich ins Spiel. Vergiss nicht, dass du auch noch *mich* hast.«

Nina lehnte sich an ihn und seufzte. »Ich wünsche mir eben einfach, dass Bette glücklich ist. All die Jahre habe ich geglaubt, sie genießt ihr Leben in vollen Zügen. Aber inzwischen ... bezweifle ich das, ehrlich gesagt.«

»Sie wird ihren Weg finden«, sagte Cam. »Schau doch nur, wie sie hier alles auf die Reihe gekriegt hat: das Chaos, das Bern euch hinterlassen hat, die Revitalisierung des Apfelgartens und dann auch noch Lucas.«

»Ja, ich weiß.« Nina trank einen Schluck. Sie war so erschöpft, dass ihr der Wein sofort zu Kopf gestiegen war. Wenn sie sich noch länger an Cam lehnte, würde sie vermutlich einschlafen. »Nächste Woche irgendwann werden wir aller Voraussicht nach schuldenfrei sein. Eine Zeit lang war das gar nicht mehr vorstellbar.«

»Wie kommt Barney mit dem Verlust des Gartens zurecht?«, erkundigte sich Cam.

»Na ja, er ist schon traurig, aber ich denke, er wird es verkraften. Er ist wirklich ein liebes Kerlchen. Am wichtigsten ist ihm, dass die Bäume von Bruder Alphonse gut versorgt werden.«

»Vielleicht gibt es eine Möglichkeit, dass Barney das trotzdem machen kann«, sagte Cam nachdenklich. »Auch wenn der Garten den Grevilles gehört.«

Nina schnaubte. »Ich glaube kaum, dass Lucas Greville einen Sechsjährigen in seinem Garten dulden wird.«

»Nein, aber … wir könnten ein paar Knospen aufpfropfen und einen Baum hier anpflanzen, oder? Dann könnte Barney sich um den kümmern und hätte einen eigenen Baum von Bruder Alphonse, der in jedem Fall überleben wird. Lucas sollte davon natürlich nichts erfahren.«

Nina war gerührt über Cams Fürsorglichkeit. »Das ist eine bezaubernde Idee, danke.« Plötzlich musste sie gähnen und hielt rasch die Hand vor den Mund. »O Gott, entschuldige. War ein anstrengender Tag.«

»Willst du dich nicht ein bisschen hinlegen?«, schlug Cam vor.

Nina warf einen Blick auf ihre Uhr. »Das geht nicht. Ich muss jetzt nach der kranken Kuh schauen. Danke fürs Verwöhnen. Sei vorsichtig, sonst gewöhne ich mich noch daran.«

Cam küsste sie. »Das wäre überhaupt kein Problem.«

»Du machst es mir nicht gerade leicht, zu gehen«, murmelte Nina.

»Soll ich die Tür offen lassen, damit du jederzeit wieder reinkommen kannst? Oder möchtest du, dass ich dich begleite?«

»Nein, alles gut.« Nina zwang sich aufzustehen. »Dein Tag war doch genauso anstrengend wie meiner. Geh lieber schlafen.«

»Jawohl, Ma'am.«

Nina schlüpfte an der Hintertür in ihre Stiefel und hielt plötzlich inne. »Hörst du das?«

»Was denn?«, fragte Cam, der gerade das Geschirr abräumte.

Sie horchte. Die Küchenuhr tickte, der Kühlschrank brummte, und …

»Läuft hier irgendwo ein Radio? Oder ein Fernseher?«

Cam runzelte die Stirn. »Nicht dass ich wüsste …«

Nina öffnete die Tür. Wahrscheinlich entstand das eigenartige Geräusch durch Regentropfen, die aufs Dach prasselten. Aber es war trocken und sternenklar. Eigenartige dumpfe Laute waren zu hören, die nicht von Menschen, sondern von Tieren stammten, gefolgt von Rumsen und Poltern.

»Cam! Irgendwas stimmt nicht, ich glaube, bei den Pferden …«

Sie trat auf den Hof hinaus und hörte lautes Prasseln und Grollen. Im selben Moment sah sie das rote Leuchten von Flammen, das die Nacht erhellte, und schrie.

49

Bette wurde von einem Geräusch, das sie im ersten Moment nicht identifizieren konnte, aus unruhigem Schlaf geweckt. Als sie sich auf die Seite drehte, sah sie ihr Handy auf dem Nachttisch vibrieren. Nina rief an – und es war schon weit nach Mitternacht.

»Nina?«, meldete sich Bette schlaftrunken.

»*Bette? Bette!*«, schrie Nina. Im Hintergrund war Lärm zu vernehmen.

Schlagartig war Bette hellwach. »Nina? Was ist los?«

»*Es brennt!*«, schluchzte Nina. »Cams Scheunen. Wir haben die Pferde befreit, aber ...« Ein Schrei war in der Nähe zu hören.

»Nina?« Bette zog sich nebenbei hastig an. »Nina!«

»*Ja, ich bin dran.*« Sie klang jetzt weniger erstickt. »*Aber es ist schlimm, Bette, richtig schlimm ...*«

»Ich komme sofort!«

»*Nein! Ich will nur wissen, ob es Barney gut geht!*«

»Alles in Ordnung. Er schläft tief und fest auf dem Dachboden.«

»*Kannst du bitte trotzdem schauen?*« Ninas Stimme klang

schrill. Bette wurde schlagartig bewusst, dass das Donnern im Hintergrund von den Flammen herrührte.

»Wirklich, es ist alles okay. Ich hätte gemerkt, wenn Limpet die Leiter runtergehopst wäre.«

»*Aber geh bitte zu ihm. Damit er keine Angst hat.*«

»Mache ich sofort. Schon unterwegs, keine Sorge.«

»*Ich muss aufhören!*«, rief Nina, während weitere Schreie und Rufe im Hintergrund zu vernehmen waren.

»Sei bitte vorsichtig. Nina …«

Aber sie hatte aufgelegt. Bette rannte zum Schlafzimmerfenster. Die Bronagh-Farm war von hier aus zu sehen, und über den Bäumen zwischen den beiden Grundstücken leuchtete der Himmel rotorange.

Bette hastete in den Flur hinaus. Kurz vorm Schlafengehen war sie mit bloßen Füßen die Leiter hinaufgeklettert und hatte durch die Luke gespäht. Barnaby hatte sein Bett unter ein Fenster geschoben, durch das man in Richtung Steilküste und Apfelgarten schauen konnte. Der Junge hatte fest geschlafen und ruhig geatmet, sein Gesicht beleuchtet vom silbrigen Mondlicht. Bette hatte ihn einen Moment beobachtet und dann Limpet gekrault, der in seiner üblichen Aufpassposition vor der Luke lag.

Als Bette jetzt möglichst geräuschlos die Leiter hinaufstieg, rechnete sie damit, die beiden genauso vorzufinden. Hätte Barnaby sich gefürchtet und seine Mutter nicht in ihrem Zimmer vorgefunden, hätte er ganz bestimmt seine Tante aufgeweckt, davon war Bette überzeugt. Sie hoffte, dass der Junge von allem nichts bemerkt hatte und durchschlafen würde bis morgen.

Doch als sie durch die Luke schaute, lag Limpet nicht an seinem üblichen Platz, sondern saß mit gespitzten Ohren neben dem Klappbett. Er bellte einmal und winselte, als Bette auf ihn zukam.

»Schsch«, machte Bette. »Braver Hund. Komm her.«

Der Collie kam sofort angelaufen, und Bette blieb fast das Herz stehen, denn erst jetzt sah sie, dass der Schlafsack leer war. Barnaby lag nicht im Bett.

»Barney?« Sie stieg auf den Dachboden und zog an der Kordel für die Deckenleuchte. Das Licht der nackten Glühbirne war grell, und Bette sah sich blinzelnd um. »Barney, wo bist du?«

Limpet setzte sich neben ihre Füße und jaulte.

»Wo ist er? Wo ist Superheld Seepocke?«, fragte Bette. Vielleicht hatte er sich irgendwo versteckt, als er sie gehört hatte. Da Limpet hier war, konnte auch Barnaby nicht weit sein. Die beiden waren doch unzertrennlich. »Wo ist er, Limpet?«, wiederholte sie.

Der Hund lief zum Klappbett, sprang darauf und starrte zum Fenster hoch. Bette eilte rasch dorthin, das Herz schlug ihr bis zum Hals. Barnaby war doch wohl nicht aus dem Fenster geklettert? Aber das war ein absurder Gedanke.

Doch als sie aus dem Dachfenster spähte, sah sie etwas anderes, bei dem ihr der Schreck in die Glieder fuhr.

Auch hier leuchtete der Himmel am Horizont rotorange. Im ersten Moment dachte Bette, es sei eine Täuschung, ein Abglanz des Brandes auf Cams Farm, aber dieses unheimliche Licht glühte weiter hinten, an der Steilküste. Wie war das möglich?

Bette sog entsetzt die Luft ein, als ihr schlagartig die Erklärung einfiel. *Der Apfelhain!*

Sie stieß einen Schreckensschrei aus, riss ihr Handy aus der Tasche, um die Feuerwehr anzurufen. Dann packte sie das Grauen, als ihr ein furchtbarer Gedanke kam. Wo war Barnabys Superheldenkostüm? Er trug es zwar nachts nicht, aber es lag immer neben seinem Bett. Nur jetzt nicht.

»*O Gott!*«, schrie Bette entsetzt. Sie rannte zur Luke, das Handy noch in der Hand.

»Limpet! Hierher!« Als sie die Luke erreichte, stieß der Collie in seiner Eile mit ihr zusammen. Bette geriet ins Taumeln und wäre fast ins Leere getreten. Sie ließ vor Schreck ihr Handy los, das darauf in hohem Bogen wegflog und durch das Treppengeländer bis nach unten ins Erdgeschoss fiel. Als es dort aufprallte, war ein lautes Krachen zu hören.

Limpet tappelte die Leiter hinunter und raste in die Küche, und als Bette selbst im Erdgeschoss ankam, musste sie feststellen, dass ihr Handy den Geist aufgegeben hatte. Sie rannte zu dem schnurlosen Telefon im Flur, nahm es mit und wählte den Notruf, während sie in die Küche lief und dort in irgendein Paar Stiefel schlüpfte, ohne genau hinzusehen. Als sich jemand meldete, gelang es ihr in ihrer Panik nur *Hier Crowdie-Farm, Barton Mill, es brennt im Apfelhain!* in den Hörer zu schreien. Dann legte sie das Telefon auf den Tisch, riss die Tür auf und stürzte mit Limpet hinaus, der jetzt unentwegt bellte. Der Hund mit seinem untrüglichen Instinkt steuerte sofort zum Pfad an den Klippen, und Bette hastete hinterher. Dabei überlegte sie, ob sie vom Festnetz aus Ninas Handy hätte anrufen sollen, aber die Nummer hatte Bette nicht im Kopf, und außerdem blieb keine Zeit.

Die Stiefel waren ihr zu groß – stammten sie etwa noch von Bern? –, und auf dem abschüssigen Weg fand sie keinen richtigen Halt damit. Bevor sie sichs versah, knickte sie bei einer Unebenheit um und stürzte, landete hart auf den Knien und schrie auf vor Schmerz. Limpet war vorausgerannt, und Bette rappelte sich mühsam hoch und humpelte weiter. Ihr Knöchel schmerzte, war zweifellos mindestens verstaucht. Sie hörte jetzt das Knattern und Tosen der Flammen, und vor sich sah sie Limpet in einer Qualmwolke verschwinden.

»Barney!«, schrie sie hustend. »Barnaby!«

Als Bette endlich den großen Fels am Eingang zum Garten erreichte, erstarrte sie einen Moment lang vor Entsetzen. Das Feuer verzehrte mit rasender Geschwindigkeit die trockenen alten Bäume. Sie loderten sofort auf, sobald sie von den Flammen erfasst wurden, glühende Äste fielen zu Boden, Funken schwirrten durch die Luft.

Bette hörte Limpet in dem Inferno bellen und kämpfte sich vorwärts, fast blind, weil der Rauch in ihren Augen brannte.

»Barney! Barnaby!«, schrie sie verzweifelt.

Und dann entdeckte sie im Qualm eine kleine Gestalt, ganz in Schwarz. Barnaby versuchte, einen Eimer, den er mit Wasser aus dem Tank im Schuppen gefüllt haben musste, zu einem brennenden Baum zu schleppen. Limpet packte mit den Zähnen das Cape des Jungen und zerrte wie wild, um den Jungen in Richtung des Pfads zu ziehen. Bette humpelte vorwärts, knickte in den zu weiten Stiefeln erneut um und landete auf den Knien neben ihrem Neffen, den sie sofort bei den Armen packte.

»Barney, nichts wie weg hier!«, schrie sie, während sie versuchte, ihm den Eimer zu entreißen. »Du kannst nichts mehr tun!«

»*Nein!*«, schluchzte er hustend. »Wir müssen die Bäume retten, Tante Bette, sie verbrennen sonst ...«

Er versuchte, sich zu befreien, aber sie riss ihn mit aller Kraft an sich, und er ließ den Eimer fallen. Bette hielt den Jungen mit beiden Armen fest umschlungen, aber als sie sich aufrichtete, wäre sie um ein Haar erneut gestürzt und unterdrückte einen Aufschrei. Dennoch ließ sie Barney nicht los, und Limpet lief voraus, ohne Unterlass bellend. Das Feuer griff rasend schnell um sich, und Bette sah maßlos entsetzt, dass es bereits drohte ihnen den Weg abzuschneiden. Wenn sie den Pfad nicht schnell erreichten, gab es kein Entkommen mehr aus der Flammenhölle.

Bette setzte Barnaby ab und schob ihn Richtung Ausgang. »Lauf, Barney! Lauf ganz schnell nach Hause!« Sie gab ihm einen kleinen Schubs und schrie: »*Limpet!*«

Der Hund verstand sofort, was er tun sollte. Er schnappte das schwarze Cape und stupste den Jungen von hinten mit der Schnauze an, wieder und wieder, sodass ihm nichts anderes übrig blieb, als vorwärtszutaumeln. Dabei versuchte er, über die Schulter zu schauen, und schrie: »Tante Bette!«

Sie humpelte ihnen nach, war aber viel zu langsam. »Lauft schnell!«, brüllte sie stattdessen, als sie sehen konnte, dass die beiden den Pfad erreicht hatten. »Lauft nach Hause! Nicht stehen bleiben! *Nicht stehen bleiben!*«

In diesem Moment gingen neben ihr die Ginsterbüsche in Flammen auf, und der Weg aus dem Garten war vom Feuer versperrt. Bette war in dem brennenden Apfelgarten gefangen und betete nur stumm, dass die beiden unversehrt nach Hause kommen würden.

Panisch sah sie sich um und überlegte, ob es noch einen Ausweg gab. Weiter hinten über den Zaun zu klettern hätte auch nichts gebracht, direkt darunter waren die schroffen Klippen. Doch dann sah sie, dass nicht alle Bäume brannten. Einer der neuen veredelten Wildlinge, die sie vor einigen Tagen gesetzt hatten, war noch nicht von den Flammen attackiert worden, und plötzlich packte Bette rasende Wut. Denn dieses Feuer war absichtlich gelegt worden, daran bestand kein Zweifel. Zwei Brände innerhalb so kurzer Zeit konnten kein Zufall sein. Jemand wollte den alten Apfelgarten vernichten, der so lange überlebt hatte, wollte ihn dem Erdboden gleichmachen. Wenn die alten Bäume verbrannt waren, würde es nie wieder einen der einzigartigen Salzäpfel geben.

Blindlings stürzte sie sich auf den winzigen Baum und riss ihn mit übermächtiger Kraft aus der Erde. Sie selbst würde einen Sturz von der Klippe nicht überleben, aber vielleicht dieses Bäumchen. Vielleicht würde jemand es finden. Oder es landete auf einem Vorsprung mit etwas Erde und konnte dort Fuß fassen. Diese Bäume hatten fünfhundert Jahre überlebt, sie durften jetzt nicht alle sterben.

Als Bette sich zum schmiedeeisernen Zaun wandte, bemerkte sie etwas Flatterndes, das sie sich im ersten Moment nicht erklären konnte. Es sah aus wie ein schwarzes Bettlaken, das sich in den spitzen Schnörkeln des Zaunes verfangen hatte. Dann wurde ihr klar, dass es sich um die Plane handelte, mit der Allie den Eingang zur geheimen Höhle von Bruder Alphonse abgedeckt hatte. Die Plane musste sich durch das Feuer gelöst haben.

Bette überlegte blitzschnell. Die Höhle war ihre einzige Chance, der einzige Ort, in dem sie vielleicht vor den Flammen Schutz finden konnte. Ob dort Einsturzgefahr drohte oder nicht – sie musste es darauf ankommen lassen.

Humpelnd schleppte sie sich am Zaun entlang, an dem das Feuer weniger wütete. Als Bette die Felsformation erreichte, orientierte sie sich an den Bienenalkoven, weil der Rauch so dicht war, dass sie fast nichts mehr erkennen konnte. Inzwischen konnte sie sich kaum bewegen, weil der Schmerz in ihrem Knöchel fast unerträglich wurde.

Doch es musste ihr irgendwie gelingen, sich durch die Öffnung im Höhleneingang zu hangeln. Als Erstes schob sie das Bäumchen hindurch, das sie die ganze Zeit umklammert hatte. Dann kraxelte sie hinauf, zwängte sich durch den von Allie freigelegten Spalt und landete auf der anderen Seite auf dem kalten Felsboden. Das Tosen und Donnern des Feuers draußen kam immer näher. Bette rappelte sich hoch und tastete sich in der Finsternis weiter voran ins Innere der Höhle.

50

Nina wischte sich Schweiß vom Gesicht, danach war ihre Hand schwarz von Ruß. Blinzelnd versuchte sie, auf ihrer Uhr die Zeit zu erkennen. Es war halb zwei. Sie schaute zu den Feuerwehrleuten hinüber, die sich bemühten, die Brände in den Nebengebäuden zu löschen, damit sie nicht aufs Haupthaus übergriffen. Der Pferdestall war bereits verloren, am Kuhstall kämpfte man noch gegen die Flammen an. Ein Traktor war komplett ausgebrannt und stand wie ein gespenstisches schwarzes Gerippe im Hof.

Es war ihnen gelungen, die zwei Pferde und den Esel zu retten, wobei die Tiere völlig verängstigt waren. Die Schimmelstute war als Erstes hinausgestürmt, als Nina das Tor öffnete, gefolgt von den beiden anderen, und Cam konnte sie auf einer der weiter entfernten Weiden in Sicherheit bringen. Die Kühe von der Wiese neben dem Stall wegzutreiben war schwieriger gewesen, weil einige Kälber hatten und sich alle am hintersten Ende des Zauns zusammendrängten. Damit hatten sie erst beginnen können, nachdem zwei Löschfahrzeuge mit schrillen Sirenen eingetroffen und den Kampf gegen die Brände aufgenommen hatten. Bei diesem Krach war Barnaby sicher aufgewacht, und Nina hoffte inständig, dass Bette ihren Sohn von den Fenstern fernhielt und ihn in der Küche mit einer Decke und heißer Schokolade vor einen Superheldenfilm gesetzt hatte.

Ihre Glieder fühlten sich schwer wie Blei an, als sie einen Moment stehen blieb und erschöpft überlegte, was sie noch tun konnte. Die Feuerwehrleute hatten Cam und sie angewiesen, auf Abstand zu bleiben, um die Löscharbeiten nicht zu behindern, aber auch er hielt sich noch in der Nähe auf, als könnte er behilflich sein. Nina überlegte, ob sie in seinem Haus alles Wichtige zusammenpacken sollte, falls es doch noch von den Flammen erreicht wurde.

In diesem Moment schaute Cam herüber, als habe er ihre Gedanken erspürt, und kam zu ihr. Dabei schien er etwas hinter ihr gesehen zu haben und kam unversehens ins Stocken.

Als Nina sich umdrehte, hörte sie einen schrillen Schrei und sah ihren Sohn auf sich zurennen, im Superheldenkostüm und begleitet von seinem treuen Limpet. Im ersten Moment traute sie ihren Augen nicht. Und im nächsten stürzte sie auf Barnaby zu, dicht gefolgt von Cam.

»Mummy!« Barnaby konnte vor Schluchzen kaum sprechen und keuchte so heftig, als sei er einen Marathon gelaufen. »Mummy, Mummy!«

»Was machst du denn hier?«, rief Nina fassungslos und riss ihn in ihre Arme. Dann zog sie ihm rasch die Maske vom Kopf, um ihn zu untersuchen. Barnabys Augen waren knallrot vom Weinen, doch sie konnte keine Verbrennungen erkennen.

Cam legte dem Jungen eine Hand auf den Kopf und fragte: »Was ist passiert?« Dann schrie er: »Sanitäter! Hierher!«

Barnaby schluchzte so heftig, dass er nicht sprechen konnte, und Nina blickte Hilfe suchend zu dem Krankenwagen hinüber, der am Tor zur Farm stand. Zwei Sanitäter kamen bereits angerannt. Sie spürte Limpets Kopf an ihrem Bein, und als sie auf den Hund hinunterschaute, sah sie, dass er einen Fetzen von Barnabys Superheldencape im Maul hatte, den er offenbar nicht loslassen wollte. In ihrer Verwirrung schaute sie zur Crowdie-Farm hinüber, weil sie fürchtete, dort könnte auch ein Feuer ausgebrochen sein. Doch über ihrem Haus war der Himmel nicht glutrot, sondern dunkel.

Jetzt stammelte Barnaby: »Mummy, der A-a-apfelgarten … brennt … Ich habe einen Ein… Einbrecher gesehen und bin ihm nach … und Tante Bette …«

Seine Worte gingen unter in den ohrenbetäubenden Sirenen, als ein weiteres Löschfahrzeug auf den Hof fuhr. Cam rannte dorthin, während die beiden Sanitäter, die bei ihnen eintrafen, Barnaby in eine Rettungsdecke hüllten.

»Mummy!«, schluchzte Barnaby.

»Ja, mein Schatz, ich bin bei dir. Keine Angst.«

»Nein …« Der Junge schüttelte heftig den Kopf, als die Sanitäter ihn wegführen wollten. »Du … du musst Tante Bette retten!«

Nina zögerte. Wie konnte sie ihr Kind in dieser Lage fremden Menschen überlassen, auch wenn sie Helfer waren?

»Bitte, Mummy!«, bat Barnaby verzweifelt. »Nimm Limpet mit, er hat mich gerettet, er kann auch Tante Bette retten! Ihr *müsst* ihr helfen! Schnell!«

Nina warf einen Blick zu Cam hinüber, der dem Fahrer des Wagens Anweisungen gab, wie er in die Nähe des Apfelhains gelangen konnte. Dann küsste sie ihren Sohn und rannte mit Limpet los. Als sie den Großbrand hinter sich ließ, wurde auch das zweite Feuer mit seinem roten Schein am Nachthimmel sichtbar, und sie merkte, dass das Löschfahrzeug ihr auf dem Feldweg folgte. Die Scheinwerfer tauchten das Gelände in grelles Licht, sie hörte den schweren Wagen hinter sich über den unebenen Weg rumpeln. Als sie das Weidegatter erreichte, öffnete sie es, so schnell es ging, und sprintete weiter.

Kurz vor dem Einstieg zum Klippenpfad blieb Limpet stehen, und Nina sah sofort, weshalb. Der Pfad nach unten war nicht mehr begehbar. Das Feuer aus dem Garten hatte die Ginsterbüsche und das Gestrüpp erfasst, alles stand lichterloh in Flammen. Der Zugang zum Apfelhain war versperrt.

»Bette!«, schrie Nina panisch. »Bette, *Bette*!«

Das Löschfahrzeug hatte angehalten, jemand rief Befehle, der Schlauch wurde ausgerollt, und binnen Sekunden stürzten Wasserfluten auf die brennenden Büsche. Nina stand da wie erstarrt. Was konnte sie tun? Nichts mehr. Jemand erschien plötzlich neben ihr. Cam. Nina lief blindlings los, versuchte, an dem maroden alten Weidezaun Stellen zu finden, wo das Gebüsch weniger dicht war, um von oben auf den Garten blicken zu können. Limpet folgte ihr ebenso wie Cam, der sie am Arm festhalten wollte, aber sie riss sich los und stapfte weiter. Schließlich kam sie zu dem Dickicht auf dem Felsplateau und versuchte, sich hindurchzudrängen.

»Nina!«, rief Cam und rannte ihr nach. »Nicht! Das ist zu gefährlich!«

»Ich muss runterschauen!«, schrie sie, während sie sich mit der Kraft der Verzweiflung durch das Gestrüpp kämpfte. Dichter Rauch stieg von unten auf, Limpet blieb zurück und bellte wie verrückt. Als Nina einen Busch beiseitebog, hätte sie um ein Haar das Gleichgewicht verloren und wäre nach unten in den brennenden Garten gestürzt, aber Cam war dicht hinter ihr und riss sie zurück. Wortlos starrten sie auf das Flammeninferno unter ihnen, auf das nun Wasserströme hinunterprasselten.

»Wir können nichts tun, Nina«, sagte Cam, der sie festhielt und weiter nach hinten zog. »Komm mit, bitte. Du bist hier in Gefahr.«

Kraftlos ließ Nina sich von Cam aus dem Gestrüpp führen. Er hatte recht, sie konnten nichts mehr tun. Sie kam sich vor wie in einem Albtraum. *O Gott, Mum. Wie sage ich das Mum? Und Barney, wie soll ich Barney* ... Ja, ihr Sohn brauchte sie. Limpet bellte weiter wie wild, vielleicht um mitzuteilen, dass sie zu Barnaby zurückkehren sollten. Sie hielt Ausschau nach dem Hund, sah ihn aber nirgendwo.

»Limpet!«, rief sie. »Limpet, hierher!«

Der Hund bellte weiter, blieb aber verschwunden.

»Limpet!«, schrie Cam. »Komm her!«

Weil das Bellen nicht aufhörte, der Collie aber nicht erschien, fürchtete Nina plötzlich, er könnte ihr gefolgt und vom Felsen in den brennenden Garten gestürzt sein. Aber dafür klang das Bellen zu nah, und es hörte sich nicht an, als wäre der Hund verletzt, sondern eher aufgeregt und drängend, als wollte er sie auf etwas aufmerksam machen.

Sie horchte, um die Richtung zu orten, und stapfte mit Cam über die verwilderte Wiese. Cam schaltete seine Taschenlampe ein, und in dem hellen Licht entdeckten sie den kleinen Collie, der in einer Senke neben einem Felshaufen in der Erde buddelte.

»Limpet!«

Doch er ließ sich nicht beirren. Als Nina den flachen Abhang hinunterschlitterte, um den widerspenstigen Hund am Halsband zu packen, rutschte sie aus und landete mit den Knien auf einem harten Untergrund, der ein metallisches Geräusch von sich gab.

Cam folgte ihr vorsichtig. »Alles in Ordnung?«

»Ja, geht schon.« Sie rappelte sich hoch und erblickte dabei vor sich ein rostiges Gitter. Zuvor war es von Erde bedeckt gewesen, die durch ihren Sturz zwischen den Stäben hindurchgerieselt war.

Limpet hörte schlagartig zu bellen auf, und plötzlich war ein neues Geräusch zu hören. Eine heisere erschöpfte Stimme, die aus dem Inneren des Felsenbergs nach oben drang.

»*Hilfe!* Ist da jemand? Limpet, hol Hilfe! *Hol Hilfe*, Limpet!«

»Bette?«, schrie Nina in das Gitter hinein. »*Bette?*«

»Ich bin hier, Nina! Hier unten!«

Nina fiel wieder auf die Knie und begann fieberhaft, Erde beiseitezuscharren, riss Grasbüschel aus, die über das Gitter gewachsen waren.

»Hol schnell Hilfe, Cam!«, schrie sie. »Wir brauchen Leute mit Schaufeln!«

»Warte«, sagte Cam. »Warte, wir dürfen nicht riskieren, dass etwas einstürzt.« Er kniete sich neben sie und leuchtete mit der Taschenlampe durch das Gitter. Darunter konnten sie einen schmalen Erdtunnel mit einer Öffnung am Ende sehen, durch die Bettes Stimme drang.

»Bette?«, rief Cam. »Wo genau bist du?«

»In einem kleinen Gang. Es gibt Stufen, aber der Rest ist unter Erde verschüttet, glaube ich. Ich komme nicht mehr weiter.«

»Bekommst du genügend Luft?«

»Ja. Riecht muffig, reicht aber aus.«

»Bist du verletzt?«

»Nur mein Knöchel. Bitte holt mich hier raus, schnell. Ich habe kein Licht, ist stockfinster hier …«

»Wir kommen, Bette!«, rief Nina. »Wir befreien dich so schnell wie möglich!«

51

Bette kam es vor, als hätte es mehrere Stunden gedauert, bis der Gang freigelegt worden war, aber Nina berichtete später, es seien nur etwa dreißig Minuten gewesen. Über dem Apfelgarten hing eine dichte Qualmwolke, als Bette endlich nach draußen gekrochen kam. Durch und durch erleichtert fiel Nina ihrer Schwester um den Hals und drückte sie so fest an sich, als wollte sie sie nie wieder loslassen. Danach umarmte Bette Limpet, der begeistert mit dem Schwanz wedelte und fröhlich zu grinsen schien, während ihm die Zunge aus dem Maul hing.

»Du«, sagte Bette atemlos zu dem kleinen Collie, »bist der absolute Superhund.«

Weil Bette in der Höhle das Tosen des Feuers gehört und gefürchtet hatte, es könne sie erreichen, hatte sie sich durch den Gang getastet, bis sie auf Stufen stieß. Auf allen vieren kroch sie hinauf. Die Luft war stickig, aber zum Glück rauchfrei. Je höher sie kam, desto deutlicher spürte sie einen frischen Luftzug von oben. Sie arbeitete sich voran, bis sie auf eine Öffnung stieß, die zu eng war, um sich hindurchzuzwängen. Weil sie hoffte, dass man draußen ihre

Stimme hören konnte, schrie Bette sich heiser, bis Limpet ihr schließlich antwortete.

Die Sanitäter bestanden darauf, sie und Barnaby erst einmal in die Notaufnahme mitzunehmen. Nina fuhr mit und hielt ihren Sohn fest umschlungen, der auf ihrem Schoß saß.

»Ist die Lage schlimm?«, fragte Bette, auf den Apfelgarten bezogen.

Nina sah sie über Barnabys Kopf hinweg an. »Hätte schlimmer ausgehen können«, antwortete sie ernst, und Bette konnte ihr nur beipflichten.

Ihr Knöchel war gezerrt und verstaucht, aber nicht gebrochen. Die Sanitäter hatten ihn bandagiert und Abschürfungen an ihren Händen behandelt. Und vor allem war Bette einfach unendlich froh, dass sie mit dem Leben davongekommen war.

Später machte sie eine Aussage bei der Polizei und berichtete von Lucas' Rolle bei den Vorgängen um den Apfelhain und von den Drohungen, die er ausgestoßen hatte, als er überraschend vor der Haustür gestanden hatte. Das war zwar kein Beweis, aber dennoch aussagekräftig. Und außer ihm besaß niemand ein Motiv, diese zwei Brände zu legen. Die Brandstiftung bei Cam war vermutlich als Ablenkung geplant gewesen, damit man das Feuer im Hain erst bemerkte, wenn es zu spät war. Eine klare Äußerung, in welchem Zustand der Apfelgarten nun wirklich war, hatte Bette aber bislang niemandem entlocken können.

»Ich muss Barney gleich ins Bett bringen«, sagte Nina, als sie endlich zu Hause ankamen. »Er ist völlig erschöpft.«

»Du solltest dich auch unbedingt ausruhen«, riet Cam, der sie in der Crowdie-Farm erwartet hatte. Die Brände auf seinem Grundstück waren endlich gelöscht. Cam war vor Anstrengung grau im Gesicht, hatte aber noch alle Hände voll zu tun.

Nina küsste ihn. »Und du?«

»Alles okay«, antwortete er. »Ich konnte Ryan und Allie erreichen. Sie kommen und helfen mir mit den Tieren. Geh du schlafen.«

Als Bette ihrem Neffen einen Gutenachtkuss gab, schlang der Junge ihr die Arme um den Hals und ließ sie nicht mehr los. »Tut mir leid, Tante Bette«, murmelte er an ihrem Ohr. »Es ist meine Schuld, dass du verletzt bist.«

»Hey.« Bette strich ihm über den Kopf. »Das stimmt nicht, okay? Wäre nur gut gewesen, du hättest mich geweckt, als du etwas Außergewöhnliches bemerkt hast.«

»Das Feuer habe ich zuerst gar nicht gesehen«, erwiderte Barnaby. »Nur den Einbrecher. Limpet hat ihn gehört und mich geweckt, und dann habe ich den über den Hof schleichen sehen. Ich wollte ihm nur folgen, und damit Limpet nicht bellt, habe ich ihm befohlen, auf dem Dachboden zu bleiben. Aber dann habe ich das Feuer bemerkt.«

»Barney hat der Polizei alles erzählt«, berichtete Nina. »Sie haben Fußabdrücke und Reifenspuren fotografiert, aber ich weiß nicht, ob das etwas bringt. Hier kommen und gehen ja ständig Menschen.«

»Hätte ich nur mein Handy nicht verloren«, sagte Barnaby geknickt. »Dann könnten wir jetzt sehen, wer das gewesen ist.«

»Hast du etwa Fotos von dem Einbrecher gemacht?«, fragte Bette.

Der Junge schniefte. »Ja. Aber es war dunkel. Und im Apfelgarten habe ich es irgendwo verloren. Ist bestimmt verbrannt.«

Bette küsste ihren Neffen auf die Stirn. »Nicht schlimm, Superheld Seepocke, ist nur ein Handy. Und was für ein *großartiger* Superheld du heute Nacht warst! Aber jetzt musst du wirklich schlafen.«

Als Bette später selbst ins Bett gegangen war, gelang ihr das allerdings nicht. Von echten und fantasierten Schreckensbildern geplagt, lag sie wach. Spürte noch die sengende Hitze und hörte das Prasseln der Flammen, während sie die alten Apfelbäume verschlangen. Schließlich wollte Bette sich nicht länger quälen und stand wieder auf.

Im Wohnzimmer stieß sie auf ihre Schwester. Nina hatte Feuer im Kamin gemacht und saß auf dem Sofa unter eine Decke gekuschelt. Bette sah dunkle Ringe unter den Augen ihrer Schwester, und sie war sehr blass.

»Mir ist kalt, und ich kann nicht einschlafen«, erklärte Nina. »Und auch nicht aufhören zu zittern, weil ich daran denken muss, was passiert wäre, wenn du Barney nicht gefunden hättest. Und du in dieser Höhle …«

»Hey«, sagte Bette beruhigend, setzte sich neben ihre Schwester und zog die Decke über sie beide. »Das ist Vergangenheit. Du leidest noch unter den Nachwirkungen des Schocks. Vielleicht solltest du zum Arzt gehen?«

»Es geht schon«, murmelte Nina und schaute in die Flammen. »Ich war ja gar nicht betroffen.«

Bette strich ihr über den Arm. »Aber manchmal ist es schlimmer, wenn man wenig unternehmen kann. Ich war so voller Adrenalin, dass ich kaum wusste, was ich tat.«

Nina legte den Kopf an Bettes Schulter. »Das hast du ganz bestimmt gewusst. Ist doch bei dir immer so.«

Sie versanken in Schweigen und beobachteten die Flammen im Kamin.

»Was sollen wir jetzt tun?«, flüsterte Nina. »Den Apfelgarten haben wir verloren. Oder?«

Bette berührte mit den Lippen das Haar ihrer Schwester. »Ich fürchte, ja.«

»Dann haben wir nichts mehr zu verkaufen. Wie können wir dann …«

»Denk jetzt nicht daran.«

»Aber …« Ninas Handy piepte. Sie las die Nachricht und setzte sich auf.

»Was ist?«

»Cam schreibt, dass die Polizei die Videos von seiner Überwachungskamera gesichtet hat. Es gibt Aufnahmen von einem Wagen, der jemanden am Ende des Zugangswegs zur Farm abgesetzt und diese Person vierzig Minuten später wieder abgeholt hat. Sie versuchen, das Bild zu vergrößern, um das Nummernschild zu erkennen.«

»Ich wusste gar nicht, dass Cam Videoüberwachung hat«, sagte Bette.

»Die hat er letztes Jahr angeschafft, weil es einen kleineren Diebstahl gegeben hatte. Ich habe Dad damals gebeten, dass wir uns auch so was zulegen. Aber wie wir jetzt wissen, war sicher kein Geld dafür da. Die Kamera von Cam filmt die Farm selbst, den Hof und den Hauptweg.«

»Na, das ist immerhin etwas. Es scheint also, als hätte der Brandstifter einen Komplizen gehabt. Aber ein Gesicht konnten sie nicht erkennen?«

Nina schüttelte den Kopf. »War zu dunkel, und er trug eine Kapuze.«

Bette überlegte. Wenn Lucas von der Kamera gewusst hatte, lag es nahe, dass er sein Gesicht verbergen wollte. Irgendetwas ließ ihr keine Ruhe, aber sie bekam es nicht zu fassen.

»Wie lange bewahrt Cam diese Videos auf?«, fragte sie. »Lucas muss ja vorher geplant haben, wo er das Feuer in der Scheune legen will. Vielleicht ist er vorher schon mal zu sehen.«

»Es gibt keine physischen Aufzeichnungen«, antwortete Nina. »Ich weiß, dass alles in einen Cloud-Server hochgeladen wird. Da konnte sich die Polizei einfach einloggen.«

Das seltsame Gefühl wurde stärker, und plötzlich entstand ein Bild vor Bettes innerem Auge. Sie sprang auf, ging in den Flur hinaus und trat zu dem Foto von Nina, Barnaby und Bern im Hof, das ihr kurz nach ihrer Rückkehr auf die Farm aufgefallen war. Bette nahm es ab, betrachtete es einen Moment und ging dann damit ins Wohnzimmer zurück.

»Ich wollte dich schon länger nach diesem Foto fragen«, sagte sie zu Nina. »Es ist ja etwas unscharf, ist das mit einem Handy gemacht geworden? Von Cam?«

»Nein, von Barney«, antwortete Nina, »aber mit seinem Handy. Er hatte es gerade von Dad geschenkt bekommen und wollte den Selbstauslöser testen. Und Dad hat darauf bestanden, das Foto auszudrucken, obwohl es etwas unscharf ist.«

»Und wie kam das Bild in den Drucker? Per E-Mail?«

»Nein, das Handy war schon mit der Cloud verbunden, wurde also automatisch hochgeladen, und Dad hat es dann ausgedruckt. Wieso fragst du jetzt danach?«

»Weil dann Barneys Handy auch noch mit der Cloud verbunden gewesen sein müsste, als er den ›Einbrecher‹ verfolgt hat, oder? Und wenn es synchronisiert hat, bevor das Handy den Flammen zum Opfer fiel …«

Nina sprang auf. »Ich hole meinen Laptop!«

Sie sahen die Fotos gemeinsam durch. Der Upload hatte funktioniert, aber die meisten Bilder waren nur dunkel und verschwommen. Die ersten schien Barnaby aus dem Dachbodenfenster gemacht zu haben, weitere während der Verfolgung. Sie waren allesamt nutzlos, hatten aber zumindest den Zeitstempel, den man mit den Aufnahmen der Überwachungskamera abgleichen konnte.

»Okay, wenn wir auch sonst nichts haben, ist immerhin die Zeit bestätigt«, sagte Bette, während sie weiterklickte. »Das kann nicht schaden für die Ermittlungen …« Sie verstummte, und beide Schwestern starrten auf das Foto, das jetzt erschienen war.

Barnaby war es gelungen, die Gestalt in dem Moment zu fotografieren, als sie auf dem Weg zum Klippenpfad über das Weidegatter kletterte. Dabei musste die Kapuze heruntergerutscht sein, und das Gesicht des Mannes war im Mondlicht deutlich erkennbar.

Es war Lucas Greville.

»Superheld Seepocke«, sagte Bette beeindruckt. »Der Meisterdetektiv von der Crowdie-Farm.«

Nina lachte und schlug dann die Hand vor den Mund, weil ihr die Tränen kamen.

52

Nachdem sie noch eine Weile am Feuer gesessen hatten, nickte Nina auf dem Sofa ein. Bette deckte ihre Schwester zu und strich ihr eine Haarsträhne aus dem Gesicht. Schlafend sah Nina aus wie das kleine Mädchen von früher, und Bette empfand einen Anflug von Rührung. Sie ging in den Flur und blieb am Treppenabsatz stehen, um zu horchen. Doch auch oben war es still, Barnaby schien tief und fest zu schlummern. In der Küche füllte Bette den Wasserkocher, schaltete ihn jedoch nicht ein. Draußen im Hof schimmerte der Asphalt im Licht der morgendlichen Wintersonne. Es schien geregnet zu haben, nachdem sie zurückgekommen waren. Bette hatte plötzlich den starken Impuls, sich den Apfelgarten mit eigenen Augen anzusehen.

Schon am Erdbeertunnel begann ihr Knöchel, wieder stärker zu schmerzen, die Wirkung der Medikamente ließ nach. Einen Moment lang erwog Bette, den Gehstock von Bern zu holen, entschied sich aber dagegen. Trotz der Regenfälle hing beißender Rauchgeruch in der Luft, und die Verwüstung wurde bereits sichtbar, als sie sich den Weiden näherte – nicht nur die verkohlten Gerippe der Sträucher am Klippenpfad, sondern auch die tiefen Furchen von den Reifen der Löschzüge.

Die Lücke im Zaun, die sie noch vor ein paar Wochen geschaffen hatten, damit der Garten für all ihre Arbeiten zugänglicher war, war von der Polizei mit Flatterband abgesperrt worden, damit niemand den Pfad betreten würde. Das Ausmaß der Zerstörung war jedoch nicht zu übersehen, und der Schmerz, der Bette bei diesem Anblick durchzuckte, war um ein Vielfaches heftiger als die Schmerzen in ihrem Knöchel. Die Überreste der Ginsterbüsche glichen schwarzen dürren Fingern, die sich anklagend gen Himmel reckten. Heidesträucher waren zu Stummeln niedergebrannt, Gräser verkohlt.

Bette merkte erst, dass ihr Tränen übers Gesicht rannen, als sie ein Geräusch hörte und sich umdrehte. Ryan kam auf sie zu. Als er zu ihr trat, zog er sie ohne Umschweife an sich und hielt sie fest umschlungen.

»Ich bin so froh, dass du unversehrt bist«, murmelte er an ihrem Ohr. Seine Stimme klang rau. »Als ich gehört habe, was passiert ist … was dir beinahe passiert wäre … O Gott, Bette …« Er drückte sie noch fester an sich.

So verharrten sie eine ganze Weile, bis Bette das Gefühl hatte, kaum noch Luft zu bekommen. Als sie sich von Ryan löste, ergriff er ihre Hand, als wollte er verhindern, dass Bette weglief. Sie blickte auf ihre verflochtenen Finger und musste an ihre Schwester denken, die im Schlaf wie ein kleines Mädchen aussah. In diesem Moment sehnte sich Bette danach, die Zeit zurückdrehen, noch einmal von vorne beginnen zu können, um vieles anders zu machen.

»Es ist meine Schuld«, sagte sie.

»Was? Natürlich nicht!«

»Ich bin gescheitert«, fuhr sie fort. »Mein Vater hat mich nur um eines gebeten: die Crowdie-Farm zu retten, damit sie der Familie erhalten bleibt. Und das ist mir nicht gelungen. Ich habe es nicht geschafft, Ryan, und jetzt werden wir alles verlieren. *Es ist vorbei.* Barney wird künftig nicht mehr hier leben können. Und das ist schlimm. Richtig schlimm.«

Ryan drückte ihre Hand. »Es ist nicht deine Schuld«, betonte er erneut. »Nichts von alledem.«

»Ach, meinst du? Und wenn ich nicht studiert hätte? Wenn ich nicht weggezogen wäre, sondern die Farm unterstützt hätte? Wäre ich damals nicht so selbstsüchtig gewesen, dann wären wir vielleicht gar nicht in diese Misere geraten. Wenn …«

»Du warst nicht selbstsüchtig«, widersprach Ryan vehement. »Du warst jung und hattest Pläne für dein Leben. Es ist sinnlos, die Vergangenheit zu bereuen, Bette.«

»Machst du das nicht auch manchmal?«

Sein Blick war so wehmütig, dass ihr das Herz wehtat. »Doch«, antwortete er ernst. »Eine Zeit lang habe ich das sogar täglich getan. Aber andauernd ›Was wäre gewesen, wenn‹ zu denken, bringt niemanden weiter, ganz im Gegenteil: Es verhindert, dass man sich weiterentwickelt. Und wer in der Vergangenheit stecken bleibt, ruiniert sich die Zukunft.«

Bette atmete tief ein. Die Tränen auf ihren Wangen trockneten im kalten Wind, der vom Meer herüberwehte.

»Ich hätte hierbleiben sollen«, murmelte sie, »ich hätte …«

Ryan zog sie erneut in die Arme. »Bette. So solltest du nicht denken. Du kannst doch gar nicht wissen, ob das etwas geändert hätte.«

»Für *uns* schon«, sagte sie nur.

Ryan schwieg. Als er wieder sprach, klang seine Stimme zwar traurig, aber auch entschieden.

»Du wärst aus den falschen Gründen hiergeblieben. Und das hätte uns irgendwann eingeholt, auf die eine oder andere Art.«

Auch Bette sprach nicht, lehnte sich nur an ihn. Sie wollte seinen Worten gern Glauben schenken, doch auch er konnte das nicht wissen, oder? Wäre sie damals nicht weggegangen, hätte sie Ryan gehabt, ein Zuhause, Kinder vielleicht. Und wäre womöglich glücklich und zufrieden gewesen. Eventuell hätte sie auch die Crowdie-Farm vor dem Untergang bewahren können. In all den Jahren hatte Bette sich eingeredet, dass sie etwas zurückgelassen hatte, was ohnehin nicht real gewesen war. Jetzt dagegen kam es ihr vor, als hätte sie damals ihr Lebensglück aufs Spiel gesetzt und es verloren.

»Jedenfalls«, sagte Ryan und neigte sich zurück, hielt aber weiter ihre Hände, »wird Lucas Greville seiner Strafe nicht entgehen, oder? Die Polizei ermittelt, und mit Cam und Allie habe ich schon darüber gesprochen, dass wir auch prozessieren wollen. Lucas wird bezahlen müssen, und zwar mächtig.«

Bette nickte. Ryan hatte natürlich recht, vor allem da sie

als Beweis das Foto von Lucas in der Hand hatten. Auch Nina hoffte, dass ihrer großen Schwester doch noch etwas einfallen würde. Aber …

»Das wird zu lange dauern, um uns zu retten«, sagte Bette. »Mit Ermittlungen vergehen manchmal Monate, bis wir einen Prozess gewinnen könnten, unter Umständen sogar Jahre. Und die Bank wird nicht mehr warten, unsere Frist läuft aus. Es war schon schwer genug, sie überhaupt eingeräumt zu bekommen. Mit meiner Wohnung in London kann ich das nicht alles abdecken. Der Apfelgarten war unsere letzte Hoffnung, Ryan. Und den gibt es jetzt nicht mehr. Wir verlieren alles.«

Er strich ihr sachte über die Wange. »Wer weiß. Vielleicht nicht alles.«

Bette starrte ihn an. »Was meinst du damit?«

»Wie weit kannst du mit deinem verletzten Knöchel gehen?«, fragte Ryan. »Ich möchte dir etwas zeigen.«

Ganz gewiss hätte Bette nicht damit gerechnet, sich so schnell in dem unterirdischen Gang wiederzufinden. Als sie neben dem Gitter standen, unter dem sie gefangen gewesen war, zögerte sie.

»Wir müssen da nicht reingehen, wenn du nicht möchtest«, sagte Ryan. »Aber es ist die einzige Möglichkeit, den Garten zu sehen, der Weg ist noch nicht passierbar. Ich war mit Cam und Allie schon unten, und sie hält es für ungefährlich. Übrigens glaubt sie, dass es ein natürlicher Gang ist, der über die Jahrhunderte erweitert wurde.« Er ließ den Blick über die Wiese schweifen. »Dann hat sich hier, auf Cams Land, wohl tatsächlich das verschwundene Kloster befunden. Durch den Tunnel konnte man direkt vom Kloster in den Apfelhain gelangen.«

Schließlich war Bettes Impuls, den Garten sehen zu wollen, stärker als ihre Beklemmung. Ryan reichte ihr eine Taschenlampe und ging voraus, die Treppe hinunter, die von den Helfern freigelegt worden war. Als sie auf ebener Erde ankamen und sich dem Eingang näherten, nahm der beißende Rauchgeruch zu, aber die Flammen schienen nicht in die Höhle eingedrungen zu sein. Durch die Öffnung, durch die Bette sich noch vor wenigen Stunden gezwängt hatte, fiel Morgenlicht herein.

»Du kannst durchschauen«, sagte Ryan und machte Bette Platz, damit sie vor ihn treten konnte.

Aus den verbrannten Bäumen stieg noch immer Qualm auf. Von einigen waren nur verkohlte Stümpfe übrig. Andere standen zwar noch, hatten aber Äste verloren, und die verbliebenen waren verkohlt. Der Boden war durch die Löscharbeiten mit einer Schicht nasser Asche bedeckt. Es war ein furchtbarer Anblick der Verwüstung, der in einen apokalyptischen Endzeitfilm gepasst hätte.

»O Gott«, entfuhr es Bette unwillkürlich, als sie daran dachte, dass sie selbst inmitten dieses Infernos gewesen war. »Es sieht noch schlimmer aus, als ich es mir vorstellen konnte.«

»Nicht nur.« Ryan drückte ihr leicht die Schulter. »Schau mal, da drüben.« Er zeigte durch den Spalt auf etwas, das Bette zunächst in dem trostlosen Chaos nicht erkennen konnte. Doch dann entdeckte sie …

»Das ist doch nicht etwa … der Baum von Großmutter Jean?«

Ryan lachte leise, und sie spürte seinen Atem in ihrem Haar. »Ja. Das ist er.«

»Aber … er sieht gar nicht verbrannt aus«, sagte Bette verblüfft.

»Es gibt noch weitere. Ich konnte bislang drei, vielleicht auch vier erkennen. Sie sind wahrscheinlich von den Feuerwehrleuten noch rechtzeitig gerettet worden.«

Bette bekam Gänsehaut. Konnte das wirklich sein? »Gerade gesund sieht er aber auch nicht aus …«

»Das ist nur von der Asche, denke ich«, sagte Ryan. »Die kann ich abwaschen. Wenn ich mich nicht irre, können diese Bäume überleben, Bette.«

Sie atmete tief ein und aus. Ihr war ein wenig schwindlig, und plötzlich erfasste sie eine große Erschöpfung.

»Gut«, sagte sie matt. »Das ist gut.«

Ein paar Momente standen sie noch da und sahen hinaus. Dann wandte sich Bette ab, um den Rückweg anzutreten.

»Was ist das?«, sagte Ryan plötzlich hinter ihr.

Sie drehte sich um und sah, dass er mit seiner Taschenlampe etwas anleuchtete, das seitlich am Boden lag. Als Ryan den Gegenstand aufhob, kehrte die Erinnerung zurück.

»Das ist einer der Wildlinge«, erklärte Bette. »Auf der Flucht vor den Flammen habe ich ihn mitgenommen, um ihn zu retten. Aber dann musste ich ihn zurücklassen, als ich die Stufen hochgekrochen bin. Das hatte ich ganz vergessen.«

Ryan betrachtete die Veredelungsstellen. »Ich werde ihn oben sofort einpflanzen.«

»Meinst du, er ist noch zu retten?«

»Ich werde es auf jeden Fall versuchen. Und selbst wenn der Wildling nicht überlebt, könnte ich eventuell die Knospen auf eine andere Unterlage aufpfropfen. Mit dem hier und den hoffentlich unversehrten Bäumen da draußen ... könnte der Apfelgarten ... mit viel Arbeit und Geduld ... vielleicht doch wieder aufleben. Das wäre doch was, oder?«

Ja, natürlich, dachte Bette müde. Auch wenn ihnen das Land nicht mehr gehören würde, wäre es schön, wenn der Apfelhain fortbestehen könnte.

Als sie oben ankamen, war Bette so erledigt, dass sie im Stehen hätte einschlafen können. Ihr Knöchel schmerzte höllisch, und sie musste sich auf Ryan stützen, um noch gehen zu können. Als sie sich der Crowdie-Farm näherten, traf eine Textnachricht ein. Bette zog ihr Handy heraus. Sie war von Roland Palmer.

Gerade gehört, was passiert ist. Bitte rufen Sie so schnell wie möglich an. Wichtige Nachrichten.

53

In den nächsten Tagen versuchte Nina, so gut es ging, wieder in einen normalen Alltag zu finden. Zunächst hatte sie Barnaby zu Hause gelassen, dann aber festgestellt, dass er doch lieber in der Schule sein sollte, anstatt sich dauernd mit den polizeilichen Ermittlungen zu beschäftigen. Er war so eifrig dabei, dass sie sich unwillkürlich fragte, ob er vielleicht später selbst zur Polizei gehen wollte, wenn die Superheldenphase irgendwann abklang.

Bette war seit dem Tag nach den Bränden dauernd unterwegs. Sie fuhr häufig nach Dundee, und Nina wusste zwar nichts Genaues, vermutete aber, dass es mit der Bank zu tun hatte. Nachfragen wollte sie jedoch nicht, weil das Unvermeidliche ohnehin bevorstand und sie so lange wie möglich nicht daran denken wollte. Allerdings hatte Cam etwas Beruhigendes zu ihr gesagt.

»Mach dir keine Sorgen, Nina. Ihr habt es nicht weit, du und Barney. Ihr könnt bei mir einziehen.«

Sie hatte gelacht, als er das sagte – weil sie es kaum glauben konnte und zugleich gehofft hatte, dass er es ernst meinte.

»Sei nicht albern«, hatte sie erwidert. »Wir sind doch erst seit ein paar Wochen zusammen.«

Cam küsste sie. »Ja, aber wenn man's spürt, dann spürt man's eben, Nina. Wir sind zwar noch nicht lange zusammen, kennen uns aber schon viel länger.«

Dennoch machte Nina sich Sorgen. Würde sie dann aus den falschen Gründen Ja sagen? Und es war doch viel zu früh, um zusammenzuleben, oder nicht? Aber das Leben hatte nun mal sein eigenes Timing.

Mit Bette sprach sie auch nicht über das Thema, ihre Schwester hatte genug um die Ohren. Stattdessen verrichtete Nina ihre üblichen Arbeiten auf der Farm, während die Tage immer kürzer wurden und der Winter nahte. Doch ihr war bewusst, dass die drei Monate bald vorbei sein würden, die man Bette als Aufschub gewährt hatte. Die Bäume hatten bereits alle Blätter verloren, und die große Eiche konnte ihr nicht mehr raschelnd zuflüstern, wenn sie in der Küchentür stand. Bei Winteranfang würde Nina wahrscheinlich schon nicht mehr hier sein, würde nicht mehr versuchen können, die geheimnisvollen Botschaften des alten Baums zu deuten.

»Die Polizei hat die Ermittlungen im Apfelgarten abgeschlossen«, berichtete Bette eines Morgens. »Ich möchte ihn mir ansehen, kommst du mit? Es gibt auch einiges zu besprechen.«

»Aber muss das denn dort sein?«, wandte Nina ein. »Nach allem, was dir und Barney da fast zugestoßen wäre?«

Bette ergriff ihre Hand und drückte sie. »Genau aus diesem Grund, Nina. Es wird helfen, vertrau mir. Bitte.«

Nina war alles andere als überzeugt, willigte aber schließlich ein. Sie zogen sich warm an und machten sich auf den Weg durch den eisigen Nordwind. Als sie sich dem Pfad näherten, blieb Nina bei dem grauenhaften Anblick der verkohlten Sträucher stehen.

»Wirklich, ich verspreche dir, dass es auch etwas Gutes gibt«, sagte Bette. »Glaub mir.«

Der Pfad selbst wirkte erstaunlich sauber, als hätte ihn jemand sorgfältig von Asche befreit, ebenso wie der schmiedeeiserne Zaun. Am Ende des Wegs blieb Bette neben dem großen Felsen stehen, der dort wahrscheinlich seit Menschengedenken aufragte, und beide Schwestern blickten stumm in den Garten, in dem alles schwarz oder so grau war wie der Himmel an diesem Tag. Die Lichterketten, die Barney und Cam aufgehängt hatten, waren den Flammen ebenso zum Opfer gefallen wie die Bäume, die sie noch vor Kurzem beleuchtet hatten.

»Oh«, machte Nina, und es hörte sich wie ein Schluchzen an.

Bette drückte wieder ihre Hand. »Warte. Ich will dir etwas zeigen.«

Nina versuchte, sich loszureißen. »Nein, Bette, ich möchte weg hier. Ich kann das nicht …«

»Bitte. Vertrau mir.«

Widerstrebend ließ Nina sich mitziehen. Am liebsten hätte sie die Augen geschlossen, um die toten und verstümmelten Bäume nicht zu sehen. Der Brandgeruch war schrecklich und verstärkte sich noch, wenn unter ihren Füßen verkohlte Äste zerbrachen.

»Bette, was soll denn …?«

»Schau.« Bette blieb stehen.

Im ersten Moment traute Nina ihren Augen nicht. Vor ihr stand ein Baum. Knorrig und alt, aber sichtlich lebendig. An den Ästen hingen sogar noch ein paar trockene Blätter, die dem Wind getrotzt hatten. Nina ließ Bettes Hand los, überwältigt von ihren Gefühlen. Sie streckte die Hand aus, um die Rinde zu berühren, zögerte dann.

Bette lachte. »Du kannst ihn ruhig anfassen. Er wird nicht verschwinden.«

Nina ließ die Hand über die Rinde des alten Baums gleiten und betrachtete dann ihre Fingerspitzen. Sie waren sauber, keine Spur von Ruß oder Asche. »Aber wie …«, stammelte sie.

»Ryan«, antwortete ihre Schwester lächelnd. »Er hat die Bäume gesäubert, die überlebt haben.«

Nina sah sie mit großen Augen an. »Es gibt noch weitere?«

Bette wusste nicht, ob sie ihre kleine Schwester jemals so glücklich erlebt hatte. »Ja. Komm.«

Das Beste präsentierte sie erst am Schluss: den Großmutterbaum ganz hinten an der Felsformation, wo er schon seit über einem Jahrhundert stand. Nina rannen Tränen aus den Augen, und Bette legte ihr den Arm um die Schultern. So standen sie lange da und betrachteten den Baum, der seit Generationen ihrer Familie gehört hatte.

»Ryan meint, man könne den Hain retten«, sagte Bette nach einer Weile. »Es wird dauern, scheint aber möglich zu sein.«

Nina wischte sich die Tränen vom Gesicht. »Das ist ja wunderbar. Dass der Apfelgarten weiterleben wird, auch wenn …«

»Und da ist noch etwas anderes«, fiel Bette ihr ins Wort. »Es hat sich herausgestellt, dass Dad eine Versicherung für die Farm abgeschlossen hat, zu einer Zeit, als die Finanzlage stabil war. Und zwar nicht nur für das Haus und die Geräte, sondern auch für alle Ländereien. Inklusive des Apfelgartens.«

»*Was?*«, fragte Nina verblüfft.

Bette lachte froh. »Roland Palmer hat die Urkunde mitsamt aktuellen Unterlagen in einem Stapel Papiere entdeckt, den er für mich gesichtet hat. Und er hat auch überprüft, ob die Versicherungsbeiträge regelmäßig bezahlt wurden. Und so war es. Sosehr Dad alles andere hat schleifen lassen – die Beiträge hat er bezahlt. Roland und ich haben das alles in den letzten Tagen abgeklärt.«

»Und … was heißt das jetzt?«

»Das heißt, dass wir eine große Versicherungssumme erhalten. Nicht genug, um alles bei der Bank auszugleichen, aber das macht nichts. Weil ich nämlich gestern meine Wohnung in London verkauft habe, und beides zusammen ist mehr als genug.«

Nina starrte Bette an. »Dann … gehst du wirklich? Nach Australien?«

Bette lächelte wieder und blickte auf ihre Hände. »Nun, es hat sich etwas anderes ergeben.«

»Was denn?«

»Roland möchte in ein paar Jahren in Ruhestand gehen«, antwortete Bette. »Wir haben uns in den letzten Monaten gemeinsamer Arbeit gut kennengelernt, und er hat mir eine Stelle in seiner Kanzlei angeboten. Mit der Option, sie zu übernehmen, wenn er aufhört.«

»In *Dundee*?«, fragte Nina fassungslos.

»Ja.«

»Und du überlegst dir das ernsthaft?«

Bette nickte. »Zum einen könnte ich dann den Greville-Fall selbst übernehmen. Das geht nicht von der anderen Seite der Welt aus, trotz Internet. Und außerdem …«

»Ja?«, drängte Nina.

Der Blick ihrer Schwester ruhte auf dem alten Baum, den ihre Großmutter vor vielen Jahren gemalt hatte. »Ich will nicht noch einmal weglaufen. Sondern bleiben und dafür sorgen, dass alles gut wird – auch im Apfelgarten. Hier ist vor langer Zeit köstlicher Cider gebraut worden. Das könnten wir auch versuchen.«

»Was, du meinst, *wir* sollten den Cider herstellen?«, fragte Nina überrascht. »Denkst du denn, das würden wir überhaupt hinkriegen?«

»Ja und ja«, antwortete Bette. »Wir könnten auch Cam fragen, ob er in das Projekt investieren möchte. Und Ryan.«

»Ryan?«

Bette wandte den Blick ab. »Er ist ein guter Typ. Er kennt sich mit den Apfelbäumen aus und mit Cider auch. Hat doch gar keinen Sinn, wenn man zulässt, dass einem die Vergangenheit die Zukunft ruiniert, oder?«

Nina fiel ihrer Schwester um den Hals und drückte sie so fest, dass Bette lachend um Atem rang.

»Ich fand die Vorstellung furchtbar, dass du so weit weg sein würdest«, murmelte Nina.

»Hm, da habe ich aber vor wenigen Monaten was ganz anderes gehört«, bemerkte Bette grinsend.

»Ja, na ja. Du bist mir eben mittlerweile ans Herz gewachsen.«

»Ein Kinderspiel ist das mit der Cider-Produktion aber nicht, das sage ich gleich mal dazu …«

»Ist mir bewusst. Aber wir werden es schaffen«, sagte Nina zuversichtlich.

»Jede Menge Arbeit, und wir müssen ganz viel lernen …«

»Klar, aber ich spüre, dass es ein Erfolg werden wird«, beharrte Nina. »Das muss so sein. Weil ich nämlich schon den perfekten Namen für unseren Cider habe.«

»Ach, echt?«

»Ja.« Nina ließ ihre Schwester los. »Salty Sisters Cider. Der Cider der salzigen Schwestern!«

Bette lachte lauthals. »Super! Gefällt mir!«

»Weil der Name perfekt ist. So wie ich.«

Bette schüttelte den Kopf. »Du bist eine eingebildete Göre.«

»Schon möglich. Und du eine Diva. So siehts aus, oder?«

Lachend und schwatzend machten sie sich auf den Rückweg und malten sich ihre Zukunft aus. Am Ausgang blickte Nina noch einmal zurück auf den Großmutterbaum und winkte ihm zu. Und sie war ziemlich sicher, dass der alte Apfelbaum zurückwinkte.

—

»Das Besondere an diesem Buch sind der Ort und seine Menschen, die, wenn es hart auf hart kommt, zusammenhalten.« SÜDDEUTSCHE ZEITUNG

352 Seiten / Auch als E-Book

Anna zieht nach Schottland in ein abgelegenes Fischerdörfchen, um endlich zur Ruhe zu kommen. Zuvor schuftete sie jahrelang im Schatten ihres Ex-Freundes als Köchin. Nun eröffnet sie kurzerhand ein improvisiertes Pop-up-Restaurant direkt am Meer und entdeckt ihre verlorene Leidenschaft fürs Kochen wieder.

www.dumont-buchverlag.de

»Eine wunderbar warmherzige Geschichte um
Neuanfänge, Freundschaft und zweite Chancen«
EMOTION

448 Seiten / Auch als E-Book und digitales Hörbuch

In einem kleinen Dorf in Schottland, mitten auf dem Festland, steht
ein Leuchtturm. Im Inneren der alten Gemäuer befindet sich ein
kleines Antiquariat. Hier, umgeben von alten Büchern, hat Rachel vor
vielen Jahren einen Neuanfang gewagt – und Freunde gefunden. Als
der Besitzer unversehens stirbt, muss Rachel um ihr Zuhause kämpfen
und findet in dem Journalisten Toby einen wichtigen Verbündeten.

www.dumont-buchverlag.de **DUMONT**

»Ein herzerwärmender Roman, der beweist, dass man zusammen alles schaffen kann«

WOMEN'S WEEKLY

432 Seiten / Auch als E-Book und digitales Hörbuch

Als Luisa angeboten wird, auf einem verwilderten Grundstück an der englischen Küste einen Gemeinschaftsgarten anzulegen, geht für sie ein Traum in Erfüllung. Sie schließt Freundschaften und kann endlich selbstbestimmt als Landschaftsarchitektin arbeiten – bis ihr Steine in den Weg gelegt werden. Doch zum Glück sind da Cas und Harper.

www.dumont-buchverlag.de **DUMONT**